O FILHO

Obras do autor publicadas pela Editora Record

Headhunters
Sangue na neve
O sol da meia-noite
Macbeth
O filho

Série Harry Hole
O morcego
Baratas
Garganta vermelha
A Casa da Dor
A estrela do diabo
O redentor
Boneco de Neve
O leopardo
O fantasma
Polícia
A sede

JO NESBØ
O FILHO

Tradução de
Carlos Eduardo Castelo Branco

1ª edição

EDITORA RECORD
RIO DE JANEIRO • SÃO PAULO
2019

CIP-BRASIL. CATALOGAÇÃO NA PUBLICAÇÃO
SINDICATO NACIONAL DOS EDITORES DE LIVROS, RJ

N371f Nesbø, Jo, 1960-
O filho / Jo Nesbø; tradução de Carlos Eduardo Castelo Branco – 1ª ed. – Rio de Janeiro: Record, 2019.

Tradução de: Sønnen
ISBN 978-85-01-11763-2

1. Ficção norueguesa. I. Branco, Carlos Eduardo Castelo. II. Título.

19-59277
CDD: 839.823
CDU: 82-3(481)

Vanessa Mafra Xavier Salgado – Bibliotecária – CRB-7/6644

Título original em norueguês:
Sønnen

Copyright © Jo Nesbø, 2014
Publicado mediante acordo com a Salomonsson Agency.

Texto revisado segundo o novo Acordo Ortográfico da Língua Portuguesa.

Todos os direitos reservados. Proibida a reprodução, no todo ou em parte, através de quaisquer meios. Os direitos morais do autor foram assegurados.

Direitos exclusivos de publicação em língua portuguesa somente para o Brasil adquiridos pela
EDITORA RECORD LTDA.
Rua Argentina, 171 – Rio de Janeiro, RJ – 20921-380 – Tel.: (21) 2585-2000, que se reserva a propriedade literária desta tradução.

Impresso no Brasil

ISBN 978-85-01-11763-2

Seja um leitor preferencial Record.
Cadastre-se no site www.record.com.br
e receba informações sobre nossos
lançamentos e nossas promoções.

Atendimento e venda direta ao leitor:
sac@record.com.br

EDITORA AFILIADA

Há de vir a julgar os vivos e os mortos

PRIMEIRA PARTE

1

Rover olhava para o chão de cimento queimado da cela oval de onze metros quadrados. Mordeu o lábio com o dente de ouro ligeiramente comprido que usava na parte frontal inferior da arcada. Havia chegado ao ponto mais difícil da confissão. O único som na cela era o de suas unhas coçando a tatuagem da Virgem Maria no antebraço. O garoto sentado na cama à sua frente estava de pernas cruzadas e mantinha-se em silêncio desde que Rover entrara. Apenas assentia com um sorriso satisfeito como se fosse o Buda, o olhar fixo em um ponto no meio de sua testa. Era conhecido por Sonny. Diziam que havia matado duas pessoas na adolescência, que o pai era um policial corrupto e que o garoto tinha o dom da cura. Era difícil dizer se estava escutando; a maior parte do rosto, incluindo os olhos verdes, estava escondida sob os cabelos longos e sujos. Mas isso não importava, Rover queria apenas a remissão de seus pecados e a bênção de Sonny para que pudesse, no dia seguinte, sair da Prisão de Segurança Máxima Staten com a sensação de ser um homem purificado. Não que fosse religioso, mas não custava nada tentar. Pretendia mudar, queria viver de forma honesta. Respirou fundo.

— Acho que ela era bielorussa. Minsk fica na Bielorrússia, não é? — Rover ergueu os olhos rapidamente, mas o garoto não respondeu.

— Era como Nestor chamava a garota — continuou. — Ele me mandou matar Minsk.

A vantagem óbvia de se confessar para alguém que tinha o cérebro tão ferrado era que o outro não se lembraria de nenhum nome ou acontecimento. Era a mesma coisa que falar sozinho. Talvez fosse por isso que os prisioneiros da Staten preferiam o garoto ao capelão e ao psicólogo.

— O Nestor mantinha essa e outras oito garotas numa jaula lá em Enerhaugen. Garotas do Leste Europeu e asiáticas. Jovens. Adolescentes. Espero que pelo menos adolescentes elas fossem. Mas Minsk era mais velha. Mais forte. Ela escapou. Conseguiu chegar ao parque Tøyen, mas aí o cachorro do Nestor a pegou. Um daqueles dogos argentinos, sabe?

O olhar do garoto não se moveu, mas ele ergueu a mão. Encontrou a barba. Começou a cofiá-la lentamente. A manga de sua camisa grande e suja escorregou e acabou por revelar cascas de ferida e marcas de agulha.

— Malditos cães albinos — continuou Rover. — Matam tudo que o dono manda. E o que não manda também. São proibidos na Noruega, claro. São importados da República Tcheca por um canil em Rælingen que registra os bichos como boxer brancos. Estive lá com o Nestor e compramos esse ainda filhote. Custou mais de cinquenta mil, em dinheiro vivo. Um filhote tão bonitinho que é até difícil de imaginar que ele um dia... — Rover parou repentinamente. Sabia que só estava falando do cachorro para não falar do motivo pelo qual viera. — Mas então...

Então. Rover olhou para a tatuagem no outro antebraço. Uma catedral com dois pináculos. Um para cada pena que cumprira, e nenhuma das duas tinha nada a ver com a confissão de hoje. Havia contrabandeado armas para seu clube de motoqueiros e as modificado em sua oficina. Era bom nisso. Até demais. Tão bom que não conseguiu permanecer incógnito e acabou sendo preso. E tão bom que, logo após cumprir a primeira pena, Nestor o adotou como seu protegido. Comprou Rover para garantir que ele, e somente ele, pudesse adquirir as melhores armas, e não o bando de motoqueiros ou outros concorrentes. Por apenas alguns meses de trabalho, Nestor havia pagado mais do que Rover ganharia em toda a sua vida na pequena oficina onde consertava motos. Mas Nestor exigiu muito em troca. Demais.

— Ela estava caída lá no mato, coberta de sangue. Caída em silêncio, encarando a gente. O cachorro tinha arrancado um pedaço do rosto dela. Dava para ver até os dentes. — Rover fez uma careta. Fale logo, pensou. — Nestor disse que estava na hora de ensinar uma lição a elas, hora de mostrar para as outras garotas o risco que corriam. E que a Minsk já não valia mais nada mesmo, agora que o rosto... — Rover engoliu em seco. — Então ele me mandou acabar com ela. Como prova da minha lealdade, entende? Eu estava com a minha velha pistola Ruger MK2, que eu tinha modificado um pouco, e ia matar a garota. Ia mesmo. O problema não foi esse...

Rover sentiu um nó na garganta. Quantas vezes não pensara nisso, revivendo os segundos naquela noite no parque Tøyen, vendo a garota vezes e mais vezes? Nestor e ele eram os personagens principais, e os outros, testemunhas silenciosas. Até o cachorro aparecia calado em sua memória. Quantas foram? Centenas de vezes? Milhares? E mesmo assim, só agora, ao contar a história em voz alta pela primeira vez, foi que percebeu que não fora um sonho, que *realmente* acontecera. Ou melhor, só agora seu corpo percebia isso. Por isso o embrulho no estômago. Rover respirou fundo pelo nariz, para conter a náusea.

— Mas eu não consegui. Mesmo sabendo que ela ia morrer de qualquer jeito. O cachorro estava preparado e, na minha opinião, uma bala seria melhor. Mas era como se o gatilho estivesse emperrado, eu não conseguia puxar.

O garoto parecia assentir vagamente, ou confirmando que acompanhava Rover ou balançando a cabeça para uma música que apenas ele ouvia.

— Nestor falou que não tinha o dia inteiro, afinal, estávamos num parque público. Então ele tirou uma faquinha curva de um coldre na perna, foi lá e agarrou a garota pelo cabelo, levantou a cabeça dela e passou a faca na garganta na maior tranquilidade, como se estivesse limpando um peixe. O sangue jorrou três, quatro vezes, e parou. Sabe do que eu mais me lembro? Do cachorro. Ele começou a uivar quando aquele sangue todo saiu.

Rover se curvou para a frente na cadeira, os cotovelos nos joelhos. Cobriu os ouvidos com as mãos e ficou se balançando.

— E eu não fiz nada. Fiquei lá, parado. Não fiz merda nenhuma. Fiquei só olhando enquanto embrulhavam a garota num pano e a levavam para o carro. Depois fomos para a floresta, para Østmarksetra. Tiramos o corpo do carro e o empurramos encosta abaixo, para o lago Ulsrud. Muita gente passeia com cachorro ali, então encontraram o corpo no dia seguinte. O negócio é que era exatamente isso que o Nestor queria, que ela fosse encontrada. Entendeu? Queria que saíssem fotos dela nos jornais, para ele mostrar às outras garotas.

Rover tirou as mãos das orelhas.

— Eu não conseguia dormir, porque sempre que fechava os olhos tinha pesadelos. Via a garota sem uma das bochechas, sorrindo para mim com os dentes à mostra. Então fui falar com o Nestor que queria cair fora. Disse que já tinha cansado de mexer em Uzis e Glocks e que só queria voltar a consertar motos. Levar uma vida tranquila, sem ter que pensar na polícia a todo instante. Ele disse que não tinha problema. Acho que tinha percebido que eu não levava jeito para bandido. Mas me contou em detalhes o que ia acontecer comigo se eu abrisse a boca. Achei que estávamos acertados. Recusei todo tipo de oferta, mesmo ainda tendo umas boas Uzis guardadas. Mas continuei com aquela sensação de que estava para acontecer alguma coisa, sabe como é que é? Que eles queriam se livrar de mim. Então foi quase um alívio quando a polícia me pegou e me pôs numa cela. Pensei que eu fosse ficar protegido na prisão. Foi por causa de um caso antigo, em que eu fui só coadjuvante, mas eles tinham prendido dois caras, e os dois contaram que fui eu que forneci as armas. Confessei na hora!

Rover riu alto. Tossiu. Recostou-se na cadeira.

— Só vou ficar mais dezoito horas aqui. Não tenho a mínima ideia do que me aguarda lá fora. Só sei que, mesmo que eu esteja saindo com quatro semanas de antecedência, o Nestor sabe que eu vou sair. Ele sabe de tudo que acontece aqui na prisão e na polícia. Ele tem gente em tudo quanto é lugar. Isso aí eu já entendi. Então acho que, se ele quisesse acabar comigo, tanto faz me matar aqui ou esperar eu sair. E você, o que acha?

Rover esperou. Silêncio. O garoto não aparentava achar absolutamente nada.

— Enfim — disse Rover —, um pouco de bênção não faz mal a ninguém, não é?

Foi como se uma luz tivesse se acendido no olhar do garoto ao ouvir a palavra "bênção". Ele ergueu a mão direita e fez sinal para Rover se aproximar e se abaixar. Rover se ajoelhou no pequeno tapete em frente à cama. Franck não permitia que nenhum outro prisioneiro tivesse tapete. Isso fazia parte do modelo suíço que era seguido na Staten: nenhum item supérfluo nas celas. O número de bens limitava-se a vinte. Por exemplo, quem quisesse um par de sapatos tinha que abrir mão de duas cuecas ou dois livros. Rover olhou para o rosto do garoto. Sonny umedeceu os lábios secos e rachados com a ponta da língua. Com uma voz surpreendentemente fina, porém com dicção clara, ele sussurrou as palavras lentamente:

— Todos os deuses da Terra e do céu têm misericórdia de você e perdoam seus pecados. Você vai morrer, mas a alma do pecador penitente será levada ao paraíso. Amém.

Rover baixou a cabeça. Sentiu a mão esquerda do garoto na cabeça raspada. Sonny era canhoto, mas em seu caso não era necessário ser nenhum gênio para prever que o garoto tinha uma expectativa de vida menor que a de pessoas destras. A overdose poderia vir no dia seguinte ou dali a dez anos, ninguém sabia. Rover não acreditava no que diziam, que a mão esquerda de Sonny tinha o poder de cura. Tampouco acreditava naquela história de bênção. Então o que estava fazendo ali?

Bom, religião é como seguro de incêndio: você nunca acha que vai precisar. Mas, já que diziam que o garoto se incumbia do pecado alheio, o que é que custava agradecer e aceitar essa paz de espírito?

O que Rover mais estranhava era como alguém como Sonny podia ter matado a sangue-frio. Não fazia sentido. Talvez seja verdade o que dizem: o diabo usa muitos disfarces.

— Salamaleque — disse a voz, e a mão se afastou.

Rover permaneceu onde estava, de cabeça baixa. Passou a língua na parte posterior de seu dente de ouro, sentindo a superfície lisa. E agora, será que estava pronto? Pronto para conhecer seu criador, se assim quisesse o destino? Ele ergueu a cabeça.

— Eu sei que você nunca pede nada em retorno, mas...

Ele olhou para o pé descalço do garoto, abaixo dele. Viu as marcas de agulha no peito do pé.

— Em Botsen, onde cumpri pena da última vez, todo mundo conseguia droga, *no problem*. Mas Botsen não é nenhuma prisão de segurança máxima. Dizem que o Franck conseguiu acabar com todo o contrabando aqui na Staten, mas... — Rover pôs a mão no bolso — ... não é bem assim.

Ele levantou um objeto dourado do tamanho de um celular, no formato de uma micropistola. Apertou o gatilho, e uma pequena chama surgiu da boca do cano da arma.

— Já viu um desses? Aposto que sim. Pelo menos os agentes que me revistaram quando eu cheguei aqui já tinham visto. Eles disseram que, se eu quisesse, podiam me vender cigarros contrabandeados por um preço bom. Então me deixaram ficar com esse isqueiro. Acho que eles não tinham lido minha ficha criminal. É incrível que esse país ainda funcione, porque ninguém trabalha direito.

Rover pesou o isqueiro na mão.

— Eu fiz dois desses há oito anos. Não estou me gabando nem nada, mas ninguém nesse país podia ter feito um trabalho melhor que eu. Quem fez a encomenda foi um mediador. Ele disse que o cliente queria uma arma que não precisasse esconder, uma arma que simplesmente aparentasse ser outra coisa. Então eu inventei essa aqui. A cabeça das pessoas funciona de uma maneira curiosa. A primeira coisa que pensam quando veem isso aqui é que se trata obviamente de uma pistola, mas assim que você mostra que funciona como um isqueiro, esquecem a primeira ideia por completo. Acham que pode ser até uma escova de dentes ou uma chave de fenda, mas arma não. Bem...

Rover girou um parafuso na base do punho da arma.

— Aqui cabem duas balas 9mm. Eu chamo de Mata-Casal. — Rover apontou a pistola para o garoto. — Uma para você, querida... — em seguida, pôs a pistola na própria têmpora — ... e a outra para mim...

A risada de Rover soou estranhamente solitária na pequena cela.

— Enfim, era para eu ter feito só uma, porque o cliente não queria que mais ninguém soubesse o segredo dessa minha pequena invenção, mas eu fiz outra. E trouxe comigo, para me proteger, se o Nestor por acaso mandasse alguém me matar aqui dentro. Amanhã eu já vou embora e não vou mais precisar dela. Agora é sua. E olhe aqui... — Rover tirou um maço de cigarros do outro bolso. — Seria muito suspeito ter um isqueiro e não fumar, não é?

Ele abriu o maço de cigarros e pôs dentro um cartão de visita que dizia *Oficina de motos do Rover.*

— Aqui está meu endereço, caso precise consertar uma moto. Ou comprar uma Uzi porreta. Já falei que ainda tenho umas...

A porta se abriu e uma voz trovejou:

— Fora, Rover!

Ele se virou. A calça do agente parado na entrada estava caindo por causa do molho de chaves que levava na cintura, embora uma parte ficasse encoberta pela barriga, que pendia sobre o cós como uma massa de pão com fermento demais.

— Sua Santidade tem visita. Um parente próximo, digamos assim. — O guarda caiu na gargalhada e se virou para o homem que vinha atrás dele. — Brincadeira, Per.

Rover pôs a pistola e o maço de cigarros embaixo do edredom de Sonny, levantou-se e olhou para ele uma última vez. Então saiu rapidamente da cela.

O capelão da prisão deu um sorriso amarelo enquanto ajeitava quase involuntariamente o colarinho branco que só vivia torto. *Um parente próximo. Brincadeira, Per.* Sua vontade era cuspir naquela cara gorda e oleosa do agente penitenciário, mas apenas acenou amigavelmente com a cabeça para o prisioneiro que saiu da cela e fingiu reconhecê-lo. Viu de relance as tatuagens nos braços: a Virgem Maria e uma catedral. Ao longo dos anos, já tinha visto tantos rostos e tantas tatuagens que não conseguia mais distingui-los.

O capelão entrou. A cela cheirava a incenso. Ou pelo menos algo com cheiro de incenso. Ou de droga.

— Olá, Sonny.

O jovem sentado na cama acenou lentamente com a cabeça, sem erguer o olhar. Per Vollan presumiu que sua presença havia sido registrada, identificada. Aprovada.

Sentou-se na cadeira e teve uma sensação de desconforto quando sentiu o calor de quem acabara de se levantar dali. Pôs a Bíblia que trazia consigo do lado do garoto, na cama.

— Deixei flores na sepultura dos seus pais hoje — disse Per. — Sei que você não me pediu que fizesse isso, mas...

Per Vollan tentou encontrar o olhar do garoto. Ele próprio tinha dois filhos. Ambos eram adultos e já haviam saído de casa. Assim como Per fizera. A diferença era que seus filhos ainda eram bem-vindos.

No tribunal, uma das testemunhas de defesa, um professor de Sonny, dissera que ele fora um aluno exemplar, um atleta de luta greco-romana bastante talentoso, um aluno muito querido, atencioso. O garoto chegara a dizer que queria ser policial, assim como o pai. Mas deixou de ir à escola depois que o pai foi encontrado morto com uma carta de suicídio ao lado, na qual admitia corrupção. O capelão tentou imaginar a vergonha que aquele garoto de 15 anos sentiu. Tentou imaginar a vergonha que os próprios filhos sentiriam se algum dia descobrissem o que o pai havia feito. Ele ajeitou o colarinho novamente.

— Obrigado — agradeceu-lhe Sonny.

Per achava muito estranho que Sonny parecesse tão jovem; ele devia ter quase 30 agora. É, já estava ali fazia quase doze anos e chegara aos 18. Talvez a droga tivesse mumificado sua aparência, feito com que não envelhecesse. Somente a barba e o cabelo cresciam enquanto ele continuava com olhos inocentes de criança que olhavam maravilhados para o mundo. Para esse mundo cruel. Só Deus sabia quão cruel. Fazia mais de quarenta anos que Per Vollan atuava como capelão naquela prisão e só tinha visto o mundo se tornar mais vil. O mal se espalha como um câncer, faz com que células saudáveis adoeçam, crava nelas seus dentes de vampiro e as recruta para que façam seu trabalho torpe. Uma vez mordido, ninguém escapa. Ninguém.

— Tudo bem, Sonny? Como foi a saída temporária? Foi boa? Vocês viram o mar?

Nenhuma resposta.

Per Vollan pigarreou.

— O agente disse que vocês viram o mar. Como você deve ter lido no jornal, uma mulher foi encontrada morta no dia seguinte, perto de onde vocês estavam. Encontraram o corpo dela em casa, na própria cama. A cabeça foi... Bem, os detalhes estão aqui. — Ele bateu levemente na Bíblia com o dedo. — O agente já enviou um relatório no qual consta que você fugiu quando estavam à beira-mar e só foi encontrado uma hora depois, na estrada. Que você não quis explicar aonde foi. É importante que você não alegue nada que contradiga o depoimento dele, entendeu? Fale o mínimo possível, como de costume. Está bem, Sonny?

Per Vollan finalmente conseguiu fazer contato visual. O olhar do garoto expressava pouco do que se passava na cabeça dele, mas Per tinha quase certeza de que Sonny Lofthus seguiria as instruções de não contar nada além do necessário, nem para a polícia nem para a promotoria, e simplesmente dizer um suave "sim" quando lhe perguntassem se era culpado. Por mais que parecesse paradoxal, Per às vezes percebia uma direção, uma vontade, um instinto de sobrevivência que distinguia esse dependente químico dos outros, os que sempre estiveram em queda livre, que nunca tinham outros planos, que sempre estiveram a caminho da sarjeta. Essa vontade era expressa através de uma clareza no olhar, uma pergunta que mostrava que ele tinha prestado atenção, que tinha escutado e entendido tudo. Ou quando ele se levantava de repente, com uma coordenação, um equilíbrio e uma agilidade que faltava a outros usuários de droga. No entanto, outras vezes, como agora, era como se ele não tivesse percebido absolutamente nada.

Per se ajeitou na cadeira, desconfortável.

— Obviamente, isso significa que você não vai mais ter direito a saídas temporárias por um bom tempo. Mas você não gosta do lado de fora, não é? Pelo menos pôde ver o mar.

— Era um rio. Foi o marido?

O capelão pulou de susto, como quando algo inesperado rompe a superfície negra da água escura bem à sua frente.

— Não sei. Isso importa?

Nenhuma resposta. Vollan suspirou. Sentiu-se nauseado novamente. Vinha sentindo muito enjoo nos últimos tempos. Talvez devesse ir a um médico.

— Não se preocupe com isso, Sonny. O importante é lembrar que, lá fora, pessoas como você precisam passar o dia todo à procura da próxima dose. Mas aqui dentro eles cuidam de tudo. Não se esqueça de que o tempo passa. Você não terá mais nenhum valor para eles quando os últimos homicídios prescreverem. Agora, com esse novo homicídio, você prolonga sua sentença.

— Ou seja, foi o marido. Ele é rico?

Vollan apontou para a Bíblia.

— A casa onde você entrou está descrita aqui. É grande e bem equipada. Mas o alarme que deveria proteger toda a riqueza que havia dentro estava desligado, e a porta, destrancada. O sobrenome dele é Morsand. O armador com um tapa-olho. Já o viu nos jornais?

— Sim.

— Sério? Não sabia que você...

— Sim, fui eu que matei. Sim, vou ler aqui como fiz.

Per Vollan respirou fundo.

— Ótimo. Tem alguns detalhes sobre como ela foi morta que você precisa decorar.

— Ok.

— Ela... o topo da cabeça foi cortado. Você usou uma serra. Entendido?

As palavras foram seguidas de um longo silêncio, que Per Vollan cogitou preencher com vômito. Vômito seria melhor do que as palavras que saíam de sua boca. Ele olhou para o garoto. O que decidia o desfecho de uma vida? Uma série de acontecimentos aleatórios que ninguém podia controlar, ou uma gravidade cósmica que a puxava para onde estava predestinada a ir? Ajeitou mais uma vez o colarinho, que estava estranhamente rígido, para dentro da camisa. Conteve a náusea e se recompôs. Lembrou-se do que estava em jogo.

Per se levantou.

— Se precisar falar comigo, estou morando no Centro Ila, na praça Alexander Kielland.

Ele percebeu o olhar intrigado do garoto.

— É só por enquanto. — Sorriu rapidamente. — Minha esposa me expulsou de casa, e como eu conheço o pessoal do centro...

Parou abruptamente. Compreendia agora por que tantos prisioneiros gostavam de conversar com Sonny. Era o silêncio, aquele vácuo convidativo de alguém que somente escuta, sem reação ou julgamento. Alguém que, sem fazer nada, extrai todas as suas palavras e seus segredos. Per tinha tentado fazer a mesma coisa em sua profissão, mas era como se os prisioneiros se dessem conta de que ele tinha outras intenções. Não sabiam bem o que era, só sabiam que ele queria usar seus segredos para conseguir alguma coisa. Acesso às suas almas e, mais tarde, talvez uma recompensa no céu.

O capelão viu que o garoto abrira a Bíblia. Era um truque tão simples que chegava a ser cômico: as páginas cortadas deixavam uma cavidade. Ali estavam papéis dobrados com as instruções para confessar o crime. E três saquinhos de heroína.

2

Arild Franck gritou um breve "Entre!" sem tirar os olhos dos papéis na sua escrivaninha.

Ouviu a porta sendo aberta. Ina, sua secretária, assistente do diretor da prisão, já havia anunciado o visitante, e por um instante Franck cogitara pedir para dispensar o capelão alegando que estava ocupado. Nem era mentira, pois em meia hora teria um encontro com o comissário-chefe na Politihuset, sede da polícia de Oslo, mas Per Vollan não andava tão estável quanto necessário, então talvez não fosse uma má ideia conferir como ele estava lidando com a situação. Esse caso não permitia tropeços de nenhum deles.

— Nem precisa se sentar — disse Franck, assinando um papel e se levantando em seguida. — Vamos ter que conversar no caminho.

Ele se dirigiu à porta, apanhou o quepe no gancho e ouviu os passos do capelão o seguindo de má vontade. Avisou a Ina que voltaria em uma hora e meia e colocou o indicador no sensor de digitais ao lado da porta que levava à escadaria. A prisão de dois andares não tinha elevador. Ter elevador significa ter poços, que são ótimas rotas de fuga, além de precisarem ser fechados em caso de incêndio. E incêndio — e a subsequente evacuação caótica — era apenas um dos vários métodos que prisioneiros espertinhos utilizavam para fugir. Pelo mesmo motivo, os prisioneiros não tinham acesso às fiações elétricas, às caixas de fusível ou à tubulação de água. Tudo era embutido nas paredes ou ficava do lado de fora da prisão. Ali, tudo fora bem planejado. *Ele* tinha planejado tudo. Foi Franck quem se reuniu com os arquitetos e os especialistas estrangeiros quando o projeto ainda estava no papel. Staten era inspirada na prisão de Lenzburg, no Cantão Argóvia, na Suíça: hipermoderna, mas ao mesmo tempo simples, com destaque para segurança e efetividade acima de conforto. Ele, Arild Franck, criara a Staten. Staten era Arild Franck e vice-versa. Então por que ele era só diretor-adjunto, enquanto o conselho, em sua infinita sabedoria, malditos fossem os idiotas, tinham nomeado aquele imbecil do Halden como diretor? Tudo bem, Franck não era um cara polido e tampouco do tipo que adorava bajular políticos aplaudindo qualquer ideia nova sobre reformas no sistema prisional antes mesmo que as últimas reformas tivessem sido implementadas, mas sabia fazer seu trabalho: mantinha os presos atrás das grades sem que ficassem doentes, morressem ou se tornassem seres humanos muito piores. Era leal àqueles que mereciam sua lealdade e cuidava dos seus. Isso era muito mais do que se podia dizer de seus superiores nessa hierarquia podre do mundo da política. Antes de ser deliberadamente ignorado para o cargo de diretor, Franck havia imaginado que ao se aposentar ergueriam em sua homenagem um pequeno busto no foyer, pelos serviços prestados — mesmo que sua esposa tivesse dito que seu torso sem pescoço, a cara de buldogue e o cabelo lambido para trás não eram apropriados para uma boa escultura. Mas quem não recebe o que merece deve tomar o que merece. Essa era sua opinião sobre o assunto.

— Não posso mais continuar com isso, Arild — disse Per Vollan atrás dele, enquanto seguiam pelo corredor.

— Continuar com o quê?

— Eu sou um sacerdote. Isso que estamos fazendo com o garoto... ele está pagando por algo que não cometeu! Cumprindo pena por um marido que...

— Shh!

Do lado de fora da sala de controle, ou a "ponte", como Franck gostava de chamar, passaram por um senhor que interrompeu a limpeza do chão para acenar amigavelmente para Franck. Johannes era o prisioneiro mais velho do lugar, e era exatamente o tipo de prisioneiro de que Franck gostava: uma alma gentil que contrabandeara drogas uma vez no século anterior e com o passar dos tempos já se tornara tão institucionalizado, condicionado e pacificado que hoje em dia só tinha medo do dia que saísse dali. Infelizmente, presos como ele não eram nenhum desafio para uma prisão como a Staten.

— Está com a consciência pesada, Vollan?

— Sim, Arild, estou.

Franck não se lembrava do dia em que funcionários começaram a chamar seus superiores pelo primeiro nome. Nem de quando a direção decidira ignorar o uniforme. Em alguns lugares, até os agentes andavam à paisana. Durante uma rebelião na Francisco de Mar, em São Paulo, tinham até atirado nos próprios colegas porque não conseguiam distinguir os agentes dos prisioneiros em meio a todo o gás lacrimogênio.

— Eu quero sair desse esquema — implorou o capelão.

— Ah, é? — Franck descia as escadas correndo. Estava em boa forma, para alguém que se aposentaria em menos de dez anos. Praticava esportes, mais uma virtude esquecida naquele setor onde a obesidade era a regra e não a exceção. Além disso, havia treinado a equipe local de natação, no tempo em que a filha competia. Trabalhara em prol da comunidade durante seu tempo livre, e dessa forma retribuíra um pouco para a sociedade de seu país, que tanto dava para tantas pessoas. Então, como ousavam não promovê-lo? — E como está sua consciência no que diz respeito aos garotinhos de quem temos provas de que você se aproveitou, Per?

Franck colocou o indicador no sensor da porta seguinte, que levava a um corredor: para a esquerda, chegava-se às celas; para a direita, ao vestiário dos funcionários e à saída que dava para o estacionamento.

— Lembre-se de que Sonny Lofthus também está pagando pelos pecados que você cometeu.

Nova porta, novo sensor. Franck pressionou o indicador nesse também. Ele adorava esse mecanismo que tinha reproduzido da prisão Obihiro, em Kushiro, no Japão. Em vez de distribuir chaves, que poderiam ser copiadas, perdidas ou utilizadas indevidamente, as impressões digitais de todos com permissão para passar por aquelas portas estavam registradas no banco de dados. Dessa forma, eles não somente haviam eliminado o risco de manuseio negligente das chaves como também podiam registrar quem passara por qual porta e quando. Também tinham câmeras de vigilância, é claro, mas o rosto você pode esconder, as impressões digitais, não. A porta se abriu com um sopro, e eles entraram em uma pequena passagem de segurança com uma porta de ferro gradeada em cada extremidade. Uma só podia ser aberta quando a outra já estivesse fechada.

— Estou lhe dizendo que não aguento mais, Arild.

Franck pôs o dedo indicador nos lábios. Além das câmeras de vigilância, que cobriam praticamente toda a prisão, as passagens de segurança também eram equipadas com sistema de áudio para que fosse possível se comunicar com a sala de controle caso alguém, por algum motivo, ficasse preso lá. Eles saíram da passagem e seguiram em direção aos vestiários, onde haviam duchas e armários privados para que os funcionários guardassem suas roupas e outros pertences. Franck achava que os outros não precisavam saber que ele tinha uma chave mestra que abria todos os armários. Muito pelo contrário.

— Pensei que você soubesse com quem estava lidando — disse Franck. — Você não pode simplesmente sair disso. Para essa gente, a lealdade é uma questão de vida ou morte.

— Eu sei. — A respiração ofegante de Per Vollan adquirira uma terrível aspereza. — Mas estou falando de vida ou morte *eternas*.

Franck parou em frente à saída e olhou na direção dos vestiários, para conferir se estavam mesmo sozinhos.

— Você sabe o risco que está correndo?

— Juro que não dou um pio para ninguém, Deus é minha testemunha. Quero que você diga exatamente isso para eles, Arild, que minha boca é um túmulo e que eu só quero sair disso. Você pode dar um jeito de me ajudar?

Franck olhou para baixo. Para o sensor. Saída. Só existiam duas saídas. Aquela ali, pela porta dos fundos, e através da recepção. Nenhum tubo de ventilação, esgoto ou escada de incêndio.

— Talvez — disse ele, pondo o dedo no sensor. Uma luzinha vermelha no topo da maçaneta piscou para indicar que o banco de dados estava sendo acessado. A luz vermelha se apagou, e em seu lugar se acendeu a verde. Franck abriu a porta. Ofuscado pelo intenso brilho do sol de verão, pôs os óculos escuros enquanto cruzavam o grande estacionamento. — Vou avisá-los de que você quer sair — consentiu Franck, e procurou as chaves do carro enquanto olhava para a guarita de segurança.

A guarita contava com dois guardas armados 24 horas por dia, todos os dias da semana, e tanto a entrada quanto a saída tinham barras de aço que nem o novo Porsche Cayenne de Franck conseguiria forçar. Talvez o Hummer H1 que ele queria ter comprado conseguisse, mas o carro era muito largo, e eles fizeram a entrada bastante estreita exatamente para evitar que veículos maiores entrassem. Pela mesma razão tinham colocado barricadas de aço no lado interno da cerca de seis metros de altura que cercava a prisão inteira. Franck queria ter posto uma cerca elétrica, mas não obteve autorização do órgão responsável, pois estavam no centro de Oslo e cidadãos inocentes poderiam se machucar. Inocentes? Rá. Se alguém de fora quisesse tocar a cerca, primeiro teria que escalar cinco metros de um muro com arame farpado no topo.

— Está indo para onde? — perguntou Franck.

— Praça Alexander Kielland — respondeu Per Vollan, esperançoso.

— Desculpe, é fora do meu caminho.

— Tudo bem. O ônibus passa aqui em frente.

— Ótimo. A gente se fala.

O diretor-adjunto do presídio entrou em seu carro e seguiu até a guarita. As instruções eram de que todos os veículos deveriam ser parados, inclusive o seu, de modo que os ocupantes fossem verificados. Apenas dessa vez ele pôde passar direto, pois os guardas o viram sair do prédio e entrar no carro, portanto levantaram a cancela para que passasse. Franck retribuiu a continência dos guardas. Parou no sinal da via principal, cem metros adiante. Ficou ali parado admirando sua amada prisão pelo retrovisor. Ela era quase perfeita, mas sempre havia alguém para atrapalhar: a Secretaria de Planejamento Urbano, os novos regulamentos idiotas do ministério ou o RH semicorrupto. Franck só queria o melhor para todo mundo, para os cidadãos honestos e trabalhadores, que mereciam uma vida segura e com certo conforto. Tudo bem, as coisas poderiam ter se dado de outra maneira, não é que ele quisesse que fosse assim. Mas é como ele sempre dizia para seus alunos de natação: nadem ou afundem. Ninguém vai ajudá-los. Em seguida, seus pensamentos se voltaram para a tarefa diante de si. Ele precisava entregar uma mensagem, e não tinha a menor dúvida de qual seria o desfecho daquilo.

O sinal ficou verde e ele pisou fundo.

3

Per Vollan caminhava pela Alexander Kielland. Julho fora um mês chuvoso e incomumente frio, mas agora o sol estava de volta e o parque tinha um verde tão intenso que parecia um dia de primavera. O verão ainda não tinha acabado, as pessoas à sua volta estavam sentadas com o rosto erguido e os olhos fechados, aproveitando o sol como se fosse um produto em racionamento. Ouvia-se o ruído dos skates e o tilintar de garrafas de cervejas sendo levadas para churrascos em parques e varandas da cidade. Havia alguns, porém, ainda mais felizes com a volta do calor. Pessoas que pareciam estar cobertas com a fuligem do tráfego em torno da praça: figuras miseráveis, amontoadas nos bancos ou em volta da fonte, e que apesar disso o cumprimentavam com vozes animadas, como gritos de gaivotas. Ele esperou pela luz verde no cruzamento das ruas Ueland e Waldemar Thrane enquanto caminhões e ônibus passavam bem perto. Podia ver as fachadas do outro lado da rua aparecerem e sumirem através do tráfego. As janelas do Tranen, um dos bares locais mais notórios, estavam cobertas em plástico. O Tranen matava a sede dos mais ávidos habitantes de Oslo desde 1921 — nos últimos trinta anos, ao som de Arnie "Skiffle-Joe" Norse, que cantava e tocava violão em um monociclo junto à sua banda, que consistia em um organista velho e cego e uma tailandesa que tocava tamborim e buzina. Per Vollan desviou o olhar para a fachada com as letras de ferro forjado que formavam o nome *Ila Pensjonat*. Durante a guerra, o local fora utilizado para abrigar mães com filhos ilegítimos. Hoje em dia, abrigava os maiores usuários de drogas da cidade, aqueles que não tinham vontade de se livrar do vício. A última parada antes do fim.

Ele atravessou a rua, parou na entrada do centro e tocou a campainha. Olhou bem no olho da câmera, escutou o zumbido da porta e entrou. Em nome dos velhos tempos, tinham lhe oferecido um quarto por duas semanas. Já fazia um mês.

— Olá, Per — cumprimentou uma mulher jovem de olhos castanhos que desceu e abriu o portão gradeado na frente das escadas. Alguém tinha danificado a fechadura, de modo que o portão só podia ser aberto por dentro. — A cafeteria já fechou, mas se você se apressar ainda consegue pegar o jantar.

— Obrigado, Martha. Não estou com fome.

— Você parece cansado.

— Eu vim caminhando da Staten.

— Ah. Não passa ônibus lá?

Ela havia começado a subir as escadas e ele a seguia, desanimado

— Eu estava precisando pensar um pouco.

— A propósito, alguém esteve aqui procurando por você.

Per congelou.

— Quem?

— Não perguntei. Talvez fosse a polícia.

— Por que você acha isso?

— Eles pareciam tão ansiosos para falar com você que pensei que tivesse a ver com algum prisioneiro, não sei.

Já estão vindo atrás de mim, pensou Per.

— Você tem fé, Martha?

Ela se virou. Sorriu. Per achava que um jovem poderia se apaixonar perdidamente por aquele sorriso.

— Em Deus e Jesus, você quer dizer? — perguntou ela, e abriu a porta da recepção, que mais parecia uma janela na parede, com um escritório atrás.

— Não, no destino. No acaso versus a gravidade cósmica.

— Eu acredito na Greta Maluca — murmurou Martha, e folheou uns papéis.

— Fantasmas não são...

— Inger disse que ouviu um choro de criança ontem.

— Inger se impressiona com facilidade, Martha.

A cabeça dela apareceu na porta.

— Precisamos conversar, Per...

Ele suspirou.

— Já sei. O abrigo está cheio e...

— A reforma depois do incêndio está demorando muito. Temos mais de quarenta moradores dividindo quartos. Não podemos continuar assim por muito tempo. Eles roubam uns dos outros e depois brigam. É só uma questão de tempo até que alguém seja esfaqueado.

— Tudo bem. Não vou ficar aqui por muito mais tempo.

Martha inclinou a cabeça para o lado e olhou intrigada para ele.

— Por que ela não permite que você pelo menos durma em casa? Há quantos anos vocês são casados? Quarenta, não?

— Há 38 anos, mas a casa é dela, e... É complicado. — Per deu um sorriso abatido.

Ele seguiu pelo corredor. A música trovejava atrás de duas das portas. Anfetamina. Era segunda-feira, o escritório da Seguridade Social já reabrira após o fim de semana e havia um rebuliço por todo o lugar. Ele girou a chave em sua porta. O quarto desgastado e minúsculo, com lugar só para uma cama e um armário, custava seis mil coroas por mês. Por esse preço, podia-se alugar um apartamento inteiro na periferia de Oslo.

Ele se sentou na cama e olhou pela janela empoeirada. O barulho do tráfego ressoava baixo lá fora. O sol brilhava através das cortinas finas. Uma mosca lutava pela vida no parapeito. Logo morreria. Assim era a vida. Não a morte, a vida. A morte não era nada. Fazia quantos anos ele já havia chegado a essa conclusão? De que todo o resto afora a morte, tudo que pregava, era apenas um mecanismo de defesa criado pelas pessoas contra o medo de morrer. E mesmo assim tudo que ele acreditava saber não significava mais nada agora. Pois o que acreditamos saber não significa nada comparado àquilo em que precisamos acreditar para aliviar o medo e a dor. Ele agora voltava ao ponto de partida. Acreditava em um Deus piedoso e na vida após a morte. Agora, mais do que nunca, acreditava nisso. Pegou um bloco de notas debaixo de um jornal e começou a escrever.

Per Vollan não tinha muito a escrever, somente algumas poucas frases numa folha de papel. Riscou o próprio nome no envelope usado em que viera uma carta do advogado de Alma informando brevemente ao que Per tinha direito na partilha do patrimônio. Não era muito.

Olhou-se no espelho, ajeitou o colarinho, pegou o casaco do armário e saiu.

Martha não estava na recepção. Inger ficou com o envelope e prometeu entregá-lo.

O sol já se punha, o dia se recolhia. Enquanto andava pelo parque, ele observava de canto de olho se tudo estava dentro da normalidade, sem nenhum comportamento incomum. Ninguém se levantou rápido demais à sua passagem, nenhum carro começou a acompanhá-lo discretamente quando ele mudou de ideia e resolveu seguir pela rua Sanner em direção ao rio. Mas eles estavam lá. Atrás de uma janela que refletia uma pacífica noite de verão, no olhar indiferente de um transeunte, no frio das sombras que vinham rastejando do lado leste das casas e expulsavam a luz do sol, ganhando território. Per Vollan pensou que sua vida também tinha sido assim, um duelo eterno e inútil entre a luz e a escuridão. Um duelo que parecia nunca ter um vencedor. Ou será que sim? Pois cada vez mais a escuridão parecia assumir a ofensiva.

Eles estavam a caminho da longa noite.

Per apertou o passo.

4

S imon Kefas levou a xícara de café à boca. Da mesa da cozinha ele podia ver o pequeno jardim na frente da casa deles em Fagerliveien, em Disen. Havia chovido durante a noite, e a grama ainda brilhava ao sol. Era como se desse para vê-la crescer. Logo ele teria que dar uma volta com seu cortador de grama manual. Uma volta barulhenta, regada a suor e alguns xingamentos. Não fazia mal. Else perguntara por que ele não comprava um elétrico, como todos os vizinhos. Sua resposta foi simples: era caro. Esse argumento vencera vários debates durante o tempo em que ele crescera naquela casa. Naquele tempo, moravam pessoas comuns no bairro: professores, cabeleireiros, taxistas e funcionários públicos. Ou policiais, como ele. Não que os que morassem ali hoje em dia não fossem comuns, mas trabalhavam com publicidade ou informática, eram jornalistas, médicos, tinham empresas de produtos sofisticados ou haviam herdado dinheiro suficiente para comprar uma das casinhas idílicas, fazendo com que o bairro crescesse em classe social e os preços subissem.

— Em que você está pensando? — perguntou Else.

Ela estava atrás da cadeira e acariciava-lhe o cabelo, que estava cada vez mais ralo. De cima, via-se o couro cabeludo. Mas ela dizia que gostava. Gostava porque ele aparentava o que realmente era, um policial quase aposentado. Dizia que ela também envelheceria, embora a diferença de idade fosse de mais de vinte anos. Um dos novos vizinhos, um diretor de filmes relativamente conhecido, pensara que ela fosse filha dele. Não fazia mal.

— Estou pensando em como sou sortudo — respondeu Simon. — Por ter você. Por ter tudo isso.

Ela depositou um beijo no alto da cabeça dele. Simon sentiu os lábios no couro cabeludo. Naquela noite, havia sonhado que dava a ela sua visão. E quando acordou e não viu nada, naquele curto momento antes de lembrar que era devido à máscara de dormir que usava por causa do sol que nascia tão cedo no verão, foi um homem feliz.

A campainha tocou.

— É a Edith — disse Else. — Vou trocar de roupa.

Ela abriu a porta para a irmã e subiu para o quarto.

— Oi, tio Simon!

— Olha só quem é. — Simon olhou para o rosto sorridente do garoto, cheio de expectativa.

Edith entrou na cozinha.

— Desculpa, Simon, mas ele insistiu que viéssemos cedo para poder experimentar seu quepe.

— Fique à vontade — disse Simon. — Mas você não deveria estar na escola hoje, Mats?

— Dia de treinamento dos professores — lamentou Edith. — As escolas não têm a mínima ideia da chateação que é isso para mães solteiras.

— Então é mais gentil ainda que você tenha se oferecido para levar a Else.

— Imagina. Pelo que sei, ele só vai estar em Oslo hoje e amanhã.

— Quem? — perguntou Mats, puxando o braço de Simon para que ele se levantasse.

— Um médico americano que é muito bom em visão — explicou Simon, e fingiu se levantar com mais dificuldade ao se permitir ser puxado da cadeira. — Vamos lá ver o quepe! Tem café, Edith.

Simon e o garoto foram para o corredor, e Mats gritou de satisfação quando viu o quepe preto e branco de policial, que o tio tirou da prateleira do armário, mas ficou em um silêncio solene quando Simon o colocou na cabeça dele. Os dois se olharam no espelho. O garoto apontou o dedo para o reflexo de Simon e fez barulho de tiros.

— Você está atirando em quem?

— Bandidos — balbuciou o garoto. — Pá, pá!

— Estamos só treinando a pontaria — disse Simon. — A polícia daqui não atira em bandidos se não for necessário.

— Atira, sim! Pá, pá!

— Desse jeito vamos para a cadeia, Mats.

O garoto parou de atirar e olhou intrigado para o tio.

— Por quê? A gente é da polícia!

— Porque policial que atira em bandido que podia ter prendido também é bandido.

— Mas... e depois de preso? Aí a gente pode atirar, não pode?

Simon riu.

— Não. Aí é o juiz quem decide quanto tempo eles vão ficar presos.

— Não é *você* que decide, tio Simon?

A decepção era visível nos olhos do garoto.

— Olha, Mats, ainda bem que não sou eu quem decide. Ainda bem que eu só preciso pegar os bandidos. Essa é a parte legal do trabalho.

Mats estreitou um dos olhos e o quepe caiu para trás na sua cabeça.

— Tio Simon...

— Sim?

— Por que você e a tia Else não têm filhos?

Simon se colocou atrás do sobrinho, pôs as mãos em seus ombros e sorriu para ele no espelho.

— Não precisamos de filho quando já temos você, não é?

Mats olhou pensativo para o tio por um instante. Por fim, também sorriu.

— É!

Simon pôs a mão no bolso e apanhou seu celular, que tinha começado a vibrar.

Era da central de operações. Ele levou ao ouvido e escutou.

— Onde no rio Aker? — perguntou.

— Depois do Kuba, perto da escola de artes. Tem uma passarela de pedestres...

— Sei onde é. Chego em meia hora.

Como já estava no corredor, calçou o sapato e vestiu a jaqueta.

— Else!

— Sim?

O rosto dela apareceu no alto da escada. Novamente ele percebeu como ela era bonita. O cabelo comprido fluindo como um rio vermelho em volta de seu rosto delicado; as sardas no nariz pequeno e ao redor dele. Simon se deu conta de que as sardas dela provavelmente continuariam ali mesmo depois que ele já não estivesse. Seu pensamento seguinte, que ele procurou afugentar, veio de súbito: quem cuidará dela quando eu não estiver mais aqui? Ele sabia que Else dificilmente podia vê-lo daquela distância, apenas fingia. Simon pigarreou.

— Vou ter que ir, querida. Você me liga e me conta como foi a consulta?

— Ligo. Dirija com cuidado.

Dois policiais de meia-idade andavam pelo parque popularmente conhecido como Kuba. A maioria das pessoas pensava que o nome tinha alguma coisa a ver com o país, talvez porque ali foram realizados encontros políticos, e Grünerløkka era considerado um bairro da classe trabalhadora no passado. Quem vivia nos arredores fazia mais tempo, porém, sabia que antes havia ali um grande reservatório de gás no formato de um cubo. Os homens atravessaram uma passarela que levava a uma antiga fábrica transformada em escola de artes. Nas grades de proteção da ponte haviam cadeados com datas e iniciais de casais apaixonados. Simon parou e olhou para um deles. Tinha amado Else cada um dos mais de 3.500 dias dos dez anos que estavam juntos. Não haveria nenhuma outra mulher na vida dele, e ele não precisava de nenhum cadeado simbólico para saber disso. Ela também não. Torcia para que ela vivesse muitos anos mais que ele, para que ainda houvesse espaço para outros homens em sua vida. Não fazia mal.

De onde estavam, era possível ver até a Aamodt, uma ponte modesta que cruzava um rio modesto que dividia uma capital modesta em leste e oeste. Ele tinha pulado daquela ponte muito tempo antes, quando ainda era jovem e tolo. A troica bêbada. Três garotos, dois deles com uma confiança inabalável em si mesmos e no futuro. O terceiro, Simon, já entendera havia muito que não tinha como concorrer com os outros dois no que dizia respeito a inteligência, força, aptidão social ou jeito com as mulheres. No entanto, ele era o mais corajoso. Em outras palavras, o mais disposto a correr riscos. E pular em água suja não exigia intelecto ou boa condição física, apenas imprudência. Simon Kefas muitas vezes pensara que o pessimismo tinha sido sua única vantagem sobre os outros quando era jovem. Era o pessimismo que o tornava capaz de fazer apostas com um futuro que ele não valorizava tanto, como se sempre soubesse que tinha menos a perder do que os outros. Ele subiu nas grades e esperou que os outros gritassem que não pulasse, que ele era louco. Então pulou. Pulou da ponte e da vida, adentro da magnífica e envolvente roleta que é o destino. Mergulhou na água que não tinha superfície, somente uma espuma branca. Abaixo da espuma havia apenas um abraço gelado. E nesse abraço só havia silêncio, solidão e paz. Eles festejaram quando Simon saiu da água ileso. E ele também, mas no fundo sentiu uma leve decepção por ter voltado. Incrível o que um coração partido pode fazer com um jovem rapaz.

Simon afastou as lembranças e olhou para a pequena cachoeira entre as duas pontes, mais especificamente para a figura que estava pendurada lá como em uma fotografia, congelada no meio da queda.

— Provavelmente foi trazido pela correnteza — explicou o perito criminal ao lado de Simon —, até que as roupas se prenderam em alguma coisa. O rio é tão raso ali que dá para atravessar a pé.

— Muito bem — disse Simon, mascando a porção de *snus* que tinha na boca, e inclinou a cabeça.

A pessoa estava pendurada, os braços caídos, a água fluindo como um halo branco ao redor da cabeça e do corpo. Parecia o cabelo de Else.

O time de peritos tinha finalmente posto um barco na água e tentava tirar o corpo da cachoeira.

— Aposto uma cerveja que foi suicídio.

— Aí é que você se engana. — Simon enfiou o indicador torto debaixo do lábio superior para retirar o fumo. Estava prestes a jogá-lo na água, mas mudou de ideia. Novos tempos. Olhou ao redor à procura de uma lixeira.

— Então você está querendo apostar comigo que não foi isso?

— Não, Elias, eu não *aposto* nada.

— Desculpa, eu esqueci... — disse o perito, envergonhado.

— Não faz mal — retrucou Simon, e se afastou.

Acenou ao passar por uma loura alta, de saia preta e jaqueta curta. Chutaria que era funcionária de banco não fosse pelo crachá da polícia pendurado no pescoço. Jogou o fumo numa lixeira verde que encontrou na calçada ao final da ponte e seguiu em direção à beira do rio, varrendo o chão com o olhar.

— Inspetor Simon Kefas?

Elias ergueu o olhar. A mulher à sua frente era provavelmente o estereótipo que estrangeiros tinham das escandinavas. Supôs que ela mesma acreditava ser alta demais e por isso era meio curvada e não usava salto.

— Não. Quem é você?

— Kari Adel. — Ela levantou o crachá que levava ao pescoço. — Sou nova no Departamento de Homicídios. Me disseram que eu o encontraria aqui.

— Bem-vinda. O que você quer com Simon?

— Ele vai me treinar.

— Sorte sua — comentou Elias, e apontou para um homem baixo que caminhava às margens do rio. — Ali está ele.

— O que ele está fazendo?

— Procurando evidências.

— Mas se houver evidências, elas devem estar ali em cima, perto do corpo, não lá embaixo.

— Ele deve presumir que já procuramos ali, e tem razão.

— Os outros peritos disseram que parece suicídio.

— Já fiz a besteira de tentar apostar com ele que era isso.

— Por que besteira?

— Ele é dependente — explicou Elias. — *Era.* — E acrescentou, quando viu a expressão de surpresa dela: — Não é nenhum segredo. E é bom você saber, já que vão trabalhar juntos.

— Não me avisaram que eu ia trabalhar com um alcoólatra.

— Não é vício em álcool. É em jogo.

Ela pôs o cabelo louro atrás da orelha e apertou os olhos contra a claridade.

— Que tipo de jogo?

— Todo tipo, pelo que eu sei. Você vai ter a oportunidade de perguntar a ele, agora que são parceiros. De onde você era antes?

— Narcóticos.

— Ah, então você conhece bem esse rio.

— Conheço. — Ela estreitou a vista e olhou para o corpo. — Pode ter sido um acerto de contas, mas o local não se encaixa. Drogas pesadas são vendidas na praça Schous ou na ponte Nybrua, não aqui perto do rio. E não se mata ninguém por causa de maconha.

— Pois é. — Elias apontou com a cabeça para o barco. — Agora conseguiram tirá-lo de lá, então se ele tiver alguma identificação...

— Eu sei quem é — disse Kari Adel. — É o capelão da prisão, Per Vollan.

Elias a olhou de cima a baixo. Ela logo deixaria de lado aquelas roupas formais de escritório, provavelmente algo que tinha visto em alguma série de TV americana. Afora isso, parecia apta. Talvez fosse daqueles que insistiriam na profissão. Um tipo raro. Mas ele já se enganara outras vezes.

5

A sala de interrogatório tinha cores claras e móveis de pinho. Uma cortina vermelha cobria a janela que dava para a antessala, de onde se observava tudo. O inspetor Henrik Westad, da polícia de Buskerud, achava que era uma sala agradável. Já havia ido de Drammen a Oslo antes e se sentado exatamente ali. Na época, interrogaram crianças num caso de abuso sexual, e havia bonecas no local. Dessa vez, tratava-se de homicídio. Ele analisou o homem barbudo e cabeludo do outro lado da mesa. Sonny Lofthus. Parecia mais jovem do que a idade que constava no seu arquivo. E não parecia sob efeito de drogas. O tamanho das pupilas estava normal. Mas isso acontecia com pessoas que tinham alta tolerância. Westad pigarreou e começou:

— Então você a amarrou, usou uma serra comum para matá-la e depois foi embora?

— Foi — confirmou o acusado.

O homem dispensara a presença de um advogado, mas respondia quase tudo de forma monossilábica. Finalmente, Westad tinha decidido começar a fazer perguntas cujas respostas podiam ser apenas sim ou não, e parecia estar funcionando. Droga, lógico que funcionavam, o homem tinha confessado! Mesmo assim, Westad achava que havia alguma coisa errada. Olhou para as fotos à sua frente. O topo do crânio e uma parte do cérebro haviam sido serrados e pendiam para o lado, sustentados somente pela pele. A parte exterior do cérebro era visível. Havia muito tempo ele desprezara a ideia de que era possível julgar a crueldade das pessoas pelas aparências, mas aquele homem... Ele não parecia ter a frieza, agressividade nem a idiotia que Westad acreditava ter visto em outros que matavam a sangue-frio.

Westad se recostou na cadeira.

— Por que você está confessando?

O homem deu de ombros.

— Por causa do DNA na cena do crime.

— Como é que você sabe que temos seu DNA?

O homem levou a mão às madeixas longas e grossas, que a direção da prisão poderia cortar por razões de higiene.

— Meu cabelo está caindo. Efeito colateral de muitos anos de abuso de drogas. Posso ir agora?

Westad suspirou. Confissão. Provas técnicas na cena do crime. Por que ainda estava tão desconfiado?

Ele se debruçou na mesa em direção ao microfone entre eles.

— Interrogatório do suspeito Sonny Lofthus encerrado às 13h04.

Ele viu que a luz vermelha se apagou: o técnico na antessala tinha interrompido a gravação. Westad se levantou e abriu a porta para que os agentes pudessem entrar e levar o prisioneiro de volta para Staten.

— O que você acha? — perguntou um investigador.

— O que eu acho? — Westad vestiu a jaqueta e fechou o zíper com irritação. — Ele não me dá oportunidade de *achar* nada.

— E quanto ao interrogatório anterior?

Westad deu de ombros. Uma amiga da vítima tinha se apresentado. Segundo ela, a vítima lhe contara que o marido, Yngve Morsand, a acusara de infidelidade e também ameaçara matá-la; que Eva Morsand estava com muito medo. Especialmente porque ele tinha motivo para a desconfiança. Eva havia conhecido alguém e estava pensando em se separar. Praticamente não existia motivo mais clássico para homicídio, pensou Westad. E qual era o motivo de Sonny? A mulher não fora estuprada e nada fora roubado da casa. Bom, o armário de remédios tinha sido forçado e o marido disse que alguns remédios para dormir desapareceram. Mas por que alguém que, a julgar pelas marcas no braço, está acostumado a drogas pesadas mataria por míseros soníferos?

E por que um inspetor que acabou de ouvir uma confissão deveria se preocupar com detalhes como esses?, foi a pergunta que se fez logo em seguida.

Johannes Halden esfregava o chão entre as celas do pavilhão A quando viu dois agentes passarem com o garoto entre si. O garoto sorriu, e, não fossem as algemas, daria para pensar que ele estava entre dois amigos a caminho de um passeio.

Johannes levantou o braço direito.

— Veja, Sonny! Meu ombro está bom de novo! Obrigado!

O garoto teve que erguer as duas mãos para mostrar ao velho um polegar para cima.

Os agentes pararam em frente a uma das celas e o libertaram das algemas. Não precisavam destrancar a porta também, pois todas as celas eram abertas diariamente às oito da manhã e assim permaneciam até as dez da noite. A equipe da sala de controle havia mostrado a Johannes como abrir e fechar todas as portas com o simples apertar de uma tecla. O velho gostava da sala de controle. Era por isso que, quando estava lá, sempre passava mais tempo limpando. Lá, era como se estivesse no comando de um superpetroleiro. Como se estivesse onde deveria ter terminado. Antes do "incidente", ele trabalhava como marinheiro e tinha começado a estudar náutica. Pretendia virar oficial, imediato, primeiro-imediato e, em seguida, capitão. Até finalmente, após alguns anos, voltar para a esposa e a filha em sua casa nos arredores de Farsund e trabalhar como piloto de operações portuárias. Então por que tinha destruído seus sonhos? Por que tinha feito isso? O que o fizera concordar em levar aquelas duas sacolas grandes do porto de Songkhla, na Tailândia? Ele sabia muito bem que continham heroína. Conhecia as penas do poder judiciário exagerado da Noruega, que naquele tempo equiparava contrabando de drogas a homicídio premeditado. Nem precisava da enorme quantia de dinheiro que lhe fora prometida para entregar as sacolas em um endereço em Oslo. Então qual foi o motivo? Emoção? Ou o sonho de reencontrá-la, aquela linda garota tailandesa com o vestido de seda? Poder acariciar seu cabelo preto, comprido e brilhoso, olhar em seus olhos amendoados, escutar aquela voz meiga que sussurrava com dificuldade palavras em inglês através de suaves lábios de framboesa, que diziam que ele precisava fazer isso por ela, pela família dela em Chiang Rai, que era a única maneira de salvá-los. Não que ele acreditasse na história dela, mas acreditava em seu beijo. E esse beijo o levou a atravessar mares, a alfândega, o fez chegar à delegacia, ao tribunal e à sala de visitas, onde a filha quase adulta disse que ninguém da família queria ter mais nada a ver com ele; a enfrentar o divórcio e chegar à sua cela na prisão Ila. Aquele beijo foi tudo que ele sempre quis ter, e a promessa de mais um beijo era tudo que lhe restava.

Quando foi libertado, ninguém o esperava lá fora. A família o rejeitara, os amigos se afastaram e ele nunca mais teria a oportunidade de trabalhar a bordo de um navio outra vez. Então voltou para os únicos que o acolheriam. Bandidos. Transporte marítimo irregular. Foi recrutado por Nestor, o ucraniano. A heroína do norte da Tailândia era transportada em caminhões pela antiga rota, através da Turquia e da península Balcânica. Na Alemanha, a carga era distribuída entre os países da Escandinávia, e o trabalho de Johannes era dirigir o último trecho do caminho. Depois, ele acabou se tornando informante da polícia.

Tampouco havia um bom motivo para isso.

Foi apenas um policial que apelou para algo em Johannes, algo que ele nem sabia que tinha.

E apesar de a promessa de consciência tranquila não ser tão valiosa quanto o beijo de uma bela mulher, ele acreditou no policial. Acreditou de verdade, pois havia algo nos olhos dele. Talvez Johannes conseguisse voltar para o caminho certo. Porém, em um dia de outono, o policial foi morto, e pela primeira vez na vida Johannes ouviu aquele nome, sussurrado com um misto de temor e reverência: o Gêmeo.

A partir daí, foi só uma questão de tempo para que o recrutassem novamente. Os riscos eram cada vez maiores; as cargas, cada vez maiores. Maldição, ele *queria* ser pego. Queria pagar pelos seus erros. Por isso se sentiu aliviado quando o pararam na fronteira com a Suécia. Os móveis na traseira do caminhão estavam todos cheios de heroína. Sua pena foi agravada pela quantidade e por ser réu reincidente. Isso fazia dez anos. Foi transferido para a Staten logo que a prisão abriu, quatro anos antes. Tinha visto presos irem e virem, agentes irem e virem, e tratado todos com o respeito que mereciam. Com o passar do tempo, também adquiriu dos outros o respeito devido aos mais velhos, aos inofensivos. Mas nenhum deles conhecia seus segredos, a traição da qual era culpado, o motivo pelo qual punia a si mesmo. E ele não tinha mais qualquer esperança de finalmente obter algo que importasse. O beijo prometido por uma mulher esquecida, a consciência tranquila oferecida pelo policial morto. Até o dia em que foi transferido para o pavilhão A e conheceu o garoto conhecido por seus poderes de cura. Johannes levou um susto quando ouviu o sobrenome dele, mas não disse nada. Sua rotina consistia em esfregar o chão, manter a cabeça baixa, sorrir, assim como fazer e receber pequenos favores que tornavam a vida suportável em um lugar como aquele. E assim se passaram dias, semanas, meses e anos diante de seus olhos, uma vida que em breve terminaria. Câncer. Câncer de pulmão. Carcinoma de pequenas células, segundo o médico. O mais agressivo. O pior, caso não seja detectado precocemente.

Não foi detectado precocemente.

Não havia mais nada que se pudesse fazer. Muito menos Sonny. Ele errou feio quando Johannes pediu que adivinhasse o problema dele. Disse que era próstata, ha ha. E seu ombro ficou bom por si só, não por causa da mão de Sonny, que com certeza não tinha a temperatura mais alta que os 37 graus usuais. Se duvidar, era até mais fria. Mas ele era um bom garoto, e Johannes não queria acabar com sua ilusão de que tinha o poder de cura.

Então Johannes guardava segredo, sobre sua doença e sobre sua traição, mas sabia que não tinha muito mais tempo, que não podia levar aquilo para o túmulo. Não queria acordar no purgatório, todo carcomido e condenado à dor eterna. Não que ele tivesse alguma convicção religiosa sobre quem seria condenado ao sofrimento eterno ou por qual razão, mas o fato é que já havia cometido muitos erros na vida.

— Tantos erros... — balbuciou Johannes para si mesmo.

Então largou de lado o esfregão, foi à cela de Sonny e bateu na porta.

Nenhuma resposta. Bateu mais uma vez.

Aguardou.

Abriu a porta.

Sonny estava sentado com uma tira de borracha amarrada no braço, logo abaixo do cotovelo. A ponta estava presa entre os dentes. Ele segurava a seringa sobre uma veia protuberante, o ângulo nos trinta graus recomendados para uma inserção ideal.

Sonny ergueu os olhos calmamente e sorriu.

— Sim?

— Desculpa, eu, hã... eu posso esperar.

— Tem certeza?

— Sim. Não tem pressa. — Johannes riu. — Posso esperar um pouco.

— Pode esperar quatro horas?

— Quatro horas dá.

O velho viu a agulha mergulhar na veia. Viu o garoto empurrar o êmbolo. Silêncio e escuridão preencheram a cela como se fossem água negra. Johannes recuou devagar e fechou a porta.

6

Com o celular na orelha e as pernas em cima da mesa, Simon se balançava na cadeira. Era uma prática que a troica tinha aperfeiçoado tanto que, quando eles competiam entre si, o vencedor era quem tivesse a paciência de se equilibrar por mais tempo.

— Então o médico não quis dizer nada? — perguntou, em voz baixa, em parte porque não queria expor sua vida pessoal, em parte porque era assim que falava com a esposa ao telefone, em voz baixa e suave. Como se estivessem abraçados na cama.

— Ainda não. Ele quer ver o resultado dos exames primeiro. Amanhã vai me dizer mais.

— Ok. Como você está?

— Bem.

— Bem mesmo?

Ela riu.

— Não se preocupe tanto, querido. A gente se vê no jantar.

— Tudo bem. Sua irmã ainda...

— Sim, ainda está aqui. Ela vai me levar para casa. Agora chega de conversa, você está no trabalho.

Ele desligou com relutância. Pensou naquele sonho em que dava a ela sua visão.

— Inspetor Kefas?

Ele ergueu o rosto. E ergueu mais. A mulher que estava em frente à sua mesa era alta, muito alta. E magra, as pernas compridas de inseto despontando de uma saia formal.

— Meu nome é Kari Adel. Fui instruída a ajudá-lo nesta investigação. Fui procurá-lo na cena do crime, mas você sumiu.

Era a mulher que parecia mais uma bancária ambiciosa do que uma investigadora de polícia. Simon inclinou a cadeira ainda mais para trás.

— Qual cena do crime?

— Kuba.

— E quem disse que era uma cena de crime?

Ele notou que ela hesitou. Tentou achar uma saída. Não havia nenhuma.

— A possível cena do crime — corrigiu-se ela.

— E quem disse que eu preciso de ajuda?

Ela apontou para cima, indicando de onde a ordem tinha vindo.

— Na verdade, sou eu quem precisa de ajuda. Sou nova por aqui.

— Direto da academia?

— Passei um ano e meio no Departamento de Narcóticos.

— E já veio direto para o de Homicídios? Parabéns, Adel. Ou você tem sorte, ou conhece as pessoas certas, ou então é por ser...

Ele desceu a cadeira para a posição normal e pegou uma caixinha de fumo do bolso da calça jeans.

— Por ser mulher? — sugeriu ela.

— Eu ia dizer inteligente.

Ela corou, e ele notou o constrangimento nos olhos dela.

— E você é mesmo inteligente? — perguntou Simon, colocando uma porção de fumo atrás do lábio superior.

— Segunda da turma.

— E quanto tempo vai ficar por aqui?

— Como assim?

— Se você não gostou de trabalhar com drogas, por que gostaria de homicídios?

Ela demonstrou hesitação novamente. Simon viu que tinha acertado. Sua passagem pelo departamento seria rápida. Ela era do tipo que logo continuaria sua escalada pela hierarquia. Talvez até saísse da polícia, assim como todos do Departamento de Fraudes tinham feito. Foram embora, levaram consigo toda a sua competência e deixaram Simon sozinho. A polícia não é um lugar para gente esperta e ambiciosa que deseja ter uma vida normal.

— Eu fui embora da cena do crime porque percebi que não tinha mais nada para procurar lá — explicou Simon. — Por onde você começaria a investigação?

— Eu falaria com os parentes e pessoas mais próximas — respondeu Kari, procurando uma cadeira. — Mapearia os movimentos da vítima até o momento em que foi parar no rio.

A maneira como ela falava indicava que era do lado leste da zona oeste de Oslo, um lugar onde as pessoas temiam ser estigmatizadas em razão do sotaque.

— Muito bem, Adel. E a pessoa mais próxima dele...

— ... era a esposa. Na verdade, quase ex. Tinha acabado de expulsá-lo de casa. Já falei com ela. Ela disse que ele estava morando no Centro Ila, para tratamento de dependentes químicos, na praça Alexander Kielland. Tem alguma cadeira aqui?

Inteligente. Muito inteligente.

— Você não vai precisar de cadeira agora — respondeu Simon, e se levantou.

Ela era pelo menos quinze centímetros mais alta que ele. E mesmo assim precisava dar dois passos para cada passo dele. Saia apertada. Não fazia mal, mas ele tinha o pressentimento de que ela logo mudaria de ideia. Homicídios são solucionados de jeans.

— Vocês não podem entrar aqui.

Martha estava na entrada do Centro Ila, diante de duas pessoas. A mulher, ela achava já ter visto antes; tão alta e magra, era difícil esquecer. Do Esquadrão de Drogas, talvez? Tinha cabelo louro e sem vida, não usava quase nenhuma maquiagem, e o rosto exibia uma leve expressão de sofrimento como a de uma menina mimada que se sentia acuada.

O homem era o exato oposto. Mal chegava a 1,70 metro de altura, 60 e tantos anos. Havia rugas profundas no rosto, mas também marcas de expressão de riso. Cabelo grisalho e olhos que refletiam gentileza, bom humor e teimosia. Analisar as pessoas era automático para Martha desde que ela assumira a tarefa de entrevistar os novos residentes do centro. Assim determinava o comportamento deles e também que tipo de problemas poderia vir a ter. Às vezes errava, mas não com frequência.

— Não precisamos entrar — disse o homem que se apresentara como inspetor Kefas. — Somos do Departamento de Homicídios. Trata-se de Per Vollan, que morava aqui.

— Morava?

— É. Ele morreu.

Martha ofegou de susto. Essa era sempre sua primeira reação quando a informavam de mais uma morte. Chegara a se perguntar se fazia isso só para ver se ainda estava viva. Em seguida, vinha a surpresa. A surpresa por não estar surpresa. Mas Per não era usuário, não estava na sala de espera da morte como os outros. Ou será que estava? Será que ela havia se dado conta, inconscientemente? Talvez por isso o susto inicial foi substituído por aquele comentário interno, igualmente rotineiro: óbvio. Não, não era isso. Era aquela outra coisa.

— Ele foi encontrado no rio Aker.

O encarregado de falar era o homem. A mulher tinha EM TREI- NAMENTO escrito na testa.

— Entendi.

— Você não está surpresa?

— Não. Acho que não. Sempre é um choque, mas...

— Mas é algo a que nos acostumamos em nosso trabalho, não é? — O homem acenou para as janelas do prédio ao lado antes de acrescentar: — Não sabia que o Tranen tinha fechado.

— Vão abrir uma confeitaria chique aí — disse Martha, e cruzou os braços como se estivesse com frio. — Para os grã-finos.

— Puxa, até aqui? — comentou Simon, e então indicou com o olhar um veterano que passou por ele trocando as pernas e com os joelhos tremendo, ao que recebeu um aceno indiferente em resposta. — Vejo que há muitos rostos conhecidos aqui, mas Per Vollan era capelão de presídio. A autópsia ainda não está pronta, mas não encontramos ne- nhuma marca de agulha.

— Per não morava aqui como usuário. Ele nos ajudou quando tivemos problemas com ex-detentos. Confiavam nele. Então o ajudamos quando ele foi expulso de casa. Era para ser temporário.

— Sabemos disso. O que me pergunto é por que você não está surpresa com a morte dele se sabia que ele não era usuário de drogas. Podia ter sido um acidente.

— Foi um acidente?

Simon olhou para a mulher magra e alta. Ela hesitou, mas ele fez um aceno com a cabeça. Então ela finalmente abriu a boca:

— Não havia nenhum sinal de violência, mas os caminhos ao longo do rio são uma área de atividade criminal.

Pelo sotaque da mulher, Martha concluiu que ela tinha uma mãe rigorosa que corrigia a linguagem da filha quando se sentavam para jantar. Uma mãe que dizia que ela nunca arranjaria um bom marido se falasse como alguém das docas.

O inspetor Kefas inclinou a cabeça de lado.

— O que você acha, Martha?

Ela gostava de Simon. Ele parecia que se importava.

— Eu acho que ele sabia que ia morrer.

Ele ergueu uma sobrancelha.

— Por quê?

— Por causa da carta que deixou para mim.

Martha contornou a mesa da sala de reuniões, localizada no lado oposto da recepção, no primeiro andar. Tinham conseguido manter o estilo gótico da sala, que era de longe a mais bonita do edifício. Não que a competição fosse muito difícil. Ela serviu café para o inspetor. Ele estava sentado lendo a carta que Per Vollan deixara para Martha na recepção. A parceira de Simon estava sentada na ponta da cadeira ao lado dele e digitava uma mensagem no celular. Ela havia educadamente recusado as ofertas de café, chá e água, como se suspeitasse de que a água dali fosse cheia de micróbios indesejáveis.

Simon empurrou a carta sobre a mesa para a colega.

— Aqui consta que ele deixa tudo que possuía para o abrigo de vocês.

A colega enviou a mensagem no celular e pigarreou. O inspetor se voltou para ela:

— Sim, Adel?

— Não se diz mais abrigo. O nome certo é centro de tratamento.

Kefas parecia genuinamente surpreso.

— Por quê?

— Porque temos assistentes sociais e enfermaria — respondeu Martha —, o que faz com que sejamos mais que apenas um abrigo. Na verdade, o verdadeiro motivo é que a palavra "abrigo" agora tem conotações negativas: bebedeira, confusão e péssimas condições de moradia. Então se disfarça um pouco e se recorre a outro nome.

— Ok, então... — disse o policial. — Ele queria mesmo dar tudo que possuía para este lugar?

Martha deu de ombros.

— Acho que ele não possuía muito. Você viu a data da assinatura?

— A carta é de ontem, e você acha que ele a escreveu porque sabia que ia morrer. Ou seja, você acha que ele se matou.

Martha considerou a hipótese.

— Não sei.

A mulher magra e alta pigarreou.

— Até onde sei, separação não é uma causa incomum para suicídio entre homens acima de 40 anos.

Martha tinha a impressão de que a mulher quieta sabia as estatísticas de cor.

— Ele parecia deprimido? — perguntou Simon.

— Mais cabisbaixo do que deprimido.

— Não é incomum que pessoas com pensamentos suicidas se matem quando estão saindo de uma depressão — comentou a mulher, como se estivesse lendo diretamente de um livro. Os outros dois olharam para ela. — A depressão em si caracteriza-se frequentemente por apatia, e suicídio exige certa ação.

Um toque indicou que ela tinha recebido uma mensagem.

— Um homem de meia-idade é expulso de casa e escreve algo que pode ser considerado uma carta de despedida. Então por que não pode ser suicídio? — perguntou Simon a Martha.

— Eu não disse que não pode.

— Mas...?

— Ele parecia estar com medo.

— Com medo de quê?

Martha deu de ombros. Será que não estava criando problemas desnecessários para si mesma?

— Per era um homem com um lado sombrio, e sempre foi bastante sincero sobre isso. Ele me contou que se tornou capelão porque precisava de mais perdão do que a maioria das pessoas.

— Você quer dizer que ele tinha feito coisas que nem todos perdoariam?

— Coisas que *ninguém* perdoaria.

— Certo. Estamos falando daquele tipo de pecado pelos quais o clero é bastante conhecido?

Martha não respondeu.

— Foi por isso que a esposa o expulsou de casa?

Martha hesitou. Esse policial era mais esperto do que outros que ela havia conhecido. Mas será que podia confiar nele?

— No meu trabalho, aprendemos a perdoar o imperdoável, inspetor. Claro que é possível que Per não tenha conseguido perdoar a si mesmo e por isso escolheu essa saída, mas também é possível...

— ... que outra pessoa, digamos o pai de alguma criança molestada, não quisesse prestar queixa, pois a criança seria estigmatizada. Além disso, não haveria garantia de Per Vollan ser punido, e ainda poderia receber uma pena leve. Então essa pessoa pode ter resolvido fazer justiça com as próprias mãos.

Martha assentiu.

— Acho que isso é ser humano, quando se trata de um filho. Às vezes vocês também não se colocam um pouco acima da lei quando a justiça falha?

Simon balançou a cabeça.

— Se a polícia se permitisse ceder a esse tipo de tentação, de nada valeria a lei. E eu, pelo menos, realmente acredito na lei e na justiça cega. Você desconfia de alguém em especial?

— Não.

— Dívida de drogas? — perguntou Kari Adel.

Martha balançou a cabeça.

— Eu teria percebido se ele estivesse usando alguma coisa.

— Pergunto isso porque mandei uma mensagem para um policial da Narcóticos, e ele respondeu... — Ela puxou o celular do bolso apertado da jaqueta, e ouviu-se um barulho quando uma bola de gude veio junto, caiu no chão e saiu rolando. — "Já o vi falar com os traficantes do Nestor algumas vezes" — leu ela, enquanto se levantava para apanhar a bola de gude. — "Já o vi receber drogas e não pagar."

Kari Adel guardou o celular de volta no bolso e recolheu a bola de gude antes que alcançasse a parede.

— E o que você conclui disso? — perguntou Simon.

— Que este edifício pende ligeiramente na direção da praça Alexander Kielland. Provavelmente há mais argila azul do que granito naquele lado.

Martha riu.

A mulher alta e magra deu um sorriso breve.

— E que Per Vollan devia dinheiro. Um pacote de heroína custa trezentas coroas. E na verdade nem é um pacote cheio, tem só 0,2 grama. Dois saquinhos por dia...

— Vamos com calma — interrompeu Simon. — Onde já se viu usuário comprar droga a crédito?

— Não é comum, é verdade. Talvez ele fizesse algum serviço para eles e recebesse o pagamento em heroína.

Martha levantou ambos os braços.

— Eu já falei que ele não usava! Metade do meu trabalho é confirmar se as pessoas estão limpas, tá certo?

— Desculpe, Srta. Lian. Você obviamente tem razão. — Simon passou a mão no queixo. — Talvez a heroína não fosse para ele. — Ele se levantou. — De qualquer forma, temos que esperar para ver o que a autópsia dirá.

— Foi uma boa ideia falar com a Narcóticos — elogiou Simon enquanto dirigia pela rua Ueland a caminho do centro.

— Obrigada.

— Garota bonita, essa Martha Lian. Vocês já se conheciam?

— Não, mas bem que gostaria.

— Hã?

— Desculpe, foi só uma piada ruim. Você quer saber se eu a conheço dos tempos que eu trabalhava na Narcóticos. Sim. Ela é ótima, nunca entendi por que trabalha no Centro Ila.

— Só por ser bonita?

— Uma boa aparência dá claras vantagens no mercado de trabalho para pessoas com inteligência razoável e disciplina. E digamos que o trabalho no Centro Ila não impulsiona a carreira de ninguém.

— Talvez ela simplesmente ache que é um trabalho digno.

— Digno? Você sabe quanto pagam...

— Digno por ser necessário. Policiais também não ganham muito.

— É verdade.

— E é um trabalho bom para começar a carreira. Principalmente se você concilia com um curso de direito — acrescentou Simon. — E você? Quando vai partir para a próxima etapa da sua carreira?

Novamente ele percebeu Kari corar, e soube que tinha acertado na mosca.

— Bom, é ótimo tê-la por um tempo. Daqui a pouco você vai estar chefiando meu departamento. Ou vai para o setor privado, onde ouvi dizer que profissionais com as nossas capacidades recebem cinquenta por cento a mais do nosso salário.

— Pode ser — disse Kari. — Mas não serei sua chefe. Você vai se aposentar em março.

Simon não sabia se deveria rir ou chorar. Dobrou à esquerda na rua Grønlandsleiret, em direção à sede da polícia.

— Ganhar cinquenta por cento a mais é muito útil para quem quer um imóvel. Apartamento ou casa?

— Casa — respondeu Kari. — Queremos ter dois filhos, então precisamos de espaço. Dado o custo do metro quadrado no centro de Oslo, a saída é comprar imóveis antigos e reformá-los, a não ser que você herde algum, mas tanto meus pais como os de Sam estão vivos e saudáveis. Além disso, acreditamos que subsídios corrompem.

— Corrompem? Sério?

— É.

Simon olhou para os comerciantes paquistaneses que, por causa do calor, tinham saído de suas lojas para a calçada, onde conversavam, fumavam e acompanhavam o trânsito.

— E você nem está curiosa para saber como eu deduzi que você estava procurando um imóvel?

— A bola de gude. Adultos sem filhos levam só uma no bolso, para quando forem visitar casas antigas. Assim conferem se o piso precisa ser nivelado.

Inteligente.

— Só não esqueça que — disse Simon —, se a casa tiver sido construída há mais de 120 anos, talvez o piso não precise ser nivelado.

— Pode ser que não — retrucou Kari, e inclinou-se para a frente para olhar para a torre da igreja Grønland —, mas eu gosto de pisos planos.

Simon riu. Poderia vir a gostar daquela garota. Ele também gostava de pisos planos.

7

— Eu conheci seu pai — confessou Johannes Halden.

Chovia lá fora. Tinha sido um dia quente e ensolarado. As nuvens se acumulavam no céu e uma leve chuva de verão caía sobre a cidade. Ele se lembrava daquela sensação, das pequenas gotas absorvendo o calor da pele aquecida pelo sol assim que a tocavam; do cheiro de poeira se elevando do asfalto; do aroma das flores, que despertavam nele selvageria, tontura e tesão. Juventude. Ah, a juventude!

— Eu era o informante dele.

Sonny estava sentado junto à parede, na escuridão. Não era possível ver seu rosto. Johannes não tinha muito mais tempo, as celas logo se trancariam para a noite.

Respirou fundo. Era agora que ela viria, a frase que ele ao mesmo tempo ansiava e temia dizer; a frase que guardava no peito fazia tanto tempo que tinha receio de ter se enraizado.

— Não é verdade que ele se matou, Sonny.

Pronto. Tinha dito.

Silêncio.

— Você não está dormindo, está?

Ele viu o branco dos olhos quando o garoto piscou.

— Sei que deve ter sido difícil para você e para sua mãe. Achar seu pai morto. Ler o bilhete em que ele dizia que era o traidor na polícia, que era ele quem ajudava os traficantes de heroína e de mulheres, quem informava sobre batidas policiais, provas, suspeitos...

Johannes viu um corpo se mexer de leve nas sombras.

— Mas era exatamente o oposto, Sonny. Seu pai estava investigando o traidor. Eu ouvi o Nestor falar com o chefe dele ao telefone sobre um policial que se chamava Lofthus. Disse que tinham que acabar com ele antes que fosse tarde demais. Eu contei para o seu pai que ele corria perigo, que a polícia precisava agir, mas ele disse que não podia envolver outros, que tinha que fazer tudo sozinho porque havia policiais trabalhando para o Nestor. Então me fez jurar que não abriria o bico, que nunca falaria nada para ninguém. E essa promessa eu cumpri até agora.

Será que Sonny tinha entendido? Talvez não, mas o importante não era que o garoto escutasse, não eram as consequências. O importante era que Johannes estava falando, contando a verdade. Finalmente. A mensagem estava entregue a quem deveria recebê-la.

— Seu pai estava sozinho naquele fim de semana. Você e sua mãe tinham ido a uma competição de luta numa cidade próxima. Ele sabia que estavam indo atrás da cabeça dele, por isso se refugiou na casa amarela de vocês em Tåsen.

Johannes pensou notar algo no escuro. Uma alteração nos batimentos cardíacos e na respiração.

— Mas a turma do Nestor conseguiu entrar. Eles não queriam problemas por matar um policial, então obrigaram seu pai a escrever uma carta de suicídio. — Johannes engoliu em seco. — Com a promessa de que assim poupariam você e sua mãe. Em seguida, atiraram à queima-roupa com a pistola dele.

Johannes fechou os olhos. A cela estava em completo silêncio, mas mesmo assim parecia que alguém berrava em seus ouvidos. Sentiu uma pressão no peito e na garganta como não sentia havia muitos e muitos anos. Meu Deus, quando fora a última vez que ele tinha chorado? No nascimento da filha? Mas não podia parar agora, precisava terminar o que tinha começado.

— Você deve estar se perguntando como o Nestor conseguiu entrar na casa.

Johannes prendeu a respiração. Parecia que o garoto também tinha parado de respirar. Só escutava o sangue pulsando nos ouvidos.

— Alguém tinha me visto conversar com seu pai, e o Nestor achava que a polícia tinha dado sorte demais com os últimos carregamentos interceptados. Eu neguei. Disse que só conhecia seu pai vagamente, que ele *tentava* extrair informações de mim. Nisso, o Nestor disse que, se o seu pai achava que podia fazer de mim um informante da polícia, então eu conseguiria ir à casa dele e fazer com que abrisse a porta. Disse que assim eu provaria minha lealdade...

Johannes ouviu o outro voltar a respirar. Rápido. Forte.

— Seu pai abriu a porta. Afinal, as pessoas confiam nos seus informantes, não é?

Ele percebeu o movimento, mas não ouviu nem viu nada antes de ser atingido por um soco. E quando estava no chão, provando o gosto metálico de sangue e sentindo o dente descer pela garganta, ouvindo o garoto gritar e gritar, as portas se abrirem, e os guardas gritarem também, e segurarem e algemarem o garoto, naqueles momentos ele refletiu como era impressionante a velocidade, a precisão e a força do soco daquele viciado. Também pensou em perdão. O perdão que não lhe fora concedido. E no tempo, nos segundos que passavam. E na noite que se aproximava.

8

O que Arild Franck mais adorava em seu Porsche Cayenne era o barulho. Ou melhor, a ausência de barulho. O motor v8 de 4,8 litros fazia apenas um pequeno zumbido. Era mais ou menos como ele se lembrava da máquina de costura da mãe durante sua infância em Stange, nos arredores de Hamar: o som do silêncio. Som de quietude, calma e concentração.

A porta do passageiro se abriu e Einar Harnes entrou. Franck não sabia onde os jovens advogados de Oslo compravam suas roupas, só sabia que não era nas mesmas lojas que ele. Também nunca entendera por que alguém comprava ternos claros. Terno tinha que ser escuro. E, de preferência, custar menos de cinco mil coroas. A diferença de preço entre os ternos de Harnes e os seus deveria ser depositada numa conta para gerações seguintes proverem às suas famílias e prosseguirem o trabalho pelo progresso do país. Ou talvez ser investida para propiciar uma confortável aposentadoria antecipada. Ou um Porsche Cayenne.

— Ouvi dizer que ele está na solitária — comentou Harnes enquanto deixavam para trás o portão coberto de grafite que chamava atenção na entrada do escritório de advocacia Harnes & Fallbakken.

— Ele bateu em outro preso — explicou Franck.

Harnes levantou as sobrancelhas bem-cuidadas.

— O Gandhi se meteu em briga?

— Viciados são imprevisíveis. Mas agora ele já está há quatro dias na seca, então acho que vai cooperar bastante.

— É, ouvi dizer que é de família.

— O que foi que você ouviu?

Franck buzinou para um Corolla lento.

— Nada, só o que todo mundo sabe. Tem mais alguma coisa para saber?

— Não.

Arild Franck ultrapassou um Mercedes conversível. Tinha visitado a solitária no dia anterior. O vômito acabara de ser limpo, e o garoto estava encolhido no canto, com um cobertor de lã.

Franck não conhecera Ab Lofthus, mas sabia que o garoto havia seguido os passos do pai. Assim como o progenitor, praticara luta livre, e quando tinha 15 anos era tão promissor que o jornal *Aftenposten* previra uma carreira na seleção nacional. Agora, estava numa cela fétida, tremendo feito uma folha e chorando como uma criancinha. Na abstinência, todos são iguais.

Pararam em frente à guarita. Einar Harnes identificou-se e as barras de aço se ergueram. Franck estacionou em sua vaga e ambos atravessaram a entrada principal, onde a visita de Harnes foi registrada. Normalmente, Franck entrava com Harnes pelos fundos. Não queria dar motivo para boatos sobre o que um advogado com a reputação de Harnes fazia tão frequentemente na Staten.

O interrogatório de prisioneiros normalmente acontecia na sede da polícia, mas Franck tinha pedido que dessa vez fosse na Staten, visto que o preso estava na solitária.

Uma cela livre foi limpa e preparada. À mesa estavam dois policiais à paisana: um homem e uma mulher. Franck já os tinha visto em outra ocasião, mas não se lembrava dos nomes. A pessoa do outro lado da mesa estava tão pálida que era quase difícil distingui-la do branco das paredes. A cabeça estava curvada, e as mãos agarravam avidamente o canto da mesa, como se a cela estivesse girando.

— Muito bem, Sonny — disse Harnes, animadamente, pondo a mão no ombro do garoto. — Podemos começar?

A policial pigarreou.

— A pergunta certa é se ele já terminou.

Harnes esboçou um sorriso e ergueu as sobrancelhas.

— Como assim? Não vão me dizer que começaram o interrogatório sem a presença do advogado.

— Ele disse que não precisava esperar por você — esclareceu o policial.

Franck olhou para o garoto. Estava com um mau pressentimento.

— Então ele já confessou? — Com um suspiro, Harnes abriu a maleta para pegar três folhas de papel grampeadas. — Se quiserem por escrito...

— Muito pelo contrário — disse a mulher. — Ele acabou de negar qualquer envolvimento com o homicídio.

O silêncio na cela era tão absoluto que Franck ouvia os pássaros cantando lá fora.

— Ele o quê?

Os olhos de Harnes pareciam ter dobrado de tamanho. Franck não sabia o que o irritava mais: as sobrancelhas feitas do advogado ou sua lentidão para perceber a catástrofe que se aproximava.

— Ele disse algo mais? — perguntou Franck.

A policial olhou para o diretor-adjunto e depois para o advogado.

— Está tudo bem — disse Harnes. — Eu é que pedi que Franck estivesse aqui, caso vocês precisassem de informações sobre o dia da saída temporária de Sonny Lofthus.

— Fui eu mesmo que autorizei a saída — acrescentou Franck. — Não havia nada que indicasse que isso teria consequências tão trágicas.

— Mas ainda não sabemos se teve consequências — retrucou a policial —, pois não temos uma confissão.

— Mas e as provas periciais... — exclamou Franck, mas parou rapidamente.

— O que vocês sabem sobre as provas periciais? — perguntou o homem.

— Eu só parti do princípio que vocês tivessem, visto que ele é o suspeito. Não é mesmo, Sr...?

— Inspetor Henrik Westad. Fui eu que ouvi o depoimento de Lofthus da primeira vez. Agora ele mudou o depoimento. Disse que tem até álibi para o momento do crime. Uma testemunha.

— Sim, ele tem mesmo uma testemunha. — Harnes olhou para seu cliente, que estava calado. — O agente que o acompanhou no dia de sua saída. E essa testemunha diz que...

— Outra testemunha — interrompeu Westad.

— E quem seria essa pessoa? — debochou Franck.

— Ele disse que é um homem chamado Leif.

— E quem é esse?

Todos olharam para o prisioneiro de cabelo comprido, que parecia não os ver nem escutar.

— Ele não sabe — respondeu Westad. — Disse que conversaram rapidamente, em um ponto de parada da rodovia. Lofthus alega que a testemunha dirigia um Volvo azul com um adesivo escrito "Eu amo Drammen". E ele acha que a testemunha estava doente, ou talvez tivesse um problema no coração.

Franck deu uma gargalhada.

— Eu acho — disse Einar Harnes, com uma compostura forçada, enquanto devolvia os papéis à maleta — que devemos terminar por aqui. Assim posso conversar com meu cliente.

Franck tinha o costume de rir quando ficava com raiva. Agora a fúria fervia em sua cabeça como uma chaleira elétrica, e ele tinha que se controlar para não rir cada vez mais. Olhou para o "cliente" de Harnes. O cara devia ter ficado louco. Primeiro tinha esmurrado o Halden, e agora isso. A heroína devia ter corroído por completo seu cérebro. Mas ele não ia atrapalhar o esquema. Era grande demais. Franck respirou fundo e escutou um clique imaginário de quando a chaleira elétrica é desligada. Era só uma questão de se manter frio e dar tempo ao tempo. Dar tempo à abstinência.

Simon estava na ponte Sanner, olhando para a água que corria oito metros abaixo. Eram seis da tarde, e Kari acabara de perguntar quais eram as regras para horas extras no Departamento de Homicídios.

— Não faço a mínima ideia — respondeu Simon. — Fale com o RH.

— Está vendo alguma coisa lá embaixo?

Simon balançou a cabeça. Atrás da folhagem do lado leste do rio, ele via o caminho que acompanhava a água até a Ópera de Oslo, ao lado do fiorde. Um homem estava sentado em um banco alimentando os pombos. Aposentado, pensou Simon. É o que os aposentados fazem. No lado oeste havia um edifício moderno com janelas e varandas com vista para o rio e para a ponte.

— Então o que estamos fazendo aqui?

Kari batia o pé no asfalto impacientemente.

— Você tem algum compromisso?

Simon olhou ao redor. Alguns poucos carros passavam vagarosamente, um mendigo sorridente perguntou a eles se podiam trocar uma nota de duzentas coroas, um casal com óculos escuros de grife e uma churrasqueira descartável na parte de baixo do carrinho de bebê riu de algo quando passou. Simon amava Oslo durante o período de férias, quando a cidade ficava vazia e voltava a ser só dele; quando se tornava apenas o vilarejo meio grande demais onde crescera; um lugar onde nada acontecia, e tudo o que acontecia tinha importância. Uma cidade que ele entendia.

— Sam e eu vamos jantar na casa de uns amigos.

Amigos, pensou Simon. Ele também tivera amigos. O que será que acontecera com eles? Talvez se perguntassem a mesma coisa. O que será que havia acontecido com ele? Não sabia se tinha uma resposta adequada.

O rio não devia ter mais do que meio metro de profundidade. Pedras sobressaíam da água em alguns pontos. A autópsia revelara lesões compatíveis a uma queda de certa altura, o que poderia justificar o pescoço quebrado, que era a causa direta da morte.

— Estamos aqui porque já percorremos o rio Aker de cabo a rabo, e este é o único lugar onde há uma ponte tão alta e água tão rasa que é possível atingir as pedras com força. Além disso, esta é a ponte mais próxima do abrigo.

— Centro de tratamento — corrigiu Kari.

— Você se mataria aqui?

— Não.

— Caso quisesse se matar, quero dizer.

Kari parou de bater o pé e olhou por sobre as grades de proteção.

— Acho que eu escolheria um lugar mais alto. Aqui tem muita chance de sobreviver. Um risco alto de acabar em uma cadeira de rodas.

— Mas você também não escolheria esta ponte caso quisesse jogar alguém na água para matá-lo, não é?

— Não, acho que não. — Kari bocejou.

— Então estamos procurando alguém que primeiro quebrou o pescoço de Per Vollan e depois o jogou na água.

— Acho que é isso que vocês chamam de teoria.

— Não, isso é o que *nós* chamamos de teoria. Sabe aquele seu jantar?

— Sim?

— Pode ligar e dizer que não vai mais.

— Sério?

— Sério. Vamos procurar possíveis testemunhas. Você pode começar a tocar a campainha de todos que têm a varanda voltada para o rio. Depois, vamos passar um pente-fino nos arquivos e ver quem tem histórico de quebrar pescoços. — Simon fechou os olhos e respirou fundo. — Ah! Oslo não é maravilhosa no verão?

9

Einar Harnes nunca tivera a ambição de mudar o mundo. Só uma pequena parte dele. Mais especificamente, a sua parte. Por isso tinha estudado direito. Uma pequena parte. Mais especificamente, só o necessário para passar no exame da ordem. Arranjou emprego em um escritório que decididamente operava na camada mais baixa do mundo da advocacia de Oslo, trabalhou lá até conseguir sua licença e então abriu um escritório próprio com Erik Fallbakken, um advogado velho e levemente alcoólatra. Juntos, eles definiram um ponto ainda mais baixo para a prática da advocacia. Aceitaram as causas mais impossíveis e perderam todas elas, mas por algum estranho motivo adquiriram a reputação de defensores dos mais ignóbeis da sociedade. O que significava que sua clientela fazia o pagamento de seus honorários — quando eram pagos — no mesmo dia que recebiam os cheques da seguridade social. Einar Harnes logo se deu conta de que seu negócio não era prover justiça. Estava no mesmo nível que cobradores de dívida, Seguridade Social e videntes — só que cobrando um pouco mais. Ameaçava processar quem lhe pagassem para ameaçar, empregava os mais inúteis da cidade ao custo de um salário mínimo e sempre prometia vitória certa aos possíveis clientes pagantes. Mas tinha um cliente que, sozinho, era o que impedia a firma de ir à falência. Esse cliente não tinha nenhuma pasta no arquivo de seu escritório — se é que podia ser chamado de arquivo aquele caos que reinava nas gavetas da secretária, que só vivia doente. Esse cliente sempre pagava os honorários, geralmente em dinheiro, e nunca pedia recibo. Era provável que também não fosse pedir recibo para as muitas horas que Harnes estava prestes a trabalhar.

Sonny Lofthus estava sentado na cama com as pernas cruzadas e um desespero irradiava do branco de seus olhos. Haviam se passado seis dias desde aquele interrogatório infame, e, apesar de alguns dias serem muito difíceis, ele estava aguentando mais do que Harnes imaginara. Os relatos dos outros presos com quem ele tinha contato eram impressionantes. Sonny não tentara comprar droga. Muito pelo contrário, recusara anfetamina e haxixe. Fora visto na sala de ginástica, onde correu por duas horas seguidas e depois levantou pesos por mais uma. À noite, ouviam-se gritos de sua cela, mas ele estava aguentando firme. Era usuário de heroína havia doze anos. Harnes tinha ouvido dizer que os únicos que conseguiam essa proeza eram usuários que trocavam heroína por outro vício que fosse no mínimo igualmente forte, algo que os estimulasse e motivasse tanto quanto a agulha. E a lista era bem curta: uma revelação espiritual, uma forte paixão ou um filho. E só. Em poucas palavras, tudo que desse à vida um novo significado. Mas este caso também podia ser um exemplo de alguém que está morrendo afogado e tenta chegar à superfície uma última vez, antes de finalmente afundar em definitivo. A única coisa que Einar Harnes sabia ao certo era que seu cliente queria respostas. Não. Queria resultados.

— Eles têm provas periciais. Você vai ser julgado e condenado mesmo que não confesse, então por que prolongar esse sofrimento inútil?

Nenhuma resposta.

Harnes passou a mão com tanta força no cabelo penteado para trás que as raízes doeram.

— Posso conseguir um pacote de Superboy em uma hora, no máximo. Qual é o problema? Basta assinar aqui. — Ele bateu com o dedo indicador nas três folhas de papel que repousavam sobre a maleta, apoiada nas coxas.

O garoto tentou umedecer os lábios secos e rachados com uma língua tão branca que Harnes se perguntou se estava excretando sal.

— Obrigado. Vou considerar sua proposta.

Obrigado? *Considerar?* Ele estava oferecendo droga para um pobre coitado de um viciado em abstinência! Aquele garoto tinha revogado a lei da gravitação universal?

— Escuta aqui, Sonny...

— Obrigado pela visita.

Harnes balançou a cabeça e se levantou. Não ia durar muito. Só mais um dia ou dois. Era só esperar terminar a era dos milagres.

Depois de passar por todas as portas e câmaras de segurança, Harnes se encontrava na recepção da prisão, aguardando o táxi que tinha pedido. Naquele momento, pensava no que seu cliente diria. Mais especificamente, no que ele *faria* se Harnes não salvasse o mundo.

Quer dizer, sua parte do mundo.

Geir Goldsrud se inclinou para a frente na cadeira, encarando o monitor.

— Que diabo ele está fazendo?

— Parece que está tentando chamar a atenção de alguém — opinou um dos outros agentes na antessala.

Goldsrud olhava para o garoto. A barba comprida alcançava o peito nu. Ele tinha subido numa cadeira em frente a uma das câmeras de segurança e batia a junta do dedo na lente enquanto parecia dizer algo que não era possível ouvir.

— Finstad, venha comigo — chamou Goldsrud, e se levantou.

Passaram por Halden, que esfregava o piso do corredor. Aquela cena lembrou a Goldsrud algo que talvez tivesse visto num filme. Desceram as escadas até o térreo, abriram a porta, passaram pela cozinha comunitária, entraram no corredor e encontraram Sonny sentado na mesma cadeira onde havia pouco tinha subido.

Goldsrud notou que o garoto tinha feito musculação nos últimos dias. Veias e músculos estavam claramente delineados na pele. Ouvira dizer que os maiores usuários de drogas intravenosas malhavam o bíceps antes de injetar a agulha. Anfetaminas e todo tipo de pílulas estavam em constante circulação nas prisões, mas a Staten era uma das poucas, se não a única prisão na Noruega onde eles tinham certo controle sobre a introdução de heroína. Não obstante, parecia que Sonny nunca tivera qualquer problema para conseguir suas doses. Com exceção de agora. A forma como tremia indicava que ele já não tinha sua dose fazia um tempo. Não era à toa que estava desesperado.

— Me ajudem — sussurrou Sonny quando os viu entrar.

— Tudo bem — disse Goldsrud, piscando para Finstad. — Dois mil o pacote.

Era uma piada, mas ele se deu conta de que Finstad não tinha certeza disso.

O garoto balançou a cabeça. Até os músculos do pescoço estavam saltados. Goldsrud ouvira um boato de que o garoto tinha sido um atleta promissor de luta livre. Talvez fosse verdade o que diziam, que os músculos que você adquire antes dos 12 podem ser recuperados em questão de semanas.

— Me tranquem.

— Só fechamos as celas às dez horas, Lofthus.

— Por favor.

Goldsrud ficou intrigado. Às vezes os prisioneiros pediam para ser trancados nas celas por medo de alguém. Com ou sem motivo. O medo é efeito colateral comum de uma vida criminal. Ou vice-versa. Mas Sonny era provavelmente o único prisioneiro da Staten que não tinha inimigos. Pelo contrário, era tratado como uma vaca sagrada. E nunca tinha demonstrado nenhum medo. Claramente, tinha mais força física e mental para lidar com um vício do que a maioria. Então por que...

O garoto coçou a casca de uma das feridas que tinha no antebraço, e foi aí que Goldsrud percebeu. Havia cascas em todas as feridas. Ele não tinha nenhuma marca nova. Era por isso que queria ser trancado. Estava em abstinência e sabia que aceitaria qualquer coisa que lhe oferecessem naquele momento, não importando o que fosse.

— Venha — chamou Goldsrud.

— Pode levantar as pernas, Simon?

Ele se virou. A velha faxineira era tão pequena e encurvada que quase não a via atrás do carrinho de limpeza. Já trabalhava na sede da polícia quando Simon começara, no milênio passado. Era uma mulher de opiniões fortes e chamava a si mesma e também seus colegas, independentemente do sexo, de "moça da faxina".

— Olá, Sissel. Já está na hora?

Simon olhou para o relógio. Passava das quatro. O horário de trabalho na Noruega já havia acabado. A legislação trabalhista praticamente forçava todos a irem para casa, para o bem do povo e da pátria. Antes, ele não se importava com isso, mas agora era tudo diferente. Sabia que Else o esperava, que ela tinha começado a preparar o jantar havia muito tempo, que quando ele voltasse para casa ela diria que tinha preparado num instante, e torceria para que ele não notasse a bagunça nem tudo que ela derramara, sinais de que sua visão havia piorado.

— Faz tempo que você não fuma um cigarro comigo, Simon.

— Agora eu uso *snus*.

— Aposto que foi sua jovem esposa que o fez parar. Vocês ainda não têm filhos?

— Você ainda não se aposentou, Sissel?

— Acho que você já tem um filho por aí, e por isso não quer outro.

Simon sorriu, olhou para ela enquanto a faxineira passava o esfregão por baixo de suas pernas, e se perguntou novamente como era possível que de um corpo tão pequeno como o de Sissel Thou tivesse saído uma prole tão grande. *O bebê de Rosemary.* Ele arrumou seus papéis. Tinham deixado o caso de Per Vollan de lado. Nenhum dos moradores dos prédios ao lado da ponte Sanner tinha visto nada, e nenhuma outra testemunha entrara em contato com eles. O caso não podia ser priorizado enquanto não conseguissem pelo menos provar que houvera algum crime, dissera o chefe do departamento, que pediu que Simon passasse os próximos dias recheando os relatórios de dois casos de homicídios resolvidos, pois tinham recebido forte reprimenda da promotora de justiça, que os chamara de "magros". Não que houvesse erros, mas ela gostaria que "o nível de detalhamento fosse elevado".

Simon desligou o computador, vestiu a jaqueta e foi em direção à porta. Ainda era verão, o que significava que aqueles que não estivessem de férias tinham ido para casa às três, razão pela qual se ouvia somente um disperso barulho de teclas no escritório aberto que cheirava a cola das antigas divisórias aquecidas pelo sol. Atrás de uma delas, ele viu

Kari lendo um livro com os pés em cima da mesa. Enfiou a cabeça para dentro da divisória para falar com ela.

— Nenhum jantar com amigos hoje?

Ela fechou o livro automaticamente e olhou para ele com um misto de irritação e vergonha. Ele leu o título: *Direito empresarial.* Simon sabia que ela sabia que não tinha nenhuma razão para se culpar por estudar em horário de trabalho se ninguém lhe dera algo de útil para fazer. Essa era a natureza do Departamento de Homicídios: nenhum homicídio, nenhum trabalho. Então Simon concluiu que a vergonha devia-se ao fato de que seu diploma universitário a tiraria daquele emprego, como se isso fosse uma espécie de traição ao seu empregador. E a irritação era por ter fechado o livro assim que ele aparecera, mesmo sabendo que não tinha nenhuma razão para se sentir culpada.

— Sam foi surfar em Vestlandet. Preferi ficar lendo aqui, em vez de em casa.

Simon assentiu.

— O trabalho policial nem sempre é emocionante. Mesmo aqui na Homicídios.

Ela olhou para ele.

Simon deu de ombros.

— *Muito menos* aqui.

— Então por que você se tornou inspetor de homicídios?

Ela havia tirado os sapatos e colocado os pés descalços na cadeira, como se esperasse uma resposta longa, foi o que pareceu a Simon. Provavelmente era do tipo que preferia qualquer companhia a estar sozinha; preferia ficar num escritório quase vazio, onde havia uma pequena chance de falar com alguém, a se sentar na sala da própria casa, onde paz e silêncio eram garantidos.

— Acredite se quiser, mas foi uma confusão — começou ele, e se sentou na beirada da mesa. — Meu pai era relojoeiro e queria que eu assumisse o negócio da família, mas eu não queria ser uma cópia malfeita dele.

Kari abraçou suas compridas pernas de inseto.

— Você se arrepende?

Simon olhou para a janela. O calor fazia o ar tremer lá fora.

— Muita gente já ficou rica vendendo relógio — acrescentou ela.

— Meu pai não — retrucou Simon. — E ele também não gostava de cópias, então se recusou a seguir a moda de fazer cópias baratas e relógios digitais de plástico. Dizia que era o caminho do menor esforço. Foi à falência com estilo.

— Nesse caso, entendo bem por que você não quis ser relojoeiro.

— Que nada. Virei relojoeiro mesmo assim.

— Como?

— Perito criminal. Especialista em balística. Trajetória de balas e tal. Quase o mesmo que mexer com relógio. Talvez a gente se pareça com nossos pais mais do que gostaríamos.

— Então o que aconteceu? — Kari sorriu. — Você foi à falência?

— Bem — ele olhou para o relógio —, acho que passei a me interessar mais em saber por que do que como. Não sei se foi uma boa ideia. Balas e perfurações a bala são mais previsíveis que o cérebro humano.

— Por isso você foi para Fraudes?

— Você leu meu currículo.

— Sempre pesquiso um pouco sobre as pessoas com quem vou trabalhar. Você se cansou de morte e sangue?

— Não, mas eu receava que Else, minha esposa, se cansaria. Quando nos casamos, prometi dias rotineiros e menos horripilantes. Eu estava gostando de trabalhar com fraudes. Era como mexer com relógios outra vez. Por falar em esposa...

Ele se levantou.

— Por que saiu da Fraudes, se estava gostando de lá?

Simon esboçou um sorriso cansado. Essa parte não constava no seu currículo.

— Lasanha. Acho que ela vai fazer lasanha hoje. Até amanhã.

— A propósito, um dos meus ex-colegas me ligou. Disse que viu um viciado andando por aí com um colarinho clerical.

— Colarinho clerical?

— Como o que Per Vollan usava.

— E o que você fez com essa informação?

Kari abriu o livro novamente.

— Nada. Falei que o caso estava arquivado.

— Não está arquivado. Só perdeu prioridade até que novas informações apareçam. Como se chama esse viciado e onde podemos encontrá-lo?

— Gilberg. No abrigo.

— Centro de tratamento. Que tal uma pausa na leitura?

Kari suspirou e fechou o livro.

— E a lasanha?

Simon deu de ombros.

— Não faz mal, eu ligo para Else. Ela vai entender. E lasanha é mais gostosa requentada.

10

Johannes despejou a água suja na pia e guardou o esfregão no armário. Tinha limpado todos os corredores do primeiro andar, assim como a sala de controle, e estava ansioso para ler o livro que o aguardava em sua cela. *As neves do Kilimanjaro*. Era uma coletânea de contos, mas ele sempre lia o mesmo, vez após vez. O conto sobre um homem que tem gangrena no pé e sabe que vai morrer; e ter noção de que vai morrer não o transforma em uma pessoa melhor nem pior, apenas mais perspicaz, mais honesta e menos paciente. Johannes nunca fora nenhum rato de biblioteca, o livro tinha sido presente do bibliotecário da prisão, e, visto que se interessava pela África desde que fora de navio até a Libéria e a Costa do Marfim, acabou lendo aquelas poucas páginas sobre esse homem aparentemente inocente que está prestes a morrer em uma tenda na savana. Na primeira vez, só folheara um pouco, mas agora lia lentamente, palavra por palavra, à procura de algo que nem sabia ao certo o que era.

— Oi.

Johannes se virou.

O "oi" de Sonny tinha sido apenas um sussurro, e aquela figura de face encovada e olhos arregalados à sua frente estava quase transparente de tão pálida. Como um anjo, pensou Johannes.

— Oi, Sonny. Ouvi dizer que você foi parar na solitária. Como você está?

Sonny deu de ombros.

— Você tem uma boa esquerda, garoto. — Johannes sorriu e apontou para o buraco deixado pela ausência de um dente frontal.

— Espero que você possa me perdoar.

Johannes engoliu um nó na garganta.

— Sou eu quem precisa de perdão, Sonny.

Eles se entreolharam. Johannes percebeu que Sonny olhava de um lado para o outro do corredor. Ele esperou.

— Você fugiria da prisão por mim, Johannes?

Johannes ponderou sem pressa. Tentou embaralhar as palavras e reorganizá-las para ver se assim faziam mais sentido.

— Como assim? Eu não quero fugir. Além do mais, não tenho para onde ir. Eles me achariam e me trariam de volta num instante.

Sonny não respondeu, mas o desespero em seus olhos era tão sombrio que fez com que Johannes entendesse.

— Você quer... quer que eu fuja para comprar Superboy para você, não é?

Sonny continuou em silêncio e manteve seu olhar intenso e selvagem cravado nos olhos do velho. Pobre garoto, pensou Johannes. Maldita heroína.

— Por que eu?

— Porque você é o único que tem acesso à sala de controle. Só você pode fugir.

— Errado. Eu sou o único que tem acesso à sala de controle, e *por isso* sei que não tem como fugir. As portas só podem ser abertas com biometrias cadastradas. E tenho a impressão de que a minha não está, meu caro. Nem pode ser incluída sem a aprovação de um requerimento em quatro vias. Eu já vi...

— Todas as portas podem ser abertas e fechadas a partir da sala de controle.

Johannes balançou a cabeça e olhou em volta para conferir se ainda estavam sozinhos no corredor.

— Mesmo que eu consiga sair, a guarita do portão de saída do estacionamento é vigiada. O guarda verifica a identidade de todos que entram e saem.

— Todos?

— Sim, a não ser durante a troca de guarda às manhãs, tardes e noites, quando eles deixam passar carros e rostos conhecidos.

— E os guardas uniformizados?

— Também.

— E se você conseguisse um uniforme e fugisse durante a troca de guarda?

Johannes levou a mão ao queixo. O maxilar ainda doía.

— Onde eu conseguiria um uniforme?

— No armário do Sørensen, no vestiário.

Sørensen era um dos agentes penitenciários. Estava doente fazia quase dois meses. Tinha surtado. Johannes sabia que isso tinha outro nome hoje em dia, mas era a mesma coisa, um emaranhado louco de sentimentos. Ele sabia muito bem como era.

Johannes balançou a cabeça.

— Durante a troca de guarda o vestiário fica cheio. Eles me reconheceriam.

— Mude a sua aparência.

Johannes riu.

— Digamos que eu consiga um uniforme. Como é que eu, velhote, vou ameaçar um monte de guardas para que me deixem sair?

Sonny levantou a camisa branca comprida que vestia e puxou um maço de cigarros do bolso da calça. Pôs um cigarro entre os lábios secos e o acendeu com um isqueiro em formato de pistola. Johannes acenou lentamente com a cabeça.

— Você não quer droga. Você quer que eu faça outra coisa lá fora, não é?

Sonny tragou o cigarro e exalou fumaça. Estreitou os olhos.

— Você faria isso por mim? — perguntou, numa voz cálida e suave.

— Você me concede a remissão dos meus pecados?

Arild Franck os viu quando virou o corredor. Sonny Lofthus tinha posto a mão na testa de Johannes, que estava com a cabeça baixa e de olhos fechados. Pareciam dois malditos veados. Ele os vira nos monitores da sala de controle, conversando por um tempo. Às vezes se arrependia de não ter posto microfone em todas as câmeras de se gurança, pois, pelos olhares dos dois, estava claro que o assunto não era a loteria esportiva. Em seguida, Sonny tinha tirado algo do bolso. Com o garoto de costas para a câmera, era impossível ver o que era, até a fumaça subir acima de sua cabeça.

— Ei, é proibido fumar aqui dentro!

A cabeça grisalha de Johannes se ergueu e Sonny baixou os braços. Franck foi na direção deles e apontou com o polegar para trás.

— Vai esfregar o chão em outro lugar, Halden!

Franck esperou até que o velho estivesse longe o suficiente para não ouvir.

— Sobre o que vocês estavam conversando?

Sonny deu de ombros.

— Ah, já sei. Confidencialidade da confissão, não é? — Franck deu uma gargalhada. O som reverberou pelas paredes nuas do corredor. — E então, Sonny, já mudou de ideia?

O garoto apagou o cigarro no maço, pôs ambos no bolso e esfregou o braço.

— Está coçando muito?

O garoto não respondeu.

— Imagino que haja coisas piores do que coceira. Piores até que síndrome de abstinência. Sabe aquele cara da cela 121? Estão achando que ele foi se enforcar no bocal da lâmpada, mas que se arrependeu depois que chutou a cadeira. Que foi por isso que rasgou o pescoço todo com as unhas. Qual era mesmo o nome dele? Gomez? Diaz? Trabalhava para o Nestor. Havia certo receio de que ele falaria com a polícia. Nenhuma prova, só uma leve apreensão. Bastou isso. Não é estranho pensar que você pode estar na cama no meio da noite, numa prisão, e que seu maior medo é que a porta da cela *não* esteja trancada? Que basta um discreto toque de teclas na sala de controle e uma prisão cheia de assassinos terá acesso à sua cela?

O garoto estava de cabeça baixa, mas Franck via as gotas de suor na sua testa. Ele ia cair em si. Era melhor assim. Franck não gostava de mortes em sua prisão, pois mortes sempre chamam atenção, por mais plausíveis que pareçam.

— Sim.

A resposta veio tão baixa que Franck inconscientemente se inclinou para a frente.

— Sim? — repetiu.

— Amanhã. Vocês vão ter minha confissão amanhã.

Franck cruzou os braços e se balançou nos calcanhares.

— Muito bem. Nesse caso, trarei o Sr. Harnes amanhã cedo. E não invente nenhuma gracinha dessa vez. Aconselho que você dê mais uma boa olhada no bocal da lâmpada quando for se deitar hoje à noite, entendeu?

O garoto ergueu a cabeça e olhou nos olhos do diretor-adjunto. Havia muito Franck tinha descartado a asserção de que os olhos são o espelho da alma, pois já tinha visto muitos presos fazerem olhar de inocência enquanto mentiam descaradamente. Além disso, era uma expressão estranha. *Espelho* da alma? Se fosse assim, você veria sua própria alma quando olhasse nos olhos de outra pessoa. Será que era por isso que era tão desconfortável olhar para o garoto? Franck se virou. O importante agora era se concentrar no que realmente importava, e não ficar matutando sobre coisas que não levavam a nada.

— Ali tem assombração. É por isso.

Lars Gilberg levou o fino toco de cigarro aos lábios com os dedos encardidos e olhou para os dois policiais diante dele.

Simon e Kari precisaram de três horas para encontrá-lo ali, embaixo da ponte Grüner. Começaram a procurá-lo no Centro Ila, onde não era visto havia mais de uma semana, continuaram pela cafeteria Bymisjonens na rua Skipper, passaram pela Christian Frederiks, a praça conhecida por Plata, ao lado da Estação Central, que ainda servia como mercado de heroína e de outras drogas, até, finalmente, chegarem ao centro de atendimento do Exército de Salvação, na rua Urte, onde a informação que receberam os levou em direção ao rio ao lado de Elgen, uma estátua que marcava a divisão entre a venda de anfetamina e heroína. No caminho, Kari explicara a Simon que no momento eram os albaneses e norte-africanos que comandavam o tráfico de anfetamina e metanfetamina ao longo do rio, ao sul de Elgen, até a ponte Vaterland. Quatro somalianos estavam em pé ao redor de um dos bancos, o capuz escondendo o rosto, no sol da noite; pareciam esperar algo. Um deles fez que sim quando Kari mostrou a foto a eles, e apontou para o norte, em direção à região da heroína. Em seguida, perguntou com um piscar de olhos se eles não queriam um grama de metanfetamina para a jornada. As gargalhadas seguiram Simon e Kari enquanto caminhavam rumo à ponte Grüner.

— Você não queria morar no Centro Ila porque acha que o lugar é mal-assombrado? — perguntou Simon.

— Eu não *acho*, cara. Eu tenho certeza! Não dava para dormir naquele quarto. Já estava ocupado. Você percebia assim que entrava lá. Eu acordava no meio da noite, e é óbvio que não tinha ninguém no quarto, mas era como se tivesse alguém respirando na minha cara o tempo inteiro. E não era só no meu quarto, pode perguntar para qualquer um que mora ali.

Gilberg olhou para o toco do cigarro com desaprovação.

— Então você prefere acampar aqui? — perguntou Simon, e ofereceu sua caixa de fumo.

— Para ser sincero, com assombração ou não, eu não aguento ficar enclausurado. E isso aqui — Gilberg abriu os braços, indicando sua cama de jornais e o saco de dormir esburacado ao lado — é uma bela casa de veraneio, não acham? — Ele apontou para a ponte. — Teto sem goteira. Vista para o mar. Não pago condomínio, e tem mercado e transporte perto. O que mais alguém pode querer?

Ele pegou três porções de fumo, pôs uma na boca e as outras duas no bolso.

— Você trabalha como capelão? — perguntou Kari.

Gilberg inclinou a cabeça e olhou para Simon.

— Esse colarinho que você está usando. Como você deve ter lido aí nos seus jornais, um capelão foi encontrado morto no rio, bem perto daqui.

— Não sei nada sobre isso.

Gilberg tirou as porções de fumo do bolso, colocou-as de volta na caixinha e a devolveu.

— Os peritos vão levar uns vinte minutos para confirmar que esse colarinho aí é o do capelão morto. E você vai levar vinte anos de pena por assassinato.

— Assassinato? Ninguém falou nada de...

— Ah, então você lê a seção policial? Ele foi morto antes de ser jogado no rio. Dá para ver pelas marcas na pele. O corpo bateu nas pedras, e as marcas são diferentes quando infligidas a pessoas mortas, entendeu?

— Não.

— Quer que eu explique melhor? Ou prefere que eu explique como você vai ficar enclausurado numa cela?

— Mas eu não...

— Mesmo somente como suspeito, você vai ficar pelo menos uma semana na delegacia. Onde as celas são ainda menores.

Gilberg olhou pensativo para eles e chupou o fumo com força algumas vezes.

— O que é que vocês querem?

Simon se agachou em frente a Gilberg. O hálito do mendigo não tinha só cheiro, tinha sabor. Um sabor doce e podre, que lembrava fruta caída do pé e morte.

— Quero que você nos conte o que aconteceu.

— Mas eu já falei que não sei.

— Você não falou nada, Lars. E parece que não falar nada é muito importante para você. Por quê?

— Mas foi só um colarinho. Eu vi flutuando na beira do rio e...

Simon se levantou e agarrou Gilberg pelo braço.

— Venha comigo.

— Espere!

Simon o soltou.

Gilberg abaixou a cabeça. Respirou fundo.

— Foi o pessoal do Nestor, mas eu não posso... Você sabe o que eles fazem com quem...

— Sim, eu sei. E você sabe que ele vai acabar sabendo se você for registrado no protocolo de interrogatório da polícia. Por isso sugiro que conte tudo o que sabe aqui e agora, e eu vou pensar se posso deixar por isso mesmo.

Gilberg balançou a cabeça lentamente.

— Agora, Lars!

— Eu estava sentado no banco embaixo das árvores, ali onde o caminho passa por baixo da ponte Sanner. Estava só a uns dez metros deles, então deu para ver bem, mas acho que eles não me viram. A folhagem é bem densa no verão, sabe como é que é? Eram dois. Um deles segurava o capelão, e o outro colocou os braços ao redor da testa dele. Eu estava tão perto que via o branco dos olhos do capelão. Aliás, só tinha branco, como se o olho tivesse virado para dentro do crânio, sabe como é que é? Ele não dava um pio, como se soubesse que não adiantava. Então o cara virou a cabeça dele para trás, como se fosse um quiroprata. Eu ouvi quando quebrou. Sem brincadeira, foi que nem um galho na floresta. — Gilberg apertou o lábio superior, piscou duas vezes e olhou para a frente, encarando o vazio. — Aí eles olharam em volta. Porra, acabaram de matar um cara no meio da ponte e pareciam estar na maior tranquilidade! Mas é estranho como a cidade fica vazia no verão, sabe como é que é? Então jogaram o homem por cima da mureta, ali onde as grades de proteção terminam.

— É onde as pedras são visíveis fora da água — disse Kari.

— Ele ficou caído em cima das pedras por um bom tempo, até que a água arrastou o corpo mais para a frente. Eu fiquei sentado em silêncio sem nem me mexer. Se eles percebessem que eu tinha visto...

— Mas você os viu — cortou Simon —, e estava tão perto que até poderia identificá-los se os visse novamente.

Gilberg balançou a cabeça.

— Nem pensar. Já nem me lembro de mais nada. Esse é o problema de usar qualquer droga que apareça pela frente. A gente fica muito esquecido.

— A vantagem, você quer dizer. — Simon passou a mão pelo rosto.

— Como você sabia que era pessoal do Nestor? — Kari parecia inquieta, sem conseguir ficar totalmente parada.

— Os ternos eram iguais — respondeu Gilberg —, como se eles tivessem roubado um carregamento de ternos pretos de uma funerária. — Ele empurrou o fumo com a língua. — Sabe como é que é?

* * *

— Vamos priorizar o caso — disse Simon para Kari dentro do carro, quando voltavam para a sede. — Quero que você investigue todos os passos de Vollan nos dois dias antes da morte, e que consiga uma lista de todos, absolutamente toda e qualquer pessoa com quem ele falou.

— Tudo bem.

Passaram pelo bar e casa de shows Blå e pararam para que um grupo de pedestres atravessasse a rua. Hipsters a caminho de um show, pensou Simon, e olhou para o parque Kuba, mais adiante, para a grande tela acima de um palco ao ar livre, enquanto Kari ligava para o pai para avisar que não chegaria a tempo do jantar. Um filme preto e branco estava sendo exibido na tela. Imagens de Oslo. Pareciam ser da década de 1950. Simon se lembrou da própria infância. Para os hipsters, aquilo era somente um mundo peculiar, que pertencia ao passado, algo inocente e talvez charmoso. Ele ouviu risadas.

— Eu estava pensando — começou Kari, e Simon se deu conta de que ela não estava mais falando ao telefone. — Você disse que o Nestor saberia se levássemos o Gilberg para interrogá-lo. Você falou sério?

— O que você acha? — disse Simon, e acelerou em direção à rua Hausmann.

— Não sei, mas você parecia estar falando sério.

— Nem eu sei ao certo. É uma longa história. Por muitos anos se falou sobre a possibilidade de alguém estar vazando informações na polícia, alguém que tinha contato direto com uma pessoa que comandava a maior parte do tráfico de drogas e de mulheres em Oslo. Mas isso já faz muito tempo e, apesar dos fortes boatos, nunca se provou se esse informante ou essa certa pessoa realmente existiam.

— Que pessoa é essa?

Simon olhou pela janela.

— Chamávamos de Gêmeo.

— Ah, o Gêmeo — disse Kari. — Também falavam dele na Narcóticos. Mais ou menos da mesma forma que Gilberg falou de assombrações no Centro Ila. Ele é mesmo real?

— Ah, o Gêmeo é real, sim.

— E esse informante?

— Bom, foi encontrada uma carta de suicídio de Ab Lofthus em que ele confessava.

— E isso não é prova?

— Para mim, não.

— Por que não?

— Porque Ab Lofthus é a pessoa menos corrupta que já trabalhou na polícia de Oslo.

— Como é que você sabe?

Simon parou no sinal da rua Stor. Era como se a escuridão fluísse da fachada dos prédios em volta, e juntamente com a escuridão apareceram as criaturas da noite. Elas andavam com passos arrastados, recostavam-se nas paredes de lugares de onde a música estrondeava, ou se sentavam com o cotovelo apoiado para fora do carro. Caçadores, com olhares famintos e cobiçosos.

— Porque ele era o meu melhor amigo.

Johannes olhou para o relógio. Dez e dez. Dez minutos após o trancamento. Os outros já estavam todos em suas celas. Ele seria trancado manualmente depois que terminasse a limpeza, às onze. Era estranho. Quando você já está na prisão há muitos anos, os dias parecem horas, e as mulheres no calendário da sua cela não conseguem acompanhar o ritmo dos meses que passam. Mas a última hora tinha demorado um ano. Um ano longo e terrível.

Ele entrou na sala de controle.

Havia três pessoas vigiando os monitores lá dentro. Uma a menos do que durante o dia. As molas da cadeira rangeram quando um deles se virou.

— Oi, Johannes.

Era Geir Goldsrud. Ele empurrou a lixeira que estava embaixo da mesa com o pé. Um movimento automático. O jovem chefe da guarda que ajudava o velho faxineiro com as costas ruins. Johannes sempre gostara dele. Johannes pegou a pistola do bolso e a apontou para o rosto de Goldsrud.

— Que legal! Onde você arranjou isso? — Era um dos outros guardas, um homem louro que jogava futebol de terceira divisão em Hasle-Løren.

Johannes não respondeu, apenas manteve a mira em um ponto imaginário entre os olhos de Goldsrud.

— Acende esse aqui para mim! — O terceiro guarda pôs um cigarro na boca.

— Solte isso, Johannes. — Goldsrud falou baixo e sem piscar. Ele tinha se dado conta de que não se tratava de um isqueiro divertido.

— Artefato estilo James Bond, hein, cara? Quer quanto por ele? — O jogador de futebol tinha se levantado e ia em direção a Johannes para ver melhor.

Johannes apontou a pequena pistola para um dos monitores logo abaixo do teto e puxou o gatilho. Não sabia bem o que esperar. Por isso ficou tão impressionado quanto os outros quando ouviu um estouro, o monitor explodiu e cacos de vidro voaram para todos os lados. O jogador de futebol congelou.

— Todo mundo no chão!

Johannes fora abençoado com uma voz de barítono, mas ele mesmo notou como sua voz soou fina e estridente, como a de uma velha histérica.

Mas deu certo. Saber que há um homem desesperado com uma arma mortal à sua frente parece funcionar melhor do que uma voz de comandante. Todos os três ficaram de joelhos e puseram as mãos atrás da cabeça, como se aquilo fosse um treinamento; como se realmente tivessem sido orientados sobre como reagir caso fossem ameaçados com uma pistola. E talvez tivessem mesmo. Haviam aprendido que rendição total é a única alternativa. Seguramente, a única aceitável para sua faixa salarial.

— Deitados! Nariz no chão!

Eles obedeceram. Era quase como mágica.

Johannes olhou para o painel de controle à sua frente. Encontrou o botão que abria e fechava as celas, em seguida o que abria a passagem de segurança e as duas entradas principais. Finalmente, achou o grande botão vermelho, o que abria todas as portas e deveria ser utilizado somente em caso de incêndio. Apertou. Um longo sinal sonoro indicou que a prisão estava aberta. Foi nesse momento que um pensamento engraçado lhe passou pela cabeça. Ele finalmente estava onde sempre quis estar. Era o capitão na ponte de comando do navio.

— Continuem olhando para baixo. — Sua voz já soava mais segura.

— Se algum de vocês tentar me parar, eu e meus companheiros vamos atrás de vocês e das suas famílias. Não esqueçam que sei tudo sobre vocês, garotos. Trine, Valborg...

Enquanto olhava para os monitores, continuou a enumerar o nome das esposas e filhos, onde estudavam, quais hobbies tinham, em que parte da cidade moravam, enfim, toda a informação acumulada ao longo de vários anos. Depois que terminou, saiu e começou a correr. Passou pelo corredor e foi às escadas que levavam ao térreo. Puxou a primeira porta. Aberta. Continuou através do corredor. Seu coração já estava batendo forte demais, ele não tinha se exercitado como deveria, não se mantivera em forma. Pretendia começar agora. Outra porta, também aberta. Suas pernas já não queriam mais correr. Talvez fosse o câncer, talvez já tivesse alcançado seus músculos e enfraquecesse seu corpo. A terceira porta levava à passagem de segurança. Ele esperou até que a porta atrás de si se fechasse, com um pequeno zumbido. Contou os segundos. Olhou para o corredor que levava aos vestiários. Quando finalmente ouviu a porta de trás se fechar, agarrou a maçaneta da segunda. Puxou a porta.

Trancada.

Merda! Tentou outra vez. A porta não cedeu.

Ele olhou para a placa branca ao lado da porta e posicionou o dedo no sensor. Uma luz amarela piscou por alguns segundos, em seguida uma vermelha se acendeu. Johannes sabia que isso significava que sua impressão digital não tinha sido autorizada, mas tentou a maçaneta mesmo assim. Trancada. Derrotado. Johannes caiu de joelhos em frente à porta. Naquele momento, ouviu a voz de Geir Goldsrud:

— Sinto muito, Johannes.

A voz veio do alto-falante no alto da parede e soava tranquila, quase reconfortante.

— É só o nosso trabalho, Johannes. Se deixássemos de fazê-lo cada vez que nossa família é ameaçada, não sobraria nenhum agente penitenciário na Noruega. Relaxe, nós vamos buscá-lo. Quer empurrar a arma por entre as grades ou prefere que usemos o gás em você?

Johannes olhou para as câmeras. Será que eles podiam ver o desespero em seus olhos? Ou o alívio? O alívio pois tudo acabava ali e a vida continuaria a ser como antes. Mais ou menos como antes. Provavelmente não poderia mais limpar o chão do primeiro andar.

Ele empurrou a pistola por entre as grades. Em seguida, deitou-se no chão, pôs as mãos atrás da cabeça e se encolheu como uma vespa que aplicou seu primeiro e único ferrão. Mas quando fechou os olhos não ouviu hienas nem estava a bordo de um avião a caminho do cume do Kilimanjaro. Ainda estava vivo, em lugar nenhum. Estava ali.

11

Passava pouco das sete e meia, e a chuva caía no estacionamento da Staten.

— Era só uma questão de tempo — disse Franck, segurando a porta que levava aos vestiários. — Todos os usuários de drogas, lícitas ou ilícitas, têm fraqueza de caráter. Sei que isso não é uma asserção muito moderna, mas acredite no que eu digo. Conheço muitos deles.

— Para mim tanto faz, contanto que ele assine. — Einar Harnes queria entrar, mas teve que esperar um agente sair. — Eu mesmo estou pensando em celebrar com uma boa bebida hoje à noite.

— Eles pagam tão bem assim pelos seus serviços?

— Quando vi seu carro, percebi que deveria pedir um honorário maior. — Ele apontou, rindo, para o Porsche Cayenne. — Falei que era adicional de insalubridade, e o Nestor...

— Shh!

Franck colocou o braço na frente de Harnes para que outros passassem. A maioria estava à paisana, mas outros pareciam estar com tanta pressa para ir para casa depois do turno da noite que nem haviam tirado o uniforme verde e corriam para o carro. Harnes percebeu o olhar penetrante de um deles, que vestia por cima um casaco longo e largo. Um rosto que ele sabia ter visto antes, que era ligado à prisão, já que estivera ali tantas vezes ultimamente. E, apesar de não associar nenhum nome ao rosto, sabia que aquele homem sabia quem ele era: o advogado duvidoso que às vezes aparecia nos jornais envolvido em causas no mínimo tão duvidosas quanto sua reputação. Talvez aquele homem e outros se perguntassem o que Harnes fazia com tanta frequência na entrada dos fundos da Staten. E o fato de ouvirem falar o nome de Nestor tampouco ajudava...

Tiveram que passar por várias portas trancadas até chegarem ao primeiro andar.

Nestor deixara bem claro que era imprescindível obter a confissão hoje. Se a investigação de Yngve Morsand não se encerrasse logo, poderiam descobrir coisas que fariam com que a confissão de Sonny perdesse credibilidade. Harnes não sabia, nem queria saber, como Nestor conseguira esse tipo de informação.

O escritório do diretor do presídio era obviamente o maior, mas o do adjunto tinha vista para a mesquita e para o bairro Ekebergåsen. Ficava no final do corredor e era decorado com quadros ridículos de uma jovem artista especialista em pintar flores e falar da própria libido para revistas e tabloides.

Franck apertou um botão no interfone e pediu que o preso da cela 317 fosse levado ao seu escritório.

— O carro custou um milhão e duzentos.

— Aposto que metade disso foi pelo logotipo estampado no capô.

— É, e a outra metade vai toda para o governo em forma de impostos.

Franck suspirou e se sentou em sua cadeira, que tinha um encosto descomunal. Parecia um trono, pensou Harnes.

— Mas sabe de uma coisa? — indagou Franck. — Não tem problema. Quem compra Porsche deve mesmo contribuir mais.

Bateram na porta.

— Entre! — gritou o diretor-adjunto.

Um guarda entrou com o quepe debaixo do braço e fez uma continência sem entusiasmo. Às vezes Harnes se perguntava como Franck conseguia que seus funcionários aceitassem fazer cumprimentos militares em um ambiente moderno de trabalho. E quais outras regras eles tinham que engolir.

— Diga, Goldsrud.

— Encerrei meu turno agora, mas, antes de ir, queria saber se o senhor tem alguma pergunta sobre o relatório da noite de ontem.

— Ainda não vi. Mas já que você está aqui, aconteceu algo importante?

— Não muito, só uma tentativa de fuga. Se é que se pode chamar assim.

Franck uniu as palmas das mãos e sorriu.

— Alegro-me em saber que nossos presos mostrem tanta iniciativa e empenho. Quem, e como?

— Johannes Halden, cela 2...

— 238. O velho? Sério?

— Ele tinha uma espécie de pistola que conseguiu não sei onde. Deve ter sido um impulso repentino. Eu só queria dizer que não foi tão dramático como talvez possa parecer no relatório. Se quiser minha opinião, não precisa penalizá-lo com tanta rigidez. Ele trabalhou tão bem durante tantos anos e...

— É muito inteligente conquistar a confiança de alguém para em seguida pegá-lo com a guarda baixa. Porque foi isso que ele fez, não foi?

— Veja bem...

— Quer dizer que você se deixou ludibriar, Goldsrud? Até onde ele chegou?

Harnes tinha dó do pobre agente, que passou o dedo no suor no buço. Sempre tinha pena daqueles que defendiam um caso fraco. Podia se colocar facilmente no lugar deles.

— Até a passagem de segurança. Mas nunca houve nenhum perigo real de que ele saísse, mesmo que tivesse chegado ao estacionamento. A guarita tem vidros à prova de balas, seteiras e...

— Obrigado pela informação, Goldsrud, mas eu praticamente projetei essa prisão sozinho. E entendo que você tenha certa afeição por esse cara, temo que tenha fraternizado demais, até. Não vou dizer mais nada antes de ler o relatório, mas prepare sua equipe para perguntas críticas. Quanto a Halden, não podemos deixar por menos; nossa clientela se aproveita de qualquer sinal de fraqueza, compreendido?

— Compreendido.

O telefone começou a tocar.

— Pode se retirar — disse Franck, e atendeu.

Harnes esperava ver nova continência e algum ritual militar de despedida, mas Goldsrud se retirou como um civil. Distraído em observá-lo sair, o advogado levou um susto quando ouviu Franck esbravejar:

— Como "sumiu"?!

Franck olhava para a cama arrumada da cela 317. Na frente havia apenas um par de sandálias. No criado-mudo, uma Bíblia; na escrivaninha, uma seringa descartável não utilizada; e na cadeira, uma camisa branca. Só. Mesmo assim, o guarda atrás de Franck afirmou o óbvio:

— Ele não está aqui.

Franck olhou para o relógio. Ainda faltavam catorze minutos para que as celas fossem abertas, portanto o prisioneiro não podia estar em nenhuma das áreas comuns.

— Ele deve ter saído quando Johannes abriu todas as portas ontem à noite, na sala de controle. — Foi Goldsrud quem falou. Estava ao lado da porta.

— Meu Deus do céu — sussurrou Harnes, e, como de costume, levou a ponta do dedo ao dorso do nariz, onde ficavam os óculos até o ano anterior, quando pagara quinze mil coroas em dinheiro para fazer uma cirurgia a laser na Tailândia. — Se ele tiver escapado...

— Cale a boca — ralhou Franck. — Ele não passou pela guarita, então só pode estar aqui dentro. Goldsrud, soe o alarme. Tranque todas as portas. Ninguém entra nem sai.

— Tudo bem, mas eu tenho que levar meus filhos para...

— Isso inclui você.

— E a polícia? — perguntou um dos agentes. — Não deve ser avisada?

— Não! — gritou Franck. — Já disse que Lofthus ainda está aqui dentro! Nem um pio para ninguém.

Arild Franck encarou o velho à sua frente. Trancara a porta e se assegurara de que não havia nenhum agente do lado de fora.

— Cadê o Sonny?

Deitado na cama, Johannes esfregava os olhos de sono.

— Não está na cela dele?

— Você sabe muito bem que não.

— Então deve ter fugido.

Franck agarrou o velho pela gola da camisa e o puxou.

— Tire esse sorriso da cara, Halden! Os guardas da guarita já me disseram que não viram nada, então ele *tem que* estar na prisão. E se você não me contar onde, pode esquecer seu tratamento de câncer. — Franck viu o olhar surpreso do velho. — Eu sei que médicos devem manter o sigilo, mas eu tenho olhos e ouvidos em todos os lugares desta prisão. Então, vai contar ou não?

Ele soltou Johannes, que caiu de volta no travesseiro.

O velho alisou o cabelo ralo e pôs as mãos atrás da cabeça. Pigarreou.

— Sabe de uma coisa, chefe? Acho que eu já vivi tempo suficiente. Não tem ninguém me esperando lá fora. Além do mais, meus pecados foram perdoados, e pela primeira vez na vida eu tenho a chance de ir lá para cima, entende? Acho que é melhor aproveitar essa chance enquanto é possível. O que o senhor acha?

Arild Franck cerrou os dentes com tanta força que sentiu como se suas restaurações fossem explodir.

— O que eu acho, Halden, é que você vai descobrir que nenhum dos seus malditos pecados foi perdoado. Aqui dentro eu sou Deus, e prometo que o câncer vai matá-lo de forma lenta e dolorosa. Você vai ficar dentro da cela, onde o câncer vai comê-lo todo, e você nunca chegará nem perto de um analgésico. E você nem seria o primeiro.

— Melhor isso do que o inferno para onde o senhor vai, chefe.

Franck não sabia ao certo se os ruídos que vieram da garganta do velho eram de agonia ou risadas.

No caminho de volta à cela 317, Franck perguntou pelo rádio novamente. Ainda nenhum sinal de Sonny Lofthus. Ele sabia que não tinha muito mais tempo até que fossem obrigados a emitir um mandado de busca.

Entrou na cela 317, sentou-se na cama e deixou que o olhar varresse o chão, as paredes e o teto novamente. Era impossível, literalmente impossível! Pegou a Bíblia no criado-mudo e a arremessou na parede.

O livro caiu no chão e se abriu. Ele sabia que Per Vollan usava a Bíblia para trazer heroína. Olhou para as páginas cortadas. Agora eram só credos danificados e frases pela metade que não tinham mais sentido.

Xingou e jogou o travesseiro na parede.

Viu-o despencar no chão. Olhou para os fios de cabelo que haviam caído. Fios curtos e meio ruivos que pareciam restos de barba, assim como outros mais longos. Chutou o travesseiro, de onde cachos emaranhados de cabelo louro, longo e sujo saíram.

Cabelo cortado. Barba feita.

Naquele momento, ele entendeu.

— O turno da noite! — gritou no rádio. — Verifiquem todos os agentes que saíram depois do turno da noite!

Olhou para o relógio. Oito e dez. Ele sabia o que tinha acontecido. E sabia que já era tarde demais para fazer alguma coisa. Levantou-se e chutou a cadeira, que quebrou o espelho de acrílico ao lado da porta.

O motorista de ônibus observou o guarda à sua frente, que olhava desorientado para a passagem de ônibus e para a nota de cinquenta coroas que tinha recebido de troco pela de cem. Sabia que era um agente penitenciário porque ele usava um uniforme por baixo do casaco comprido. Tinha até um crachá pendurado, no qual constava o nome "Sørensen" sobre a foto de alguém com quem ele não se parecia nem um pouco.

— Faz tempo que você não anda de ônibus? — perguntou o motorista.

O homem de cabelo mal cortado apenas assentiu.

— O bilhete custa só 26 coroas se você comprar com antecedência — explicou o motorista, mas percebeu que o passageiro ainda assim achava a passagem muito cara. Era uma reação comum entre os que não andavam de ônibus em Oslo havia alguns anos.

— Obrigado pela ajuda — disse o homem.

O motorista partiu com o ônibus enquanto observava as costas do guarda pelo retrovisor. Não sabia bem por quê, talvez fosse algo na voz dele, tão acolhedora e sincera, como se realmente agradecesse de coração. Ele o viu sentar-se e olhar pela janela estupefato, quase como os turistas estrangeiros que pegavam o ônibus de vez em quando. Viu que ele tirou um molho de chaves do bolso e olhou como se nunca tivesse visto aquilo antes. Do outro bolso, tirou um pacote de chicletes.

Depois, o motorista precisou se concentrar no trânsito à sua frente.

SEGUNDA PARTE

12

Arild Franck estava à janela de seu escritório. Olhou para o relógio. A maioria dos fugitivos é capturada nas primeiras doze horas após a fuga. Ele tinha dito à imprensa que a maioria é encontrada em até 24 horas, pois dessa forma diriam que eles agiram com rapidez se a busca durasse mais de doze. Agora, no entanto, já começara a 25ª hora, e ainda não tinham nenhuma pista.

Acabara de vir do escritório grande. O escritório sem vista. O homem sem vista quisera uma explicação. O diretor estava de mau humor porque tivera que voltar mais cedo da conferência anual de presídios escandinavos, em Reiquiavique. No dia anterior, ao telefone, dissera que queria entrar em contato com a imprensa. Ele adorava falar com a imprensa. Franck tinha pedido mais um dia para procurar Lofthus sem estardalhaço, mas o diretor negou na hora. Disse que não podiam ocultar aquele tipo de coisa. Em primeiro lugar, porque Lofthus era um homicida, então o público deveria ser informado. Segundo, porque seria mais fácil encontrá-lo se sua foto estivesse nos jornais.

E em terceiro lugar, poderíamos colocar também sua foto, pensou Franck. Assim seus amigos políticos podem ver que você realmente trabalha, que não fica só boiando em lagoas azuis e bebendo *Svartadaudir*.

Franck tentara avisar ao diretor que uma foto de Sonny Lofthus não ajudaria muito, pois a que eles tinham fora tirada doze anos antes, e naquele tempo Sonny já usava barba e cabelo comprido. Além disso, a imagem das câmeras de segurança, depois que Sonny cortara o cabelo, era tão granulada que mal serviria. Mesmo assim, o diretor insistiu em jogar o nome da Staten pelo ralo.

— A polícia está procurando por ele, Arild. É só uma questão de horas até que alguém da imprensa telefone e me pergunte por que não divulgamos essa informação antes, e se há outros fugitivos sobre os quais não dissemos nada. Nesse caso, prefiro que seja eu a fazer a ligação.

Mais cedo, o diretor lhe perguntara quais rotinas de segurança Franck acreditava poder melhorar. E Franck sabia a razão: para que ele pudesse ir até os amigos políticos e apresentar as ideias como se fossem suas. As ideias que na verdade eram do homem com perspectiva. E mesmo assim Franck lhe deu todas as ideias: reconhecimento de voz em vez de impressões digitais e tornozeleiras eletrônicas com chips GPS indestrutível. Afinal de contas, havia coisas que Franck valorizava mais que a si próprio. A Staten era uma delas.

Arild Franck olhou para o Ekebergåsen, banhado pela luz da alvorada. Aquele fora, muito tempo antes, o lado ensolarado de um bairro da classe trabalhadora. Franck sonhara em algum dia poder comprar uma pequena casa ali. Hoje ele morava em uma casa maior, em um bairro mais nobre, e ainda assim sonhava com essa casinha.

Nestor reagira à notícia da fuga com aparente serenidade, mas não era falta de serenidade o que preocupava Franck quando se tratava de Nestor e seu grupo. Muito pelo contrário, Franck suspeitava que eles sempre estivessem muito serenos quando tomavam decisões tão cruéis que lhe congelavam o sangue. Por outro lado, eram decisões tão simples, claras e práticas que Franck não podia deixar de admirá-las.

— Encontre-o — dissera Nestor —, ou faça com que ele nunca seja encontrado.

Caso o encontrassem, poderiam convencê-lo a confessar o homicídio da Sra. Morsand. Eles tinham seus métodos. Se o matassem, ele não poderia esclarecer a presença de provas periciais contra si mesmo na cena do crime, mas tampouco poderiam usá-lo no futuro. Era assim que as coisas funcionavam. Vantagens e desvantagens. Na verdade, era tudo uma simples questão de lógica.

— Simon Kefas aguarda na linha — avisou Ina ao interfone.

Franck bufou automaticamente.

Simon Kefas.

Esse sim era um que não colocava *nada* acima dos próprios interesses. Um pobre invertebrado que já passara por cima de muita gente por causa do seu vício em jogos. Diziam que tinha mudado depois de se casar com uma jovem. Porém, ninguém melhor que um diretor-adjunto de presídio para saber que as pessoas não mudam, e Franck já sabia o que precisava saber sobre Simon Kefas.

— Diga que não estou.

— Ele gostaria de encontrá-lo mais tarde. É sobre Per Vollan.

Vollan? Esse caso não estava arquivado havia muito tempo? Franck suspirou fundo e olhou para o jornal em cima da mesa. Divulgaram a fuga, mas pelo menos não estava na primeira página. Presumivelmente, porque a editoria não tinha conseguido uma boa foto do fugitivo. Os abutres provavelmente esperariam até que tivessem um retrato falado no qual o fugitivo parecesse bastante maligno. Dessa vez, ficariam decepcionados.

— Arild?

Era uma regra tácita que ela podia utilizar seu primeiro nome quando outros não estivessem presentes.

— Arranje um espaço na agenda, Ina, mas não lhe dê mais do que meia hora.

Franck olhou para a mesquita. A 25ª hora já terminava.

Lars Gilberg se aproximou.

O garoto estava deitado em um papelão, coberto por um casaco comprido. Viera no dia anterior e havia encontrado um lugar atrás dos arbustos que cresciam entre o caminho e os prédios ao longo dele. Sentara-se lá, quieto e imóvel, como se brincasse de esconde-esconde com alguém que nunca vinha. Quer dizer, vieram dois policiais, que olharam alternadamente para Gilberg e para a foto que tinham em mãos e foram embora.

Mais tarde, quando começou a chover, o garoto veio e se deitou embaixo da ponte, sem pedir autorização. Não que Gilberg pretendesse impedi-lo, mas o problema era ele nem ter pedido. E havia outro problema: usava um uniforme. Lars Gilberg não sabia ao certo que tipo de uniforme, fora dispensado do Exército antes mesmo de ver o verde dos oficiais. "Inadequado", foi o motivo um tanto vago que lhe deram. Lars Gilberg às vezes se perguntava se de fato havia algo para o qual se adequava, e se algum dia descobriria o que era. Talvez só mesmo para arranjar dinheiro para droga e morar embaixo da ponte.

Como agora.

O garoto dormia, respirando tranquilamente. Gilberg se aproximou mais um pouco. Pelo jeito de andar e pela cor da pele, era usuário de heroína. Talvez tivesse um pouco.

Gilberg estava agora tão perto que via suas pálpebras tremularem de leve, como se seu globo ocular estivesse virando de um lado para o outro. Agachou-se, levantou o casaco com cuidado e tentou enfiar os dedos no bolso do peito.

Tudo aconteceu tão depressa que Gilberg nem viu. O garoto agarrou seu pulso, e, antes de se dar conta, Gilberg estava de joelhos, a cara no solo molhado de chuva, o braço torcido às costas.

Uma voz sussurrou em seu ouvido:

— O que você quer?

A voz não parecia zangada, agressiva ou assustada. Era educada, quase como se o garoto realmente quisesse saber como poderia ajudá-lo. Gilberg fez o que sempre fazia quando percebia que tinha perdido: confessou antes que a situação piorasse.

— Queria roubar sua droga. Ou seu dinheiro, se você não tiver droga.

O método do garoto para segurá-lo era conhecido. O pulso para dentro, aplicando pressão na parte de trás do cotovelo. Era o método da polícia. Mas Gilberg sabia como policiais infiltrados andavam, falavam e cheiravam, e aquele garoto definitivamente não era um deles.

— Qual é a droga que você costuma usar?

— Morfina.

— Quanto dá para comprar com cinquenta coroas?

— Só um pouco.

O garoto afrouxou a pegada e Gilberg logo puxou o braço.

Olhou para o garoto. Piscou para a nota que ele estendia.

— Desculpa, eu só tenho isso.

— Eu não tenho nada para vender, cara.

— O dinheiro é para você. Eu parei.

Gilberg estreitou um dos olhos como que para ver melhor. O que era mesmo que diziam? Se algo é bom demais para ser verdade, não deve ser verdade. Se bem que aquele cara podia ser simplesmente pirado. Ele fisgou a nota de cinquenta coroas e a colocou no bolso.

— Digamos que é pelo aluguel do lugar onde você dormiu.

— Eu vi que a polícia passou por aqui ontem — disse o garoto. — Eles sempre vêm aqui?

— De vez em quando, mas tem vindo uma porção deles nos últimos dias.

— E você por acaso sabe de algum lugar onde não haja uma porção deles?

Gilberg analisou o garoto.

— Para se ver livre mesmo, vá para o Centro Ila. Lá eles são proibidos de entrar.

O garoto olhou pensativo para o rio. Em seguida, assentiu devagar.

— Obrigado pela ajuda, amigo.

— Foi um prazer — murmurou Gilberg, perplexo.

É, era um pirado mesmo.

E, como que para confirmar suas suspeitas, o garoto começou a tirar a roupa. Gilberg deu dois passos para trás, só por precaução. Só de cueca, o garoto começou a dobrar o uniforme e enrolá-lo em volta dos sapatos. Gilberg estendeu-lhe a sacola de plástico que ele pediu emprestada, e ele pôs as roupas e os sapatos dentro. Em seguida, colocou a sacola embaixo de uma pedra que estava nos arbustos onde passara o dia anterior.

— Pode deixar que ninguém vai achar — garantiu Gilberg.

— Obrigado. Eu confio em você.

Sorrindo, o garoto abotoou o casaco até o último botão, de modo que não dava para ver seu peito nu.

E seguiu pelo caminho de onde viera. Gilberg o observou se afastar, viu seus pés descalços espirrarem água das poças no asfalto.

Eu confio em você?

Era mesmo louco. Completamente.

* * *

Martha estava na recepção observando as imagens das câmeras de segurança pela tela do computador. Mais precisamente, observando o homem que olhava para a câmera na entrada. Ele ainda não tinha tocado a campainha. Ainda não descobrira o pequeno buraco feito na chapa de acrílico que a cobria. A chapa precisara ser colocada devido a uma reação relativamente comum entre as pessoas que tinham o acesso negado ao centro: quebrar a campainha. Martha apertou o botão do microfone.

— Posso ajudar?

O garoto não respondeu. Martha já constatara que não era um dos 76 moradores. Embora tivesse havido uma rotatividade de mais de cem nos últimos quatro meses, ela se lembrava do rosto de cada um deles. Mas também constatou que ele pertencia mesmo ao público-alvo do Centro Ila: usuários de drogas. Não que parecesse estar sob o efeito de alguma delas no momento; não parecia, mas era algo na magreza do rosto, o tique nos cantos da boca e o pavoroso corte de cabelo. Martha suspirou.

— Você precisa de um quarto?

O garoto fez que sim, e ela girou a chave do interruptor que abria a porta. Chamou Stine, que estava na cozinha, atrás da recepção, fazendo um sanduíche para um dos moradores, e pediu que se encarregasse do lugar. Em seguida, correu escada abaixo para o portão de ferro que eles podiam fechar a partir da recepção, se por acaso algum intruso conseguisse passar pela porta da frente. O garoto estava junto à porta. Usava um casaco abotoado até o pescoço e que ia até os tornozelos. Estava descalço, e ela notou uma mancha de sangue na marca de umidade de seus passos, em frente à porta. Mas Martha já havia visto de tudo, então o que mais lhe chamou a atenção foi o olhar dele. O garoto realmente *olhava* para ela. Não sabia como explicar isso de outra maneira. Ele tinha o olhar voltado em sua direção, e ela podia ver que naquele momento ele estava processando o estímulo visual de sua aparência. Talvez não fosse muito, mas de qualquer forma era mais do que Martha estava acostumada no Centro Ila. Naquele instante, passou por sua cabeça que o garoto talvez nem fosse usuário, mas descartou esse pensamento tão depressa quanto ele viera.

— Oi. Venha comigo.

Ele a seguiu até o primeiro andar e os dois entraram na sala de reuniões, em frente à recepção. Ela deixou a porta aberta, como de costume, para que Stine e os outros pudessem vê-los, então pediu que se sentasse e pegou os papéis para a entrevista obrigatória que precedia a admissão de novos moradores.

— Nome?

Ele hesitou.

— Eu preciso escrever algum nome aqui, entendeu? — disse ela, dando a brecha de que muitos precisavam.

— Stig — respondeu ele, hesitante.

— Stig, está bem. De quê?

— Berger?

— Ok, Stig Berger. Data de nascimento?

Ele disse uma data, e ela calculou rapidamente que ele tinha 30 anos. Parecia bem mais jovem. Isso era uma das coisas muito estranhas a respeito de usuários. Era muito fácil errar a idade deles, para mais e para menos.

— Você veio por recomendação de alguém?

Ele balançou a cabeça.

— Onde dormiu esta noite?

— Embaixo de uma ponte.

— Então vou partir do princípio de que você não tem endereço fixo nem sabe qual das agências de Seguridade Social é a sua. Vou escolher o número 11, o dia do seu aniversário, e assim... — ela verificou a lista — ... você faz parte da Agência de Alna. Esperemos que eles, com toda a sua misericórdia, paguem por sua estadia aqui. Que tipo de drogas você usa?

Ela estava com a caneta pronta para anotar, mas ele não respondeu.

— Basta que você me diga seu prato predileto.

— Eu parei.

Ela soltou a caneta.

— O Centro Ila é destinado somente a usuários ativos. Eu posso telefonar e perguntar se há um lugar para você no centro da rua Sporvei. Inclusive, lá é até mais agradável do que aqui.

— Você quer dizer que...

— Sim, é isso mesmo. Só quem é usuário frequente pode ficar aqui.

— Ela esboçou um sorriso cansado.

— E se eu disser que menti porque achava que era mais fácil conseguir um quarto se dissesse que não usava?

— Nesse caso eu diria "resposta correta", mas agora não pode mais errar nenhuma, meu amigo.

— Heroína.

— E o que mais?

— Só heroína.

Ela marcou a resposta no formulário, mas duvidava que fosse verdade. Não existia praticamente mais ninguém em Oslo que usasse só heroína, pelo simples fato de que se você misturar a heroína de rua, que já é misturada, com benzodiazepinas, como, por exemplo, Rohypnol, você aproveita melhor o seu dinheiro, porque o efeito é mais intenso e dura mais.

— O que você deseja com sua estadia aqui?

Ele deu de ombros.

— Um teto.

— Alguma doença ou medicamentos especiais?

— Não.

— Você tem algum plano para o futuro?

Ele olhou para ela. O pai de Martha Lian dizia que o passado de uma pessoa está escrito em seus olhos, e que é possível aprender a lê-los. O futuro, não. Este, sim, é incerto. Apesar disso, no futuro Martha se lembraria daquele momento, e se perguntaria se teria conseguido, se deveria ter conseguido ler os planos futuros daquele homem chamado Stig Berger.

Ele negou, e continuou a balançar a cabeça enquanto Martha lhe fazia perguntas sobre trabalho, ensino, overdoses, doenças somáticas, infecções e problemas psiquiátricos. Por fim, ela disse que eles tinham uma cláusula de confidencialidade e que não contariam a ninguém que ele estava hospedado ali, mas que, se quisesse, poderia preencher um formulário de consentimento com o nome de algumas pessoas que poderiam ser informadas caso entrassem em contato com o centro à sua procura.

— Para que, por exemplo, seus pais, amigos ou namorada possam falar com você.

Ele sorriu melancolicamente.

— Não tenho ninguém.

Martha Lian ouvia essa resposta com frequência. Com tanta frequência, aliás, que já nem se impressionava mais. Seu psicólogo disse que ela sofria de *compassion fatigue*, fadiga por compaixão, e explicou que a maioria das pessoas em seu campo de trabalho seria, mais cedo ou mais tarde, afetada por isso. O que a preocupava era que ela parecia não melhorar. Obviamente, sabia que, se uma pessoa se preocupava com o próprio distanciamento, era porque esse distanciamento não era tão forte assim, mas a empatia sempre fora seu combustível. A compaixão. O amor. E esse poço estava prestes a secar. Por isso ela se assustou quando percebeu que as palavras *não tenho ninguém* a tocaram tanto, como uma agulha que faz com que um músculo atrofiado se contraia.

Juntou os papéis, colocou-os numa pasta, deixou-a na recepção e levou o novo hóspede ao depósito de roupas, no térreo.

— Espero que você não seja do tipo paranoico que não veste roupas que já pertenceram a outras pessoas — comentou ela, e ficou de costas enquanto ele tirava o casaco e vestia as roupas que recebera.

Esperou que ele tossisse para indicar que estava vestido e se virou. De alguma forma o garoto parecia mais alto e alinhado com um suéter azul-claro e uma calça jeans. Tampouco era tão magro quanto parecera com o casaco. Ele olhou para os tênis azuis lisos.

— É, eu sei — disse ela. — Tênis de morador de rua.

Na década de 1980, o Exército havia dado a instituições de caridade um grande número de tênis azuis, que tinham em excesso nos depósitos. Desde então, eles viraram uma característica marcante de desabrigados e viciados.

— Obrigado — disse ele, baixinho.

Esse foi o motivo para ela ter ido ao psicólogo pela primeira vez. Um morador que não tinha agradecido. Foi só mais um mal-agradecido da série de pessoas mal-agradecidas e autodestrutivas que só continuavam vivos graças ao Estado e às variadas instituições sociais que eles passavam boa parte do tempo xingando. Ela perdeu a paciência. Mandou que ele fosse para o inferno, e que se não gostava da espessura das agulhas descartáveis que recebia de graça, que voltasse ao seu quarto, pelo qual o governo pagava seis mil coroas por mês, e que injetasse lá a droga que comprara com o dinheiro de bicicletas que roubara no bairro. Ele apresentou uma queixa formal com quatro folhas anexas que contavam a história de sua vida de grande sofrimento. Ela teve que pedir desculpas.

— Vou levar você ao seu quarto.

A caminho do segundo andar, ela lhe indicou os chuveiros e os toaletes. Alguns homens passaram por eles a passos rápidos e com um olhar de drogado.

— Bem-vindo ao melhor centro comercial de drogas de Oslo — disse Martha.

— Aqui dentro? — perguntou o garoto. — É permitido traficar aqui?

— Não de acordo com as regras. Mas todos que usam têm drogas em sua posse. Só estou falando isso porque é bom saber, mas não nos importamos se você tem um grama ou um quilo no quarto. Não nos intrometemos com o que acontece nos quartos. Só entramos se houver suspeita de armas.

— E costuma haver?

Ela o olhou de soslaio.

— Por que você quer saber?

— Só quero saber se é perigoso morar aqui.

— Todos os traficantes daqui têm capangas que trabalham para eles. Usam de tudo para cobrar as dívidas, desde taco de beisebol até arma de fogo. Na semana passada achei um arpão embaixo de uma cama.

— Um arpão?

— É. Um Sting 65 carregado.

Ela mesma se surpreendeu quando riu, e ele sorriu. Ele tinha um sorriso agradável. Muitos deles tinham.

Ela destrancou a porta do quarto 323.

— Tivemos que fechar vários quartos por causa de um incêndio, então vocês vão ter que dividir até terminarmos o reparo. Seu companheiro de quarto se chama Johnny. Os outros o chamam de Johnny Puma. Ele tem síndrome de fadiga crônica e passa a maior parte do dia na cama, mas é um cara na dele, tranquilo. Acho que vocês não terão problemas.

Ela abriu a porta. Com as cortinas fechadas, estava muito escuro no quarto. Martha acendeu a luz. As lâmpadas fluorescentes piscaram duas vezes antes de se acenderem.

— É muito bom — comentou o garoto.

Martha olhou para o quarto. Ela nunca ouvira ninguém dizer seriamente que achava um quarto do Centro Ila bom, mas de certa forma ele tinha razão. Tudo bem, o chão de linóleo estava desbotado e as paredes azul-claras estavam tão cheias de buracos e desenhos que nem lixívia limparia, mas era de fato limpo e claro. O mobiliário consistia em um beliche, uma cômoda e uma mesa arranhada com a pintura descascada, mas tudo estava inteiro e funcionava bem. O ar ali dentro tinha o cheiro do homem que dormia na cama de baixo. O garoto havia dito que nunca sofrera overdose, então podia dormir na de cima. As camas de baixo eram destinadas a moradores mais propensos a overdoses, para facilitar colocá-los na maca caso estivessem inconscientes.

— Aqui está. — Martha entregou-lhe a chave. — Eu vou ser seu contato, o que significa que você deve falar comigo se precisar de alguma coisa, está bem?

— Obrigado. — Ele pegou o chaveiro com a etiqueta de plástico azul. — Muito obrigado mesmo.

13

— Ele já está descendo — disse a recepcionista para Simon e Kari, que estavam sentados num sofá de couro embaixo de um quadro gigante de algo que parecia o nascer do sol.

— Ele disse isso há dez minutos — sussurrou Kari.

— No céu é Deus que decide que horas são — disse Simon, e pôs uma porção de fumo na boca. — Quanto você acha que custa um quadro desses? E por que escolheram logo esse?

— A compra da decoração de prédios públicos é apenas uma forma oculta de subsidiar os artistas medianos do país — respondeu Kari. — Os compradores geralmente não se importam com o que põem nas paredes, contanto que combine com os móveis e com o orçamento.

Simon a olhou de lado.

— Alguém já disse que às vezes você fala como se estivesse reproduzindo citações decoradas?

Kari deu um sorriso irônico.

— E mascar fumo é um péssimo substituto para cigarros. Faz mal à saúde. Presumo que tenha sido sua esposa que pediu que você trocasse, por causa do cheiro de fumaça que impregnava as roupas dela.

Simon balançou a cabeça e riu. Devia ser alguma tendência de humor entre os jovens de hoje em dia, esses tipos de comentários.

— Bom palpite, mas você errou. Ela pediu que eu parasse porque me quer por perto pelo maior tempo possível. E não sabe que eu uso *snus*. Guardo as caixinhas no escritório.

— Mande-os entrar, Anne — rugiu uma voz.

Simon olhou para a passagem de segurança, onde um homem com um uniforme e uma boina que agradariam ao presidente da Bielorrússia tamborilava os dedos no portão de metal.

Simon se levantou.

— Mais tarde vamos decidir se eles podem sair — disse Arild Franck.

Simon notou, pelo suspiro quase imperceptível da recepcionista, que era uma piada velha.

— E então, como é estar de volta à sarjeta? — perguntou Franck enquanto os acompanhava através da passagem de segurança em direção à escadaria. — Você está no Departamento de Fraudes, não é? Ah, não. Desculpe, devo estar senil. Esqueci que foi expulso.

Simon nem esboçou rir do insulto deliberado.

— Estamos aqui para falar de Per Vollan.

— Já me informaram. Pensei que esse caso tivesse sido arquivado.

— Não arquivamos casos com perguntas não respondidas.

— Desde quando?

Simon fez um arremedo de sorriso.

— Per Vollan esteve aqui em visita a prisioneiros no mesmo dia em que morreu, não é verdade?

Franck abriu a porta de seu escritório.

— Vollan era o capelão do presídio, então presumo que tenha sido isso que ele veio fazer aqui. Posso verificar o livro de visitas, se quiser.

— Quero sim, obrigado. Também gostaríamos de saber com quem ele falou.

— Sinto informar que não sei o nome de todos com quem ele falou quando esteve aqui.

— Bom, sabemos o nome de pelo menos um prisioneiro com quem ele falou naquele dia — disse Kari.

— É mesmo? — indagou Franck, e se sentou à mesa que o acompanhara ao longo de toda a sua carreira. Não havia razão para desperdiçar dinheiro público. — Se estão pensando em se demorar, a senhorita talvez pudesse pegar as xícaras de café que estão ali naquele armário, enquanto eu verifico o livro de visitas.

— Obrigada, mas não bebo café — retrucou Kari. — O nome dele é Sonny Lofthus.

Franck olhou para ela inexpressivo.

— Será que poderíamos visitá-lo? — perguntou Simon, e sentou-se em uma das cadeiras, apesar de não ter sido convidado a fazer isso. Então olhou para Franck, cujo rosto já estava ficando vermelho. — Ah, me desculpe, devo estar ficando senil. Esqueci que ele fugiu. — Simon viu que Franck formulava uma resposta e adiantou-se em dizer: — Estamos interessados nele porque a coincidência entre a morte de Vollan e sua fuga faz com que a morte seja ainda mais suspeita.

Franck puxou o colarinho da camisa.

— Como vocês sabem que eles conversaram?

— Todos os interrogatórios policiais constam no banco de dados compartilhado — respondeu Kari, ainda de pé. — Quando procurei pelo nome de Per Vollan, vi que tinha sido mencionado em um interrogatório que tratava da fuga de Lofthus. Por um detento chamado Gustav Rover.

— Rover acabou de ser solto. Foi interrogado porque esteve com Lofthus pouco antes da fuga. Queríamos saber se Lofthus contou algo que poderia nos ajudar a encontrá-lo.

— *Nos* ajudar? *Nós* quem? — Simon levantou uma sobrancelha grisalha. — A rigor, a responsabilidade de encontrar um fugitivo é da polícia, não sua.

— Lofthus é meu prisioneiro, Kefas.

— Parece que Rover não pôde ajudá-lo — disse Simon —, mas durante o interrogatório ele falou que, quando ia saindo da cela, Per Vollan entrou para falar com Lofthus.

Franck deu de ombros.

— E o que é que tem?

— Tem que ficamos nos perguntando sobre o que podem ter falado. E por que logo em seguida um morreu e o outro fugiu.

— Pode ser só coincidência.

— Claro. Você conhece um tal de Hugo Nestor, Franck? Também chamado de Ucraniano?

— Já ouvi falar.

— Conhece, portanto. Há algo que indique que Nestor pode estar envolvido na fuga?

— De que maneira?

— Bom, pode ser que ele o tenha ajudado a fugir. Também pode ser que o tenha ameaçado, de modo que Lofthus se sentiu obrigado a fugir.

Franck tamborilou com uma caneta na mesa. Parecia estar pensando.

Pelo canto do olho, Simon viu que Kari lia mensagens no celular.

— Eu sei o quanto você precisa mostrar resultado, Kefas, mas não vai encontrar nenhum peixe grande aqui — rebateu Franck. — Aliás, Sonny Lofthus fugiu por iniciativa própria.

— Uau — zombou Simon, recostando-se na cadeira e unindo a ponta dos dedos de uma das mãos aos da outra. — Um jovem viciado, um mero amador, conseguiu fugir da sua poderosa Staten sem ajuda de ninguém?

Franck sorriu.

— Quer apostar que ele não é amador, Kefas? — O sorriso ficou ainda mais largo quando Simon não respondeu. — Devo estar ficando senil. Esqueci que você não aposta mais. Mas posso mostrar seu *amador*.

— Esta é a gravação das câmeras de segurança — explicou Franck, e apontou para a tela de 24 polegadas do computador. — Nesse momento, todos os oficiais da sala de controle estão deitados com o rosto no chão, e Halden abriu todas as portas da prisão.

A tela estava dividida em dezesseis janelas, uma para cada câmera, que mostravam diferentes partes da prisão. No fundo da tela havia um relógio.

— Aí vem ele — disse Franck, e apontou para a janela que mostrava um dos corredores.

Simon e Kari viram uma pessoa sair de uma das celas e correr em direção à câmera. Usava uma camisa branca e larga que ia até os joelhos, e Simon constatou que o cabeleireiro dele devia ser pior que o seu. Parecia que o cabelo tinha sido arrancado de sua cabeça a chutes.

O jovem desapareceu de uma das telas e apareceu em outra.

— Aí está ele na passagem de segurança — continuou Franck —, enquanto Halden está na sala de controle contando tudo que vai fazer com a família dos oficiais se tentarem impedi-lo de fugir. O mais interessante é o que vai acontecer agora, nos vestiários.

Eles viram Lofthus entrar correndo em um local com vários armários, mas, em vez de continuar correndo direto para a saída, dobrou à esquerda e desapareceu atrás da última fila de armários. Franck bateu irritado com o dedo na tela do computador e o cronômetro no fundo da tela parou de correr.

— O que acontece agora é que ele arromba a porta do armário de Sørensen, um oficial nosso que está de licença médica. Ele troca de roupa e passa a noite lá. Quando amanhece, ele sai e espera os outros.

Franck colocou o cursor sobre o horário e digitou 07h20. Depois, reproduziu as imagens com velocidade quatro vezes maior que o tempo real. Homens uniformizados começaram a aparecer nas diferentes janelas da tela. Entravam e saíam do vestiário e a porta de saída era aberta e fechada com frequência. Era impossível distinguir uns dos outros, até que Franck clicou novamente, congelando as imagens.

— Ali ele — disse Kari. — De uniforme e casaco.

— O uniforme e o casaco de Sørensen — acrescentou Franck. — Deve ter saído do armário antes de os outros virem, trocado de roupa e esperado no vestiário. Sentou no banco de cabeça baixa e fingiu que amarrava os sapatos enquanto os outros iam e vinham. São tantos que ninguém estranhou um funcionário novo que demorava um pouco mais para se trocar. Ele esperou até que o fluxo da manhã estivesse mais intenso e saiu do presídio. E ninguém o reconheceu sem a barba e o cabelo comprido, que ele cortou na cela. Nem eu...

Franck apertou mais uma tecla e continuou a reproduzir as imagens, dessa vez em tempo real. As imagens mostravam Lofthus saindo de uniforme e casaco enquanto Arild Franck e uma pessoa de terno cinza e cabelo penteado para trás entravam.

— E os guardas lá fora não o pararam?

Franck apontou para a janela no canto superior direito da tela.

— Estas são as imagens da guarita. Como vocês podem ver, deixamos pessoas e carros passarem sem verificar sua identidade durante a troca de guarda, porque teríamos filas imensas se realizássemos todos os procedimentos de segurança. Mas a partir de agora vamos verificar a identidade de todos que saem, até mesmo durante a troca de guarda.

— É, acho que não tem uma fila muito grande de gente querendo entrar — comentou Simon.

No silêncio que se sucedeu, Kari tentou disfarçar um bocejo pela adaptação de Simon da piada que Franck fizera ao chegarem.

— Bem, esse é o seu amador — concluiu Franck.

Simon Kefas não respondeu, apenas olhou para as costas da figura que passou pela guarda. Começou a sorrir por algum motivo. Descobriu que era pelo modo de andar. Conhecia esse modo de andar.

Martha estava de braços cruzados, analisando os dois homens à sua frente. Eles não podiam ser da Narcóticos. Ela achava que conhecia a maioria que trabalhava lá e nunca vira esses dois antes.

— Nós estamos procurando... — começou um deles, mas o resto da frase foi abafado pela sirene estridente que passou na rua Waldemar Thrane.

— Quê? — gritou Martha.

Ela se perguntava onde havia visto aqueles ternos antes. Em um anúncio?

— Sonny Lofthus — repetiu o menor deles.

Tinha cabelo louro e parecia já ter quebrado o nariz várias vezes. Martha via esse tipo de nariz todos os dias, mas achava que esse em específico era resultado de artes marciais.

— A informação sobre nossos moradores é confidencial — disse ela.

O outro, um homem alto porém compacto, com cachos negros que faziam um estranho semicírculo na cabeça, mostrou-lhe uma foto.

— Ele fugiu da prisão Staten e é considerado um indivíduo perigoso. — Uma nova ambulância passou. Ele se inclinou e praticamente gritou na frente do rosto de Martha: — Então, caso ele esteja aqui e você decida não nos contar, será sua responsabilidade se acontecer alguma coisa, entendeu?

Não eram da Narcóticos. Isso explicava por que ela nunca os vira. Martha assentia lentamente enquanto analisava a foto. Voltou a olhar para eles. Abriu a boca para dizer algo quando um vento soprou sua franja escura no rosto. Quando ia tentar novamente, ouviu um grito atrás de si. Era Toy, que gritava na escada.

— Ei, Martha, o Burre se cortou. Não fui eu, viu. Ele está no refeitório.

— Temos um trânsito muito intenso de pessoas durante o verão — disse ela. — Muitos dos moradores preferem dormir no parque, e assim outros aproveitam a vaga para dormir aqui. É muito difícil se lembrar de todos os rostos...

— Como já dissemos, ele se chama Sonny Lofthus.

— ... e nem todos veem razão para se registrar com o nome verdadeiro. Não esperamos que nossa clientela tenha identidade nem outros tipos de documentos, então simplesmente aceitamos o nome que nos dão.

— Mas eles não precisam se identificar para a Seguridade Social? — questionou o louro.

Martha mordeu o lábio.

— Ô Martha, o Burre está sangrando pra cacete!

O de cabelo cacheado pôs a mão grande e cabeluda no braço dela.

— Você pode nos deixar dar uma olhada. Pode ser que o encontremos. — Ele percebeu o olhar dela e puxou a mão de volta.

— Por falar em documento — disse ela —, que tal me mostrar o de vocês?

Martha viu que a expressão do louro se fechou. E a mão do cacheado veio outra vez, dessa vez fechando-se *em volta* do braço dela.

— O Burre já está quase sem sangue, hein. — Toy tinha vindo até eles, cambaleante, e olhou para os dois homens com seu olhar vacilante. — Ei, o que é que está acontecendo aqui?

Martha escapou das garras do cacheado e pôs a mão no ombro de Toy.

— Vamos lá salvar a vida dele. Com licença, senhores. Se não se importam, vão ter que esperar aqui fora.

Eles foram em direção à entrada do refeitório. Uma nova ambulância passou. Três ambulâncias. Ela estremeceu involuntariamente.

Quando chegaram à porta, ela se virou.

Os dois homens tinham ido embora.

* * *

— Então você e Harnes de fato *viram* o Sonny de perto? — perguntou Simon enquanto Franck os acompanhava até o térreo.

Franck olhou para o relógio.

— O que vimos foi um jovem de barba feita, cabelo curto e uniformizado. O Sonny que conhecíamos usava uma camisa suja e tinha cabelos e barba compridos.

— Então vocês acreditam que pode ser difícil encontrá-lo pela aparência de agora? — perguntou Kari.

— As imagens das câmeras de segurança têm uma qualidade muito baixa — disse Arild Franck, e se virou para ela —, mas vamos encontrá-lo.

— Uma pena que não pudemos falar com esse Halden — comentou Simon.

— Pois é, como eu disse, o quadro de saúde dele ficou crítico de repente — retrucou Franck, e acompanhou-os à recepção —, mas eu aviso assim que ele puder receber visitas novamente.

— E você não tem nenhuma ideia sobre o que nosso fugitivo falou com Per Vollan?

Franck balançou a cabeça.

— Deve ter sido sobre as angústias e sofrimentos habituais. Lofthus era como um conselheiro espiritual aqui.

— Ah, era?

— Estava sempre isolado dos outros presos. Ele era neutro; não pertencia a nenhuma das facções que geralmente se vê numa prisão. E não falava. Essa é a definição de um bom ouvinte, não é? Então ele virou uma espécie de confessor; alguém com quem os presos podiam falar sobre tudo. Afinal, para quem ele iria contar? Além disso, ele ficaria aqui por um bom tempo.

— Que tipo de homicídio ele cometeu? — perguntou Kari.

— Homicídio de gente — disse Franck friamente.

— Quero dizer...

— Homicídios dos mais cruéis. Matou uma garota asiática a tiros e estrangulou um sérvio de Kosovo. — Franck abriu a porta de saída para eles.

— Só de imaginar um criminoso perigoso como esse à solta... — comentou Simon, e sabia que era só para que Franck sofresse.

Ele não era sadista, mas costumava abrir uma exceção quando se tratava de Arild Franck. Não que Franck fosse uma pessoa difícil de se gostar; na verdade, sua personalidade era um fator atenuante. Não era que Franck não trabalhasse bem; todos sabiam que na prática era ele quem comandava a Staten, e não aquele que carregava o título de diretor no peito. Era por causa de outra coisa. Era por aquelas aparentes coincidências, cuja soma havia criado uma suspeita que já corroía Simon por tanto tempo que se tornara o tipo mais frustrante de certeza: o tipo que não se pode provar. Que Arild Franck era corrupto.

— Dou no máximo 48 horas para que ele seja encontrado, inspetor — afirmou Franck. — Ele não tem dinheiro, família ou amigos. É sozinho no mundo e estava na prisão fazia doze anos, desde os 18. Não sabe nada do mundo lá fora e não tem nenhum lugar para onde ir nem onde se esconder.

Enquanto Kari se apressava para manter o passo do colega a caminho do carro, Simon pensou nas 48 horas e ficou tentado a fazer a aposta, pois havia reconhecido algo no garoto. Não sabia exatamente o que era; talvez fosse só seu jeito de se movimentar. Ou talvez tivesse herdado mais que isso.

14

Johnny Puma se virou na cama e olhou para seu novo colega de quarto. Não sabia quem tinha inventado esse termo, mas ali, no Centro Ila, "colega de quarto" era o menos adequado que alguém podia imaginar. Inimigo de quarto seria mais apropriado. Ainda não houvera nenhum que não tivesse tentado roubá-lo. E que ele mesmo não tivesse tentado roubar. Por isso prendia com fita adesiva todos os seus objetos de valor — uma carteira à prova de água com três mil coroas e um saco duplo de plástico com três gramas de anfetamina — na parte externa da coxa, que era tão cabeluda que qualquer tentativa de roubo o despertaria do mais profundo dos sonos. Pois nos últimos vinte anos a vida de Johnny Puma girara só em torno disso: anfetamina e sono. Fora diagnosticado com a maioria das doenças que surgiram a partir dos anos 1970 para justificar por que um jovem preferia fazer festa a trabalhar, por que preferia brigar e transar a constituir um lar e por que preferia usar drogas a viver a monotonia da caretice. Mas o último diagnóstico tinha vindo para ficar. EM. Encefalomielite miálgica, conhecida por síndrome de fadiga crônica. Johnny Puma? Fadigado? Todos que escutavam isso começavam a rir. Johnny Puma, levantador de pesos, o centro de todas as festas, homem de mudanças mais procurado de Lillesand, pois podia levantar um piano sozinho. Tudo começara com um problema nos quadris, analgésicos que não surtiam efeito, em seguida analgésicos que surtiam efeito até demais, e logo estava viciado. Agora, sua vida consistia em longos dias de descanso na cama, interrompidos somente por períodos curtos de intensa atividade em que ele canalizava toda a sua energia para conseguir droga. Ou dinheiro para pagar sua dívida preocupante com o chefe do tráfico do Centro Ila, um travesti lituano que se chamava Coco e estava em um processo de mudança de sexo.

Ele notou que a pessoa à frente da janela passava pela mesma coisa. A maldita caça eterna. A compulsão. A necessidade.

— Pode fechar as cortinas, companheiro?

O outro obedeceu, e o quarto voltou a ficar agradavelmente escuro.

— Qual é a sua droga, companheiro?

— Heroína.

Heroína? Ali no centro chamavam heroína de ópio. Açúcar mascavo, shit, boy, ou até Superboy, quando se tratava desse pó novo que se podia comprar na região da Nybrua. Quem vendia era um cara que parecia o Soneca de *Branca de Neve e os sete anões*. Heroína era o termo que usavam na prisão. Ou os usuários novatos, claro. Se bem que os novatos falavam coisas como China White, Mexican Mud ou outra dessas besteiras que ouviam nos filmes.

— Se você quiser, posso arranjar da boa e barata. Não precisa sair para procurar.

Johnny viu algo acontecer com aquela figura no escuro. Já presenciara isso antes, quando viciados ficavam excitados com a mera promessa de droga. Ele achava que já haviam feito testes que registravam mudanças em regiões do cérebro momentos antes de a agulha ser injetada. Com uma taxa de quarenta por cento em cima do valor da droga que compraria do Høvdingen, no quarto 306, ele poderia comprar três ou quatro pacotes de anfetamina para si mesmo. Era melhor que sair roubando pelo bairro outra vez.

— Não, obrigado. Eu posso sair, se você quiser dormir.

A voz que vinha da janela era tão baixa que Johnny não entendia como podia sobressair ao constante barulho de festa, gritaria, música, discussões e tráfego da rua que se ouvia no Centro Ila. Então ele queria saber se Johnny iria dormir, é? Provavelmente para tentar revistá-lo. Talvez até achar a droga que Johnny prendera à coxa.

— Eu *nunca* durmo, só fecho os olhos. Entendeu, companheiro?

O rapaz assentiu.

— Ok. Estou de saída.

Depois que seu novo inimigo de quarto saiu e fechou a porta, Johnny se levantou. Precisou de apenas dois minutos para fazer a busca no armário e na cama de cima. Nada. Ele não podia ser tão novato assim. Levava tudo consigo.

Markus Engseth estava com medo.

— Você está com medo?

Markus balançou a cabeça e engoliu a saliva.

— Mentira! Está com tanto medo que está suando, seu porquinho gordo! Dá até para sentir o cheiro!

— Olhe só! Agora ele começou a chorar!

O outro garoto começou a rir.

Eles deviam ter uns 15 ou 16 anos. Talvez até 17, Markus não sabia. Só sabia que eram muito maiores e mais velhos.

— A gente vai só pegar emprestado — disse o maior deles, e agarrou o guidão da bicicleta. — Depois a gente devolve.

— Qualquer dia desses — completou o outro garoto, rindo.

Markus olhou para as janelas das casas daquela rua sossegada. Superfícies de vidro, escuras e cegas. Normalmente, preferia que ninguém o visse. Queria ser invisível, para que pudesse sair de fininho e ir à casa amarela do outro lado da rua, a que estava vazia. Mas nesse momento ele gostaria que uma janela se abrisse em uma das casas e que a voz de algum adulto gritasse com aqueles garotos para mandá-los embora. Que voltassem para Tåsen, Nydalen ou outro desses bairros onde aquele tipo de gente morava. Mas o silêncio era total. No verão, era sempre assim. Eram as férias coletivas, e os outros garotos da rua deviam estar no chalé da família, numa praia ou em algum outro país. Não que Markus fosse brincar com eles, pois sempre brincava sozinho, mas era mais perigoso ser pequeno quando não se podia contar com uma turma para protegê-lo.

O maior deles arrancou a bicicleta dos braços de Markus, e ele percebeu que não conseguia mais segurar as lágrimas. A bicicleta que a mãe havia comprado com o dinheiro que poderiam ter usado para viajar de férias.

— Meu pai está em casa — disse ele, e apontou para a casa vermelha onde morava, em frente à casa vazia, de onde acabara de sair.

— Então por que ainda não chamou ele?

O garoto subiu na bicicleta para experimentá-la, balançou-a um pouco e pareceu achar os pneus murchos.

— Pai! — gritou Markus, mas ele mesmo percebeu como soou inseguro e artificial.

Ambos os garotos riram alto. O outro já estava sentado na garupa, e Markus notou que o pneu traseiro estava a ponto de sair do aro.

— Eu acho que você não tem pai — disse o garoto da garupa, e cuspiu no chão. — Vamos lá, Herman, pode ir!

— Estou tentando, mas você está me segurando.

— Não estou, não.

Todos os três se viraram.

Um homem estava atrás deles, segurando a garupa. Ele levantou a parte de trás da bicicleta, e a roda começou a girar livremente. Os dois garotos caíram para a frente. Eles se levantaram e olharam para o homem.

— Qual é a sua?! — rosnou o maior deles.

O homem não respondeu. Apenas o encarou. Markus reparou no cabelo estranho dele, no emblema do Exército de Salvação na camisa e nas marcas de ferida no braço. Tudo estava tão silencioso que Markus acreditava poder escutar todos os pássaros cantando em Berg. E agora parecia que os dois garotos também tinham visto as marcas no braço do homem.

— A gente só ia pegar emprestada. — A voz do garoto maior tinha adquirido um tom diferente, rouco e fino.

— Mas pode ficar com ela — disse o outro garoto, logo em seguida.

O homem apenas continuou a olhar para eles e fez sinal para Markus segurar a bicicleta. Os dois garotos começaram a recuar.

— Onde vocês moram?

— Tåsen. Você... é o pai dele?

— Talvez. Próxima parada, Tåsen. Combinado?

Os dois acenaram simultaneamente com a cabeça. Viraram-se em sincronia, como se comandados, e foram embora.

Markus olhou para o homem, que sorria para ele. Atrás, ouviu um dos garotos perguntar em voz baixa:

— Você viu que o pai dele é um drogado?

— Meu nome é Markus.

— Tenha um bom verão, Markus — desejou o homem.

Então lhe deu a bicicleta e foi em direção ao portão da casa amarela. Markus prendeu a respiração. Era uma casa como todas as outras do bairro: quadrada como uma caixa, não muito grande, e com um pequeno jardim ao redor. Essa casa, em especial, precisava de uma mão de tinta e de uma volta com o cortador de grama. Mas essa era A casa. O homem foi direto para a entrada do porão, não para a porta da frente, como Markus vira vendedores e testemunhas de Jeová fazerem. Será que aquele homem sabia da chave escondida na viga acima da porta do porão, a chave que Markus sempre tivera o cuidado de colocar de volta no lugar?

Sua resposta veio em seguida, quando a porta se abriu com um rangido e logo foi fechada.

Markus ficou de queixo caído. Até onde se lembrava, nunca havia ninguém naquela casa. Tudo bem, ele não se lembrava de nada antes de completar 5 anos, e isso fazia sete anos, mas a casa deveria estar vazia. Era assim que tinha que ser. Pois quem iria querer morar numa casa onde alguém se matou?

Quer dizer, havia uma pessoa que entrava na casa, duas vezes por ano. Markus só o vira uma vez, e acreditava que era ele quem ligava a calefação bem baixinho no inverno, e a desligava na primavera. Era ele que devia pagar as contas. Sua mãe tinha dito que se não fosse por isso, a casa já estaria completamente inabitável, mas ela tampouco sabia quem esse homem era. De qualquer forma, não se parecia com o homem que tinha entrado na casa agora. Disso Markus tinha certeza.

O menino viu o rosto do recém-chegado pela janela da cozinha. Não havia nenhuma cortina na casa, então quando Markus entrava lá, evitava as janelas, para não ser descoberto. Não parecia que o homem tinha vindo ligar a calefação, então o que ele estava fazendo ali? Como Markus poderia... O telescópio!

Ele empurrou a bicicleta até o portão da casa vermelha, entrou correndo e subiu para o quarto, no segundo andar. O telescópio (que na verdade não passava de um binóculo sobre um suporte) foi a única coisa que o pai deixou quando saiu de casa. Pelo menos era o que a mãe dizia. Markus apontou o binóculo para a casa amarela e regulou o foco. Não encontrou o homem. Percorreu com o campo de visão circular o muro da casa, de janela a janela. E ali estava ele, na janela do quarto do garoto. O drogado. Markus tinha explorado a casa e conhecia cada cantinho dela. Até o esconderijo secreto embaixo da tábua solta no chão do quarto de casal. Mas mesmo se ninguém tivesse morrido na casa, ele nunca teria vontade de morar lá. Antes de ser abandonada, o filho do homem morto havia morado lá. Era drogado, fazia uma bagunça e nunca limpava. Tampouco consertava nada, pois a casa tinha goteiras. O filho desapareceu logo depois que Markus nasceu. A mãe disse que ele estava preso. Tinha matado uma pessoa. E Markus pensou que a casa talvez tivesse um feitiço maligno, que fazia com que quem morasse lá ou matasse alguém ou a si mesmo. Markus sentiu calafrios. Mas na verdade era disso que ele gostava, do fato de a casa ser meio assustadora, e inventava histórias sobre o que acontecia lá dentro. A diferença era que hoje ele não precisaria inventar nada.

O homem tinha aberto a janela, o que não era de se estranhar, pois o interior da casa cheirava mal. Mas aquele era o quarto de que Markus mais gostava, apesar da roupa de cama suja e das agulhas e chumaços de algodão ensanguentado por toda parte. O homem estava de costas para a janela e olhava para a parede com as fotos de que Markus tanto gostava. A foto da família, na qual os três estavam tão felizes. A foto do garoto com o pai, em que o filho usava um uniforme de luta, o pai, um traje esportivo, e ambos seguravam um troféu. Por fim, havia a foto do pai com o uniforme de policial.

O homem abriu o armário, de onde tirou um suéter cinza com capuz e uma mochila vermelha com as palavras *Clube de luta greco-romana de Oslo* em letras brancas. Em seguida, pôs algumas coisas na mochila, que Markus não conseguiu ver o que era, saiu do quarto e sumiu. Logo apareceu no cômodo que Markus chamava de escritório, um pequeno quarto com uma escrivaninha à janela. Sua mãe tinha dito que o morto havia sido encontrado ali. O homem estava procurando algo ao lado da janela. Markus sabia do que se tratava, mas, se a pessoa não conhecesse bem a casa, nunca encontraria. O homem voltou para a frente da escrivaninha, e parecia estar abrindo a gaveta, mas a mochila bloqueava sua visão, então Markus não conseguia ver exatamente o que fazia.

Ou ele tinha achado o que queria, ou desistiu, porque pegou a mochila e saiu. Ainda visitou o quarto de casal, mas logo desceu a escada e Markus o perdeu de vista.

Dez minutos depois, a porta do porão se abriu e o homem subiu a escada. Tinha vestido o suéter, fechado bem o capuz e levava a mochila no ombro. Cruzou o portão e foi embora pelo caminho de onde tinha vindo.

Markus correu para o andar de baixo e saiu de casa. Viu as costas do homem se afastando, depois pulou o portão da casa amarela, passou pelo gramado e desceu para o porão. Aflito e sem fôlego, passou a mão na viga sobre a porta. A chave estava lá! Respirou aliviado e entrou na casa. Não estava com medo. Não muito, afinal, essa era sua casa. O outro é que era o invasor. A não ser que...

Ele correu para o escritório e foi em direção às prateleiras cheias de livros. Segunda prateleira, entre *O Senhor das Moscas* e *Memed, meu falcão*. Pôs o dedo entre eles. A chave estava lá. Mas será que ele a tinha encontrado e usado? Olhou para o tampo da mesa enquanto abria a gaveta. Havia uma mancha escura na madeira. Podia, é claro, ser marca de gordura, após anos de trabalho à mesa, mas Markus não tinha dúvida de que aquela era a marca da cabeça, que ali esteve deitada em uma poça de sangue, com respingos de sangue na parede, assim como nos filmes.

Olhou dentro da gaveta. Levou um susto. Havia sumido. Só podia ser ele. O filho. Ele tinha voltado. Ninguém mais sabia que a chave da gaveta estava na estante. E ele tinha marcas de agulhas nos braços...

Markus foi para o quarto do garoto. O *seu* quarto. Olhou ao redor e imediatamente viu o que estava faltando. A foto do pai com o uniforme da polícia. O discman. Um dos quatro CDs. Olhou para os três que restavam. O que não estava lá era *Violator*, do Depeche Mode. Markus já havia escutado, mas não gostara muito.

Ele se sentou no meio do quarto, onde sabia que não poderia ser visto da rua. Escutou o silêncio do verão lá fora. O filho tinha voltado. Markus inventara uma vida inteira para aquele garoto da foto, mas havia esquecido que as pessoas envelhecem. E agora ele voltara a casa. E levara o que estava na gaveta.

Em seguida, algo quebrou o silêncio: o barulho distante de um motor de carro.

— Tem certeza de que é para esse lado? — perguntou Kari, e observou as sóbrias casas de madeira à procura de um número pelo qual pudessem se orientar. — Talvez devêssemos perguntar para aquele cara ali.

Ela indicou um homem encapuzado na calçada, que andava de cabeça baixa e levava uma mochila vermelha no ombro; vinha na direção deles.

— A casa é logo ali no alto — disse Simon, e acelerou. — Confie em mim.

— Então você conhecia o pai dele?

— Conhecia. O que você descobriu sobre o garoto?

— Na prisão, os que quiseram falar comigo disseram que ele era pacífico e não falava muito, mas que as pessoas gostavam dele. Não tinha amigos e passava a maior parte do tempo sozinho. Não encontrei nenhum parente. Esse foi o último endereço dele antes de ser preso.

— E as chaves de casa?

— Estava entre suas posses, que foram guardadas quando ele chegou à prisão. Não precisei pedir um novo mandado, pois já tinham expedido um de busca e apreensão.

— Então já estiveram na casa?

— Só para verificar se ele tinha ido para lá, embora ninguém acreditasse que seria tão burro.

— Ele não tem amigos, parentes nem dinheiro. Não pode se dar ao luxo de escolher entre muitos lugares. Aos poucos você vai descobrir que presidiários são, de modo geral, bastante burros.

— Eu sei, mas a fuga dele não foi o trabalho de um idiota.

— Talvez não.

— Não foi — reforçou Kari. — Sonny Lofthus só tirava notas boas na escola. Era um dos melhores atletas de luta livre do país. Não pela força, mas pela técnica.

— Você fez uma pesquisa minuciosa.

— Não, só procurei no Google, li jornais antigos arquivados e fiz umas ligações. Nada mirabolante.

— Ali está a casa — disse Simon.

Eles estacionaram, saíram do carro, e Kari abriu o portão.

— Está bem deteriorada — constatou ele.

Simon pegou a pistola e certificou-se de que estava destravada antes de Kari abrir a porta. Ele entrou primeiro, com a arma erguida. Parou no corredor para ver se escutava algo. Apertou o interruptor na parede, e uma lâmpada se acendeu.

— Opa — sussurrou —, não é comum que casas inabitadas ainda tenham energia elétrica. Isso indica que alguém esteve aqui recentemente.

— Não — disse Kari —, eu verifiquei. Desde que Lofthus começou a cumprir pena na prisão, a conta de energia é paga por uma conta secreta nas Ilhas Cayman, que é impossível de rastrear. O valor das contas é baixo, mas isso é...

— ... misterioso — completou Simon. — Não faz mal. Nós, inspetores, adoramos mistérios, não é mesmo?

Ele foi na frente, pelo corredor, até a cozinha. Abriu a geladeira. Constatou que estava desligada, embora contivesse uma caixa de leite. Acenou para Kari, que o olhou confusa até entender o que ele queria. Cheirou o leite, que estava aberto. Em seguida, balançou a caixa e ouviu o barulho de algo que um dia fora leite. Seguiu Simon através da sala e das escadas. No segundo andar, verificaram todos os outros quartos, e ao final chegaram àquele que evidentemente era o do garoto. Simon parou para cheirar o ar.

— A família — disse Kari, e apontou para uma das fotos na parede.

— É.

— Você não acha que a mãe parece uma cantora ou atriz conhecida?

Simon não respondeu. Estava olhando para a outra foto, a que faltava. Mais precisamente, para a marca da foto no papel de parede. Cheirou o ar novamente.

121

— Eu encontrei um antigo professor do Sonny — contou Kari. — Ele disse que Sonny queria ser policial, como o pai, mas que mudou completamente quando o pai morreu. Começou a ter problemas na escola, se afastou das pessoas, caiu no isolamento e na autodestruição. A mãe também ficou arrasada depois do suicídio. Ela...

— Helene — disse Simon.

— O quê?

— Ela se chamava Helene. Overdose de remédios para dormir.

O olhar de Simon percorreu o quarto e parou no criado-mudo empoeirado ao lado da cama. A voz de Kari soava ao fundo:

— Quando tinha 18 anos, Sonny foi condenado como réu confesso por dois homicídios.

Havia um traço na poeira do criado-mudo.

— A investigação policial até aquele momento apontava em direções completamente diferentes.

Simon deu dois passos rápidos até a janela. O sol da tarde brilhava sobre uma bicicleta jogada ao lado das escadas na frente de uma casa vermelha. Ele olhou para o caminho de onde tinham vindo. Não havia ninguém.

— As coisas nem sempre são o que parecem.

— Como assim?

Simon fechou os olhos. Será que tinha forças para isso? Mais uma vez? Respirou fundo.

— Todos da polícia diziam que Ab Lofthus era o informante. Diziam que o vazamento parou depois de que ele morreu. Não houve mais batidas dando errado misteriosamente, nenhuma testemunha ou suspeito desaparecendo. Tomaram isso como prova.

— Mas...?

Simon deu de ombros.

— Ab era uma pessoa que se orgulhava do seu trabalho e da corporação. Não fazia questão de dinheiro. Tudo que importava para ele era a família. Mas não resta dúvida de que havia um informante.

— E...?

— E alguém ainda tem que encontrá-lo.

Simon cheirou o ar outra vez. Suor. Era esse o cheiro. Alguém estivera ali havia pouco.

— Como quem, por exemplo?

— Bem, quem sabe uma pessoa jovem e ambiciosa, por exemplo.

Simon olhou para Kari por cima do ombro. Para a porta do armário. Suor. Medo.

— Não tem ninguém aqui — disse, bem alto. — Não faz mal. Vamos descer.

Parou no meio das escadas e fez sinal para Kari continuar a descer. Ele, no entanto, ficou parado, esperando. Tentou escutar algo, segurando a pistola.

Silêncio.

Então seguiu Kari.

Foi até a cozinha, achou uma caneta e escreveu num bloco de Post-it. Kari pigarreou.

— O que Franck quis dizer quando falou que você foi expulso do Departamento de Fraudes?

— Prefiro não falar sobre isso — respondeu Simon, e arrancou uma das folhas do bloco e a pregou na porta da geladeira.

— Foi por causa do seu vício em jogos?

Simon olhou de forma incisiva para ela e depois saiu.

Ela leu o recado.

Eu conheci seu pai. Ele era um homem bom, e acho que ele diria o mesmo sobre mim. Entre em contato comigo e garanto que você será levado de volta à prisão de maneira correta e segura. Simon Kefas, tel. 55010-6573. simonkefas@oslopol.no

E foi correndo atrás dele.

Markus Engseth ouviu o motor do carro e pôde finalmente voltar a respirar. Estava agachado entre as roupas penduradas nos cabides, as costas na parede do armário. Nunca tivera tanto medo em toda a sua vida. Sentia o cheiro da camiseta, tão suada que colava no corpo. E apesar disso tinha sido emocionante. Como quando ele estava em queda livre do trampolim de dez metros da piscina do parque Frogner e pensava que, na pior das hipóteses, morreria. E que isso tampouco seria tão ruim assim.

15

— **B**om dia, caro senhor. Em que lhe posso ser útil? — perguntou Tor Jonasson.

Assim ele cumprimentava sua clientela. Tinha apenas 20 anos, os clientes, em média 25, e os aparelhos que vendia em sua loja tinham menos de 5. Por isso o tratamento formal era tão engraçado — pelo menos era o que Tor achava. Porém, parecia que o cliente à sua frente não tinha o mesmo senso de humor que ele. Era difícil saber ao certo, pois seu capuz estava completamente fechado, e o rosto, escondido na sombra. E da escuridão vieram as palavras:

— Eu queria um celular desses que fazem ligações que não podem ser rastreadas.

Traficante. Óbvio. Apenas eles queriam esse tipo de coisa.

— Com este iPhone você pode bloquear o rastreamento — explicou o jovem vendedor, e apanhou um aparelho branco na prateleira da pequena loja. — Seu número não vai aparecer no display da pessoa para quem você ligar.

O cliente se ajeitou, puxou a alça da mochila vermelha que levava no ombro. Tor decidiu que não tiraria os olhos dele até que tivesse saído da loja.

— Eu queria um desses que se pode comprar sem plano, para que ninguém, nem mesmo a companhia telefônica, possa rastreá-lo.

Nem a polícia, pensou Jonasson.

— Você deve estar falando dos descartáveis. Como os que usam em *A escuta*.

— Perdão?

— *A escuta*. Série de TV. Um telefone que o Departamento de Narcóticos não possa associar a uma determinada pessoa.

Tor percebeu que seu cliente não tinha nem ideia do que ele estava falando. Minha nossa, um traficante que dizia "perdão" e não conhecia *A escuta*.

— Isso é nos Estados Unidos. Não funciona aqui na Noruega. Desde 2005 é necessário se identificar até para comprar um pré-pago, pois o telefone tem que ser registrado.

— Registrado?

— É. Tem que estar no seu nome. Ou dos seus pais, se eles comprarem um para você, por exemplo.

— Ok. Vou querer o mais barato que você tiver. Pré-pago.

— Perfeitamente — disse o vendedor, dessa vez sem completar com o "senhor", então colocou o iPhone de volta na prateleira e apanhou um aparelho menor. — Este aqui não é o mais barato de todos, mas tem 3G. Custa 1.200 coroas com cartão SIM.

— Tem o quê?

Tor olhou novamente para o cliente, que não parecia ser muito mais velho que ele, mas aparentava realmente não entender. Com dois dedos, pôs o cabelo ligeiramente comprido atrás da orelha. Era algo que tinha começado a fazer depois de assistir à primeira temporada de *Sons of Anarchy*.

— Isso quer dizer que você pode navegar na internet pelo seu celular.

— Isso eu posso fazer num cyber café.

Tor Jonasson começou a rir. Parecia que eles tinham, sim, o mesmo senso de humor.

— Meu chefe me contou recentemente que esta loja aqui era um cyber café. Provavelmente o último de Oslo.

O cliente pareceu hesitar, mas assentiu.

— Ok. Vou levar o telefone.

Ele colocou uma pilha de notas de cem coroas sobre o balcão.

Tor as apanhou. As cédulas estavam rijas e empoeiradas, como se tivessem passado um bom tempo guardadas.

— Como disse, vou precisar de um documento de identidade.

O cliente tirou um documento do bolso e o entregou. Tor olhou e percebeu que tinha se equivocado bastante. O homem não era traficante. Muito pelo contrário. Digitou o nome no computador: Helge Sørensen. Viu o endereço. Em seguida, deu o troco e o documento de volta ao agente penitenciário.

— Você tem pilhas para isso aqui? — perguntou o homem, mostrando um aparelho prateado redondo.

— O que é isso? — perguntou Tor.

— Um discman. Vi que você vende fones de ouvido para ele.

Tor olhou para a fileira de fones acima dos iPods.

— Tem certeza?

Tor abriu a parte de trás do artefato de museu e tirou as pilhas velhas. Achou duas Sanyo AA, colocou-as no aparelho e apertou play. Um zumbido agudo soou dos fones.

— Estas pilhas são recarregáveis.

— Então elas não acabam, como as antigas?

— Acabam, mas dá para fazer *desacabar*.

Tor pensou ter visto um pequeno sorriso lá no mundo das sombras. O homem tirou o capuz e pôs os fones.

— É Depeche Mode — disse ele, e deu um largo sorriso. Depois, virou-se e foi embora.

Tor Jonasson ficou surpreso com o quão simpático aquele rosto embaixo do capuz parecia. Em seguida, dirigiu-se a outro cliente e perguntou como poderia ajudar o caro senhor. Só na hora do almoço ele percebeu realmente por que o rosto o surpreendera. Não foi pela simpatia, mas porque o rosto não se parecia nem um pouco com o que constava no documento.

O que é que torna um rosto simpático?, Martha se perguntava enquanto olhava para o garoto na recepção. Talvez fosse aquilo que ele acabara de dizer. A maioria ia até a recepção porque queria um sanduíche ou queria falar de seus problemas, os reais e os imaginários. Outros vinham com um balde cheio de seringas usadas, que tinham que entregar para receber novas. O novo morador viera para dizer que tinha pensado na pergunta que ela fizera durante a entrevista de admissão: se ele tinha planos para o futuro. Disse que agora tinha. Queria procurar um emprego, mas, para isso, precisaria de uma aparência profissional. De um terno. Tinha visto uns no depósito de roupas e queria saber se poderia pegar emprestado.

— Claro — respondeu Martha.

Ela se levantou e pediu que ele a acompanhasse. Percebeu que havia muito tempo não se sentia tão leve. Lógico que isso podia ser só uma ideia impulsiva dele; podia ser que desistisse assim que encontrasse qualquer dificuldade. Mas pelo menos era uma tentativa, uma esperança, uma pausa no constante caminho direto ao abismo.

Ela se sentou na cadeira ao lado da porta e olhou enquanto ele vestia a calça do terno de frente para o espelho apoiado na parede. Era o terceiro que experimentava. Certa vez, um grupo de políticos do Conselho Municipal visitara o centro. Foram verificar se as instalações eram adequadas. Um deles perguntou qual a razão de armazenarem tantos ternos, visto que esse tipo de vestimenta não era apropriado para o público atendido por eles. Todos os políticos riram, até o momento em que Martha disse, sorridente:

— Porque nosso público vai a mais funerais que os senhores.

Ele era magro, mas não tão frágil quanto Martha imaginara. Notou seus músculos quando ele levantou os braços para vestir uma das camisas que ela havia escolhido. Não tinha tatuagens, mas a pele pálida era coberta por marcas de agulha. Atrás dos joelhos, nas coxas, nas panturrilhas e na lateral do pescoço.

Ele vestiu o paletó e se olhou no espelho antes de se virar para ela. Era um terno risca de giz cujo dono não o tinha usado muitas vezes, até que saiu de moda, e ele, por bondade e bom gosto, decidiu doar o terno e todo o restante do guarda-roupa do ano anterior. O terno só era um pouco grande demais para o garoto.

— Perfeito. — Ela riu e bateu palmas.

Ele sorriu. E quando o sorriso alcançou seus olhos, era como se tivessem ligado o aquecedor elétrico. Esse era o tipo de sorriso que suavizava músculos rígidos e sentimentos de aflição. O tipo que alguém que sofria de *compassion fatigue* precisava, mas que, no entanto — e ela ainda não havia pensado nisso até então —, não podia se permitir. Ela se desprendeu do olhar dele e o olhou de cima a baixo.

— É uma pena que eu não tenha bons sapatos para você.

— Esses são bons. — Ele bateu com o calcanhar do tênis azul no chão.

Ela sorriu, dessa vez sem encará-lo.

— Você também precisa de um corte de cabelo. Vamos lá.

Eles foram juntos até a recepção, e Martha pediu que se sentasse, cobriu-o com duas toalhas e apanhou uma das tesouras da cozinha. Molhou seu cabelo com água da torneira da pia e o penteou com o próprio pente. Tufos de cabelo caíam no chão enquanto as outras garotas na recepção comentavam e davam dicas. Um dos moradores parou em frente à porta da recepção e reclamou por nunca ter tido o cabelo cortado, então por que é que o novo morador recebia tratamento especial?

Martha o mandou embora e continuou a se concentrar no corte.

— Onde é que você vai começar a procurar trabalho? — perguntou ela, e olhou para os finos cabelos brancos na nuca. Precisaria de um barbeador elétrico para aparar. Ou uma lâmina.

— Eu tenho alguns contatos, mas não sei onde moram. Acho que vou procurar na lista telefônica.

— *Lista telefônica?* — ecoou uma das garotas. — Você pode pesquisar na internet.

— Sério?

— Lógico! — Ela riu um pouco alto demais. E com olhos brilhantes, pensou Martha.

— Comprei um telefone com internet — disse ele —, mas não sei como...

— Eu posso ensinar! — A garota foi até ele e estendeu a mão.

Ele apanhou o celular e o entregou à garota. Ela digitou no teclado com familiaridade.

— Basta procurar no Google. Qual é o nome?

— O nome?

— É, o nome. Por exemplo, meu nome é Maria.

Martha tentou adverti-la com o olhar. A garota era jovem; acabara de começar a trabalhar com eles. Cursara algumas disciplinas de ciências sociais, mas não tinha experiência. A experiência que faz com que você conheça a fronteira entre assistência profissional e intimidade demais com os moradores.

— Iversen — disse ele.

— Vai ter um monte. Você não sabe o primeiro nome?

— Se você me mostrar como, eu mesmo posso procurar.

— Ok. — Maria apertou alguns botões e devolveu o celular. — Pronto. Agora você pode procurar.

— Muito obrigado.

Martha tinha terminado. Só restavam os finos cabelos da nuca, e ela lembrou que acabara de encontrar uma lâmina de barbear presa a uma das janelas de um quarto que tinha esvaziado mais cedo. Ela pusera a lâmina (que seguramente fora usada para cortar cocaína) no balcão da cozinha, para que pudessem descartá-la com o primeiro balde de seringas que recebessem. Acendeu um fósforo e segurou a lâmina de barbear sobre a chama durante alguns segundos. Então a lavou com água fria e a segurou entre o polegar e o indicador.

— Agora não se mexa.

— Uhum — fez ele, concentrado no celular.

Ela estremeceu quando a fina lâmina de aço tocou a pele fina do pescoço. Viu os cabelos cortados caírem. O pensamento veio automaticamente: quão pouco é necessário. Quão pouco separa a vida da morte. A felicidade da tristeza. A significância da insignificância.

Quando terminou, olhou por cima dos ombros dele. Viu o nome que ele tinha digitado e o símbolo que indicava a procura.

— Pronto.

Ele inclinou a cabeça para trás e olhou para ela.

— Obrigado.

Ela apanhou as toalhas e foi rapidamente para a lavanderia, para não espalhar os restos de cabelo pelo chão.

Johnny Puma estava deitado no escuro com o rosto virado para a parede quando o ouviu entrar e fechar a porta em silêncio. Sorrateiro, pensou. Mas Johnny estava acordado e alerta. O cara sentiria as garras de aço do Puma se tentasse pegar a droga dele.

Mas o cara não se aproximou. Johnny ouviu a porta do armário ser aberta.

Virou-se na cama. O garoto abrira o próprio armário. Certo, então ele já havia aberto o de Johnny enquanto ele dormia e constatado que não tinha nada lá.

Um raio de luz passou por entre as cortinas e iluminou o garoto. Puma estremeceu.

Ele tirara algo da mochila vermelha, e Johnny viu o que era. O garoto se ergueu na ponta dos pés e colocou o objeto na caixa de sapatos vazia que tinha posto na prateleira superior do armário.

Quando seu inimigo de quarto fechou o armário e se virou, Johnny fechou os olhos rapidamente.

Que inferno, pensou Johnny, e manteve os olhos fechados. Mas sabia que não conseguiria dormir aquela noite.

Markus bocejou. Apertou os olhos no binóculo e analisou a lua, que brilhava sobre a casa amarela. Depois, o apontou para a casa. Agora estava tudo tranquilo lá. Nada mais acontecera. Será que o filho voltaria? Markus esperava que sim. Talvez viesse a saber o que ele queria com aquilo que havia na gaveta, aquela coisa velha e brilhosa que cheirava a óleo e metal, que talvez tivesse sido o que o pai usara quando...

Markus bocejou novamente. Fora um dia repleto de acontecimentos. Ele sabia que dormiria como uma pedra à noite.

16

Agnete Iversen tinha 49 anos. Mas a pele macia, o olhar vivo e o corpo esbelto davam a impressão de 35. Se a maioria pensava que ela era mais velha, era por causa do cabelo precocemente grisalho, do estilo conservador, clássico e atemporal de se vestir e da forma educada porém um tanto arcaica como falava. O modo como a família Iversen vivia, lá em cima, em Holmenkollåsen também influenciava. Pareciam pertencer a outra geração. Agnete era dona de casa e tinha duas "assistentes do lar" que a ajudavam a manter a ordem da casa e do jardim e a cuidar das necessidades do marido, Iver Iversen, e do filho, Iver Jr. Mesmo comparada às grandes mansões dos arredores, a residência dos Iversen era imponente. Apesar disso, as tarefas de casa eram tão facilmente administráveis que suas assistentes (ou "criadas", como Iver Jr. dizia com um leve toque de sarcasmo, desde que tinha entrado na universidade e achava ter referências social-democráticas) não precisavam chegar antes do meio-dia. Isso significava que Agnete Iversen fora a primeira a se levantar, com paz e tranquilidade, dera uma pequena volta matinal na floresta, que começava logo em frente à propriedade da família, colhera um ramo de margaridas e em seguida voltara para preparar o café da manhã dos dois homens da casa. Sentara-se com uma xícara de chá e observava o marido e o filho enquanto consumiam a refeição saudável e nutritiva que fizera para eles. Quando terminaram, Iver Jr. agradeceu com um aperto de mão, assim como prescrevia a tradição da família Iversen durante muitas gerações. Ela arrumou a mesa e limpou as mãos num avental branco que logo em seguida poria no cesto de roupa suja. Depois, acompanhou-os até as escadas, onde deu um beijo na bochecha de cada um antes de saírem da garagem dupla em um Mercedes antigo porém bem-conservado sob o sol da manhã. Durante as férias, Iver Jr. trabalhava na empresa da família, no setor imobiliário, e Agnete torcia para que ele aprendesse lá o que é trabalho duro, que nada é de graça e que administrar uma fortuna exige pelo menos tantas obrigações quanto privilégios.

O cascalho rangeu quando pai e filho conduziram o carro caminho afora e Agnete acenou para eles da escada à entrada. Se alguém lhe tivesse dito que aquela cena parecia um anúncio dos anos 1950, ela riria, admitiria que sim e não pensaria mais nisso. Pois tinha a vida que queria. Passava o dia cuidando dos dois homens que amava, enquanto eles administravam bens em benefício do futuro da sociedade e da família. O que poderia ser mais recompensador?

De onde estava, quase não dava para ouvir as notícias do rádio da cozinha, que tratavam do aumento do número de casos de overdose em Oslo, da onda de prostituição e de um prisioneiro foragido havia dois dias. Tantas coisas ruins lá fora. Lá embaixo. Eram tantas coisas que não funcionavam, que não tinham o equilíbrio e a harmonia pelas quais se deve se esforçar. E enquanto ela pensava sobre isso, sobre a perfeita harmonia em que tudo estava — sua família, as tarefas de casa, aquele dia —, percebeu que o portão lateral, que dividia a cerca viva perfeitamente aparada e que era normalmente usado pelas empregadas, foi aberto.

Colocou a mão sobre os olhos para ver melhor ao sol.

O garoto que vinha pelo caminho de pedras parecia ser da mesma idade de Iver Jr., e a primeira coisa que ela pensou foi que devia ser um amigo dele. Alisou o avental. Quando o garoto chegou mais perto, ela notou que ele devia ser alguns anos mais velho que seu filho, e usava uma roupa que nem o filho nem os amigos dele usariam: um terno antiquado, marrom risca de giz, e tênis azuis. Carregava uma mochila vermelha no ombro, e Agnete primeiro se perguntou se ele seria testemunha de Jeová, mas depois lembrou que eles sempre vinham em dupla. Tampouco parecia ser um daqueles vendedores que iam de porta em porta. Ele chegou ao pé da escada.

— Como posso ajudá-lo? — perguntou Agnete educadamente.

— Esta é a casa da família Iversen?

— Sim. Mas se você queria falar com Iver ou com meu marido, eles acabaram de sair — respondeu, apontando para o jardim, na direção da rua.

O garoto assentiu, enfiou a mão esquerda na mochila e pegou algo de lá. Mirou nela e deu um pequeno passo para a esquerda. Agnete nunca vira algo assim em toda a sua vida, não na vida real. Mas tinha uma visão perfeita, sempre tivera, era de família. Por isso, não teve a menor dúvida do que estava diante de si. Apenas ofegou, e automaticamente recuou um passo em direção à porta aberta.

Era uma pistola.

Ela continuou a recuar, ainda olhando para o garoto, mas não enxergava os olhos atrás da arma.

Ouviu-se um estrondo, e foi como se algo a tivesse golpeado, como se lhe empurrassem o peito com força, e ela começou a cair, cambaleando para trás através do vão da porta, com os membros dormentes e sem controle. No entanto, conseguiu se manter em pé; abriu os braços em uma tentativa de recuperar o equilíbrio e sentiu a mão atingir uma das fotos emolduradas na parede. Só foi cair depois de passar pelo vão da porta da cozinha, e quase nem percebeu que bateu com a cabeça na bancada, derrubando um vaso que ali estava. Mas, ao chegar ao chão, a cabeça encostada na gaveta inferior e o pescoço torto, de modo que olhava para si mesma, ela viu as flores. As margaridas que agora estavam entre os cacos de vidro. E algo que parecia uma rosa vermelha brotava em seu avental branco. Olhou para a porta da frente. Viu a silhueta da cabeça do garoto lá fora; viu-o se virar para os arbustos de bordos ao lado do caminho de pedra. Então ele se abaixou e pareceu ir embora. E ela pediu a Deus que tivesse mesmo ido.

Tentou se levantar, mas não conseguiu se mexer. Era como se o corpo estivesse desconectado do cérebro. Fechou os olhos e sentiu dor, um tipo de dor que nunca sentira antes. Podia senti-la no corpo inteiro, como se a rasgasse em duas partes, mas era ao mesmo tempo oca, quase remota.

O noticiário havia acabado. O rádio tocava música novamente. Schubert. "Abends unter der Linde".

Ela ouviu passos leves.

Tênis de corrida contra o chão de pedra.

Abriu os olhos.

O garoto vinha em sua direção, mas o olhar estava voltado ao que ele segurava entre os dedos. Um cartucho de bala vazio; ela já havia visto alguns quando ia com a família para o chalé em Hardangervidda no outono, para caçar. Ele soltou o cartucho dentro da mochila vermelha, apanhou um par de luvas amarelas de borracha e uma toalhinha. Em seguida, agachou-se, calçou as luvas e começou a enxugar alguma coisa no chão. Sangue. O sangue dela. Limpou a sola dos tênis. Agnete percebeu que ele estava removendo as pegadas e tirando os vestígios de sangue dos tênis. Como um profissional. Alguém que não deixa provas. Nem testemunhas. Ela deveria estar com medo, mas não estava. Não sentia nada. Não conseguia. Só conseguia observar, registrar, raciocinar.

Ele passou por cima dela e foi para o corredor, na direção do banheiro e dos quartos. Abriu a porta e a deixou aberta. Agnete quase não conseguiu virar a cabeça para ver. Ele abrira a bolsa que ela havia deixado pronta em cima da cama, pois ia trocar de roupa antes de ir à cidade para comprar uma saia na Ferner Jacobsen. Abriu a carteira, pegou o dinheiro e ignorou o resto. Foi até a cômoda, abriu a gaveta de cima e depois a de baixo, onde ela sabia que ele encontraria sua caixa de joias. Os lindos e inestimáveis brincos de pérola que ela herdara da avó. Bom, a rigor não eram inestimáveis, pois foram estimados em 280 mil coroas.

Ouviu as joias serem jogadas na mochila.

Ele entrou no banheiro, onde ela não podia mais vê-lo. Voltou com três escovas de dentes na mão: a dela, a de Iver e a de Iver Jr. Ele devia ser extremamente pobre ou extremamente perturbado, ou ambos.

Foi na direção dela, agachou-se e tocou seu ombro.

— Está doendo?

Ela conseguiu balançar a cabeça. Não queria lhe dar esse prazer.

Ele levantou a mão, e ela sentiu as luvas de borracha no pescoço. O polegar e o indicador em suas artérias. Será que iria estrangulá-la? Não estava apertando com força.

— Seu coração logo vai parar de bater — disse ele.

Então se levantou, encaminhou-se à porta da frente e limpou a maçaneta com a toalhinha. Fechou a porta. Logo depois, ela ouviu o portão se fechar. Então Agnete Iversen se deu conta. O frio. Começou nos pés e nas mãos, logo seguiu para a cabeça, para o topo do crânio. Depois, veio de todos os lados, a caminho do coração. Por fim, veio a escuridão.

Sara olhou para o homem que entrara no metrô na parada Holmenkollen. Estava sentado no segundo vagão, de onde ela saíra no momento em que três rapazes com o boné virado de lado subiram, em Voksenlia. Durante as férias, poucas pessoas usavam o metrô após o rush da manhã, por isso o vagão estivera vazio quando ela entrara. Agora, os três rapazes também hostilizavam o novo passageiro. Ela escutou o menor deles, aparentemente o líder, xingá-lo. Riu do tênis que usava, mandou que saísse do vagão deles e cuspiu no chão. Malditos moleques metidos a gângsteres. Em seguida, outro deles, um louro e bonito, provavelmente filhinho negligenciado de papai rico, puxou um canivete. Meu Deus, será que eles iam... Ele fez um movimento com o braço, e Sara quase gritou. Ele enfiou o canivete no assento, entre os joelhos do homem. Sara ouviu um urro de risadas vindo do outro vagão. Agora era o líder que falava, dizendo ao homem que ele tinha no máximo cinco segundos para se levantar e ir embora. O homem se levantou. Por um momento, parecia que ele ponderava reagir, realmente parecia. Mas tudo o que fez foi agarrar sua mochila vermelha ainda mais perto do corpo e caminhar para o vagão onde ela estava.

— Covarde de merda! — gritaram os garotos, com seu linguajar de MTV norueguesa. Mais risadas.

Apenas ela, o homem e os três rapazes estavam no metrô.

Quando se encontrava na divisão entre os dois vagões, ele parou por alguns segundos para se equilibrar. Seus olhares se cruzaram. Mesmo sem poder ver o medo nos olhos dele, ela sabia que estava lá. O medo próprio dos fracos e desfavorecidos, sempre prontos para sair de fininho e abrir mão de mais um pedaço do seu território cada vez que alguém mostra os dentes e ameaça usar violência física. Sara o desprezava. Desprezava sua fraqueza e a maldita bondade bem--intencionada com a qual ele certamente se cercava. De certa forma, até queria que o tivessem espancado, para que ele aprendesse a odiar. Quis que ele visse todo o desprezo no olhar dela. Que ele se encolhesse e se contorcesse no canto do vagão.

Em vez disso, olhou para ela, murmurou um discreto "oi", sentou-se a duas fileiras de distância e olhou sonhadoramente para fora da janela, como se nada tivesse acontecido. Meu Deus, que tipo de pessoas nos tornamos? Um monte de velhas intimidadas que não têm sequer a decência de se envergonhar de si mesmas. Agora era ela que queria cuspir no chão.

17

— Ainda dizem que a Noruega não tem uma elite — comentou Simon, e levantou a fita laranja e branca da polícia para que Kari passasse por baixo.

Em frente à garagem dupla havia um policial uniformizado com a testa oleosa de suor e a respiração ofegante. Ele verificou as fotos quando os dois lhe mostraram os distintivos e depois pediu que Simon tirasse os óculos escuros.

— Quem a encontrou? — perguntou Simon, apertando os olhos devido à luz do sol.

— As empregadas — respondeu o policial. — Chegaram ao meio-dia e ligaram para a emergência.

— Alguma testemunha viu ou ouviu algo?

— Ninguém viu nada, mas conversamos com uma vizinha que disse que ouviu um estrondo. Ela pensou que fosse um pneu furado ou alguma coisa do tipo. Não estão acostumados a tiros neste bairro.

— Obrigado.

Colocando novamente os óculos, Simon subiu os degraus da entrada, com Kari logo atrás. Lá em cima, um dos peritos criminais vestidos de branco passava uma escovinha de fios pretos na porta, como nos velhos tempos. Algumas bandeirinhas indicavam o caminho por onde já haviam passado, que levava ao corpo no chão da cozinha. Um raio de sol atravessou a janela, estendeu-se pelo chão de pedra e fez com que a água e os pedaços de vidro em volta das margaridas brilhassem. Um homem de terno estava agachado ao lado do corpo e trocava opiniões com um médico-legista que Simon conhecia.

— Com licença — disse Simon, e o homem de terno olhou para cima. Seu cabelo tinha o brilho de vários produtos, e Simon se perguntou se ele era italiano ao notar as costeletas estreitas e bem penteadas. — Quem é você?

— Eu poderia fazer a mesma pergunta — retrucou o homem, sem fazer qualquer menção de se levantar. Simon estimou sua idade em 30 e poucos anos.

— Inspetor Kefas, Departamento de Homicídios.

— Prazer. Åsmund Bjørnstad, inspetor da Polícia Federal. Parece que vocês não foram informados que este caso agora é nosso.

— Quem disse?

— Seu próprio chefe.

— O superintendente?

O Homem do Paletó balançou a cabeça e apontou para o teto. Simon olhou para a mão dele: provavelmente fazia as unhas.

— O comissário?

Bjørnstad assentiu.

— Ele entrou em contato com a Polícia Federal e pediu que viéssemos o mais rápido possível.

— Por quê?

— Ele acha que uma hora ou outra vocês precisariam da nossa ajuda.

— Para que vocês entrassem aqui e assumissem o controle de tudo, como acabaram de fazer?

Bjørnstad deu um sorriso breve.

— Escute, não fui eu quem tomou a decisão, mas quando a assistência da Polícia Federal é requisitada, nossa condição é que tenhamos o controle de toda a investigação, tanto técnico quanto tático.

Simon assentiu. Ele já sabia disso. Não era a primeira vez que o Departamento de Homicídios de Oslo e a Polícia Federal tinham conflitos de competência. Também sabia o que deveria fazer agora:

agradecer por ter um caso a menos para investigar, voltar para o escritório e concentrar-se em Per Vollan.

— Bom, mas já que estamos aqui, bem que poderíamos dar uma olhada — disse Simon.

— Por quê? — Bjørnstad já nem tentava mais esconder a irritação.

— Tenho certeza de que vocês têm tudo sob controle, Bjørnstad, mas eu trouxe comigo uma inspetora novata, e ela poderia aprender muito com uma cena de crime verdadeira, não acha?

O inspetor federal olhou hesitante para Kari. Deu de ombros.

— Ótimo. — Então, Simon se agachou.

Só agora ele olhou para o corpo. A escolha de não fazê-lo antes fora consciente. Esperou para que pudesse se concentrar totalmente, sem qualquer distração. Só se tem uma única oportunidade para uma primeira impressão. O círculo quase simétrico de sangue no avental branco lhe lembrou a bandeira do Japão. Com exceção de que o sol não nasceria mais para a mulher que encarava o teto com aquele olhar morto ao qual Simon nunca conseguira se acostumar. Tinha concluído que isso se devia à estranha combinação de corpo humano e olhar desumanizado. A ausência de vida. A pessoa como objeto. Ele fora informado de que a vítima se chamava Agnete Iversen. Naquele momento, podia constatar que ela fora morta por um tiro no peito. Parecia ter sido só um. Olhou para as mãos dela. Nenhuma das unhas estava quebrada e não havia nenhum sinal de que tentara resistir. Havia um pequeno arranhão no esmalte do dedo médio da mão esquerda, mas podia ter sido ocasionado pela queda.

— Algum sinal de arrombamento? — perguntou Simon, e pediu que o médico-legista virasse o corpo.

— Não — respondeu Bjørnstad. — A porta estava aberta, provavelmente. O marido e o filho tinham acabado de sair para o trabalho. Tampouco há impressões digitais na maçaneta.

— Nenhuma? — Simon deixou o olhar percorrer a borda da bancada da cozinha.

— Não. Como você pode ver, ela mantinha a casa limpa.

Simon analisou o orifício de saída da bala nas costas de Agnete.

— Atravessou o corpo — deduziu ele. — A bala só passou por tecidos macios.

O médico-legista pressionou os lábios e deu de ombros. Pelo visto, a suposição de Simon era razoável.

— E a bala? — perguntou o inspetor, e apontou para a parede sobre a bancada da cozinha.

Åsmund Bjørnstad apontou, relutantemente, mais para cima.

— Obrigado — disse Simon. — E o cartucho?

— Ainda não foi encontrado — respondeu o investigador, e apanhou um celular com a capa dourada.

— Entendo. E qual é a teoria preliminar da Polícia Federal sobre o que aconteceu aqui?

— Teoria? — Bjørnstad sorriu e levou o celular à orelha. — Acho que é óbvio, não é? O assaltante entrou, matou a vítima aqui dentro, pegou os objetos de valor e fugiu. Um assalto premeditado que terminou com uma morte não premeditada, acredito eu. Talvez ela tenha reagido ou começado a gritar.

— E como você acha que...

Bjørnstad levantou a mão para sinalizar que estava ao telefone.

— Oi, sou eu. Pode me dar uma lista de todos os assaltantes conhecidos da polícia que têm histórico de violência? Verifique se é possível que se encontrem em Oslo. Priorize os que já usaram armas de fogo. Obrigado. — Ele guardou o aparelho de volta no bolso do paletó. — Escuta aqui, amigo, tenho um bocado de trabalho a fazer, e vejo que você já tem uma assistente, então não me leve a mal, mas vou pedir que vocês...

— Tudo bem, não faz mal — cortou Simon, e abriu seu sorriso mais largo —, mas se prometermos não atrapalhar, será que podíamos dar uma olhada?

O inspetor o olhou desconfiado.

— Prometo que não vamos entrar na área das bandeirinhas.

Bjørnstad concedeu o pedido com benevolência.

— Foi aqui que ele achou o que estava procurando — observou Kari quando estavam em frente à cama, no tapete grosso que ia de uma parede à outra do quarto de casal. Sobre a colcha havia uma bolsa, uma carteira aberta e vazia, e uma caixa de joias, revestida com veludo vermelho.

— Talvez. — Simon passou por cima da bandeirinha e se agachou ao lado da cama. — Ele devia estar aqui quando esvaziou a bolsa e a caixa de joias, concorda?

— Pelo jeito como as coisas estão na cama, parece que sim.

Simon analisou o tapete. Estava prestes a se levantar quando interrompeu o movimento e se inclinou.

— O que foi? — perguntou Kari.

— Sangue.

— Ele sangrou?

— Improvável, é uma marca retangular. Deve ser pegada. Imagine que você é um assaltante em um bairro de ricos, onde você diria que fica o cofre?

Kari apontou para o guarda-roupa.

— Exatamente.

Simon se levantou e abriu o guarda-roupa.

O cofre estava no meio da parede e era do tamanho de um forno de micro-ondas. Simon puxou o trinco. Estava trancado.

— Nem tocou no cofre. A não ser que o tenha trancado depois de esvaziá-lo, o que me parece estranho, visto que deixou a caixa de joias e a carteira jogadas na cama — disse Simon. — Vamos ver se já terminaram de examinar o corpo.

No caminho para a cozinha, Simon entrou no banheiro. Voltou franzindo a testa.

— O que foi? — perguntou Kari.

— Você sabia que na França só há uma escova de dentes para cada quarenta habitantes?

— Isso é um mito e a estatística é velha, Simon.

— Eu sou velho. Pois bem, a família Iversen não tem nenhuma.

Foram à cozinha, onde o corpo de Agnete Iversen havia sido temporariamente abandonado, permitindo que Simon o examinasse. Analisou as mãos dela, depois olhou para onde a bala tinha entrado e saído. Em seguida, pediu que Kari ficasse em frente aos pés da vítima, com as costas para a bancada da cozinha.

— Se me der licença — pediu Simon, e, colocando-se ao lado de Kari, pressionou o indicador entre seus pequenos seios, no mesmo ponto onde a bala tinha perfurado o peito de Agnete Iversen, depois pôs o outro indicador na omoplata, de onde a bala saíra. Examinou o ângulo entre as perfurações e levou o olhar para o buraco de bala na parede. Abaixou-se, pegou uma das margaridas no chão, então apoiou o joelho na bancada da cozinha, esticou-se e pôs a flor no buraco da bala. — Venha comigo.

Ele desceu da bancada e seguiu pelo corredor em direção à porta da frente. No caminho, parou ao lado de um quadro que estava torto, aproximou-se e apontou para algo vermelho no canto da moldura.

— Sangue? — perguntou Kari.

— Esmalte.

Simon se posicionou no meio do corredor, colocou as costas da mão esquerda sobre o quadro e olhou por cima do ombro para o corpo. Continuou em direção à porta, onde parou e agachou-se ao lado da soleira. Depois, curvou-se sobre um pouco de terra que estava marcada com uma bandeirinha.

— Ei, nem se atrevam a tocar nisso aí! — soou uma voz atrás dele. Eles olharam para cima.

— Ah, é você, Simon — disse o homem de branco, e passou o dedo nos lábios úmidos, no meio da barba ruiva.

— Olá, Nils. Há quanto tempo. Como estão tratando você na Federal?

— Bem, mas acho que é só porque sou tão velho e ultrapassado que têm pena de mim.

— E você é mesmo?

— Aham. Hoje em dia, tudo gira em torno de DNA. DNA e programas de computador que pessoas como nós não entendem. Não é mais como no nosso tempo.

— Ah, eu acho que ainda temos um pouco para oferecer — comentou Simon, e analisou a trava da porta de entrada. — Mande lembranças à sua esposa.

O homem de barba ruiva ficou parado.

— Eu ainda não tenho...

— Ao seu cachorro, então.

— Ele morreu, Simon.

— Então esqueçamos os cumprimentos. — Simon foi para o lado de fora. — Kari, conte até três e depois grite o mais alto que puder. Depois venha aqui fora e fique parada nos degraus, ok?

Ela concordou, e ele fechou a porta.

Kari olhou para Nils, que balançou a cabeça e saiu. Então berrou com toda a força. Gritou *"Fore!"*, que era o que tinha aprendido que se deve gritar antes de golpear a bola, nas poucas vezes que jogara golfe.

Depois, abriu a porta.

Simon estava no pé da escada mirando-a com o dedo indicador.

— Mexa-se — disse ele.

Ela obedeceu, e viu que ele se moveu um pouco para a esquerda e estreitou um dos olhos.

— Acho que ele estava exatamente aqui — disse Simon, ainda usando o dedo como mira.

Ela se virou e viu a margarida no buraco da parede.

Simon olhou para a direita, foi em direção aos arbustos de bordos e os afastou para o lado. Kari sabia o que ele estava procurando. O cartucho da bala.

— Arrá! — murmurou ele.

Simon pegou seu celular, colocou-o em frente aos olhos e Kari ouviu o clique. Ele pegou um pouco de terra do chão e passou entre os dedos. Então subiu as escadas e mostrou a ela a foto.

— Uma pegada — disse Kari.

— Do autor do crime.

— É?

— Ok, Kefas, a aula terminou.

Eles se viraram. Era Bjørnstad. Parecia zangado. Atrás dele havia três peritos, incluindo Nils e sua barba.

— Já estamos quase acabando — disse Simon, e tentou entrar novamente —, eu só queria...

— Acho que vocês já terminaram — interrompeu o investigador, e colocou-se no meio da entrada de braços cruzados. — Eu vi flores no buraco de bala, e isso já vai longe demais. Passem bem.

Simon deu de ombros.

— Não faz mal, já vimos o bastante para tirar nossas conclusões. Boa sorte na busca pelo assassino, pessoal.

Bjørnstad deu um riso seco.

— Quer dizer que você está tentando impressionar sua aluna dizendo que isso é um assassinato planejado? — Ele se virou para Kari.

— Sinto muito informar que a realidade não é tão emocionante quanto o vovô pensa. Isto é só um roubo que deu errado.

— Você está enganado — retrucou Simon.

Bjørnstad colocou as mãos na cintura.

— Meus pais me ensinaram a respeitar os mais velhos. Você tem dez segundos do meu respeito. Depois, é hora de ir embora.

— Ótimos pais — comentou Simon.

— Nove segundos.

— A vizinha disse que ouviu um tiro.

— E o que é que tem?

— As propriedades nesse bairro são grandes, e a distância entre elas também. Além disso, as casas são bem vedadas. Portanto a vizinha não poderia ter identificado o barulho de um tiro se tivesse ocorrido dentro de casa. Já aqui fora...

Bjørnstad inclinou a cabeça como que para olhar para Simon por outro ângulo.

— O que é que você está querendo dizer?

— A Sra. Iversen tem a mesma altura que Kari. Partindo do princípio de que ela estava em pé, o único cenário que condiz com a entrada da bala aqui — Simon apontou para o peito de Kari — e saída pelas costas, ao mesmo tempo que a bala entra ali na parede onde a margarida está, é que o atirador estava em um lugar mais baixo do que a vítima, e que ambos estavam razoavelmente distantes daquela parede. Em outras palavras, Agnete estava aqui onde nós estamos, e o atirador se encontrava ao pé da escada, no caminho de pedras. Foi por isso que a vizinha escutou o tiro, mas não escutou nenhum grito antes do tiro, nada que indicasse comoção ou resistência, e é por isso que eu acredito que tudo ocorreu bem depressa.

Bjørnstad olhou involuntariamente para trás, onde seus colegas estavam. Pareceu hesitar.

— E depois ele a arrastou para dentro de casa? É isso que você está querendo dizer?

— Não, eu acho que ela cambaleou para trás.

— O que é que faz você pensar isso?

— Você tinha razão quando disse que a Sra. Iversen mantinha a casa bem organizada. A única coisa torta na casa é aquele quadro. — Os outros se viraram para onde ele apontou. — Além disso, há esmalte no canto da moldura que está mais próximo à porta. Ou seja, ela bateu com a mão na moldura enquanto caía para trás. Isso condiz com o pequeno arranhão no esmalte do dedo médio da mão esquerda.

Bjørnstad balançou a cabeça.

— Se ela tivesse sido atingida quando estava na entrada da casa, haveria marcas de sangue por todo o corredor.

— E havia — afirmou Simon —, mas ele as limpou. Como você mesmo disse, não foram encontradas impressões digitais na maçaneta. Nem mesmo as da família. Não porque Agnete Iversen começou uma faxina geral e até limpou as maçanetas segundos após o marido e o filho saírem, mas porque o autor do crime não queria deixar nenhuma pista. E eu tenho quase certeza de que ele limpou o sangue do chão porque pisou ali e não queria deixar pegadas. Depois disso, ele também limpou a sola do calçado.

— É mesmo? — Bjørnstad ainda estava com a cabeça inclinada, mas não sorria tanto quanto antes. — E você apenas supõe isso tudo? Assim, do nada?

— Quando se limpa o sangue de um calçado, o resíduo que está nas reentrâncias da sola não sai — explicou Simon, olhando para o relógio —, mas quando se pisa num tapete grosso, por exemplo, os fios entram nessas reentrâncias e absorvem o sangue que estava ali. No quarto do casal vocês encontrarão uma mancha retangular de sangue no tapete. Acho que seu colega perito concordará comigo, Bjørnstad.

No silêncio que se seguiu, Kari ouviu um carro sendo parado pelos policiais mais adiante na rua. Vozes agitadas, uma delas a de um jovem. O marido e o filho.

— De qualquer maneira — disse Bjørnstad, com uma leveza forçada —, não importa onde a vítima foi morta. Isso foi apenas um roubo que deu errado, não homicídio premeditado. E, pelo que estou ouvindo, logo teremos alguém que vai poder confirmar a ausência de joias da caixa.

— Joias, tudo bem — falou Simon —, mas, se eu quisesse roubar uma casa, teria levado Agnete Iversen para dentro e a ameaçaria para fazê-la me contar onde estão os objetos de real valor. Por exemplo, faria com que me desse a combinação do cofre, que todo ladrão de meia-tigela sabe que uma casa dessas tem. Mas em vez disso ele vem e a mata aqui fora, onde todos os vizinhos podem ouvir. Não porque esteja em pânico, pois o modo como apagou as provas mostra que ele tem sangue-frio; não, ele faz isso porque sabe que vai ficar pouco tempo na casa, e que já terá desaparecido há muito tempo quando a polícia chegar. Afinal, ele não vai roubar muitas coisas, certo? Vai roubar só o suficiente para que um jovem inspetor inexperiente mas educado por bons pais conclua, de forma um tanto precipitada, que se trata de um roubo e, portanto, não investigue o *verdadeiro* motivo.

Simon tinha que admitir que teve prazer no silêncio e na cor vermelha que de repente preencheu o rosto de Bjørnstad. Ele era um homem simples, mas não rancoroso. Por isso, apesar de ter lhe custado muito esforço, poupou o jovem inspetor do que seria seu comentário final: *Ok, Bjørnstad, a aula terminou.*

Pois podia ser que, com tempo e experiência, Bjørnstad viesse a se tornar um bom inspetor. Humildade também é algo que se pode aprender.

— Uma bela teoria, Kefas — respondeu Bjørnstad —, vou me lembrar dela. Mas o tempo corre, e — um curto sorriso — talvez seja melhor vocês irem, não?

— Por que você não contou tudo a ele? — perguntou Kari enquanto Simon dirigia cuidadosamente pelas curvas fechadas de Holmenkollåsen.

— Tudo? — perguntou Simon, fingindo inocência.

Kari teve que sorrir. Aquele velho tinha sua graça.

— Você sabia que o cartucho da bala deve ter caído em alguma parte ali do canteiro de flores. Você não achou nenhum cartucho, mas achou uma pegada, e tirou foto dela. A terra do canteiro correspondia com a que você encontrou no corredor?

— Sim.

— Por que não deu essa informação a ele?

— Porque ele é um inspetor ambicioso que tem o ego maior que seu espírito de equipe. É melhor que ele mesmo descubra. Vai se sentir mais motivado a se empenhar se achar que está seguindo as *próprias* pistas, não as minhas, quando começarem a procurar um homem que calça 43 e que recolheu um cartucho de bala do canteiro de flores.

Pararam no sinal vermelho na rua Stasjonsveien.

— Como é que você sabe como um investigador como Bjørnstad pensa?

Simon riu.

— É simples. Também já fui jovem e ambicioso.

— E a ambição desapareceu com o tempo?

— Um pouco dela, sim.

Simon sorriu. Kari achou que era um sorriso triste.

— Foi por isso que você saiu do Departamento de Fraudes?

— Por que é que você acha isso?

— Você era inspetor-chefe e comandava a equipe. Na Homicídios, permitiram que você mantivesse o título, mas sua única subordinada sou eu.

— Isso mesmo — concordou Simon, avançando pelo cruzamento e seguindo no sentido da Smestad. — Eu recebia demais, era qualificado demais, mas minha presença também era demais.

— O que aconteceu?

— Você não vai querer...

— Ah, quero sim.

Eles continuaram o percurso em silêncio. Kari percebeu que o silêncio estava a seu favor, então se manteve calada. Já haviam chegado a Majorstua quando Simon começou a contar.

— Eu tinha descoberto uma operação de lavagem de dinheiro. Envolvia quantias altíssimas e pessoas muito importantes. Meus superiores devem ter achado que eu e minha investigação representávamos um risco muito grande. Disseram que eu não tinha provas suficientes e que o tiro poderia sair pela culatra se eu não conseguisse levar até o fim. Não estamos falando de criminosos comuns. É gente poderosa, gente que poderia usar o sistema, que normalmente está do lado da polícia, para se defender. Meus superiores acharam que, mesmo que ganhássemos a causa, haveria retaliação, e que isso era um preço alto demais a se pagar.

Um novo silêncio, que durou até o parque Frogner, quando Kari perdeu a paciência.

— Então eles expulsaram você por ter começado uma investigação incômoda?

— Não. Eu tinha um problema: era viciado em jogos de azar. Ou, para usar o termo técnico, ludomania. Também comprava e vendia ações. Não muitas, mas uma pessoa que trabalha no Departamento de Fraudes...

— ... tem acesso a informações confidenciais.

— Nunca negociei ações de empresas sobre as quais tinha informações, mas mesmo assim descumpri o regulamento. Foi isso que usaram contra mim.

Kari assentiu. Eles seguiram em zigue-zague no sentido centro e túnel Ibsen.

— E hoje em dia?

— Hoje em dia eu não jogo mais e tampouco incomodo ninguém. — Novamente aquele sorriso triste e resignado.

Kari pensou em seus planos para o fim de tarde. Ir à academia. Jantar com os sogros. Visitar um apartamento em Fagerborg. Ouviu-se fazer uma pergunta que devia ter vindo de outra parte de seu cérebro, do subconsciente:

— Por que o assassino levou o cartucho da bala?

— Os cartuchos têm número de série, mas eles raramente nos levam ao autor do crime — explicou Simon. — É possível que ele pensasse que poderia ter suas impressões digitais, mas acho que alguém como ele teria pensado nisso antes, e usaria luvas quando carregasse a arma. Acho que podemos concluir que ele tem uma arma relativamente nova, produzida nos últimos anos.

— Por quê?

— Nos últimos dez anos, os fabricantes de armas têm posto números de série na ponta do pino de disparo, para que deixem uma marca única quando atinjam o cartucho. Dessa forma, tudo que precisamos para identificar o dono da arma é o cartucho e o registro da arma.

Kari projetou o lábio inferior para a frente enquanto assentia devagar.

— Ok, isso eu entendi. O que não entendi foi por que ele fez de tudo para parecer um roubo.

— Assim como no caso do cartucho, ele tem medo de que o encontremos se soubermos o verdadeiro motivo.

— Nesse caso, é muito fácil — disse Kari, mas sua mente estava no anúncio que vira no jornal: apartamento com duas varandas, uma para o sol nascente, outra para o poente.

— Fácil?

— O marido. Todo marido sabe que será o suspeito principal caso não haja outro motivo aparente. Um roubo, por exemplo.

— Um outro motivo além de quê?

— Ciúme. Amor. Ódio. Por acaso há outros?

— Não — respondeu Simon. — Não há.

18

No começo da tarde, o tempo chuvoso enxaguou a cidade sem que esfriasse de forma perceptível. Quando o sol conseguiu passar por entre a camada de nuvens que o escondia, era como se quisesse compensar o tempo perdido; escaldou a capital com uma luz branca que fez com que o mormaço subisse dos telhados e das ruas.

Louis acordou quando o sol estava tão baixo que os raios atingiram seus olhos. Olhou atentamente para o mundo. Para as pessoas e os carros que passavam de um lado para o outro em frente a ele e sua caneca de esmolas. Os negócios iam bem, até alguns anos antes, quando os ciganos começaram a vir da Romênia. Depois, vieram mais. E depois muitos mais, até haver um enxame deles. Uma praga de mendigos, trapaceiros e ladrões. E, assim como gafanhotos, deveriam ser combatidos com todos os meios necessários. Essa era a simples opinião de Louis: que mendigos noruegueses — assim como empresas de transporte marítimo norueguesas — deveriam ter certa proteção do Estado contra a concorrência internacional. Do jeito que as coisas estavam, ele tinha que recorrer a assaltos com cada vez mais frequência. Algo que não somente era cansativo, como também abaixo de sua dignidade.

Suspirou e empurrou a caneca de esmolas com o dedo sujo. Ouviu um barulho, indicando que havia algo ali. Não eram moedas. Cédulas? Era melhor apanhá-las logo, antes que um dos ciganos roubasse. Olhou para dentro da caneca. Piscou duas vezes, surpreso. Então pegou o objeto. Era um relógio. Parecia feminino. Rolex. Só podia ser falsificado. Mas era pesado. Muito pesado. Será que tinha gente que realmente andava por aí com uma coisa tão pesada no pulso? Ouvira dizer que relógios Rolex funcionavam até cinquenta metros de profundidade, o que poderia vir a ser útil para alguém que fosse nadar com um relógio. Será que era mesmo...? Era possível. Tem louco para tudo, sem dúvida. Ele conhecia o relojoeiro no fim da rua, tinham sido colegas de classe. Talvez ele pudesse...

Louis se levantou com as pernas bambas.

Kine estava fumando ao lado do seu carrinho de compras. Mas quando o sinal de pedestres ficou verde e as pessoas ao seu lado começaram a andar, continuou parada. Mudou de ideia. Não iria atravessar a rua hoje. Então ficou ali e terminou de fumar seu cigarro. O carrinho, ela tinha roubado da Ikea fazia muito, mas muito tempo. Apenas o levou da loja e o colocou na van, no estacionamento. Levou o carrinho, uma cama Hemnes, uma mesa Hemnes e algumas prateleiras Billy para o lugar onde ela acreditava estar o futuro deles. O futuro dela. Ele montou os móveis, e em seguida os dois injetaram juntos. Ele agora estava morto, ela não. Não era mais viciada, e acreditava que conseguiria se manter assim. Mas já não dormia na cama Hemnes fazia muito tempo. Pisou na bituca do cigarro e agarrou a alça do carrinho da Ikea novamente. Percebeu que alguém — provavelmente um dos outros pedestres — pusera uma bolsa de plástico em seu cobertor de lã sujo, que estava no topo do carrinho. Irritada, ela apanhou a bolsa. Não era a primeira vez que confundiam o carrinho que continha seus bens pessoais com uma lata de lixo. Ela se virou, pois sabia a localização de todas as lixeiras de Oslo, e sabia que havia uma logo ali atrás. Mas então hesitou. O saco estava tão pesado que a deixou curiosa. Ela o abriu. Colocou a mão dentro e levantou seu conteúdo na luz da tarde. Tudo brilhava e cintilava. Eram joias. Colares e um anel. Os colares eram de diamantes, e o anel, de ouro. Ouro de verdade. Diamantes de verdade. Kine tinha quase certeza, pois já vira aquele tipo de coisa. Afinal, tinha nascido em berço de ouro.

* * *

Johnny Puma arregalou os olhos, sentiu o pavor se aproximando e se virou na cama. Não escutou ninguém entrar no quarto, mas agora ouvia a respiração ofegante. Será que era Coco? Se bem que aquele ofegar parecia mais alguém transando do que alguém que viera para cobrar dívidas. Uma vez havia um casal que morava junto no centro. A direção devia acreditar que eles precisavam tanto um do outro que abriram uma exceção para a regra de que só eram permitidos homens. Ele, pelo menos, com certeza precisava dela. Era ela que ia de quarto em quarto para financiar o consumo de drogas dos dois, até o dia em que a direção descobriu e a expulsou.

Era o morador novo. Estava deitado no chão, de costas para Johnny, e Johnny ouvia um pouco do som que vinha dos seus fones de ouvido: uma faixa de ritmo sintética e uma voz robótica e monótona. O garoto estava fazendo flexões. Em seus dias de glória, Johnny podia fazer centenas delas, com um braço só. O garoto era forte, sem dúvida, mas lhe faltava força, já estava deixando as costas caírem. Na luz que penetrava o quarto por entre as cortinas e batia na parede, Johnny viu uma foto que o garoto devia ter pregado. Um homem em uniforme de polícia. Também viu outra coisa, no parapeito da janela. Um par de brincos. Pareciam caros. Onde será que ele os tinha roubado?

Se eram mesmo tão caros quanto pareciam, poderiam solucionar seus problemas. Corriam boatos de que Coco sairia do centro amanhã e que seus capangas estavam cobrando a dívida de todos. Johnny não teria muito tempo para conseguir dinheiro. Tinha pensado em arrombar uma das casas em Bislett, pois havia muita gente de férias. Bastava tocar a campainha e ver quem não atendia. Mas isso exigia muito esforço. Roubar os brincos era mais fácil e mais seguro.

Ele ponderou sair da cama sorrateiramente e pegá-los, mas logo mudou de ideia. Com força ou não, corria o risco de levar uma surra. Doía só de pensar. Mas podia tentar distraí-lo, fazer com que saísse do quarto e aproveitar para pegar os brincos. De repente, eles trocaram olhares. O garoto tinha se virado e estava fazendo abdominais. Ele sorriu.

Johnny sinalizou que queria dizer algo, e o garoto tirou os fones. Johnny ouviu as palavras *"... now I'm clean"* na música antes de começar:

— Você pode me ajudar lá no refeitório? Aliás, você precisa comer depois de treinar. Se o corpo não tiver gordura nem carboidrato para queimar, vai começar a consumir proteína. E todo esse esforço será em vão.

— Obrigado pela dica, Johnny. Vou só tomar um banho primeiro, mas pode ir se preparando.

O garoto se levantou, colocou os fones no bolso e saiu em direção aos chuveiros coletivos.

Merda! Johnny fechou os olhos. Será que tinha energia para isso? Tinha que ter. Só dois minutinhos. Ele contou os segundos. Sentou-se no canto da cama. Tomou impulso. Levantou-se. Apanhou a calça na cadeira. Estava se vestindo quando bateram na porta. O garoto devia ter esquecido a chave. Johnny foi mancando até a porta e a abriu.

— Eu já falei que você...

Um punho cerrado com um soco-inglês aterrissou na testa de Johnny e ele caiu para trás. A porta se abriu, e Coco e dois dos seus capangas entraram. Os capangas o levantaram, e Coco deu-lhe uma cabeçada, fazendo com que Johnny batesse com a nuca no beliche. Quando olhou para a frente outra vez, deu de cara com os olhos feios e cheios de rímel de Coco, e para a ponta reluzente de um canivete.

— Tenho tempo sobrando não, Johnny — disse Coco, em seu norueguês ruim. — Uns têm dinheiro, não pagam. Você, sei que não tem. Vai servir de exemplo.

— E-exemplo?

— Eu sou bom, Johnny. Só um olho.

— Mas... Por favor, Coco! Não...

— Não se mexe, senão estraga o olho. Vamos mostrar pros outros vagabundos daqui. Eles têm que ver que é real, entende?

Johnny começou a gritar, mas o grito logo foi interrompido pela mão de um dos capangas sobre sua boca.

— Calma, Johnny. Pouco nervo no olho. Vai doer pouco. Prometo.

Johnny sabia que o medo deveria lhe dar forças para resistir, mas, ao invés disso, apenas o deixou dormente. Johnny Puma, que um dia levantara carros, apenas olhava apático para a ponta do canivete que se aproximava.

— Quanto? — A voz soou suave, quase como um sussurro.

Eles se viraram para a porta. Ninguém o ouvira entrar. Seu cabelo estava molhado, e usava apenas uma calça jeans.

— Fora daqui! — exigiu Coco em voz baixa porém agressiva.

O garoto ficou parado.

— Quanto ele deve?

— Agora! Senão, canivete para você primeiro.

Ainda assim, o recém-chegado não se mexeu. O capanga que estava tapando a boca de Johnny foi na direção dele.

— Ele... ele roubou os meus brincos — disse Johnny. — É verdade! Estão no bolso da calça dele! Eu roubei para pagar minha dívida, Coco. É só revistar ele, você vai ver! Por favor, Coco!

Johnny podia ouvir a própria voz de choro, mas não se importou. E Coco parecia nem estar ouvindo, apenas olhava para o garoto. Parecia estar gostando do que via, o pervertido. Coco fez um sinal para que seu capanga parasse e perguntou baixinho:

— É verdade o que o Johnny está dizendo, bonitão?

— Você pode tentar descobrir — disse o garoto —, mas, se eu fosse você, diria quanto ele deve. Assim teremos menos problemas, e menos bagunça.

— Doze mil — respondeu Coco —, mas por que...

Ele parou de falar quando o garoto enfiou a mão no bolso da calça, pegou um pequeno maço de cédulas e começou a contar alto. Quando chegou a doze, deu as notas para Coco e guardou o restante de volta no bolso.

Coco hesitou em recebê-las. Como se houvesse algo errado com o dinheiro. Em seguida, riu. Abriu a boca e revelou o ouro que tinha colocado para substituir dentes perfeitamente saudáveis.

— Porra, cara. Porra!

Então pegou o dinheiro. Contou.

— Tudo certo? — perguntou o garoto, não com aquela cara petrificada dos traficantes de hoje em dia, que viram muitos filmes. Pelo contrário, ele estava sorrindo. Sorrindo como garçons costumavam sorrir para Johnny no tempo em que ele comia em bons restaurantes e lhe perguntavam se estava satisfeito com a refeição.

— Tudo certo — disse Coco.

Johnny se deitou na cama e fechou os olhos. Ainda pôde ouvir a risada de Coco muito depois de fecharem a porta e desaparecerem pelo corredor.

— Não se preocupe, Johnny — disse o garoto. Johnny conseguia ouvi-lo apesar de tentar bloquear sua voz. — Eu faria a mesma coisa se fosse você.

Mas você não é, pensou Johnny, e o choro ainda estava lá, em algum lugar entre o pescoço e o peito. Você não foi Johnny Puma, e depois deixou de sê-lo.

— Vamos lá no refeitório, Johnny?

O brilho do monitor do computador era a única luz no cômodo. Os sons vinham do outro lado da porta, que Simon tinha deixado entreaberta. Um rádio com o volume baixo na cozinha, e Else, que não parava quieta. Ela havia crescido no campo; sempre tinha alguma coisa para arrumar, lavar, organizar, mudar de lugar, plantar, costurar ou assar. O trabalho nunca terminava. Não importava o quanto ela fizesse em um dia, o outro dia sempre estava cheio de afazeres. Por isso era importante trabalhar com constância, sem pressa, para não machucar as costas. Era o som tranquilizante de alguém que dá significado às suas atividades e sente prazer em fazê-las. O som de pulsação tranquila e de contentamento. De certa forma, ele a invejava. Mas também estava atento para ver se ouvia outros sons; passos vacilantes e coisas caindo no chão. Se isso acontecesse, esperaria para ver se ela tinha tudo sob controle. E se ouvisse que tudo deu certo, não perguntaria o que aconteceu. Deixaria que ela acreditasse que ele não ouvira nada.

Estava lendo os arquivos de Per Vollan na rede interna do Departamento de Homicídios. Kari escrevera uma quantidade impressionante, era muito eficiente. Mas mesmo assim, enquanto os lia, achava que faltava algo. Em linhas gerais, mesmo os relatórios policiais mais burocráticos e formais não conseguiam esconder a paixão de um inspetor entusiasmado. Os relatórios dela eram um exemplo de como um relatório policial deveria ser: objetivo e imparcial. Nenhuma afirmação tendenciosa ou preconceito por parte do autor. Eram frios e sem vida. Simon leu os interrogatórios para ver se surgia algum nome interessante entre eles. Nada. Olhou para a parede. Pensou em duas palavras. Nestor. Arquivado. Em seguida, procurou o nome de Agnete Iversen no Google.

As manchetes sobre o homicídio apareceram na tela:

FAMOSA EMPRESÁRIA BRUTALMENTE ASSASSINADA
BALEADA E ROUBADA NA PRÓPRIA CASA

Clicou em uma das matérias. Havia uma citação do inspetor Åsmund Bjørnstad, da coletiva de imprensa da polícia, em Bryn. "Nossa equipe descobriu que, apesar de Agnete Iversen ter sido encontrada na cozinha, provavelmente foi baleada na entrada da casa." E mais embaixo: "Diversos fatos indicam que se trata de um roubo, mas é muito cedo para excluir outras possibilidades."

Simon direcionou o cursor do mouse para as notícias mais antigas. Quase todas eram referentes ao setor financeiro. Agnete Iversen era filha de um dos maiores donos de propriedades de Oslo, tinha MBA em economia pela Faculdade de Wharton, na Filadélfia, e assumira a gestão e o portfólio da empresa ainda relativamente jovem. Depois de se casar com Iver Iversen, que também era economista, deixou que ele dirigisse a empresa. Um dos jornalistas financeiros a descrevia como uma verdadeira gestora, refinada, que administrava os bens de maneira eficiente e lucrativa. Já seu marido tinha um estilo mais agressivo, comprava e vendia com maior frequência, o que envolvia mais riscos, porém lucros maiores. Outra matéria, de dois anos antes, mostrava uma foto de Iver Jr. com a manchete: HERDEIRO MILIONÁRIO E SUA VIDA JET SET EM IBIZA. Bronzeado, sorriso no rosto, dentes brancos e olhos vermelhos do flash da câmera, suado, com uma garrafa de champanhe em uma das mãos e uma loura igualmente suada na outra. Outra matéria do setor financeiro, esta de três anos antes: Iver trocando um aperto de mãos com o secretário da Fazenda de Oslo, quando foi anunciado que a Iversen Empreendimentos Imobiliários havia comprado um bilhão de coroas em propriedades da prefeitura.

Simon ouviu abrirem a porta. Uma xícara fumegante de chá foi posta na frente dele.

— Como está escuro aqui — comentou Else.

Ela pôs a mão nos ombros dele para massageá-lo. Ou apenas para se apoiar.

— Ainda estou esperando que me conte o resto — disse Simon.

— O resto de quê?

— Do que o médico falou.

— Eu já falei ao telefone. Você já começou a ficar esquecido, querido?

Ela riu baixinho e lhe deu um beijo leve na cabeça. Ele suspeitava que ela o amava.

— Você disse que ele não podia fazer muita coisa.

— Foi.

— E...?

— E o quê?

— Eu conheço você muito bem, Else. Ele disse algo mais.

Ela se afastou. Manteve apenas uma das mãos no ombro dele. Simon esperou.

— Ele disse que está surgindo um novo tipo de cirurgia nos Estados Unidos. Que há esperança para os que vierem depois de mim.

— Depois?

— Quando o procedimento e os equipamentos forem padronizados. Mas pode levar alguns anos. Hoje em dia a cirurgia é complicada e custa uma fortuna.

Simon girou na cadeira tão depressa que ela teve que dar um passo para trás. Ele segurou suas mãos.

— Mas isso é uma notícia fantástica! Quanto custa?

— Mais do que uma mulher com bolsa por deficiência e um homem com salário de policial podem pagar.

— Else, escute. Não temos herdeiros. Esta casa é nossa, e não temos mais nada com que gastar nosso dinheiro. Somos econômicos...

— Pare, Simon. Você sabe muito bem que não temos dinheiro. E a casa ainda não está quitada.

Simon engoliu em seco. Ela não mencionou por que a casa ainda não estava quitada: as dívidas que ele acumulara em jogos. Como de costume, tivera a consideração de não lembrá-lo de que ainda pagavam pelos pecados dele. Simon apertou as mãos dela.

— Vou pensar em alguma coisa. Tenho amigos que podem nos emprestar dinheiro. Confie em mim. Quanto custa?

— Você *tinha* amigos, Simon, mas nunca mais falou com eles. Eu já disse, é preciso alimentar a relação. Senão, perdemos contato com as pessoas.

Simon suspirou. Deu de ombros.

— Eu tenho você.

Ela balançou a cabeça.

— Eu não sou suficiente, Simon.

— É, sim.

— Eu não *quero* ser suficiente. — Ela se curvou e deu-lhe um beijo na testa. — Estou cansada, vou me deitar.

— Ok, mas quanto cust...

Ela já havia saído.

Simon ficou olhando para ela. Por fim, desligou o computador e apanhou o celular. Percorreu a lista de contatos. Velhos amigos. Velhos inimigos. Alguns eram úteis, a maioria, não. Digitou o número de um que pertencia à segunda categoria. Inimigo. Porém útil.

Como esperado, Fredrik Ansgar se surpreendeu com a ligação, mas fingiu alegrar-se e concordou em encontrá-lo. Nem tentou fingir que não tinha tempo.

Depois que desligaram, Simon permaneceu no escuro, olhando para o telefone. Pensou no sonho. Daria sua visão para ela. Depois, percebeu para o que estava olhando. A foto de uma pegada no canteiro de flores.

— O rango está bom — disse Johnny, e limpou a boca. — Você não vai comer?

O garoto sorriu e balançou a cabeça.

Johnny olhou ao redor. O refeitório era um lugar com cozinha aberta, balcões onde a comida era servida, uma seção de self-service e algumas mesas, todas ocupadas no momento. Normalmente fechava cedo, mas, devido à reforma do Local de Encontro, a cafeteria da Missão Urbana para usuários de drogas, na rua Skipper, tinham estendido o horário de funcionamento. Portanto, nem todos os que estavam ali eram moradores do Centro Ila, mas a maioria já havia sido, por isso Johnny reconhecia todos os rostos.

Johnny tomou um gole de café. Viu que todos no local se observavam. Era sempre a mesma história: a caça e a paranoia. Era como em um poço natural na savana, eles eram todos animais; ora predadores, ora presas. Com exceção desse garoto. Parecia tranquilo. Até agora. Johnny seguiu seu olhar até a porta atrás da cozinha, de onde Martha saía da sala dos funcionários. Ela havia vestido o casaco, estava obviamente a caminho de casa. Johnny viu que as pupilas do garoto se dilataram. Observar pupilas era algo que usuários de drogas faziam automaticamente. Será que ele é usuário, está sob efeito da droga, é perigoso? Da mesma maneira como se observa onde as mãos dos outros estão. Mãos que podem roubar ou puxar uma faca. Ou mãos que, em uma situação de perigo, automaticamente protegem o lugar onde a droga ou o dinheiro estão guardados. Agora mesmo, as mãos do garoto estavam no bolso da calça. O mesmo bolso em que tinha posto os brincos. Johnny não era idiota. Bom, na verdade era, sim, mas só no que dizia respeito a algumas coisas. Martha entra, pupilas se dilatam. Mãos no bolso. Brincos.

A cadeira arrastou no chão quando o garoto se levantou de repente com um olhar febril fixado nela.

Johnny pigarreou.

— Stig...

Mas era tarde demais. Ele já dera as costas para Johnny e começara a andar na direção dela.

Naquele mesmo momento a porta se abriu e entrou um homem que se distinguia completamente dos outros ali presentes. Jaqueta de couro preta e curta, cabelo curto e escuro. Ombros largos e olhar focado. Com um movimento irritado, ele empurrou um morador do centro que estava parado no meio do caminho, curvado na posição típica de viciado. Acenou brevemente para Martha, que retribuiu o aceno. Johnny viu que o garoto tinha percebido isso. Notou que o garoto parou, como se tivesse perdido o vento de suas velas, enquanto Martha continuava em direção à porta. Viu que o homem em frente à porta pôs as mãos no bolso da jaqueta e virou o cotovelo para que ela pudesse enfiar o braço no dele. O que ela fez. O tipo de movimento ensaiado que se vê em pessoas que já estão juntas há um bom tempo. Eles desapareceram na ventania da noite, que de repente tinha ficado fria.

O garoto ficou paralisado no meio do refeitório, como se precisasse de tempo para digerir a informação. Johnny viu que todas as cabeças se viraram e o analisaram. Ele sabia o que estavam pensando.

Uma presa.

Johnny acordou com o barulho de choro.

Por um momento pensou na assombração, no bebê. Pensou que estava lá.

Depois percebeu que o choro vinha da cama de cima. Virou-se de lado. A cama começou a tremer. O garoto chorava tanto que soluçava.

Johnny se levantou e ficou na frente da cama. Colocou a mão nos ombros do garoto, que tremia como uma folha. Johnny acendeu a luz de leitura na parede. A primeira coisa que viu foram os dentes brancos, cravados no travesseiro.

— Dói, não é? — Foi mais uma constatação do que uma pergunta.

Um rosto pálido como o de um defunto, suado e com os olhos encovados, olhou para ele.

— Heroína?

O rosto acenou que sim.

— Quer que eu arranje para você?

A cabeça balançou.

— Você sabe que está no lugar errado para quem está tentando parar, não sabe?

O rosto acenou novamente.

— Então o que posso fazer por você?

O garoto umedeceu os lábios com uma língua branca. Sussurrou.

— Hã? — disse Johnny, e se aproximou. Sentiu o hálito podre do outro. Quase não conseguiu decifrar as palavras. Em seguida, endireitou-se e fez que sim. — Como quiser.

Voltou a se deitar e ficou olhando para a face inferior do colchão acima. Era coberto com plástico, para proteger de fluidos corporais. Ouviu o barulho eterno do Centro Ila: a caça constante, passos apressados no corredor, xingamentos, música estrondosa, risadas, portas batendo, gritos desesperados e tráfico agitado ocorrendo logo em frente às portas dos quartos. Mas nada disso abafou o som do choro silencioso e das palavras que o garoto tinha sussurrado:

Não me deixe sair se eu tentar.

19

—Quer dizer que você está na Homicídios? — perguntou Fredrik, e sorriu por trás dos óculos de sol.

O nome da marca na armação era tão pequeno que só alguém com o olhar de lince de Simon enxergaria, mas também era preciso alguém com um maior conhecimento de marcas para entender o quão exclusivos eram os óculos. Ele presumiu que fossem caros, considerando a camisa, a gravata, a manicure e o corte de cabelo de Fredrik. Mas terno cinza-claro com sapatos marrons? Talvez estivesse na moda.

— Sim — respondeu Simon.

Ele estreitou os olhos. Sentara-se de costas para o vento e o sol, mas a luz refletia na superfície de vidro do edifício novo, do outro lado do canal. A ideia de se encontrarem foi de Simon, mas foi Fredrik que sugeriu o restaurante japonês em Tjuvholmen. "Tjuvholmen" significa "ilha dos ladrões", e Simon se perguntou se o nome era relacionado às empresas de investimentos que havia lá, entre elas a de Fredrik.

— E você agora investe o dinheiro de quem tem tanto que já nem se importa mais com o que acontece com ele?

Fredrik riu.

— Algo assim.

O garçom trouxera um pratinho de algo que parecia uma água-viva. Simon achava que talvez até *fosse* uma água-viva. Isso devia ser normal em Tjuvholmen. Sushi comum era apenas a pizza da classe média-alta.

— Você às vezes sente falta da Fraudes? — perguntou Simon, e tomou um gole de água.

Água que diziam ser dos glaciares de Voss, engarrafada, enviada aos Estados Unidos e reimportada para a Noruega. Livre de todos os minerais de que o corpo precisa; minerais que você encontra na água limpa, gostosa e gratuita das torneiras. Aquela ali custava sessenta coroas a garrafa. Simon desistira de tentar entender o mecanismo do mercado, com sua psicologia e seus jogos de poder. Mas Fredrik, não. Ele entendia. Jogava. Sempre jogara, desconfiava Simon. Era como Kari; tinha formação boa demais, era ambicioso demais, e sabia até bem demais o que era melhor para si, de forma que não conseguiram mantê-lo na polícia.

— Sinto falta dos colegas de trabalho e da emoção — mentiu Fredrik —, mas não da lentidão e da burocracia. Também foi por isso que você saiu?

Ele levou o copo à boca tão depressa que Simon não pôde observar seu rosto para ver se ele realmente não sabia o motivo de sua saída. Afinal, a confusão sobre a lavagem de dinheiro começara pouco depois de Fredrik anunciar sua migração para o que muitos da polícia consideravam o lado negro. Fredrik até trabalhara no caso. Mas podia ser que não tivesse mais contatos na polícia.

— Algo assim — murmurou Simon.

— Homicídios é mais direto ao ponto — comentou Fredrik, e olhou com discrição fingida para o relógio.

— Por falar em direto ao ponto — disse Simon —, marquei este encontro com você porque preciso de um empréstimo. É para minha esposa; ela precisa fazer uma cirurgia nos olhos. Você se lembra da Else?

Fredrik enfiou a água-viva na boca e fez um som que podia significar tanto "sim" quanto "não".

Simon esperou que ele terminasse de mastigar.

— Desculpe, Simon, nós investimos o dinheiro dos nossos clientes apenas em ações públicas e papéis do governo. Não fazemos empréstimos ao mercado privado.

— Isso eu já sei. Se estou perguntando, é porque não tenho condições de ir pelas vias habituais.

Fredrik limpou a boca cuidadosamente e colocou o guardanapo sobre o prato.

— Eu realmente sinto muito não poder ajudá-lo. Cirurgia nos olhos? Parece sério.

O garçom veio, apanhou o prato de Fredrik e, percebendo que Simon nem tinha tocado no seu, o olhou intrigado. Simon fez sinal de que podia levá-lo.

— Não gostou? — perguntou Fredrik, e pediu a conta com algumas palavras que talvez fossem japonesas.

— Não sei, mas geralmente sou cético quanto a animais invertebrados. São muito escorregadios, se é que você me entende. Não gosto de jogar comida fora, mas parece que a comida ainda estava viva, então decidi prolongar um pouco sua existência.

Fredrik riu de forma exageradamente cordial. Devia estar aliviado por a segunda parte da conversa ter terminado. Apanhou a conta assim que veio.

— Deixe que eu... — começou Simon, mas Fredrik já havia posto seu cartão de crédito na máquina que o garçom trouxera e começava a digitar a senha.

— Foi ótimo ver você. Uma pena que não pude ajudar — disse Fredrik depois que o garçom foi embora, e Simon pôde ver que o homem já começava a levantar.

— Você leu sobre o homicídio da Sra. Iversen ontem?

— Li, sim. Meu Deus. — Fredrik balançou a cabeça, tirou os óculos de sol e esfregou os olhos. — Iver Iversen é nosso cliente. Que tragédia.

— Pois é. Ele já era seu cliente quando você trabalhava na Fraudes.

— Meu cliente?

— Desculpe. Quis dizer, suspeito. É uma pena que todos aqueles com nível superior tenham deixado o departamento. Com vocês na equipe, talvez tivéssemos conseguido levar o caso adiante. O setor imobiliário precisava de uma limpeza. Lembra que concordávamos quanto a isso?

Fredrik colocou novamente os óculos.

— Com você as apostas são sempre grandes, não é, Simon?

Simon assentiu. Ou seja, ele sabia.

— Por falar em apostas, eu era apenas um policial mediano sem formação em economia, mas sempre que olhava as contas de Iversen me perguntava como é que a empresa não ia à falência. Eles faziam muitos negócios ruins com a compra e venda de propriedades. Perdiam muito dinheiro, e com frequência.

— Sim, mas eram bons na administração das propriedades.

— Graças à possibilidade de usar o déficit de um ano como dedução de imposto no ano seguinte. Assim a empresa praticamente não pagou impostos sobre os lucros de suas atividades nos últimos anos.

— Nossa, parece que você está de volta à Fraudes.

— Minha senha ainda dá acesso aos arquivos antigos. Ontem à noite os li no meu computador.

— Bem, isso não é ilegal. São apenas as regras dos impostos.

— É. — Simon apoiou o queixo na mão e olhou para o céu azul. — Isso você sabe muito bem. Foi você quem verificou as atividades de Iversen naquele tempo. Talvez Agnete Iversen tenha sido morta por um cobrador de impostos amargurado.

— O quê?

Simon deu um riso rápido e se levantou.

— Nada. Apenas coisa de velho bisbilhoteiro. Obrigado pelo almoço.

— Simon?

— Sim?

— Não quero lhe dar muitas esperanças, mas vou ver se consigo aquele empréstimo.

— Eu agradeço. — Ele abotoou a jaqueta. — Tchau.

Nem precisava se virar. Simon *sabia* que Fredrik o olhava de forma pensativa enquanto se afastava.

Lars Gilberg largou o jornal que tinha achado na lixeira do 7-Eleven e que seria seu travesseiro à noite. Escreveram página após página sobre o homicídio daquela senhora rica da área nobre da cidade. Se fosse um pobre coitado que tivesse tido uma overdose por droga envenenada ali no rio ou na rua Skipper, não falariam praticamente nada. Um cara jovem da Polícia Federal, um inspetor chamado Bjørnstad, dizia que concentrariam todos os recursos na investigação. Ah, é mesmo? Que tal prender primeiro esses assassinos em série que misturam drogas com arsênico e veneno para ratos? Gilberg espiou para além de seu mundo de sombras. A pessoa que se aproximava tinha a cabeça coberta por um capuz e parecia um daqueles que praticavam corrida ao longo do rio. Mas quando o viu, ele reduziu o passo, e Gilberg presumiu que fosse um policial ou um engomadinho à procura de anfetamina. Só quando estava embaixo da ponte é que Lars percebeu que era o garoto. Estava suado e ofegante.

Gilberg se levantou ansioso, quase feliz.

— E aí, garoto. Eu cuidei das suas coisas, viu? Ainda estão lá. — Ele apontou com o queixo na direção dos arbustos.

— Obrigado — o garoto se agachou e mediu a pulsação —, mas eu queria saber se você podia me fazer outro favor.

— Claro. Qualquer coisa.

— Obrigado. Quem é que vende Superboy por aqui?

Lars Gilberg fechou os olhos. Que inferno.

— Não, cara, por favor. Superboy, não.

— Por que não?

— Porque eu conheço três que morreram por causa dessa merda só nesse verão.

— Quem tem a parada mais pura?

— Não sei, eu não uso isso. Mas é simples, só tem uma turma em toda a cidade que vende Superboy. Eles trabalham sempre em duplas. Um deles recebe o dinheiro e o outro entrega. Estão sempre embaixo da ponte Nybrua.

— Como eles são?

— Varia, mas geralmente o homem do dinheiro é um sujeito atarracado, de cabelo curto e a cara cheia de espinha. Ele é o chefe, mas mesmo assim gosta de ficar na rua para receber o dinheiro. Um filho da mãe desconfiado. Não confia nem nos próprios vendedores.

— Atarracado e cheio de espinha?

— Sim, mas é mais fácil reconhecer o cara pelas pálpebras. É como se fossem meio frouxas, sabe? Parece que ele está sempre com sono.

— Está falando do Kalle?

— Você sabe quem é?

O garoto assentiu lentamente.

— Também sabe por que as pálpebras dele são assim?

— Você sabe que horas eles estão lá? — perguntou o garoto.

— Das quatro da tarde às nove, mais ou menos. Eu sei disso porque a maioria dos clientes deles começa a passar por aqui às três e meia. E os últimos passam pouco antes das nove, correndo desesperados, morrendo de medo de não dar tempo.

O garoto colocou o capuz novamente.

— Obrigado, companheiro.

— Lars. Meu nome é Lars.

— Obrigado, Lars. Você precisa de alguma coisa? De dinheiro?

Lars sempre precisava de dinheiro. Balançou a cabeça.

— E você, como se chama?

O garoto deu de ombros como quem diz "como é que você quer que eu me chame?". Depois, continuou sua corrida.

Martha estava na recepção quando ele subiu as escadas e passou direto.

— Stig! — gritou ela.

Ele demorou demais a parar, mas podia ser por causa dos reflexos prejudicados. Ou talvez seu nome não fosse Stig. Estava suado; parecia que tinha corrido. Ela só torcia para que não estivesse correndo de encrenca.

— Eu tenho uma coisa para você — disse ela. — Espere!

Apanhou a caixa, avisou a Maria que voltaria em poucos minutos e foi rapidamente até ele. Tocou de leve seu ombro.

— Venha, vamos até o seu quarto.

Quando entraram, depararam-se com uma visão inesperada. As cortinas estavam abertas, iluminando todo o cômodo. Johnny não se encontrava, e o ar estava fresco. As janelas estavam abertas até onde a tranca permitia. O município os obrigara a colocá-las em todos os quartos após vários episódios nos quais pedestres quase foram atingidos por objetos grandes e pesados arremessados das janelas do centro. Rádios, caixas de som, um ou outro televisor. Tratava-se, principalmente, de objetos eletrônicos, mas foi material orgânico que deu origem à ordem.

Devido à fobia social que é comum entre os moradores do centro, era comum que alguns deles tivessem certa relutância quanto ao uso do banheiro coletivo. Por isso alguns tinham permissão para ter um balde no quarto, que costumavam esvaziar com regularidade — mas, infelizmente, nem sempre. Um deles colocava o balde no parapeito da janela para aliviar o mau cheiro. Um belo dia, um dos funcionários do centro abriu a porta e a corrente de vento derrubou o balde. Isso ocorreu durante a reforma da nova pâtisserie, e quis o destino que um dos pintores se encontrasse em uma escada bem embaixo da janela. Ele não sofreu nenhuma lesão física permanente, mas Martha (que foi a primeira a chegar ao local e ajudou o pobre pintor em estado de choque) sabia que o incidente deixaria cicatrizes psicológicas.

— Sente-se — pediu ela, apontando para a cadeira — e tire os tênis. Ele obedeceu. Ela abriu a caixa.

— Eu não queria que os outros vissem — continuou a dizer, e apanhou um par de sapatos de couro macio. — Eram do meu pai. Vocês calçam mais ou menos o mesmo tamanho. — Ela lhe deu os sapatos.

Ele ficou tão estupefato que ela enrubesceu.

— Não podemos deixar que você vá para uma entrevista de emprego com tênis de corrida — ela apressou-se a justificar.

Martha olhou em volta enquanto ele calçava os sapatos. Não tinha certeza, mas achava que sentia o cheiro de detergente. Até onde sabia, as faxineiras não tinham vindo hoje. Ela foi até a fotografia presa na parede com uma tachinha.

— Quem é esse?

— Meu pai — respondeu ele.

— Sério? Policial?

— Sério. Pronto, veja.

Ela se virou. Ele se levantara e agora pressionava alternadamente o pé esquerdo e o direito no chão.

— E então?

— Coube perfeitamente. — Ele sorriu. — Muito obrigado, Martha.

Ela levou um susto quando ele falou seu nome. Não porque não estivesse acostumada a ouvi-lo, pois os outros moradores diziam seu primeiro nome o tempo inteiro. O sobrenome, endereço e nome dos familiares é que eram confidenciais. Afinal, os funcionários eram testemunhas diárias de tráfico. Na verdade, foi a forma como ele falou. Como se fosse um toque. Cuidadoso e inocente, mas um toque verdadeiro. Ela se deu conta de que era um pouco inapropriado estar sozinha com ele no quarto, mas partira do princípio de que Johnny também estaria. Não fazia ideia de onde o outro morador do quarto estava. As únicas coisas que o tiravam da cama eram droga, banheiro e comida. Nessa ordem. Mas mesmo assim ela permaneceu no quarto.

— Que tipo de trabalho você está procurando? — Ela percebeu que estava levemente ofegante.

— Alguma coisa no sistema judicial — respondeu ele seriamente. Havia algo doce em sua seriedade. Como se fosse precoce.

— Ah, mais ou menos como seu pai?

— Não, policiais trabalham para o Poder Executivo. Eu quero o Judiciário.

Ela sorriu. Ele era tão diferente. Talvez fosse por isso que pensasse tanto nele. Porque era muito diferente de todos os outros que ela conhecia. Totalmente diferente de Anders, por exemplo. Anders parecia ter um autocontrole de aço, já Stig parecia muito aberto e vulnerável. Anders era muito desconfiado e repelia as pessoas que não conhecia; Stig era amigável e gentil, quase ingênuo.

— Tenho que ir — disse ela.

— Está bem.

Ele se apoiou na parede. Tinha baixado o zíper do moletom. Sua camiseta estava coberta de suor e colada ao corpo.

No momento em que ele ia dizer algo, o rádio dela começou a dar estalidos.

Martha o levou à orelha.

Era visita para ela.

— O que você ia dizer? — perguntou ela depois de ouvir a mensagem.

— Não tem pressa — disse ele, e sorriu.

Era o policial mais velho novamente.

Estava esperando por ela na recepção.

— Me deixaram entrar — explicou ele, em tom de desculpas.

Martha fez cara feia para Maria, que abriu os braços em um gesto de "o que é que tem?".

— Tem algum lugar onde a gente possa...?

Martha o levou à sala de reuniões, mas não ofereceu café dessa vez.

— Você sabe o que é isso? — perguntou Simon, e mostrou-lhe a tela do celular.

— Uma foto de terra?

— É uma pegada. Pode ser que não signifique muita coisa para você, mas eu mesmo passei um tempão me perguntando por que essa pegada me era tão familiar. Então entendi que era porque essa mesma pegada aparece em várias cenas de crime em potencial. Você sabe, lugares onde encontramos gente morta. Por exemplo, marcas na neve em um porto de contêineres, pontos de consumo de narcóticos, o quintal de um traficante, um bunker da Segunda Guerra Mundial usado para injetar heroína. Resumindo...

— Resumindo, lugares frequentados pelos nossos moradores. — Martha suspirou.

— Exatamente. Na maior parte dos casos, a morte é autoinfligida, mas, seja como for, a mesma pegada aparece vez após outra. Os tênis do Exército, que, devido à Missão Urbana e ao Exército de Salvação, se tornaram o calçado mais usado por usuários de drogas e moradores de rua do país. E por isso são inutilizáveis como prova, pois estão nos pés de muitos que já têm condenações anteriores.

— Então o que veio fazer aqui, inspetor Kefas?

— Os tênis saíram de produção, e os que ainda são usados estão desgastados. Mas se você olhar para a foto com atenção, vai ver que essa pegada ainda tem um molde claro, como se vê em tênis novos. Entrei em contato com o Exército de Salvação, e eles me disseram que a última remessa existente dos tênis azuis de corrida foi enviada para vocês em março deste ano. Então minha simples pergunta é se você já deu algum par desses tênis desde a primavera. Tamanho 43.

— A resposta é sim, claro.

— Para...

— Muitos.

— E o tamanho era...

— Tamanho 43 é o mais comum entre homens ocidentais, incluindo usuários de drogas. Mais do que isso, eu não posso nem quero dizer. — Martha olhou para ele com os lábios cerrados.

O policial suspirou.

— Eu respeito sua solidariedade com os moradores do centro, mas este é um caso sério. Não se trata de um grama de anfetamina, mas de homicídio. Achei essa pegada no lugar onde uma mulher foi morta, em Holmenkollåsen. Agnete Iversen.

— Iversen?

Martha percebeu que estava ofegante outra vez. Estranho, mas o psicólogo que a diagnosticara com *compassion fatigue* pedira que ela ficasse atenta a sintomas de estresse.

O inspetor Kefas a observou com a cabeça um pouco inclinada.

— É, Iversen. Foi bastante noticiado pela mídia. Ela foi baleada na entrada da própria casa.

— Ah, foi. Eu vi manchetes sobre algo do tipo, mas nunca leio esses casos. Já convivo com bastante tristeza no trabalho, se é que o senhor me entende.

— Entendo. Enfim, ela se chamava Agnete Iversen. Tinha 49 anos. Foi ativa no mercado de trabalho, mas ultimamente era dona de casa. Casada, com um filho de 20 anos. Presidente do conselho beneficente local. Dava contribuições generosas à Secretaria de Turismo. Provavelmente alguém que se podia chamar de pilar da sociedade.

Martha tossiu.

— E como o senhor sabe que essa pegada é do autor do crime?

— Não sabemos, mas encontramos uma parte de uma pegada manchada de sangue no quarto de casal. Pode se tratar da mesma.

Martha tossiu mais. Talvez devesse ir ao médico.

— Mas e se eu me lembrasse do nome daqueles que receberam esses tênis tamanho 43, como é que vocês saberiam qual dos tênis é o da cena do crime?

— Não sei se isso seria possível, mas, aparentemente, o assassino pisou em sangue. Se tiver coagulado, pode ser que ainda tenha resquícios de sangue na sola.

— Entendi.

Simon aguardou que ela dissesse algo mais.

Ela se levantou.

— Infelizmente, não posso ajudá-lo. Mas perguntarei aos outros funcionários se eles se lembram de alguém que calce 43, é claro.

O policial continuou sentado, como que para lhe dar a chance de mudar de ideia e contar algo mais. Por fim, também se levantou e entregou a ela seu cartão.

— Obrigado. Realmente agradeço. Pode ligar a qualquer hora, dia ou noite.

Depois que o policial foi embora, Martha permaneceu sentada na sala de reuniões. Mordeu o lábio. O que tinha dito era verdade — 43 *era*, de fato, o tamanho mais comum entre os homens.

— Já encerramos — disse Kalle.

Eram nove horas e o sol já havia se posto atrás das casas à beira do rio. Ele apanhou as últimas notas de cem e as guardou na doleira. Ouvira dizer que em São Petersburgo era tão comum roubar o traficante responsável pelo dinheiro que eles andavam com cintos de aço soldados na cintura. Tinham uma fenda estreita por onde inseriam as cédulas e eram equipados com um cadeado eletrônico cujo código somente a pessoa no escritório sabia. Dessa forma, o homem do dinheiro não podia ser torturado para dar a senha aos assaltantes. Tampouco teria a tentação de ficar com o dinheiro para si. Eles tinham que dormir, comer, defecar e transar com o cinto soldado na cintura, mas mesmo assim Kalle já havia levado a ideia em consideração. Não aguentava mais ficar ali todas as noites.

— Por favor!

Era uma daquelas viciadas magricelas, só osso, a pele esticada na cabeça como se estivesse no holocausto.

— Amanhã — disse Kalle, já indo embora.

— Mas eu preciso!

— Acabou — mentiu ele, e sinalizou para Pelvis, que levava a droga, que era hora de ir.

Ela começou a chorar. Kalle não tinha pena. Esses junkies tinham que aprender que a venda encerrava às nove, que não adiantava aparecer dois minutos depois. Claro, ele podia ficar mais dez ou quinze minutos e vender para aqueles que não conseguiram arranjar dinheiro a tempo, mas tudo era uma questão de qualidade de vida, de saber que horas você vai voltar para casa. Tampouco deixariam de ganhar por causa disso, pois tinham o monopólio da venda de Superboy na cidade. Amanhã ela seria a primeira a chegar.

Ela o agarrou pelo braço, e Kalle a empurrou. A garota cambaleou na grama e caiu de joelhos.

— Foi um bom dia — observou Pelvis, enquanto eles andavam rapidamente pelo caminho. — Quanto você acha que a gente vendeu?

— Quanto eu *acho*?

Aqueles idiotas não sabiam nem multiplicar a quantidade de embalagens pelo preço unitário. Era difícil achar mão de obra qualificada nesse ramo de comércio.

Antes de atravessarem a ponte, ele se virou para conferir se não estavam sendo seguidos. Era um movimento automatizado, resultado de uma dura lição que aprendera por ser traficante e carregar muito dinheiro, ou seja, uma vítima de roubo que nunca vai dar parte na polícia. Uma dura lição que aprendera naquele dia tranquilo de verão em que não conseguiu manter os olhos abertos e dormiu no banco da praça com uma quantidade de heroína avaliada em trezentas mil coroas, que ia vender para o Nestor. Quando acordou, a mercadoria, obviamente, tinha sumido. No dia seguinte, Nestor disse que o chefão era tão generoso que lhe daria uma escolha: perder os dois polegares, por ter sido tão relapso, ou perder as duas pálpebras, por ter dormido. Kalle escolheu as pálpebras. Dois caras de paletó, um moreno e um louro, o seguraram enquanto Nestor puxava a pele e a cortava com aquela faca árabe dele, feia e torta. Em seguida, deu dinheiro para que fosse ao hospital de táxi — o que também fora uma instrução do chefe. Os cirurgiões explicaram que, para que lhe dessem novas pálpebras, precisariam retirar pele de outro lugar, e que ele tinha sorte de não ser judeu e não ter sido circuncidado. Aparentemente, a pele do prepúcio é a que mais se assemelha à das pálpebras. A operação até que correu bem, e a resposta que Kalle dava aos que perguntavam era que sofrera um acidente com ácido e que a nova pele fora tirada da perna. Da perna de outra pessoa, diria ele, se quem perguntasse fosse uma mulher na sua cama que pedisse para ver a cicatriz. E que ele tinha uma distante ascendência judia, caso ela também tivesse curiosidade sobre o resto.

Por um bom tempo ele até acreditou que seu segredo estivesse bem guardado. Até o dia em que o cara que assumira seu antigo trabalho perguntou, para todo mundo ouvir, se ele sentia cheiro de sebo de pica quando esfregava os olhos de manhã. O cara e os amigos dele riram bastante. Então Kalle quebrou a garrafa de cerveja no balcão e a enfiou na cara dele. Depois a retirou e a enfiou novamente. Continuou a fazer isso até ter a certeza de que o cara não tinha mais nenhum olho para esfregar.

No dia seguinte, Nestor disse a Kalle que o chefão ouvira a história e que lhe estava oferecendo seu antigo emprego de volta. Afinal, a vaga agora estava livre, e, além disso, ele tinha gostado da reação de Kalle. Desde aquele dia, Kalle nunca mais fechava os olhos até ter certeza absoluta de que estava tudo sob controle. Agora, a única coisa que ele via era aquela mulher na grama e um cara correndo de capuz.

— Duzentos mil? — chutou Pelvis.

Idiota.

Depois de caminharem por quinze minutos pelo lado leste do centro de Oslo e pelas ruas mais suspeitas de Gamlebyen, que, no entanto, são boas para a formação de caráter, passaram pelo portão aberto de uma fábrica abandonada. Não devia demorar mais do que uma hora para fechar as contas. Além deles, só Enok e Syff estavam lá. Tinham vendido anfetamina em Elgen e na rua Tollbu, respectivamente. Depois, era só cortar, misturar e embalar novas porções para o dia seguinte. Então ele poderia ir para casa, para Vera. Ela andava de mau humor. Não foram a Barcelona, como ele prometera, porque ele passou a primavera muito ocupado no trabalho. Depois, ele lhe prometeu uma viagem para Los Angeles em agosto, mas não conseguiu visto de entrada devido ao seu histórico criminal. Kalle sabia que mulheres como Vera não tinham muita paciência, pois tinham alternativas. Para mantê-las, era necessário satisfazê-las na cama, e seus gananciosos olhos cor de amêndoa também precisavam ver muito brilho. Tudo isso demandava tempo e energia. Mas também custava dinheiro, por isso ele precisava trabalhar muito. Ou seja, estava entre a cruz e a espada.

Passaram por uma área aberta onde havia um caminho de cascalho manchado de óleo, grama alta e dois caminhões sem pneu que estavam permanentemente estacionados em dois tijolos e pularam para uma rampa de carregamento na frente de um edifício de tijolinhos vermelhos. Kalle digitou a senha de quatro dígitos, ouviu o zumbido da porta e a abriu. Foram recebidos por um som estrondoso de bateria e baixo. A prefeitura transformara o térreo do prédio de dois andares em local de ensaio para bandas jovens. Kalle alugava um local no primeiro andar por uma mixaria, sob o pretexto de fazer agenciamento e gestão de bandas. Ainda não haviam conseguido show para nenhuma, mas todos sabiam que eram tempos difíceis para as artes e a cultura. Kalle e Pelvis seguiram pelo corredor em direção ao elevador enquanto a porta da entrada se fechava lentamente graças às molas rígidas. Em meio a todo o barulho, Kalle acreditou ouvir passos apressados no cascalho lá fora.

Pelvis tentou de novo:

— Trezentos mil?

Kalle balançou a cabeça e chamou o elevador.

Knut Schrøder deitou a guitarra em cima do amplificador.

— Pausa para o cigarro — disse ele, dirigindo-se à porta.

Sabia que os colegas de banda estavam se entreolhando com impaciência. Outra pausa para fumar? Eles tinham um show no centro juvenil em três dias, e era preocupante que precisassem ensaiar como loucos só para não passarem vergonha. Malditos filhinhos de papai, pensava Knut. Não fumam, quase não bebem e nunca viram um baseado na vida. Desse jeito não tem rock 'n' roll.

Ele fechou a porta e ouviu que recomeçaram a música do início, sem ele. Até que não soava mal, mas faltava *soul*. Com ele era outra coisa. Ele sorriu ao pensar isso enquanto passava pelo elevador e pelos outros locais vazios no corredor que levava à saída. Era exatamente como na melhor parte do DVD *Hell Freezes Over* dos Eagles (que Knut jamais admitiria que gostava) quando estão ensaiando com a Orquestra Filarmônica de Burbank, e a orquestra toca "New York Minute" direitinho, todos bastante concentrados, e Don Henley se vira para a câmera, franze o nariz e diz: "... mas eles não têm o *blues*..."

Knut passou pelo local de ensaio, que só vivia de porta aberta, porque a tranca estava quebrada, e as dobradiças, retorcidas, e não se podia fechá-la. Parou. Havia um homem lá dentro, de costas para ele. Antigamente havia sempre uns caras que arrombavam a porta do prédio para roubar equipamento musical que poderiam facilmente trocar por droga, mas isso tinha parado desde que a agência se instalara no primeiro andar e providenciara uma porta nova, bastante sólida, com cadeado eletrônico.

— Ei, você! — chamou Knut.

O homem se virou. Era difícil dizer o que ele era. Um corredor? Não. Sim, vestia moletom com capuz e calças esportivas. Mas e os sapatos pretos de couro? Não podia ser. Só drogados se vestiam tão mal. Mas Knut não tinha medo. Por que teria? Era alto como Joey Ramone e tinha a mesma jaqueta de couro.

— O que você está fazendo aqui, cara?

O homem sorriu. Ou seja, não era roqueiro.

— Só dando uma arrumada.

Pareceu plausível. Era o que acontecia com aqueles locais de ensaio do município. Tudo era roubado, destruído, e ninguém se responsabilizava por nada. A janela ainda estava coberta com chapas para isolar o som, mas, afora isso, a única coisa que restava no local era um bumbo surrado em cuja pele alguém tinha escrito "The Young Hopeless" com letras góticas. No chão, entre bitucas de cigarro, cordas de guitarra, uma baqueta solitária e um rolo de fita isolante, havia um ventilador de mesa que o baterista provavelmente usava para aliviar o calor. Também havia um cabo para guitarra, que Knut até poderia ver se funcionava, mas era óbvio que não. Se bem que cabos não valiam a pena. O futuro era wireless. Sua mãe lhe prometera comprar um sistema wireless para a guitarra se ele parasse de fumar, o que o inspirara a escrever a música "Com ela é difícil negociar".

— Não está muito tarde para um funcionário ainda estar por aqui? — perguntou Knut.

— Estamos pensando em voltar a ensaiar.

— Vocês quem?

— The Young Hopeless.

— Ah, você é da banda?

— Fui o penúltimo baterista. Pensei que tinha visto os outros dois da banda, de costas, quando cheguei, mas eles pegaram o elevador.

— Não. Aqueles caras são da agência de bandas.

— Ah, é? De repente eles ajudam a gente.

— Acho que não querem ninguém novo. Já batemos na porta para falar com eles, mas nos mandaram à merda.

Knut sorriu, apanhou um cigarro e o colocou entre os lábios. Talvez aquele cara quisesse fumar um cigarro com ele lá fora. Podiam trocar uma ideia sobre música. Ou sobre equipamentos.

— Acho que vou lá falar com eles mesmo assim.

Na verdade, o cara parecia mais vocalista do que baterista. Knut achou que era possível que ele conseguisse falar com o pessoal da agência. Parecia ter carisma. E, se abrissem a porta para ele, quem sabe Knut pudesse entrar também...

— Eu vou com você para mostrar onde é.

O cara pareceu hesitar por um momento, mas depois assentiu.

— Obrigado.

O elevador grande de carga era tão lento que num trajeto de apenas um andar Knut pôde explicar por que o amplificador Mesa Boogie era tão perfeito e tinha o som ideal para rock.

Saíram do elevador. Knut dobrou à esquerda e apontou para a porta azul de metal, a única no andar. O cara bateu na porta. Após uns poucos segundos, uma janelinha na altura dos olhos se abriu, e um par de olhos vermelhos apareceu, assim como quando Knut estivera lá da última vez.

— O que é que você quer?

O cara se inclinou para bem perto da janelinha. Parecia que queria ver o que havia atrás do homem, do outro lado da porta.

— Vocês teriam interesse em arranjar uns shows para nós, The Young Hopeless? Somos uma das bandas que ensaiam no térreo.

— Vão para a puta que os pariu e não apareçam mais aqui. *Capisce?*

O cara permaneceu em frente à porta. Knut notou que seus olhos iam de um lado a outro.

— Mas a gente toca bem. Vocês gostam de Depeche Mode?

Uma voz soou no local, atrás dos olhos vermelhos:

— Quem é, Pelvis?

— Uma das bandas.

— Manda ele à merda, porra! E anda logo com isso, que eu quero chegar em casa antes das onze.

— Vocês ouviram o chefe, rapaziada.

A janelinha se fechou.

Knut cruzou os quatro passos de volta ao elevador e apertou o botão. As portas se abriram com certa relutância, e ele entrou. Mas o cara ficou lá. Ele olhou para o espelho que o pessoal da agência pusera no alto da parede à direita do elevador. Refletia a porta de metal deles, sabe-se lá por quê. Tudo bem, aquele não era o bairro mais tranquilo de Oslo, mas eles eram paranoicos demais, até mesmo para uma agência. Mas talvez guardassem um montão de dinheiro dos shows ali no escritório. Knut ouvira dizer que as bandas mais famosas da Noruega ganhavam meio milhão de coroas por show em grandes festivais. Era só ele ensaiar mais. Mas tinha que arranjar o sistema wireless primeiro. E outra banda. Que tivesse *soul*. Talvez pudesse formar uma banda com aquele cara. Ele havia finalmente entrado no elevador, mas esticou o braço para que a porta não fechasse. Então puxou o braço de volta e analisou a lâmpada fluorescente no teto do elevador. Pensando bem, melhor não. Chega de gente doida.

Ele saiu para fumar enquanto o cara voltava ao local de ensaio para continuar a arrumar as coisas.

Quando o cara saiu do prédio, Knut estava sentado na caçamba de um dos caminhões avariados.

— Pelo jeito os outros vão se atrasar, mas não consigo falar com eles. Estou sem bateria — explicou ele, e mostrou um celular que parecia ser bem novo. — Vou comprar uns cigarros.

— Toma um — ofereceu Knut, estendendo o maço. — Qual é a marca da sua bateria? Não, espera, deixa eu adivinhar. Você parece do tipo *old school*. Ludwig?

O cara sorriu.

— Muito obrigado pela gentileza, mas eu só fumo Marlboro.

Knut deu de ombros. Ele respeitava quem era fiel às suas marcas, de baterias ou de cigarros. Mas *Marlboro*? Sério? Era como a pessoa dizer que só dirigia Toyota.

— Beleza, irmão — disse Knut. — A gente se fala.

— Obrigado pela ajuda.

Knut o viu se afastar pelo caminho de cascalhos, mas de repente o cara se virou e voltou.

— Acabei de lembrar que eu anotei a senha da porta no meu celular — disse ele, com um sorriso levemente acanhado. — Mas...

— Descarregou, não é? É 666S. Fui eu que inventei. Sabe o que significa?

O cara assentiu.

— O código da polícia do Arizona para suicídio.

Knut demorou alguns instantes para perguntar:

— Sério?!

— Sim. É "S" de suicídio. Meu pai que me ensinou.

Knut viu o cara desaparecer pelo portão para a noite clara de verão. O vento fazia com que a grama alta balançasse de um lado a outro, como o público ouvindo uma balada romântica em um show. Suicídio, que foda! Era muito melhor que 666 Satã!

Pelle olhou pelo retrovisor e esfregou o pé ruim. Tudo estava ruim, na verdade. O movimento, seu humor e o endereço que o passageiro no banco de trás tinha acabado de lhe dar. Centro Ila. Então, por enquanto, continuavam parados no ponto relativamente fixo de Pelle em Gamlebyen.

— O abrigo?

— Sim, mas agora eles chamam... Sim, o abrigo.

— Para lá eu só vou se pagar adiantado. Desculpe, mas é que já tive experiências ruins.

— Claro, eu não tinha pensado nisso.

Pelle observou seu passageiro, ou melhor, possível passageiro, mexer no bolso da calça. Estava trabalhando fazia treze horas, mas ainda faltavam algumas até que voltasse para seu apartamento na rua Schweigaard, estacionasse, subisse as escadas penosamente com as muletas dobráveis que guardava embaixo do assento, desabasse na cama e dormisse. De preferência, sem sonhar. Ou não. Dependia do sonho. Podia ser uma maravilha ou um inferno, não tinha como saber. O passageiro lhe deu uma nota de cinquenta coroas e um punhado de moedas.

— Aqui só tem pouco mais de cem. Ainda falta.

— Vai sair por *mais* de cem? — perguntou o já não tão potencial cliente, com um espanto que parecia sincero.

— Faz tempo que você não anda de táxi?

— Sim. Eu não tenho mais nada. Você pode dirigir até onde o dinheiro der?

— Tudo bem.

Percebendo que o cliente não tinha cara de quem ia pedir recibo, ele colocou o dinheiro no porta-luvas e pisou no acelerador.

Martha estava sozinha no quarto 323.

Quando estava na recepção, vira primeiro Stig, depois Johnny saírem. Stig calçava os sapatos que ela lhe dera.

De acordo com o regulamento, podia haver revista nos quartos sem aviso prévio e sem necessidade de permissão dos moradores, em caso de suspeita de posse de armas. Mas o regulamento também dizia que a revista normalmente tinha que ser feita por dois funcionários. Normalmente. Aquela era uma ocasião normal? Ela olhou para a cômoda. Depois, para o armário.

Começou pela cômoda.

Roupas. Só as de Johnny. Ela sabia o que Stig vestia.

Abriu as portas do armário.

A cueca que ela dera a Stig estava dobrada com esmero em uma das prateleiras; o casaco, pendurado num cabide. Na prateleira superior estava a mochila vermelha com a qual ela o tinha visto chegar. Quando esticou as mãos para apanhá-la, viu o tênis azul no piso do armário. Soltou a mochila, agachou-se e pegou o tênis. Respirou fundo. Prendeu a respiração. Tinha que procurar sangue coagulado. Virou as solas para cima.

Respirou aliviada, com o coração leve.

As solas estavam completamente limpas. Nem sujeira havia.

— O que você está fazendo?

Martha se virou com o coração na boca. Levou a mão ao peito.

— Anders! — Ela se curvou e riu. — Você quase me mata de susto.

— Estava lá embaixo esperando por você — reclamou ele, zangado, e colocou as mãos nos bolsos da jaqueta de couro. — Já são quase nove e meia.

— Desculpe. Perdi a noção do tempo. Fomos informados de que um dos moradores daqui tinha uma arma guardada no quarto, e temos o dever de verificar. — Estava tão nervosa que a mentira veio por si só.

— Dever? — Anders bufou. — Talvez seja mesmo hora de começar a pensar em dever. A maioria das pessoas pensa em família e lar quando o assunto é dever, não em lugares como esse.

Martha suspirou.

— De novo não, Anders, por favor.

Mas já dava para ver que ele não desistiria. Como sempre, bastaram poucos segundos para que ele se irritasse.

— Você sabe que tem um trabalho esperando por você na galeria da minha mãe a hora que quiser. E eu concordo com ela: seria bom para o seu desenvolvimento pessoal conviver com pessoas mais estimulantes do que esse lixo humano daqui.

— Anders! — Martha levantara a voz, mas depois percebeu que estava muito cansada, sem energia para discutir. Foi até ele e tocou-lhe o braço. — Você não tem o direito de chamá-los de lixo. E, como eu já disse, sua mãe e os clientes dela não *precisam* de mim.

Anders puxou o braço.

— Essa gente daqui não precisa de você. O que eles precisam é que a sociedade deixe de paparicá-los. Esse país trata drogados como se fossem vacas sagradas.

— Não estou com cabeça para ter esta discussão novamente. Por que você não vai logo para casa? Depois eu pego um táxi, quando terminar aqui.

Mas Anders cruzou os braços e se apoiou na moldura da porta.

— E quando você vai estar com cabeça para alguma discussão, Martha? Já falei, é só marcar uma data...

— Agora, não.

— Agora, sim! Minha mãe quer planejar o verão e...

— Já falei que agora não.

Ela tentou passar, mas ele não se moveu. Colocou o braço na frente para impedi-la.

— Que tipo de resposta é essa? Se eles vão pagar, então...

Martha passou por baixo do braço dele e seguiu pelo corredor.

— Ei!

Ela ouviu que Anders bateu a porta e começou a correr atrás dela. Agarrou seu braço e a girou, puxando-a para si. Ela sentiu o cheiro da loção pós-barba cara que a mãe dele dera de Natal, e que Martha não suportava. Seu coração quase parou quando viu o olhar sombrio e vazio dele.

— Você não se atreva a me deixar falando sozinho — rosnou ele.

Ela levantou a mão para proteger o rosto e viu a surpresa no olhar dele.

— O que foi isso? — sussurrou ele, com a voz gélida. — Acha que eu vou *bater* em você?

— Eu...

— Duas vezes — sibilou, e ela sentiu o hálito quente no rosto. — Duas vezes em nove anos, Martha. E você me trata como se eu saísse espancando mulher.

— Me solte, você está...

Ela ouviu uma tosse atrás de si. Anders a soltou, olhou furioso por cima dos ombros dela e praticamente cuspiu as palavras:

— E aí, vai passar ou não, seu drogado?

Ela se virou. Era ele. Stig. Ele ficou lá, aguardando. Seu olhar calmo foi de Anders para ela. O olhar fazia uma pergunta, que ela respondeu assentindo: sim, estava tudo bem.

Ele respondeu da mesma forma e passou pelos dois. Os dois homens se entreolharam quando se cruzaram. Tinham a mesma altura, mas Anders era mais largo, mais forte.

Ela ficou vendo Stig se afastar pelo corredor.

Então olhou para Anders novamente. Ele a encarava com aquela expressão hostil que vinha se tornando cada vez mais frequente, mas que ela atribuía à frustração que ele sentia por não receber o reconhecimento que julgava merecer no trabalho.

— Que porra é essa?

Antes ele também não xingava.

— O quê?

— Vocês dois... se *comunicaram*! Quem é esse cara?

Ela respirou quase aliviada. Ciúme. Pelo menos isso era território que ela conhecia. Não havia mudado nada desde que eram adolescentes, então ela já sabia como lidar. Colocou a mão no ombro dele.

— Não seja bobo, Anders. Vamos lá comigo pegar meu casaco. Depois vamos para casa. E em vez de brigarmos, fazemos o jantar juntos.

— Martha, eu...

— Shh — fez ela, mas sabia que tinha a situação sob controle. — Ou melhor, *você* faz o jantar enquanto *eu* tomo banho. Amanhã falamos sobre o casamento. Combinado?

Ela viu que ele queria protestar, mas levou o dedo aos lábios dele. Os lábios carnudos pelos quais se apaixonara. Passou o dedo na barba escura e bem aparada. Ou será que se apaixonara pelo jeito ciumento dele? Não lembrava mais.

Ele já estava mais tranquilo quando entraram no carro. Uma BMW que ele comprara contra a vontade dela. Anders disse que ela ia gostar quando percebesse como era confortável, principalmente para longas distâncias. Além do mais, era confiável. Quando ele ligou o carro, ela viu Stig novamente. Ele saiu do centro, atravessou a rua rapidamente e foi andando apressado no sentido leste. Levava a mochila vermelha no ombro.

20

Simon passou pelos campos de futebol e dobrou na rua onde moravam. O vizinho estava fazendo churrasco de novo. As risadas altas, regadas a sol e cerveja, intensificavam a percepção do silêncio que reinava no bairro durante o verão. A maioria das casas estava vazia e havia apenas um carro estacionado na rua.

— Chegamos — anunciou Simon, dobrando em frente à garagem.

Não sabia por que dissera isso. Else podia muito bem ver que estavam em casa.

— Obrigada por me levar ao cinema — agradeceu-lhe Else, e pôs a mão sobre a dele, por cima da alavanca do câmbio, como se ele a tivesse acompanhado a pé até em casa e fosse deixá-la ali. Nunca, pensou Simon, e sorriu para ela.

Ele se perguntava quanto do filme ela conseguira assistir. A ideia do cinema fora dela. Durante o filme, ele a olhou várias vezes, e percebeu que Else pelo menos ria na hora certa. Mas Woody Allen é mais humor auditivo do que visual. De qualquer maneira, tinha sido uma ótima noite. Mais uma ótima noite.

— Aposto que você sentiu falta da Mia Farrow — comentou ela, de forma marota.

Ele riu. Essa era a piada deles. O primeiro filme ao qual assistiram juntos foi *O bebê de Rosemary*, o repugnante e genial longa de Roman Polanski, no qual Mia Farrow dá à luz um bebê que acaba por ser o filho do diabo. Else ficou horrorizada, e por um bom tempo acreditou que essa era a maneira de Simon de lhe dizer que não queria um filho, principalmente quando ele insistiu para assistirem ao filme outra vez. Somente depois — após verem o quarto filme de Woody Allen com Mia Farrow — foi que ela entendeu que ele era fascinado por Mia, não por filhos do demônio.

No momento em que caminhavam até a porta da casa, Simon viu um clarão vindo da rua. Curto como a luz de um farol. Viera do carro estacionado.

— O que foi isso? — perguntou Else.

— Não sei — disse ele, e abriu a porta. — Pode fazer um café para nós? Eu já venho.

Simon atravessou a rua. Ele vira o carro quando chegaram. Não pertencia a nenhum dos vizinhos. Nem aos mais distantes. Em Oslo, limusines eram em geral usadas por embaixadas, pela família real ou por ministros. Simon só conhecia uma pessoa que andava pela cidade com vidros fumês, bastante espaço para as pernas e motorista particular. Um motorista que tinha acabado de sair e abrir a porta traseira para Simon.

Ele se inclinou, mas não entrou. O pequeno homem lá dentro tinha o nariz pontudo, a cara redonda e as bochechas avermelhadas. Parecia o tipo de gente que se costuma chamar de aprazível. O blazer azul com botões dourados (vestimenta comum dos armadores, financistas e cantores de música brega dos anos 1980) sempre fizera Simon imaginar se, no fundo, o sonho de todo homem norueguês era ser capitão de navio.

— Boa noite, inspetor-chefe Kefas — cumprimentou o pequenino, numa voz alegre.

— O que está fazendo na minha rua, Nestor? Ninguém aqui quer comprar o lixo que você vende.

— Opa, opa. Sempre na luta contra o crime, hein?

— Só preciso de um motivo para prendê-lo.

— Acho que não será necessário, a não ser que seja crime ajudar alguém necessitado. Não quer se sentar, Kefas? Assim podemos conversar com calma e tranquilidade.

— Não vejo razão para isso.

— Então você também tem a vista ruim?

Simon o encarou. Braços curtos e um torso pequeno e gordo. E mesmo assim as mangas do blazer ficavam tão curtas que se podiam ver as abotoaduras no formato das letras HN. Hugo Nestor se dizia ucraniano, mas, segundo os arquivos da polícia, tinha nascido e crescido em Florø, Noruega. De família de pescadores, chamara-se Hansen antes de mudar o nome, e nunca passara muito tempo no exterior, com exceção de uma curta estadia em Lund, na Suécia, durante a faculdade de economia, que não terminou. Sabe-se lá onde arranjara aquele sotaque estranho, mas na Ucrânia com certeza não tinha sido.

— Não sei se sua esposa sabia quem eram os atores do filme, Kefas, mas acho que ela percebeu que o Woody Allen não estava nele, não é? Aquele judeu tagarela tem uma voz irritante. Não que eu tenha algo contra judeus individualmente; só acho que Hitler tinha razão no que diz respeito à raça. É a mesma coisa com os eslavos. Embora eu mesmo seja do Leste Europeu, tenho que admitir que os eslavos não têm condições de liderarem a si próprios. Também não estou falando de indivíduos, mas da raça como um todo. Esse Allen também não é pedófilo?

Nos arquivos, constava que Hugo Nestor era a figura mais importante de Oslo no mercado de tráfico de drogas e de pessoas. Nunca condenado, nunca acusado formalmente, mas sempre um suspeito. Era muito esperto e cuidadoso. Uma enguia escorregadia.

— Não sei, Nestor. O que eu sei é que as más línguas dizem que foram seus capangas que deram fim ao capelão da prisão. Ele estava devendo dinheiro?

Nestor deu um sorriso prepotente.

— Não é muito baixo ficar dando ouvido a boatos, Kefas? Você pelo menos costumava ter um pouco de estilo, ao contrário de seus colegas. Se tivesse mais do que boatos... digamos, uma testemunha confiável, que fosse ao tribunal para apontar o dedo... bem, aí você já teria prendido alguém. Não é mesmo?

Uma enguia escorregadia.

— De qualquer maneira, tenho uma proposta para você e sua esposa. Dinheiro rápido. Dinheiro suficiente para uma caríssima cirurgia nos olhos, por exemplo.

Simon engoliu em seco. Percebeu que sua voz estava rouca quando perguntou:

— Foi Fredrik quem lhe contou isso?

— Seu antigo colega da Fraudes? Digamos que eu ouvi um boato sobre sua necessidade. Aliás, se você conta uma história dessas para ele, é porque quer que chegue aos meus ouvidos. Ou é mentira, Kefas? — Ele sorriu. — Bem, tenho uma proposta que acho que será boa para nós dois. E agora, quer entrar?

Simon agarrou a maçaneta da porta do carro e viu que Nestor automaticamente se afastou para lhe dar lugar no assento. Concentrou-se para respirar com tranquilidade e evitar que a voz saísse trêmula de ódio.

— Continue falando, Nestor. Me dê um só motivo para prendê-lo.

Nestor levantou a sobrancelha, intrigado.

— E que motivo seria esse, inspetor-chefe Kefas?

— Tentativa de suborno de policial.

— Suborno? — Nestor deu uma risada curta e aguda. — Eu diria que se trata de uma proposta de negócio, Kefas. Você verá que...

Simon não ouviu o resto da frase, porque aparentemente a limusine tinha isolamento acústico. Foi embora sem olhar para trás. Lamentou não ter batido a porta com mais força. Ele ouviu o carro ser ligado e depois o ruído dos pneus no asfalto.

— Você parece irritado, querido — disse Else quando ele se sentou à mesa para tomar café. — Quem era?

— Só alguém que tinha se perdido — respondeu Simon. — Eu expliquei o caminho.

Else foi até ele com passos arrastados, levando o bule de café. Simon olhava pela janela. Para a rua agora vazia. De súbito, uma dor ardente espalhou-se pelas suas coxas.

— Merda!

Ele bateu no bule de café que estava nas mãos dela, e o bule caiu no chão com um estrondo.

— Porra, você está derramando café em mim! Por acaso você é... — Uma parte do seu cérebro já reagira, tentara evitar que aquela palavra fosse dita, mas era como bater a porta do carro de Nestor; ele não queria estar lá, negara, queria destruir, preferia enfiar a faca em si mesmo. E nela. — ... cega?!

A cozinha ficou em completo silêncio. Só se ouvia a tampa do bule rolando pelo chão e o café derramando. Ah, não... Ele não queria ter causado isso. Não *isso*.

— Desculpa, Else, eu...

Ele se levantou para abraçá-la, mas ela já estava a caminho da pia. Pegou um pano de prato e o colocou debaixo da torneira de água fria.

— Tire a calça, Simon, vou...

Ele a abraçou por trás. Apoiou a testa na cabeça dela. Suspirou.

— Desculpa, desculpa. Por favor, me perdoe. Eu... eu não sei mais o que fazer. Eu queria poder fazer algo por você, mas eu... eu não consigo, eu não sei, eu...

Ele ainda não escutava o choro, só sentia o corpo dela tremer, e o tremor passava para o seu. Um nó se formou em sua garganta, e ele conteve o próprio choro, mas não sabia se fora bem-sucedido. Sabia apenas que os dois tremiam.

— Sou eu que tenho que me desculpar. — Ela soluçou. — Você poderia estar com uma pessoa melhor. Com alguém que não... não queime você.

— Mas não tem ninguém melhor que você — sussurrou Simon. — Não faz mal. Você pode me queimar o quanto quiser. Eu nunca vou abandonar você. Entendeu?

E ele percebeu que ela sabia que era verdade. Que ele faria tudo, aguentaria tudo, sacrificaria tudo.

... é porque quer que chegue aos meus ouvidos...

Mas não conseguia se obrigar àquilo.

Ele ouviu ao longe as gargalhadas extáticas do vizinho na escuridão, enquanto as lágrimas dela caíam.

Kalle olhou para o relógio: 22h40. O dia fora bom; a venda de Superboy tinha superado a média dos fins de semana, então a contagem e o preparo de novas embalagens durara um pouco mais do que a média também. Tirou a máscara que usavam quando cortavam e misturavam a droga na bancada do local simples de vinte metros quadrados, que servia como escritório, fábrica e banco ao mesmo tempo. Logicamente, a droga que eles recebiam já vinha misturada, mas a Superboy era a mais pura que ele já vira ao longo da sua carreira como traficante. Tão pura que, se não usassem máscara, não apenas ficariam sob o efeito da droga, mas poderiam até morrer por inalar as pequenas partículas que pairavam no ar quando cortavam e manuseavam o pó amarronzado. Ele guardou as máscaras no cofre, na frente da pilha de notas e das embalagens de droga. Será que deveria ligar para Vera e avisar que se atrasaria? Ou será que estava na hora de mostrar para ela quem é que mandava? Quem levava a grana para casa e, por isso, não precisava ficar dizendo quando é que ia nem para onde é que ia?

Kalle pediu para que Pelvis verificasse o corredor.

O elevador ficava a poucos metros da porta de ferro do escritório, indo para a direita. No final do corredor ficava a porta para a escadaria, mas, ao contrário do que determinava o regulamento de incêndio, eles puseram uma corrente na porta, para que permanecesse sempre fechada.

— Cassius, vá dar uma olhada no estacionamento! — gritou Kalle, em inglês, enquanto trancava o cofre.

O escritório era pequeno, e não se ouvia nada além de um som baixo que vazava das salas de ensaio, mas Kalle gostava de gritar. Cassius era o maior e mais gordo africano de Oslo. Tinha um corpo tão grande e disforme que era difícil avaliar sua composição, mas se apenas dez por cento do corpo dele fossem músculos, já seria suficiente para deter a maioria das pessoas.

— Nenhum carro nem ninguém no estacionamento — informou Cassius, em inglês, depois de olhar pelas grades de ferro da janela.

— O corredor também está livre — acrescentou Pelvis, olhando através da janelinha na porta.

Kalle girou o botão de combinação do cofre. Gostava da engrenagem macia e oleosa, do clique suave. Sabia a combinação de cor e não a escrevera em nenhum lugar. Tampouco tinha qualquer lógica, não era uma data de aniversário nem besteiras do tipo.

— Então vamos — disse ele, e se levantou. — Preparem as armas, os dois.

Ambos olharam intrigados para ele.

Kalle não dissera nada, mas notara algo de estranho naqueles olhos que vira através da janelinha da porta, mais cedo. Ele sabia que os olhos o tinham visto quando ele estava sentado à mesa. Ok, era só um cara de uma daquelas bandas ruins que sonhavam com um empresário, mas havia tanto dinheiro e tanta droga na mesa que qualquer idiota poderia ficar tentado a fazer besteira. Nesse caso, era melhor que o garoto tivesse visto também as duas pistolas sobre a mesa, que pertenciam a Cassius e Pelvis.

Kalle foi até a porta. Só ele tinha a chave, de modo que, quando saísse, podia trancar no escritório quem estivesse trabalhando ali dentro. As grades de ferro na janela não podiam ser abertas. Em resumo, nenhuma pessoa que trabalhava para Kalle podia fugir com dinheiro nem com droga, tampouco permitir a entrada de estranhos.

Kalle olhou através da janelinha. Não porque não se lembrasse de que Pelvis havia acabado de dizer que o corredor estava livre, mas porque simplesmente partia do princípio de que Pelvis tentaria enganá--lo se alguém lhe oferecesse dinheiro suficiente por isso. Kalle faria o mesmo. Já *fizera* o mesmo.

Olhou pela janelinha novamente. Verificou o espelho que pusera na parede oposta para que ninguém pudesse se esconder atrás da porta, embaixo da janelinha. O corredor estava escuro e vazio. Ele girou a chave e segurou a porta para os outros dois. Pelvis saiu primeiro, depois Cassius, e, por último, ele mesmo. Virou-se para trancar a porta.

— Mas que porra é essa?!

Era Pelvis.

Kalle se virou e só então percebeu o que não conseguira ver da janelinha por causa do ângulo: a porta do elevador estava aberta. Mas ele ainda não conseguia ver quem estava dentro, pois a luz do elevador estava apagada. Na luz fraca do corredor, só via algo metálico em uma das laterais da entrada do elevador. *Silver tape.* Bem nos sensores. E cacos de vidro no chão.

— Cuidado com...

Mas era tarde demais. Pelvis já dera os três passos em direção ao elevador.

O cérebro de Kalle percebeu a chama do cano da arma na escuridão do elevador antes de ouvir o disparo.

A cabeça de Pelvis girou como se tivesse levado um tapa. Ele olhou para Kalle com uma expressão atônita. Parecia que havia um terceiro olho na maçã do rosto. Então a vida o deixou e seu corpo caiu como um casaco do qual o proprietário se despira.

— Atira, Cassius! Atira, porra!

O pânico fizera Kalle esquecer que Cassius não falava norueguês, mas pelo visto não era necessário. Ele já havia apontado a pistola para o elevador e atirava. Kalle sentiu algo atingi-lo no peito. Nunca estivera no lado errado de uma pistola antes, mas agora entendeu por que aqueles para quem apontara a sua tinham paralisado de uma forma estranha, como se cheios de cimento. A dor se alastrou no peito. Não conseguia respirar, mas tinha que entrar no escritório. Do outro lado da porta à prova de balas havia ar, segurança e uma trava que poderia trancar. Mas a mão não obedecia, ele não conseguia enfiar a chave na fechadura novamente. Parecia um sonho, como se mover embaixo da água. Por sorte, estava coberto pelo corpo colossal de Cassius, que não parava de atirar. Então a chave finalmente encaixou na fechadura, Kalle a girou, abriu a porta e entrou. O estrondo seguinte teve uma acústica diferente, devia ter vindo de dentro do elevador. Ele deu a volta na porta para fechá-la, mas estava bloqueada por Cassius, que colocara meio ombro e um braço da grossura de uma coxa para dentro. Merda! Tentou empurrá-lo para fora, porém mais partes de Cassius estavam tentando entrar.

— Vê se entra logo então, seu covarde de merda! — bufou Kalle, e abriu a porta.

O africano foi entrando como uma massa de pão crescendo, seu corpo se espalhando, fluindo pelo limiar e pelo chão do escritório. Kalle olhou para sua expressão vidrada. Os olhos estavam arregalados, como os de um peixe de água profunda recém-pescado. A boca abria e fechava.

— Cassius!

A única resposta foi um estalo molhado, quando uma grande bolha de ar cor-de-rosa espocou nos lábios do africano. Kalle pressionou as pernas contra a parede para tentar empurrar a montanha negra e fechar a porta. Não conseguiu. Agachou-se e tentou puxá-lo. Era pesado demais. Ouviu passos leves do lado de fora. A pistola! Cassius caíra em cima do próprio braço. Kalle montou no defunto, tentou desesperadamente colocar a mão embaixo do corpo, mas depois de cada camada de gordura que encontrava havia outra camada, e nada de pistola. Já estava com o braço enterrado em gordura até o cotovelo quando ouviu os passos se apressarem lá fora. Sabia o que ia acontecer; tentou escapar, mas era tarde demais. A porta o atingiu na testa e tudo escureceu.

Quando abriu os olhos, estava deitado de costas, olhando para um cara de capuz, luvas amarelas de borracha e uma pistola apontada para ele. Virou a cabeça, mas não viu mais ninguém, apenas Cassius, deitado com metade do corpo para dentro. Daquele ângulo, Kalle via o cano da pistola saindo por baixo da barriga de Cassius.

— O que é que você quer?

— Quero que você abra o cofre. Você tem sete segundos.

— Sete?

— Comecei a contar antes de você acordar. Seis.

Kalle se levantou. Estava tonto, mas conseguiu andar até o cofre.

— Cinco.

Ele girou o botão de combinação.

— Quatro.

Só mais um número. Então o cofre se abriria e o dinheiro seria levado. Ele mesmo teria que restituir o valor. Eram as regras do jogo.

— Três.

Ele hesitou. E se conseguisse apanhar a pistola embaixo de Cassius?

— Dois.

Será que ele ia mesmo atirar ou estava só blefando?

— Um.

O cara tinha matado dois num piscar de olhos. Um a mais, um a menos...

— Aqui — disse Kalle, e se afastou. Não suportava olhar para a pilha de cédulas e de embalagens de droga sendo levadas.

— Ponha tudo aqui — ordenou o cara de capuz, estendendo uma mochila vermelha.

Kalle fez como ele mandou. Nem rápido nem devagar, apenas colocou o conteúdo do cofre na mochila enquanto seu cérebro contava automaticamente. Cem mil, duzentos mil...

Quando ele terminou, o cara pediu que jogasse a mochila no chão, na frente dele. Kalle obedeceu. Foi quando se deu conta de que, se fosse baleado, seria agora. Ali. O cara não precisava mais dele. Kalle deu dois passos na direção de Cassius. Precisava apanhar a pistola agora.

— Se você não fizer isso, não vou atirar em você — disse o cara.

Que merda era essa? O cara lia pensamentos?

— Coloque as mãos na cabeça e saia.

Kalle hesitou. Será que isso significava que o deixaria viver? Ele passou por cima de Cassius.

— Encoste na parede com as mãos na cabeça.

Novamente, Kalle fez como ele mandou. Virou a cabeça. Viu que ele já havia apanhado a pistola de Pelvis e que agora estava agachado com a mão embaixo de Cassius e o olhar fixo em Kalle. Conseguiu pegar a segunda arma também.

— Pegue a bala naquela parede, por gentileza — disse o cara de capuz, e apontou.

Kalle lembrou onde o vira antes. No rio. Estava fazendo caminhada por ali. Devia tê-los seguido. Kalle olhou para cima e viu o fundo de uma bala deformada cravada no gesso da parede. Gotas finas de sangue escorriam pela parede até o lugar de onde vieram: a cabeça de Pelvis. A bala não viajara com tanta velocidade, então Kalle conseguiu retirá-la da parede com as unhas.

— Me dê aqui — pediu o cara, e apanhou a bala com a mão livre. — Agora você vai procurar minha outra bala e os dois cartuchos vazios. Você tem trinta segundos.

— E se a outra bala estiver dentro do Cassius?

— Duvido. Vinte e nove.

— Olhe o tamanho dessa montanha de gordura, cara!

— Vinte e oito.

Kalle se pôs de joelhos e começou a procurar. Que merda, devia ter comprado lâmpadas melhores.

Quando a contagem estava em treze, havia achado quatro cartuchos da arma de Cassius e um dos cartuchos do cara. Seis segundos depois, achara a outra bala disparada contra eles. Devia ter atravessado Cassius e atingido a porta de metal, que tinha uma marca.

Quando o tempo acabou, ainda não encontrara o último cartucho.

Ele fechou os olhos. Sentiu uma das pálpebras, que era um pouco apertada, arranhar o olho, enquanto pedia a Deus que pudesse viver por mais um dia. Ouviu o disparo, mas não sentiu dor. Abriu os olhos. Ainda estava de quatro no chão.

O cara afastou de Cassius o cano da pistola de Pelvis.

Meu Deus, ele tinha atirado em Cassius mais uma vez, com a pistola de Pelvis, para garantir que estivesse morto. Depois, foi até Pelvis, posicionou a arma no mesmo lugar onde a primeira bala entrara, ajustou o ângulo e atirou.

— Caralho! — gritou Kalle, e ouviu o choro na própria voz.

O cara colocou as pistolas dos dois na mochila vermelha e apontou para Kalle com a própria arma.

— Vamos dar uma volta de elevador.

Elevador. Cacos de vidro. Seria lá. *Tinha* que atacar lá.

Foram até o elevador e entraram. A luz do corredor permitiu que Kalle visse que havia mais cacos de vidro no piso do elevador. Escolheu um oblongo que seria ideal. Ficaria completamente escuro quando as portas fechassem. Bastaria que ele se abaixasse, apanhasse o caco e atacasse num movimento rápido e uniforme. Tinha que...

As portas se fecharam. O cara enfiou a pistola no cós da calça. Perfeito! Seria fácil como matar uma galinha. Ficou escuro. Kalle se agachou. Seus dedos encontraram o caco de vidro. Levantou-se. E se viu preso.

Kalle não sabia que tipo de aperto era aquele. Só sabia que estava imobilizado. Não conseguia mexer um só dedo. Tentou se soltar, mas era a mesma coisa que puxar o lado errado de um nó. O aperto ficou ainda pior, e seus braços e pescoço doíam muito. Devia ser alguma técnica de artes marciais. O caco de vidro escapuliu de sua mão. O elevador começou a descer.

As portas se abriram novamente. Ouviram o barulho incessante do andar térreo, e Kalle foi solto. Abriu a boca e respirou. A pistola estava apontada para ele e sinalizava que deveria seguir pelo corredor.

Kalle foi conduzido a uma das salas de ensaio vazias, onde o cara ordenou que se sentasse no chão com as costas apoiadas no aquecedor. Estava sentado, imóvel, e olhava para uma bateria enorme com o nome The Young Hopeless, enquanto o cara o amarrava no aquecedor com um longo cabo preto. Não havia sentido em resistir. Se o cara quisesse matá-lo, ele já estaria morto. A droga e o dinheiro poderiam ser restituídos. Obviamente, teria que pagar por isso, mas, naquele momento, o que o preocupava mais era como explicaria a Vera que aquela viagem para fazer compras numa cidadezinha interessante teria que esperar. O cara pegara duas cordas de guitarra do chão e usado a mais grossa para amarrar sua cabeça e o dorso do seu nariz, e com a outra, o queixo. Devia ter amarrado a outra ponta no aquecedor, pois Kalle sentiu o metal da corda mais fina escavar sua pele e apertar sua gengiva.

— Mexa a cabeça — mandou o cara.

Ele tinha que falar alto por causa da música no fim do corredor. Kalle tentou mexer, mas as cordas estavam apertadas demais.

— Ótimo.

O cara colocou o ventilador em cima da cadeira da bateria, ligou e o apontou para o rosto de Kalle, que fechou os olhos e sentiu o suor secar na pele. Quando os abriu novamente, viu que o cara tinha posto um saco de um quilo de Superboy sobre a cadeira na frente do ventilador e colocou seu capuz na frente da boca e do nariz. Que merda ele pretendia fazer? Então Kalle viu o caco de vidro.

Foi como se uma mão fria lhe apertasse o coração.

Ele sabia o que ia acontecer.

O cara girou o caco de vidro afiado. Kalle se enrijeceu. A ponta do caco de vidro atingiu o saco de plástico, fez uma longa abertura, e o pó branco espalhou no ar. Atingiu os olhos, o nariz e a boca de Kalle. Ele fechou a boca, mas tossiu. Fechou a boca novamente. Sentiu o gosto amargo do pó que se prendia às membranas mucosas, que ardiam e queimavam. A droga já estava entrando na sua corrente sanguínea.

A foto de Pelle com a esposa estava presa no painel do carro, entre o volante e a porta. Pelle passou o dedo na superfície macia e oleosa. Estava de volta à sua parada em Gamlebyen, mas não adiantava nada. Era verão, a cidade estava vazia, e as corridas que apareciam em seu monitor partiam de outros pontos da cidade. Mas ainda havia esperança. Viu uma pessoa sair da antiga fábrica. Caminhava com velocidade e determinação, o que significava que tinha pressa e queria pegar logo o único táxi da parada antes que a luz no teto se apagasse e o veículo desaparecesse. Mas, de repente, o sujeito parou e se apoiou na parede. Debruçou-se. Estava bem embaixo de um poste, então Pelle pôde ver quando expeliu algo no asfalto. Ele não entraria no táxi nem a pau. O cara continuou debruçado, vomitando. Pelle sabia muito bem como era. Sentia gosto de bile só de ver aquilo. Quando terminou, o cara limpou a boca na manga do casaco, se endireitou, colocou a mochila no ombro e continuou a caminhar em direção a Pelle. Só quando chegou ainda mais perto é que o motorista percebeu que era o mesmo cara que estivera em seu táxi uma hora antes. Aquele sem dinheiro suficiente para ir até o Centro Ila. E agora ele sinalizava que queria outra corrida. Pelle apertou o botão que trancava todas as portas e abriu só um pouco da janela. Esperou até o cara chegar ao lado do carro e puxar a maçaneta em vão.

— Desculpe, amigo, mas não vou fazer essa corrida.

— Por favor.

Pelle olhou para ele. Havia traços de lágrimas em suas bochechas. Não sabia o que tinha acontecido, mas não era problema dele. Ok, podia ser que tivesse acontecido algo triste, mas não dava para sobreviver como taxista em Oslo se você abrisse a porta para os problemas de todos.

— Escute, eu vi você vomitando. Se vomitar no carro, vai ter que me dar mil coroas, porque eu acabo perdendo um dia inteiro de trabalho. Além do mais, da última vez que você saiu do meu carro, não tinha nem mais um centavo. Então não vai dar, ok?

Pelle fechou a janela e olhou para a frente. Esperava que ele fosse embora sem criar confusão e preparou-se para sair dali se fosse necessário. Merda, seu pé estava doendo muito essa noite. Pelo canto do olho, viu o garoto abrir a mochila e tirar algo de dentro, que ele encostou na janela do carro.

Pelle virou um pouco a cabeça. Era uma nota de mil coroas.

Balançou a cabeça, mas o cara permaneceu lá, imóvel. Aguardou. Não estava preocupado. O cara não tinha criado confusão mais cedo. Muito pelo contrário, ao invés de reclamar que Pelle não dirigira *um pouco* mais, assim como os que não têm dinheiro suficiente costumam fazer, agradeceu quando Pelle parou no momento em que o taxímetro alcançou o valor que recebera. Agradeceu com tamanha sinceridade que Pelle até ficou com a consciência pesada por não tê-lo levado ao seu destino. Teriam sido só dois minutos mais.

Pelle suspirou e apertou o botão que destravava as portas.

O cara entrou no banco de trás.

— Obrigado. Muito obrigado.

— Tudo bem. Para onde você vai?

— Primeiro para Berg, por favor. Preciso só deixar uma coisa lá, então agradeceria se você fizesse a gentileza de esperar. Depois vamos para o Centro Ila. É claro que pagarei adiantado.

— Não precisa — disse Pelle, e ligou o carro.

Sua esposa tinha razão. Ele era bom demais para esse mundo.

TERCEIRA PARTE

21

Eram dez da manhã e o sol já começara a brilhar havia muito tempo na rua Waldemar Thrane, onde Martha estacionava seu Golf conversível. Desceu do carro e caminhou com passos leves, passou pela confeitaria a caminho do refeitório do Centro Ila. Percebeu que alguns homens — até mesmo algumas mulheres — lhe lançaram olhares quando ela passou. Não que isso fosse incomum, mas achava que estava recebendo ainda mais atenção hoje. Devia ser porque estava exalando bom humor, mesmo que não tivesse motivo. Ela discutira com sua futura sogra sobre a data do casamento, com Grete, a diretora do centro, sobre a escala de trabalho, e com Anders sobre praticamente tudo. Talvez estivesse bem-humorada porque tinha o dia de folga, porque Anders passaria o fim de semana com a mãe no chalé da família e porque ela poderia curtir aquele sol sozinha por pelo menos dois dias.

Quando entrou no refeitório, viu todas as paranoicas cabeças se erguerem. Todas menos uma. Ela sorriu, acenou para todos que a chamavam e foi direto às duas garotas que estavam ao balcão. Deu uma chave a uma delas.

— Não se preocupem, tudo vai correr bem. Lembrem-se de que vocês são duas.

A garota acenou, mas parecia ligeiramente pálida.

Martha serviu-se de café. Estava de costas para o salão. Sabia que tinha falado um pouco mais alto do que o necessário. Virou-se. Sorriu surpresa quando encontrou o olhar dele. Foi até a mesa à janela, onde estava sentado sozinho. Levou a xícara aos lábios e falou por sobre a borda:

— Acordou cedo?

Ele ergueu as sobrancelhas, e ela percebeu que tinha sido uma pergunta idiota. Já passava das dez horas.

— É que a maioria aqui se levanta bem tarde — emendou ela.

— É verdade. — Ele sorriu.

— Eu queria pedir desculpas pelo que aconteceu ontem.

— Ontem?

— É. Normalmente Anders não é assim, mas às vezes... De qualquer maneira, ele não tinha o direito de falar daquele jeito. Chamar você de drogado e... Bem, sinto muito.

Stig balançou a cabeça.

— Não precisa se desculpar, você não fez nada errado. Ele também não. Afinal, eu realmente sou um drogado.

— E eu sou uma barbeira no volante, mas não quero que me chamem de barbeira.

Ele riu. Ela percebeu que o sorriso suavizava seu rosto, dava-lhe um aspecto mais pueril.

— É, e você dirige mesmo assim. — Ele apontou com o queixo para a janela. — Aquele é o seu carro?

— É. Sei que é uma lata velha, mas eu gosto de dirigir. Você não gosta?

— Não sei. Nunca dirigi.

— Nunca? Sério?

Ele deu de ombros.

— Que triste — comentou ela.

— Triste?

— Não tem sensação melhor que andar de conversível com a capota abaixada quando faz sol.

— Mesmo para um...

— Sim, mesmo para um drogado. — Ela riu. — Não tem viagem melhor. Juro.

— Então quem sabe um dia você possa me levar.

— Lógico — concordou ela. — Que tal agora mesmo?

Ela percebeu uma leve surpresa no olhar dele. Falara sem pensar, e sabia que os outros estavam prestando atenção. Mas qual era o problema? Ela podia passar horas com outros moradores, conversando sobre os problemas pessoais deles, sem que ninguém achasse estranho. Muito pelo contrário, fazia parte do seu trabalho. Além do mais, tinha o dia de folga e podia fazer o que quisesse, não podia?

— Com prazer — respondeu Stig.

— Mas eu só tenho algumas horas. — Martha percebeu que transmitia um pouco de nervosismo. Será que já havia se arrependido?

— Tudo bem, desde que eu possa experimentar — disse ele. — Dirigir um pouco. Deve ser muito legal.

— Conheço um lugar ótimo. Venha comigo.

Enquanto saíam, Martha sentia que todos os olhares estavam voltados para ela.

Ele parecia tão concentrado que ela teve que rir. Todo curvado para a frente e segurando o volante com muita força, dirigia em círculos, com extrema lentidão, no estacionamento em Økern, que ficava vazio nos fins de semana.

— Muito bem, agora tente dirigir fazendo um oito.

Assim ele fez. Acelerou um pouco mais, mas, quando o motor ganhava força, reduzia instintivamente.

— A polícia visitou o centro um dia desses — comentou Martha. — Perguntaram se tínhamos distribuído novos tênis. Algo a ver com o assassinato da Sra. Iversen, se é que você ouviu falar disso.

— Sim, eu li no jornal.

Ela olhou para Stig. Gostou de saber que ele lia. Muitos dos moradores do Centro Ila não liam uma só palavra, não procuravam se atualizar, não sabiam quem era o primeiro-ministro nem o que o 11 de Setembro significava. No entanto, sabiam o preço exato da anfetamina, o percentual de pureza da heroína e os princípios ativos de todo medicamento novo no mercado.

— Por falar em Iversen, não era esse o nome da pessoa que lhe arranjaria trabalho?

— É, sim. Estive lá, mas não havia mais vagas.

— Ah, que pena.

— É, mas não vou desistir. Tenho outros nomes na minha lista.

— Que bom! Você tem uma lista?

— Tenho.

— Vamos tentar trocar de marcha?

Duas horas depois, passavam a toda por Mosseveien. Era ela quem dirigia agora. A um lado, o fiorde de Oslo brilhava ao sol. Ele tinha aprendido muito rápido. No começo, tivera dificuldade com as marchas e a embreagem, mas quando pegou o jeito, era como se o cérebro dele tivesse se programado, e o movimento tornou-se automático. Depois de três tentativas, conseguiu até trocar de marcha na subida sem usar o freio de mão. Depois que ele entendeu a geometria das balizas, conseguia fazê-las com uma facilidade quase irritante.

— Que banda é essa?

— Depeche Mode — respondeu ele. — Você gosta?

Ela escutava os vocais entoados e o ritmo mecânico.

— Gosto. — Ela aumentou o volume do CD player. — Soa bastante... inglês.

— É verdade. E o que mais você gosta de ouvir?

— Hmm... Gosto de coisas que soem como uma distopia alegre. Como se não levassem a própria depressão a sério, se é que você me entende.

Ele riu.

— Acho que entendo.

Depois de mais alguns minutos na rodovia, ela dobrou no sentido Nesoddtangen. Os caminhos ficaram mais estreitos, e o tráfego, mais leve. Então parou no acostamento.

— Pronto para a hora da verdade?

Ele assentiu.

— Sim, estou pronto.

Saíram do carro e trocaram de lugar. Ela o viu se sentar à direção e se concentrar. Ele respondera que estava pronto com tanta ênfase que a fez pensar se estava falando de algo mais. Stig pisou na embreagem e engatou. Pisou no acelerador com cuidado, hesitante.

— Espelho — disse Martha, enquanto ela mesma checava o retrovisor.

— O caminho está livre — afirmou ele.

— Seta.

Ele acionou o mecanismo, murmurou que a seta estava ligada e soltou a embreagem com cuidado.

Voltaram lentamente à rodovia, a rotação do motor ligeiramente alta.

— Freio de mão — disse ela, e agarrou a alavanca para soltá-lo. Ele fez o mesmo, e ela sentiu a mão dele cobrir a sua mas logo se afastar, como se estivesse queimando.

— Obrigado — disse ele.

Dirigiram por dez minutos em silêncio absoluto. Deixaram que um carro apressado os ultrapassasse. Um caminhão longo veio na direção contrária. Ela prendeu a respiração. Sabia que, naquele caminho estreito, ela reduziria e iria para o acostamento, mesmo *sabendo* que havia espaço suficiente para os dois. Mas Stig não se deixou abalar. E o mais estranho era que ela confiava nele. Observou as mãos dele, relaxadas no volante. Concluiu que faltava a ele aquilo que ela tinha de sobra: insegurança quanto às próprias habilidades. Notou as veias grossas nas costas da mão dele, para onde o coração calmamente bombeava sangue. Sangue para a ponta dos dedos. Viu as mãos girarem rápido o volante, mas não exageradamente para a direita, quando foram atingidos pelo deslocamento de ar do caminhão que passava.

— Caramba! — Ele riu, empolgado, e olhou para ela. — Sentiu isso?

— Sim — respondeu ela. — Senti.

Ela o guiou até a ponta de Nesodden, para um caminho de cascalhos, onde estacionaram atrás de uma fileira de casinhas baixas, com janelas pequenas nos fundos e grandes janelas com vista para o mar.

— São chalés de verão reformados, dos anos 1950 — explicou Martha, enquanto andava na frente dele no caminho de grama alta. — Eu cresci em uma delas. E aqui era nosso lugar secreto, onde aproveitávamos o sol...

Haviam chegado a uma parte rochosa. O mar se estendia lá embaixo, e eles podiam ouvir os gritos alegres de crianças nadando. Um pouco mais distante estava o cais, com a barca norte, sentido Oslo, que em dias claros parecia estar a poucas centenas de metros de distância. A verdadeira distância era de cinco quilômetros, mas a maioria das pessoas que trabalhava em Oslo preferia ir de barca a dirigir os 45 quilômetros contornando o fiorde.

Ela se sentou e inspirou o ar salgado.

— Meus pais e os amigos deles chamavam Nesodden de Pequena Berlim — contou Martha —, por causa de todos os artistas que moravam aqui naquele tempo. Era mais barato morar nos frios chalés de veraneio do que no centro de Oslo. Se a temperatura caísse muitos graus abaixo de zero, todos se reuniam na casa menos fria, que no caso era a nossa. Ficávamos sentados juntos e bebendo vinho tinto até o sol raiar, até porque não havia colchões para todos. Depois, fazíamos um grande café da manhã.

— Devia ser bom.

Stig se sentou ao lado dela.

— E era mesmo. Muito bom. Todos se ajudavam.

— Bastante idílico.

— Às vezes eles também discutiam por dinheiro, criticavam a arte um dos outros, e também transavam com o marido ou a esposa do outro. Mas a vida era assim mesmo, emocionante. Minha irmã e eu de fato acreditávamos que morávamos em Berlim, até que um dia meu pai me mostrou no mapa onde Berlim realmente fica. Ele me explicou que era muito longe para ir de carro. Mil quilômetros, no mínimo. Mas disse que algum dia iríamos até lá, e então visitaríamos o Portão de Brandemburgo e o Palácio Charlottenburg, onde minha irmã e eu seríamos princesas.

— Vocês chegaram a ir?

— Para a Berlim verdadeira? Não. Meus pais sempre ganharam pouco. E não viveram o bastante. Eu tinha 18 anos quando eles morreram, e tive que cuidar da minha irmã mais nova. Mas sempre sonhei com Berlim. Já sonhei tanto que nem sei mais se realmente existe.

Stig assentiu lentamente, fechou os olhos e se deitou na grama.

Ela olhou para ele.

— Vamos ouvir um pouco mais daquela banda?

Ele abriu um só olho, com dificuldade de enxergar por causa do sol.

— Depeche Mode? O CD está no carro.

— Me empreste seu celular — pediu ela.

Ele lhe entregou o aparelho. Depois de ela mexer em alguns botões, começaram a sair sons respiratórios rítmicos. Então uma voz inexpressiva sugeriu levá-los a uma viagem. Ele ficou tão surpreso que Martha riu.

— Chama-se Spotify — explicou Martha, e colocou o telefone na grama entre eles. — Dá para ouvir músicas direto da internet. Você não conhecia?

— Não podíamos ter telefone na prisão — respondeu ele, e apanhou o celular avidamente.

— Prisão?

— É. Eu cumpri pena.

— Por tráfico?

Stig cobriu os olhos, protegendo-os do sol.

— Foi.

Ela assentiu e deu um sorriso breve. Lógico. Mas o que é que ela tinha pensado? Que ele era um viciado em heroína que obedecia às leis? Fizera o que precisava fazer, assim como todos os outros.

Ela pegou o celular de novo. Mostrou-lhe a função GPS, que podia mostrar onde se encontravam e traçar o caminho mais curto para todos os lugares do mundo. Tirou uma foto dele com a câmera do telefone, depois apertou o botão do gravador de voz, segurou o aparelho na frente do rosto dele e pediu que dissesse algo.

— O dia está muito bonito — disse ele.

Ela parou a gravação e a reproduziu para ele ouvir.

— *Essa* é a minha voz? — perguntou ele, surpreso e claramente envergonhado.

Ela interrompeu o áudio e reproduziu a segunda gravação. A voz dele soou metálica: "*Essa é* a minha voz?"

Ela riu quando viu a expressão no rosto dele, e riu ainda mais quando ele pegou o celular, achou o botão para gravar e disse que agora era a vez dela de falar. Não, de cantar.

— Não! — Ela riu. — Prefiro que você tire uma foto.

Ele balançou a cabeça.

— Voz é melhor.

— Por quê?

Ele fez um movimento como se quisesse colocar o cabelo atrás da orelha. Um movimento automático para pessoas que tiveram cabelo longo por tanto tempo que até esqueceram que cortaram, pensou ela.

— Pessoas mudam de aparência, mas vozes são eternas.

Ele olhou para o mar, e ela acompanhou seu olhar. Não viu nada além de uma superfície brilhante, gaivotas, rochas e barcos à vela bem distantes.

— Algumas, de fato, são — concordou ela.

Estava pensando na voz de bebê em seu radiocomunicador, que nunca mudava.

— Acho que você gosta de cantar — disse ele —, mas não para outras pessoas.

— Por que acha isso?

— Porque você gosta de música. Mas, quando eu pedi que cantasse, você pareceu tão assustada quanto a garota do refeitório quando você deu a chave para ela.

Martha ficou surpresa. Será que ele podia ler seus pensamentos?

— Do que é que ela estava com tanto medo?

— Nada — respondeu Martha. — Ela e outra pessoa vão reorganizar uns arquivos no sótão. Ninguém gosta do sótão, então fazemos revezamento quando a gente precisa ir lá.

— Qual é o problema com o sótão?

Martha acompanhou com o olhar uma gaivota que planava, apenas se virando levemente de um lado a outro. O vento lá em cima devia estar bem mais forte do que ali embaixo.

— Você acredita em assombração? — perguntou Martha, em voz baixa.

— Não.

— Eu também não. — Ela se apoiou nos cotovelos, de modo que não podia vê-lo sem se virar. — O Centro Ila parece ter sido construído há muito mais de um século, não é? Mas, na verdade, é da década de 1920. Nos primeiros anos não passava de uma pensão comum...

— As letras de ferro fundido na fachada.

— Exatamente, são daquele tempo. Mas durante a guerra os alemães transformaram o local em uma casa para mães solteiras. Há muitas histórias tristes daquele tempo, e elas deixaram suas marcas. Uma das mulheres que morava ali deu à luz um bebê, mas ela alegava ser virgem, algo que não era incomum entre garotas que se metiam em problemas naquele tempo. O homem que desconfiavam ser o pai era casado, e obviamente negou a paternidade. Corriam dois boatos sobre ele. Um deles era que fazia parte do movimento de resistência. O outro boato dizia que ele na verdade era um espião dos alemães, que se infiltrara no movimento de resistência, e que era por isso que os alemães tinham dado um lugar para a mulher na casa e não o prenderam. O pai do bebê foi baleado um dia de manhã, em um bonde lotado no centro de Oslo. Nunca se soube quem foi o autor dos disparos. O movimento de resistência dizia que tinha liquidado um traidor, e os alemães afirmavam ter matado um membro do movimento. Para convencer os que ainda duvidavam, os alemães penduraram o corpo no alto do farol Kavringen.

Ela apontou para o mar.

— Os marinheiros que passavam pelo farol de dia viam o corpo ressecado e comido por gaivotas, e os que passavam à noite viam a enorme sombra que o corpo projetava na água. Até que um dia o corpo sumiu. Alguns diziam que o movimento é que o tinha retirado, mas a partir daquele dia a mulher ficou cada vez mais louca. Ela dizia que o homem a assombrava, que ele entrava no quarto dela à noite, que se debruçava sobre o berço do bebê, e quando ela gritava e o mandava embora, ele se virava para ela com buracos negros no lugar dos olhos que as gaivotas tinham comido.

Stig ergueu as sobrancelhas.

— Foi assim que Grete, a diretora do centro, me contou a história — esclareceu Martha. — A história conta que o bebê não parava de chorar, e quando as mulheres nos quartos vizinhos reclamavam e diziam que ela deveria consolar o filho, ela dizia que ele estava chorando pelos dois, e que continuaria a chorar para sempre. — Martha fez uma pausa. Estava chegando à sua parte favorita da história. — Diz a lenda que a mulher não sabia para quem o pai do bebê trabalhava, mas que, para se vingar por ele não ter assumido a paternidade, ela disse aos alemães que ele era parte do movimento de resistência, e disse ao movimento que ele era um espião dos alemães.

Uma rajada de vento fria e repentina a fez tremer. Ela se sentou e abraçou os joelhos.

— Então um dia ela não desceu para tomar café. Encontraram o corpo no sótão. Ela se enforcou na grande viga transversal. Ainda dá para ver uma listra clara na viga. Dizem que é a marca da corda.

— E agora ela assombra o sótão?

— Não sei. Só sei que é difícil ficar ali. Eu não acredito em fantasmas, mas é verdade que ninguém consegue ficar muito tempo naquele sótão. É como se desse para sentir toda a desgraça do lugar. As pessoas ficam com dor de cabeça, sentem que estão sendo expulsas do local. Muitos são funcionários novos ou gente que foi só fazer manutenção, pessoas que nem conhecem a história. E não, não é por causa do amianto na isolação.

Ela o analisou, mas ele não tinha uma expressão cética nem um pequeno sorriso, que ela meio que tinha esperado. Apenas escutava.

— E não acaba aí — continuou ela. — O bebê.

— O que é que tem ele?

— Adivinhe.

— Sumiu.

Ela ficou surpresa.

— Como você sabe?

— Você me pediu para adivinhar.

— Uns dizem que ela o entregou para o movimento de resistência na mesma noite em que se enforcou. Outros dizem que matou o bebê e o enterrou no quintal, para que nunca se separasse dela. De qualquer forma... — Martha respirou fundo. — Nunca foi encontrado. E o mais estranho é que às vezes escutamos sons nos nossos rádios que não sabemos de onde vêm. Não sabemos de onde vêm, mas sabemos o *que* são...

Pela expressão no rosto dele, ele parecia já saber o que era.

— Choro de bebê — concluiu ela.

— Choro de bebê — repetiu ele.

— Muitos funcionários, principalmente os novatos, ficam com medo quando escutam. Mas Grete diz a eles que isso não é estranho, que às vezes os rádios captam sinais de babás eletrônicas das casas em volta.

— Mas você não acredita nisso.

Martha deu de ombros.

— Pode ser que seja isso.

— Mas...?

Uma nova rajada de vento. Nuvens escuras surgiam no oeste. Martha lamentou não ter trazido uma jaqueta.

— Mas eu trabalho no Centro Ila há sete anos. Lembra que você falou que vozes são eternas?

— Sim.

— Juro. É sempre o mesmo bebê.

Stig assentiu. Não disse nada. Não comentou nada nem tentou sugerir alguma explicação. Apenas assentiu. Ela gostou.

— Você sabe o que aquelas nuvens significam? — perguntou ele, por fim, e se levantou.

— Que vai chover e que temos que ir embora?

— Não. Que temos que ir nadar logo, para podermos nos secar ao sol.

— *Compassion fatigue* — disse Martha. Estava deitada de costas, olhando para o céu. Ainda sentia o gosto de água salgada e o calor das rochas na pele, através da roupa de baixo molhada. — Isso significa que eu perdi a capacidade de sentir empatia. É algo tão impensável no setor de assistência do país que nem existe uma tradução para o norueguês.

Ele não disse nada, e tudo bem. Na verdade, ela nem estava falando com ele; estava apenas pensando alto.

— Talvez seja só uma forma de me proteger, de me desconectar quando a pressão é grande demais. Ou talvez o poço esteja vazio, talvez eu não tenha mais amor para dar. — Ela refletiu sobre isso. — Não, não é verdade. Eu tenho amor, apenas não...

Martha viu uma nuvem com o formato do Reino Unido passar no céu, que, antes de passar pela copa da árvore sobre ela, se transformou em um mamute. Era como estar deitada no divã de seu psicólogo. Ele era um dos que ainda tinham divã.

— Anders era o aluno mais esperto e mais bonito da escola — contou Martha para as nuvens. — Era capitão do time de futebol. Não me pergunte se era o presidente do conselho estudantil.

Ela esperou.

— Era?

— Sim.

Eles começaram a rir ao mesmo tempo.

— Você era apaixonada por ele?

— Muito. E ainda sou. Sou apaixonada por ele. É um cara legal. Muito mais que inteligente e bonito. Tenho sorte em tê-lo. E você?

— Eu o quê?

— Quantas namoradas você teve?

— Nenhuma.

— Nenhuma? — Ela se apoiou nos cotovelos. — Charmoso como você é? Não acredito.

Stig havia tirado a camiseta. Sua pele era tão clara à luz do sol que quase lhe doíam os olhos. Estranhamente, não viu nenhuma marca nova de agulha. Devia injetar nas coxas ou na virilha.

— Ah, vai. Diga a verdade.

— Eu beijei algumas garotas... — Ele passou a mão nas antigas marcas de agulha. — Mas essa aqui foi minha única paixão...

Martha olhou para as marcas. Também queria passar a mão sobre elas. Queria fazê-las desaparecer.

— Quando nos falamos pela primeira vez, você disse que tinha parado — disse ela. — Por enquanto não vou dizer nada para Grete, mas você sabe...

— Apenas usuários ativos podem morar no centro.

Ela assentiu.

— Você acha que vai conseguir?

— Tirar carteira?

Eles riram um para o outro.

— Hoje estou conseguindo — respondeu ele. — Vamos ver amanhã.

As nuvens ainda estavam longe, mas ela podia ouvir estrondos distantes, uma advertência sobre o que estava por vir. Era como se o sol também soubesse, pois começou a brilhar com mais força.

— Me dê seu telefone — pediu ela.

Martha apertou no botão de gravação. Começou a cantar a música que seu pai costumava tocar no violão para sua mãe. Geralmente quando as incontáveis festas que faziam no verão estavam perto do fim.

Ele se sentava exatamente ali onde estavam agora e tocava seu violão desgastado tão baixo que mal se ouvia. A canção de Leonard Cohen na qual dizia que sempre seria seu amante, que viajaria com ela, a seguiria cegamente, que sabia que ela confiava nele porque ele havia tocado seu corpo perfeito com a alma.

Ela cantou os versos com uma voz fraca e baixa. Era sempre assim quando cantava; soava frágil e vulnerável. Por mais que às vezes pensasse que realmente fosse assim, e que era a outra voz que não era a dela, a voz mais forte que ela utilizava para se proteger.

— Obrigado — agradeceu-lhe quando ela terminou. — Foi lindo.

Ela não se perguntava por que fora constrangedor; apenas se perguntava por que não fora ainda mais constrangedor.

— Está na hora de voltar. — Ela sorriu e devolveu o celular.

Ela devia ter imaginado que abaixar a capota velha e deteriorada era pedir para ter problemas, mas queria sentir o ar puro no cabelo. Demorou mais de quinze minutos de esforço, alternado entre pensamento prático e força bruta, mas finalmente conseguiram baixá-la. E ela sabia que não conseguiria subi-la novamente, pelo menos não sem novas peças e a ajuda de Anders. Quando estavam no carro, Stig mostrou-lhe seu celular. Havia digitado "Berlim" no GPS.

— Seu pai tinha razão — disse ele —, da Pequena Berlim até a Grande Berlim são 1.030 quilômetros. Tempo estimado de viagem: doze horas e 51 minutos.

Ela dirigia. Dirigia rápido como se tivesse pressa para fazer alguma coisa. Ou escapar de alguma coisa. Olhou pelo retrovisor. As nuvens brancas sobre o fiorde lhe lembravam uma noiva. Uma noiva que marchava de forma propositada e irrefreável, com um véu de chuva em sua direção.

As primeiras gotas pesadas os atingiram quando estavam no engarrafamento na estrada Ring 3, e ela logo entendeu que não havia o que fazer.

— Entre aqui — disse Stig, e apontou.

Ela fez como ele disse, e chegaram a um bairro residencial.

— Na próxima à direita — instruiu Stig.

Os pingos de chuva caíam com mais intensidade.

— Onde estamos?

— Berg. Está vendo aquela casa amarela?

— Estou.

— Conheço o antigo dono da casa. Está vazia. Pare aqui na frente da garagem e eu vou abrir a porta.

Cinco minutos depois, tinham estacionado em meio a ferramentas enferrujadas, pneus velhos e móveis de jardim envoltos em teias de aranha, e olhavam para a chuva, que caía forte do lado de fora da porta aberta da garagem.

— Parece que não vai parar de chover tão cedo — comentou Martha —, e eu acho que a capota do carro está quebrada.

— Entendo. Que tal uma xícara de café?

— Onde?

— Na cozinha. Sei onde estão as chaves.

— Mas...

— Esta é a minha casa.

Ela olhou para ele. Não dirigira tão depressa quanto deveria. Não conseguira. Agora era tarde demais, para o que quer que fosse.

— Seria ótimo.

22

Simon ajustou a máscara cirúrgica e analisou o defunto. Ele lhe lembrava algo.

— Este local pertence ao município — disse Kari. — As salas de ensaio são alugadas para jovens por quase nada. É melhor cantar sobre ser gângster do que estar na rua tentando ser um.

Simon lembrou. Parecia Jack Nicholson, que morreu congelado em *O iluminado*. Ele tinha assistido ao filme sozinho. Foi depois *dela*, mas antes de Else. Talvez fosse por causa da neve. O corpo parecia ter ficado enterrado debaixo de neve. Uma fina camada de heroína cobria o corpo e também o restante do lugar. Em volta do nariz, da boca e dos olhos, o pó adquirira mais umidade e começara a embolotar.

— Foram uns garotos que estavam ensaiando no fim do corredor que o viram quando estavam indo para casa — contou Kari.

O corpo fora encontrado na noite anterior, mas Simon só recebera a notícia ao chegar ao trabalho, no começo da manhã. Três pessoas encontradas mortas. O caso foi dado à Polícia Federal. Em outras palavras, o comissário de polícia pediu a assistência da Polícia Federal (que era a mesma coisa que lhes dar o caso) sem nem pedir a opinião do próprio Departamento de Homicídios. No fim, talvez desse na mesma, mas ainda assim.

— O nome dele é Kalle Farrisen.

Kari leu o relatório preliminar. Simon ligara para o comissário de polícia para pedir que pelo menos recebessem o relatório. Também requereu acesso imediato ao local do crime. Apesar de tudo, esse era o distrito deles.

— Simon — dissera o comissário —, dê uma olhada, mas não se meta na investigação deles. Você e eu já somos velhos demais para ficar disputando quem mija mais longe.

— Fale por você.

— Você me ouviu.

Simon às vezes refletia sobre isso. Não havia dúvida sobre qual deles tinha mais potencial. Então, quando é que tudo tinha mudado? Quando foi decidido quem sentaria em qual cadeira? Quem se sentaria na cadeira de encosto alto no escritório do comissariado, e quem se sentaria na cadeira desgastada do rebaixado e castrado Departamento de Homicídios? E que o melhor de todos se sentaria numa cadeira de escritório, em casa, com uma bala da própria pistola na cabeça?

— As cordas de guitarra em volta da cabeça são uma mi grave e uma sol da marca Ernie Ball. O cabo de guitarra é da marca Fender — leu Kari.

— E a marca do ventilador e do aquecedor?

— Hã?

— Nada. Continue.

— O ventilador estava ligado. A conclusão preliminar do médico--legista é que Kalle Farrisen morreu asfixiado.

Simon analisou o nó no cabo de guitarra.

— Pelo jeito, Kalle foi forçado a inalar a droga, que foi soprada em seu rosto. Concorda?

— Concordo — respondeu Kari. — Ele consegue prender a respiração por algum tempo, mas depois tem que respirar. As cordas o impedem de virar a cabeça. Mas ele tentou, é por isso que tem lesões causadas pela mais fina. A droga chega ao nariz, ao estômago e aos pulmões, e é absorvida na corrente sanguínea. Ele fica enfraquecido, mas continua respirando, cada vez com mais dificuldade, pois a heroína enfraquece a capacidade respiratória. Até que para de respirar por completo.

— Típica morte por overdose — conclui Simon. — Da mesma forma que morrem muitos dos que compram o produto dele. — Apontou para o cabo de guitarra. — E quem deu esse nó é canhoto.

— Não podemos continuar a nos encontrar desta maneira.

Eles se viraram. Åsmund Bjørnstad estava à porta com um sorriso irônico, e dois homens atrás dele carregavam uma maca.

— O corpo tem que ser removido agora. Então, se vocês já terminaram...

— Já vimos o que queríamos por aqui — disse Simon, e levantou-se com dificuldade. — Podemos ver o restante também?

— Mas é claro — afirmou o inspetor federal, ainda com aquele sorrisinho irônico, mostrando-lhes o caminho.

Simon olhou surpreso para Kari, que levantou a sobrancelha como se dissesse: Nada mau.

— Há testemunhas? — perguntou Simon no elevador, olhando para os cacos de vidro no chão.

— Não — respondeu Bjørnstad —, mas o guitarrista da banda que achou o corpo disse que um cara esteve aqui no começo da noite e que ele falou que era da The Young Hopeless, mas já verificamos, e essa banda não existe mais.

— Como era a aparência?

— A testemunha disse que ele usava um casaco com capuz, e que o capuz cobria a cabeça, como os jovens de hoje em dia costumam fazer.

— Então era jovem?

— A testemunha disse que sim. Entre 20 e 25 anos.

— Qual era a cor do casaco?

Bjørnstad abriu o bloco de notas.

— Parece que era cinza.

As portas do elevador se abriram, e eles foram até a fita de proteção e as bandeirinhas do grupo de peritos. Havia quatro pessoas no chão. Duas vivas e duas mortas. Simon acenou rapidamente para um dos vivos. Tinha barba ruiva e estava debruçado sobre um dos corpos, com uma lanterna do tamanho de uma caneta-tinteiro na mão. O falecido tinha uma ferida grande sob um dos olhos. Embaixo da cabeça havia um halo de sangue vermelho-escuro. No topo do halo, os respingos de sangue formavam uma gota. Certa vez Simon tentara explicar para

Else como uma cena de crime podia ser algo lindo. Apenas uma vez, e nunca mais.

O outro falecido, que era muito mais volumoso, estava caído na soleira da porta, com a parte superior do corpo para dentro.

O olhar de Simon deslizou instintivamente para a parede, onde encontrou o buraco de bala. Viu a janelinha da porta e o espelho no lado oposto, embaixo do teto. Depois, deu um passo para trás de volta ao elevador, levantou o braço direito e apontou. Mudou de ideia e levantou o braço esquerdo. Teve que dar um passo para a direita para fazer com que o ângulo estivesse de acordo com a trajetória da bala, através da cabeça e — se o crânio não tivesse mudado a direção — para dentro do buraco na parede. Fechou os olhos. Já estivera na mesma posição fazia pouco tempo, nos degraus de entrada da casa dos Iversen. Mirara com a mão direita. Lá ele também tivera que se mover para conseguir o ângulo certo. Pusera um pé para o lado do caminho de pedras, na terra suave. A mesma terra suave que havia perto dos arbustos. Mas não houvera nenhuma pegada na terra ao lado do caminho de pedras.

— Continuemos a visita por ali, senhoras e senhores. — Bjørnstad segurou a porta e esperou que Simon e Kari passassem pelo corpo e estivessem dentro do escritório. — A prefeitura alugava esta sala para eles pensando que fossem empresários de bandas jovens.

Simon olhou para o cofre vazio.

— O que vocês acham que aconteceu?

— Disputa entre gangues — respondeu Bjørnstad. — Eles atacaram perto da hora de ir embora. O primeiro foi baleado quando estava no chão. Retiramos a bala do assoalho. O outro, quando estava caído na soleira da porta. Lá também havia bala no chão. O terceiro foi obrigado a abrir o cofre. Levaram o dinheiro e as drogas, depois o mataram lá embaixo para mostrar aos concorrentes quem é que manda.

— Entendi — disse Simon. — E os cartuchos das balas?

Bjørnstad riu rapidamente.

— Já sei: o Sherlock Holmes está vendo uma conexão entre este homicídio e o da Sra. Iversen.

— Então não há cartuchos?

Åsmund Bjørnstad olhou de Simon para Kari, depois de volta para Simon. Com o sorriso largo e triunfante de um mágico, pegou um saco plástico do bolso da jaqueta e balançou-o na frente do rosto de Simon. Continha dois cartuchos vazios.

— Sinto muito por acabar com sua teoria, velhinho — disse ele. — Além disso, os buracos de balas nas vítimas indicam que foi utilizado um calibre bem maior do que aquele que encontramos em Agnete Iversen. A visita terminou. Espero que tenham se divertido.

— Só mais três perguntas para terminar.

— Pois não, Kefas.

— Onde vocês acharam os cartuchos?

— Ao lado dos corpos.

— Onde estão as armas dos mortos?

— Não tinham. Última pergunta.

— Foi o comissário de polícia que pediu que vocês fossem tão cooperativos e nos fizessem essa visita guiada?

Åsmund Bjørnstad riu.

— Talvez tenha sido, por meio do meu chefe. Fazemos o que nossos chefes mandam, não é?

— É — disse Simon. — Quem quer subir na carreira, sim. Obrigado pela visita.

Bjørnstad permaneceu na sala, e Kari seguiu Simon. Parou atrás dele quando o inspetor, em vez de entrar no elevador, pediu ao homem de barba ruiva que lhe emprestasse sua lanterna, foi até o buraco de bala na parede e o iluminou.

— Vocês já tiraram a bala, Nils?

— Devia ser um buraco antigo. Não havia nenhuma — respondeu o barba ruiva, enquanto analisava o chão ao redor do morto com uma simples lupa.

Simon se agachou, umedeceu a ponta dos dedos e os pressionou no chão, logo abaixo do buraco. Levantou os dedos e mostrou-os para Kari. Ela viu pequenas partículas de gesso grudadas na pele.

— Obrigado por me emprestar a lanterna — disse Simon.

Nils olhou para cima, acenou rapidamente e a pegou de volta.

— O que foi? — perguntou Kari quando estavam no elevador e as portas haviam se fechado.

— Preciso pensar um pouco. Depois eu digo.

Kari ficou irritada. Não porque desconfiasse que o chefe estivesse tentando dar uma de esperto, mas porque não conseguia acompanhar sua lógica. Ficar para trás não era algo a que estivesse acostumada. As portas se abriram e ela saiu. Virou-se e olhou intrigada para Simon, que permanecera no elevador.

— Pode me emprestar sua bola de gude? — perguntou ele.

Ela suspirou e meteu a mão no bolso do casaco. Ele colocou a bolinha amarela no chão do elevador. Primeiro ela rolou devagar, depois mais depressa para a parte da frente, e em seguida desapareceu na abertura entre as portas internas e as externas.

— Ops — disse Simon. — Vamos procurar no porão.

— Não faz mal, eu tenho várias em casa.

— Não estou falando da bola de gude.

Kari teve que se apressar para segui-lo, ainda dois passos atrás dele. No mínimo. Um pensamento lhe passou pela cabeça. Um emprego melhor que ela poderia ter agora. Mais dinheiro, mais independência. Nenhum chefe excêntrico nem defuntos malcheirosos. Mas esse tempo ainda viria, bastava ter paciência.

Acharam a escada, o corredor do porão e a porta do elevador. Ao contrário da porta dos outros andares, era uma simples porta de metal com um painel de vidro manchado. Uma placa indicava: POÇO DO ELEVADOR. ACESSO PROIBIDO. Simon puxou a maçaneta. Trancada.

— Vá às salas de ensaio e tente encontrar um cabo — ordenou Simon.

— Que tipo de...

— Qualquer um — disse ele, e se apoiou na parede.

Ela engoliu uma objeção e subiu as escadas.

Dois minutos depois, estava de volta com um cabo para guitarra e ficou vendo Simon desconectar os plugues e arrancar o plástico que revestia o metal. Depois, ele dobrou o cabo em U e o meteu entre a porta e o umbral, na altura da maçaneta. Ouviram um estalo forte, e algumas faíscas voaram. Ele abriu a porta.

— Nossa! — exclamou Kari. — Onde você aprendeu isso?

— Eu era um garoto barra-pesada — revelou Simon, e pulou para o piso de cimento, que era meio metro mais baixo que o chão do porão.

— Se não tivesse virado policial...

— Isso não é meio arriscado? — perguntou Kari, com um formigamento no couro cabeludo. — E se o elevador descer?

Mas Simon já estava agachado, passando a mão no chão.

— Você precisa de iluminação? — perguntou ela, torcendo para que o nervosismo na sua voz não fosse evidente.

— Sempre. — Simon riu.

Um curto grito escapou da garganta de Kari quando ela ouviu um leve estrondo e os cabos grossos e oleosos começaram a se mover. Mas Simon foi rápido, apoiou as mãos no chão do porão acima e alçou o corpo.

— Venha — disse ele.

Ela teve que andar rápido para segui-lo pelas escadas, através da porta de saída e pela área de cascalhos, do lado de fora.

— Espere! — pediu ela, antes que ele se sentasse no carro, que haviam estacionado entre os caminhões avariados.

Simon parou e olhou para ela por cima do teto do carro.

— Eu sei — disse ele.

— Sabe o quê?

— Que é muito irritante quando o parceiro investiga sozinho, não mantém o outro informado.

— Exatamente! Então quando é que você...

— Mas eu não sou seu parceiro, Kari Adel — cortou ele. — Sou seu chefe e professor. Informo na hora que tiver que informar. Entendeu?

Kari olhou para ele. Viu a brisa jogar seu estranho cabelo fino de um lado para o outro sobre o escalpo brilhoso. Viu enfado em seu olhar, que geralmente era amigável.

— Entendi.

— Tome.

Ele abriu a mão e jogou algo por cima do carro. Ela juntou as mãos e apanhou os dois objetos. Olhou. Um deles era a bola de gude amarela. O outro era um cartucho de bala.

— Podem-se descobrir coisas novas quando se muda a perspectiva e o lugar — instruiu ele. — Os pontos cegos podem ser compensados. Vamos.

Ela entrou, e Simon ligou o carro e dirigiu sobre o cascalho em direção ao portão. Kari se manteve calada. Esperou. Ele parou e olhou minuciosamente para a esquerda e para a direita antes de pegar a rua. Como homens mais velhos e prudentes costumam fazer. Kari sempre pensara que isso tinha a ver com níveis mais baixos de testosterona, mas agora percebia, quase como um insight, que toda racionalidade era baseada em experiência.

— No mínimo um tiro foi disparado de dentro do elevador — revelou Simon, e posicionou-se atrás de um Volvo.

Ela continuou calada.

— E sua objeção, qual é?

— Que isso contradiz as provas encontradas — respondeu Kari. — As únicas balas que estavam ali eram as que mataram as vítimas, e foram encontradas bem embaixo dos corpos. Eles deviam estar no chão quando foram baleados, mas isso não condiz com o ângulo de um tiro vindo do elevador.

— Não, não condiz. Além disso, havia resíduos de pólvora na pele do cara que foi baleado na cabeça e fios de algodão queimados na camisa do outro, no lugar onde foi baleado. Isso indica que...

— ... que foram baleados à queima-roupa quando estavam caídos. Isso é condizente com os cartuchos que foram encontrados ao lado deles e com as balas no chão.

— Muito bem. Mas você não acha meio estranho que ambos tenham caído e só depois foram baleados?

— Talvez tenham ficado com tanto medo quando viram a arma que entraram em pânico e tropeçaram. Ou foram obrigados a se deitar e depois foram executados.

— Bem pensado. Mas você não achou que havia algo estranho com o sangue em volta do corpo que estava mais próximo do elevador?

— Havia muito?

— Siiim. — Ele prolongou o "i", indicando que aquilo não era tudo.

— O sangue que escorreu da cabeça estava acumulado em uma poça — disse ela. — Isso significa que ele foi movido depois de ser baleado.

— É, mas na extremidade da poça o sangue estava espalhado, como se tivesse sido esguichado. Em outras palavras, o sangue escorrido cobriu parte da área onde estava o sangue que esguichou da cabeça. Tendo em vista o comprimento e a dispersão do esguicho de sangue, podemos concluir que a vítima estava em pé quando foi baleada. Era por isso que Nils estava analisando a área com uma lupa, porque não estava entendendo os rastros de sangue.

— E você entende?

— Sim — respondeu Simon. — O autor dos disparos atirou no primeiro quando ainda estava no elevador. A bala passou pela cabeça da vítima e atingiu aquela marca que você viu na parede. O cartucho caiu no piso do elevador...

— Rolou pelo chão desnivelado e caiu, pela fenda, no poço.

— Exatamente.

— Mas... e a bala no assoalho?

— O assassino atirou nele de novo, à queima-roupa.

— E o orifício de entrada da bala...

— Nosso amigo da Polícia Federal pensou que uma arma de grande calibre tivesse sido utilizada, mas, se ele soubesse mais sobre balas, teria visto que os cartuchos vazios são de balas de pequeno calibre. Na verdade, não se trata de um orifício grande, mais de dois orifícios pequenos sobrepostos, que o autor do crime quis dar a impressão de serem somente um. Por isso que ele também levou a primeira bala, que fez o buraco na parede.

— Então não era um buraco antigo como o perito pensa — disse Kari. — Por isso que há gesso fresco no chão logo abaixo.

Simon sorriu. Ela notou que ele estava satisfeito com ela. E notou também, para sua própria surpresa, que isso a deixava entusiasmada.

— Veja a descrição e o número de série do cartucho. É um tipo de munição diferente daquela que encontramos no primeiro andar. Portanto, pode-se concluir que o disparo do elevador foi feito com uma pistola diferente daquela utilizada nas vítimas. Acho que o relatório de balística vai concluir que os disparos foram feitos com as armas das vítimas.

— Com as próprias armas?

— Isso é mais sua área, Adel, mas não consigo imaginar que houvesse três caras desarmados em uma central de distribuição de drogas. Ele as levou para que não descobríssemos que as utilizou.

— Você tem razão.

— A pergunta é — continuou Simon, e posicionou-se atrás de um bonde —: por que era tão importante para ele que não descobríssemos a primeira bala e o cartucho vazio?

— Não é óbvio? A marca do pino de disparo nos daria o número de série da pistola, então o registro de armas de fogo nos levaria...

— Errado. Olhe para a parte de trás do cartucho. Não há nenhuma marca. Ele utilizou uma mais antiga.

— Ok — disse Kari, e jurou para si mesma que nunca mais diria "óbvio". — Neste caso, eu realmente não sei. Mas tenho a impressão de que você está prestes a me dizer.

— Estou, sim. Esse cartucho que você está segurando é do mesmo tipo de munição que foi utilizada para matar Agnete Iversen.

— Certo. Então o que você quer dizer é que...

— O que eu quero dizer é que ele tentou camuflar que é o mesmo autor do assassinato de Agnete Iversen — falou Simon, e parou assim que o sinal ficou amarelo. O carro atrás dele buzinou. — Ele recolheu os cartuchos na residência dos Iversen não porque o cartucho tivesse uma marca do pino de disparo, como eu pensei a princípio. Foi porque ele já tinha planejado matar novamente e queria minimizar a possibilidade de que víssemos uma conexão entre os crimes. Acredito que o cartucho que ele levou consigo da casa dos Iversen era da mesma série desse que está com você.

— Pode ser o mesmo tipo de munição, mas é uma munição bastante comum, não é?

— Sim.

— Então como é que você pode ter certeza que os crimes estão relacionados?

— Não tenho certeza. — Simon olhou para o sinal intensamente, como se fosse uma bomba-relógio. — Mas apenas uma em cada dez pessoas é canhota.

Ela assentiu. Tentou raciocinar. Desistiu. Suspirou.

— Eu passo outra vez.

— Kalle Farrisen foi amarrado ao aquecedor por um canhoto. Agnete Iversen foi baleada por um canhoto.

— O primeiro caso eu entendi, mas o outro...

— Eu deveria ter percebido isso muito antes. O ângulo desde o vão da porta de entrada da casa até a parede da cozinha. Se o disparo que matou Agnete Iversen tivesse sido feito com a mão direita e do lugar de onde eu pensei primeiro, ele teria que estar do lado do caminho de pedras, e teria deixado uma pegada na terra. A resposta é óbvia. Ele estava com os dois pés no caminho de pedras, mas atirou com a mão esquerda. Péssimo trabalho investigativo da minha parte.

— Deixe-me ver se entendi bem. — Kari apoiou o queixo nas palmas das mãos. — Há uma conexão entre Agnete Iversen e as três vítimas de hoje. Visto que o autor dos crimes se esforçou tanto para que *não* a víssemos, ele deve temer que a conexão nos leve a ele.

— Muito bem, inspetora Adel. Você mudou a perspectiva e o lugar onde está, e agora consegue enxergar.

Kari ouviu buzinas zangadas.

— O sinal abriu — avisou ela.

23

A chuva não estava mais tão forte, mas Martha cobriu a cabeça com o casaco enquanto olhava para Stig, que pegou a chave na viga acima da porta do porão e a destrancou. Assim como a garagem, o porão estava cheio de coisas que contavam a história da família: mochilas, estacas de tenda, botas vermelhas desgastadas que pareciam ser de algum tipo de esporte, talvez boxe. Um trenó. Um cortador de grama manual, que fora substituído por outro a gasolina, que ela vira na garagem. Um grande freezer horizontal. Prateleiras largas com garrafas de suco e vidros de geleia, todos unidos por teias de aranha, e um prego no qual estava pendurada uma chave, cuja etiqueta com letras desbotadas um dia dissera qual porta abria. Martha parou ao lado de uma fileira de esquis, alguns deles ainda cobertos com cera de lubrificação. Um deles, o mais longo e mais largo, tinha uma rachadura no sentido do eixo principal.

Assim que entraram na casa, ela percebeu que fazia muito tempo que ninguém morava lá. Talvez fosse por causa do cheiro, talvez pela camada invisível de tempo e poeira. Confirmou suas suspeitas quando entraram na sala. Não viu um único objeto que fora fabricado nos últimos dez anos.

— Vou fazer café — disse Stig, indo à cozinha.

Martha olhou para as fotos na lareira.

Havia a foto de um casal de noivos. A semelhança, principalmente com a noiva, era impressionante.

Outra foto, provavelmente tirada alguns anos depois, mostrava-os juntos de outros dois casais. Martha teve a impressão imediata de que eram os homens, e não as mulheres, a ligação entre os casais. Tinham alguma semelhança. A postura idêntica, quase como se estivessem posando, os sorrisos seguros de si, a forma como se postavam, como três amigos (e machos alfa) que, de modo natural, marcavam seus respectivos territórios. Semelhantes, pensou Martha.

Foi até a cozinha. Stig estava de costas para ela, de frente para a geladeira.

— Achou café? — perguntou ela.

Ele se virou, e rapidamente arrancou um post-it amarelo da porta da geladeira, colocando-o no bolso.

— Achei — respondeu ele, e abriu o armário acima da pia.

Com movimentos rápidos e habituais, colocou pó de café no filtro, encheu de água a cafeteira e a ligou. Tirou o casaco e o pendurou no encosto de uma das cadeiras da cozinha. Não o da cadeira mais próxima, mas o da mais próxima da janela. A cadeira *dele*.

— Você morou aqui — disse ela.

Ele assentiu.

— Você se parece muito com sua mãe.

Ele deu um sorriso torto.

— Era o que diziam.

— Diziam?

— Meus pais já não estão mais vivos.

— Você sente falta deles?

Ela imediatamente viu em seu rosto o quanto aquela pergunta casual o atingiu como uma cunha em uma abertura que ele esquecera de fechar. Ele piscou duas vezes e abriu e fechou a boca, como se a dor fosse tão repentina e inesperada que não conseguisse falar. Assentiu, e então se virou para a cafeteira, se ocupando em ajeitar a jarra.

— Seu pai parece bastante imponente nas fotos.

— Ele era.

— De uma maneira boa?

Ele se virou para ela.

— Sim, de uma maneira boa. Cuidava de nós.

Ela pensou no próprio pai, que fora o oposto.

— E você precisava de cuidados?

— Sim. — Ele sorriu rapidamente. — Precisava que cuidassem de mim.

— O que foi? Você estava pensando em algo.

Ele deu de ombros.

— O que foi? — repetiu ela.

— Nada, é que eu vi que você parou para olhar o esqui quebrado.

— O que tem ele?

Ele olhou para o café que começava a cair na jarra, sem realmente focar.

— Toda Páscoa íamos visitar meu avô em Lesjaskog. Lá havia uma rampa de salto de esqui, e meu pai era o recordista. O recorde anterior era do meu avô. Eu tinha 15 anos, e durante todo o inverno treinei muito para quebrar o recorde. Mas a Páscoa naquele ano foi tarde, a temperatura já estava branda, e quando fomos para a casa do meu avô, havia pouca neve na área de pouso, onde o sol batia, e havia galhos e pedras. Mas eu *tinha* que tentar.

Ele olhou rapidamente para Martha, que assentiu para incentivá-lo a continuar.

— Meu pai sabia que eu queria muito tentar, mas disse que eu não tinha permissão, porque era muito perigoso. Então eu fiz que tinha entendido, mas convenci o garoto da fazenda vizinha a ser testemunha e medir a distância. Ele me ajudou a colocar mais neve no lugar onde eu planejava pousar, então eu subi, coloquei os esquis que meu pai tinha herdado do meu avô e saltei. A pista estava muito escorregadia e o salto foi bom. Bom até demais. Eu voei e voei, me senti como uma águia, sem me preocupar com nada, porque só aquilo importava, e não havia nada maior nem mais importante. — Martha viu que os olhos dele brilhavam. — Pousei quatro metros depois do lugar onde tínhamos espalhado neve. Os esquis atravessaram a lama e a neve derretida, e uma pedra afiada rachou meu esqui direito como se fosse banana-split.

— E o que aconteceu com você?

— Caí de cara. Abri um sulco em toda a lama e no chão abaixo dela. Apavorada, Martha levou a mão à clavícula.

— Minha nossa! E você se machucou?

— Fiquei todo roxo. E encharcado. Mas não quebrei nenhum osso. E nem teria percebido, porque só conseguia pensar no que meu pai ia dizer. Eu tinha feito algo que ele me proibira e ainda quebrei o esqui.

— O que ele disse?

— Não muito. Só me perguntou que punição eu achava que seria apropriada.

— E o que você respondeu?

— Três dias de castigo em casa. Mas ele disse que, como era Páscoa, dois dias seria suficiente. Depois que meu pai morreu, minha mãe me contou que, enquanto eu estava de castigo, ele pediu ao vizinho que mostrasse o lugar onde eu pousei, e pediu que contasse a história vezes e mais vezes. E que a cada vez que ele escutava a história, ria tanto que chegava a chorar. Mas minha mãe fez ele prometer nunca me contar isso, porque só me incentivaria a fazer mais loucuras. Então ele levou o esqui para casa com a desculpa de que ia consertar, mas minha mãe disse que era só papo furado, que aquela era sua lembrança favorita.

— Posso ver de novo?

Stig serviu o café, e eles levaram suas xícaras até o porão. Ela se sentou no freezer e olhou para ele, que lhe mostrava o esqui. Grande e pesado, da marca Splitkein, com seis calhas na parte inferior. Naquele momento ela pensou em como tinha sido um dia estranho. Sol, chuva. Mar ofuscante, porão escuro. Uma pessoa estranha que ela parecia conhecer a vida inteira. Tão distante. Tão perto. Tão certo. Tão errado...

— E você tinha razão quanto ao salto? — perguntou ela. — Não houve nada maior na sua vida?

Ele inclinou a cabeça de lado, pensativo.

— A primeira vez que injetei. Foi maior.

Ela bateu cuidadosamente com os calcanhares no freezer. Talvez fosse de lá que o frio estivesse vindo. Estava ligado. Havia uma pequena lâmpada vermelha entre a maçaneta e a fechadura. Isso era um pouco estranho, pois tudo indicava que a casa estava abandonada havia muito tempo.

— Bom, pelo menos você quebrou o recorde de salto — disse ela.

Ele balançou a cabeça, sorridente.

— Não quebrou?

— Só os saltos em que você termina em pé contam, Martha.

Ele tomou um gole de café.

Ela pensou que, embora não fosse a primeira vez que o ouvia dizer seu nome, parecia que era a primeira vez que ouvia *alguém* dizer seu nome.

— Então você tinha que continuar tentando. Pois garotos seguem os passos dos seus pais, e garotas, das mães.

— Você acha?

— Não acha que todo filho acredita que de alguma maneira vai ser como o pai? E que é por isso que um filho fica tão decepcionado quando descobre as fraquezas do pai, pois enxerga as *próprias* fraquezas e as derrotas que o aguardam na vida? Às vezes o choque é tão grande que faz os filhos desistirem antes mesmo de começar.

— Foi isso que aconteceu com você?

Martha deu de ombros.

— Minha mãe não deveria ter continuado casada com meu pai. Mas ela se conformou. Um dia eu gritei isso para ela, quando não me deu permissão para fazer algo que eu queria. Nem lembro o que era; só sei que gritei com ela que não era justo que me negasse felicidade só porque ela mesma se negava. Nunca na minha vida me arrependi tanto. Eu me lembro do olhar magoado dela quando respondeu: "Então vou ter que abrir mão de quem me faz mais feliz. Você."

Stig assentiu e olhou pela janela do porão.

— Algumas vezes erramos quando achamos que desvendamos a verdade sobre nossos pais — disse ele. — Talvez eles não sejam tão fracos como pensamos. Talvez tenham acontecido coisas que nos deram uma impressão errada. Talvez eles fossem fortes. Talvez estivessem dispostos a deixar para trás uma reputação destruída, deixar que os despissem de toda a honra; assumir toda a culpa e a vergonha, tudo isso só para salvar as pessoas que amam. E, se eles eram fortes, talvez sejamos fortes também.

O tremor em sua voz era quase imperceptível. Quase. Martha esperou que ele se virasse novamente antes de perguntar:

— O que ele fez?

— Ele quem?

— Seu pai.

Ela viu seu pomo de adão subir e descer. Viu-o piscar mais depressa. Pressionar os lábios. Viu que ele queria contar. Viu-o aproximar-se do ponto do salto. Ele ainda podia se jogar de lado e abortar o pulo.

— Ele assinou uma carta de suicídio antes que o matassem — revelou Stig. — Para salvar a mim e minha mãe.

Martha ficou tonta enquanto ele continuava a contar a história. Talvez tivesse sido ela quem o empurrara para o salto, mas estava indo junto. E agora não havia mais volta para o ponto onde não sabia o que viria a saber agora. Será que, no fundo, tinha ciência do que estava fazendo? Será que queria aquele pairar desvairado, a queda livre?

Ele e a mãe estavam no torneio de luta greco-romana em Lillehammer naquele fim de semana. O pai costumava ir, mas disse que teria que ficar em casa dessa vez, pois precisava fazer algo importante. Stig havia tirado o primeiro lugar na sua categoria de peso, e, quando chegou em casa, correu para o escritório do pai para contar a ele. O pai estava sentado com a cabeça na escrivaninha, então Stig primeiro pensou que tinha adormecido enquanto estava trabalhando. Depois ele viu a pistola.

— Eu só tinha visto a arma uma vez antes. Meu pai ficava sentado no escritório escrevendo no diário, um livro de páginas amarelas com a capa de couro preto. Quando eu era pequeno, ele disse que era sua maneira de se confessar. Eu pensava que "confessar" era só outra palavra para "escrever", até que, quando eu tinha 11 anos, meu professor de religião disse que significava declarar os pecados. Quando voltei da escola, entrei de fininho no escritório e peguei a chave da escrivaninha, que eu sabia onde ele escondia. Queria descobrir quais eram os pecados do meu pai. Eu abri a gaveta...

Martha respirou fundo, como se fosse ela que contasse a história.

— Mas o diário não estava lá. Só uma pistola preta, antiga. Tranquei a gaveta e saí. Foi aí que eu senti vergonha. Eu tinha tentado *espionar* meu próprio pai, deixá-lo exposto. Nunca contei isso para ninguém e nem tentei mais achar o diário, mas naquele dia, quando estava atrás do meu pai no escritório, o sentimento voltou. Aquilo era minha punição pelo que eu tinha feito. Coloquei a mão na nuca dele para acordá-lo. O problema não era só que ele não estava morno, mas o corpo dele exalava um frio mortal, e estava duro feito mármore. E eu sabia que a culpa era minha. Então eu vi a carta...

Martha olhava para a veia no pescoço dele enquanto contava que tinha lido a carta. Que vira a mãe à porta. Contou que primeiro queria rasgar a carta e fingir que nunca existira. Mas não conseguiu. Quando a polícia veio, ele entregou a carta. Stig os observou enquanto liam e viu que também pareciam querer destruí-la. Agora, a veia no seu pescoço estava saliente como a de um cantor inexperiente. Como a de alguém que não estava acostumado a falar.

A mãe começou a tomar antidepressivos que o médico prescreveu. Depois, passou a tomar remédios por conta própria. Mas, como ela mesma dizia, nada funcionava tão rápido e tão bem quanto o álcool. Então ela bebia. Tomava vodca no café da manhã, no almoço e no jantar. Ele tentou cuidar dela, mantê-la longe da bebida e dos remédios. Para poder ficar com ela, parou de praticar luta e depois deixou de ir à escola. Seus professores foram à casa dele, perguntaram por que um aluno que só tirava notas boas estava matando aula. Ele os mandou embora. A mãe ficava cada vez pior, completamente irracional e, gradualmente, suicida. Ele tinha 16 anos quando encontrou uma seringa entre os remédios, quando estava arrumando o quarto da mãe. Sabia o que era. Sabia pelo menos para que era. Injetou na própria coxa. Foi como se todos os seus problemas tivessem acabado. No dia seguinte, foi a Plata e comprou sua primeira dose. Depois de seis meses já havia vendido todos os objetos da casa que podia vender com facilidade e roubado tudo que a mãe indefesa possuía. Já não se importava mais com nada, só precisava de dinheiro para poder aliviar a dor. Como ainda não tinha 18 anos e não atingira a maioridade penal, começou a confessar crimes por dinheiro, pequenos roubos e assaltos pelos quais maiores de idade eram acusados. Quando completou 18, deixou de receber esse tipo de oferta. O eterno estresse pela falta de dinheiro ficou cada vez pior, então ele aceitou confessar a autoria de dois homicídios para que, em troca, lhe fornecessem droga enquanto estivesse cumprindo pena.

— E agora você já terminou de cumprir sua pena?

Ele assentiu.

— *Eu* já.

Ela desceu do freezer e foi até ele. Não estava mais pensando, era tarde demais para isso. Estendeu a mão e tocou a veia no pescoço dele. Ele a encarou com as pupilas grandes e pretas, que quase preenchiam sua íris. Ela colocou os braços em volta da cintura dele, e ele pôs os braços em volta dos ombros dela, como se estivessem dançando. Ficaram assim por um tempo, até que ele a puxou para perto. Meu Deus, como ele estava quente, devia estar com febre. Ou será que era ela? Fechou os olhos e sentiu o nariz e a boca dele tocarem seu cabelo.

— Vamos subir? — sussurrou ele. — Tenho uma coisa para você.

Foram à cozinha. Havia parado de chover lá fora. Ele pegou algo no bolso do casaco, que estava pendurado na cadeira.

— Para você.

Os brincos eram tão bonitos que ela incialmente não conseguiu dizer nada.

— O que foi? Não gostou?

— São lindos, Stig. Mas onde você... Você roubou?

Ele a encarou com seriedade e não respondeu.

— Desculpe, Stig. — Ela estava confusa, e seus olhos se encheram de lágrimas. — Eu sei que você parou de usar drogas, mas é que eu estou vendo que eles são usados, e...

— Ela já não está mais viva — interrompeu ele. — E coisas tão bonitas devem ser usadas por quem está vivo.

Martha ficou confusa. Então entendeu.

— Isso pertencia... era... — Ela olhou para ele, meio cega pelas lágrimas. — Era da sua mãe.

Ela fechou os olhos, sentiu a respiração dele no rosto. As mãos na sua face, no pescoço, na nuca. Sua mão livre, que estava na cintura dele, queria empurrá-lo para longe, e ao mesmo tempo puxá-lo para perto. Já tinham se beijado havia muito tempo, ela sabia disso. Pelo menos cem vezes desde que se encontraram pela primeira vez. Mas agora que seus lábios se tocavam, era tudo diferente, e um choque elétrico passou pelo corpo dela. Manteve os olhos fechados, sentiu os lábios dele, tão suaves, as mãos passando por sua lombar, a barba por fazer, o cheiro e o gosto dele. Era aquilo que ela queria. Tudo aquilo. Mas o toque a despertou, a arrancou daquele maravilhoso sonho no qual ela se permitira mergulhar porque não teria nenhuma consequência. Não até aquele momento.

— Não posso — sussurrou ela com a voz trêmula. — Tenho que ir embora agora, Stig.

Ele a soltou, e ela se virou com rapidez. Abriu a porta da casa. Parou antes de sair.

— A culpa foi minha, Stig. Nunca mais podemos nos encontrar. Entendeu? Nunca mais.

Ela fechou a porta antes de ouvir a resposta. O sol conseguira atravessar a camada de nuvens, e agora havia mormaço sobre o asfalto preto e brilhoso. Ela saiu para o calor úmido.

Com seu binóculo, Markus viu a mulher entrar rapidamente na garagem, ligar o Golf antigo com o qual tinham vindo e ir embora, ainda com a capota abaixada. Ela andava tão rápido que ele não conseguiu ajustar o foco, mas parecia que estava chorando.

Em seguida, ele apontou o binóculo para a janela da cozinha novamente. Ampliou o zoom. Ele estava lá, em pé, acompanhando-a com o olhar. As mãos cerradas, o maxilar teso, as veias das têmporas salientes, como se estivesse sentindo dor. E no momento seguinte Markus entendeu. O Filho esticou os braços, abriu as mãos e as espalmou no vidro da janela. Algo brilhou e refletiu os raios do sol. Os brincos estavam presos nas palmas das mãos, e dois finos fios de sangue escorriam pelos pulsos.

24

A noitecia no escritório. Alguém, que devia ter pensado que era o último no lugar, apagara a luz, e Simon a deixou desligada. As noites de verão ainda eram bastante claras, e ele tinha um teclado novo, com luz embaixo das teclas, então nem precisava ligar a luz de leitura. Aquele único andar do prédio comercial consumia 250 mil kW/h por ano. Se conseguissem reduzir o consumo para duzentos mil, teriam o suficiente para comprar dois novos veículos de emergência.

Acessou a página da Clínica Howell. As fotos não eram como as de muitos hospitais particulares dos Estados Unidos, que lembravam hotéis cinco estrelas, com pacientes sorridentes, depoimentos milagrosos e cirurgiões que pareciam um misto de atores de cinema e capitães de companhias aéreas. Essa clínica tinha apenas algumas poucas fotos e informação sóbria sobre a qualificação dos funcionários, resultados, artigos científicos publicados e nomeações para o Prêmio Nobel. E o mais importante: a porcentagem de operações bem-sucedidas para o procedimento do qual Else necessitava. O número era bem acima de cinquenta, mas não tão alto quanto ele havia esperado. Por outro lado, era baixo o bastante para que Simon acreditasse ser verdadeiro. Não havia nenhum preço na página, mas ele ainda lembrava. Era alto o bastante para que acreditasse.

Ele percebeu um movimento na escuridão. Era Kari.

— Liguei para sua casa, sua esposa disse que você estava aqui.

— É.

— Por que está trabalhando até tão tarde?

Simon deu de ombros.

— Quando não se pode ir para casa com boas notícias, às vezes a gente adia a ida pelo máximo de tempo possível.

— Do que você está falando?

Simon mudou de assunto:

— O que você queria?

— Eu fiz o que me pediu. Virei cada pedra e procurei qualquer conexão, possível e impossível, entre o caso Iversen e o homicídio triplo. Não consegui achar absolutamente nada.

— Você sabe, claro, que isso não significa necessariamente que não *haja* uma conexão.

Kari puxou uma cadeira e se sentou.

— Bom, se há uma conexão, eu pelo menos não consigo encontrá-la. E olhe que eu procurei bem. Mas estive pensando...

— Pensar é sempre bom.

— Talvez seja simples assim: um assaltante viu duas boas possibilidades. A residência dos Iversen e um local onde são guardados drogas e dinheiro. E do primeiro assalto ele aprendeu que só se deve matar alguém depois de se obter o código do cofre.

Simon desviou os olhos da tela do computador para Kari.

— Um assaltante que já matou dois, mas que mesmo assim usa meio quilo de Superboy, que vale meio milhão de coroas nas ruas, para matar a terceira vítima?

— Bjørnstad disse que foi uma briga de gangues. Talvez seja uma maneira de mandar um recado à concorrência.

— Gangues mandam recados sem utilizar um selo que vale meio milhão, inspetora Adel.

Kari jogou a cabeça para trás e suspirou.

— Agnete Iversen não tem nada a ver com tráfico de drogas nem com pessoas como Kalle Farrisen. Acho que pelo menos isso podemos concluir com segurança.

— Mas há uma conexão — disse Simon. — O que eu não entendo é que, mesmo já tendo descoberto o que ele está tentando esconder, ou seja, o fato de que *há* uma conexão, não conseguimos descobrir *qual* é a conexão. E se essa conexão é tão oculta, por que ele se dá ao trabalho de esconder que é a mesma pessoa que está por trás?

— Talvez ele não queira esconder isso de nós.

Ela fechou a boca assim que viu o olhar esbugalhado de Simon.

— É óbvio. Você tem razão.

— Tenho?

Simon se levantou. Sentou-se de novo. Bateu no tampo da mesa com a palma da mão.

— Não é a polícia que ele tem medo de alarmar. São outras pessoas.

— Ele está com medo de que outras pessoas o apanhem?

— É, ou pode ser que ele não queira que fiquem alertas. Se bem que... — Simon colocou a mão no queixo e xingou baixinho.

— Se bem que o quê?

— É mais complicado que isso, pois ele tampouco se esconde por completo. De fato *há* uma mensagem oculta na maneira como ele matou Kalle. — Irritado, Simon deu um impulso para a frente e a cadeira se inclinou para trás. Eles ficaram ali sentados em silêncio, e, sem que percebessem, foi ficando cada vez mais escuro. Simon quebrou o silêncio: — Estive pensando que Kalle foi morto da mesma forma que traficantes matam os usuários. Insuficiência respiratória provocada por overdose. Como se o assassino fosse uma espécie de anjo vingativo. Isso a faz pensar em algo relevante?

— Não. Só penso que Agnete Iversen não foi executada de acordo com o mesmo princípio. Até onde sei, ela não deu um tiro de pistola no peito de ninguém.

Simon se levantou. Foi até a janela e olhou para a rua iluminada. Ouviu o barulho de dois skates. Dois rapazes, ambos de moletom com capuz, passaram ali embaixo.

— Ah, tinha esquecido — disse Kari —, achei outra conexão entre Per Vollan e Kalle Farrisen.

— Achou, é?

— Achei. Falei com um dos informantes da Narcóticos. Ele disse que era estranho que duas pessoas que se conheciam tão bem terem morrido em tão curto espaço de tempo.

— Vollan conhecia Farrisen?

— Sim, e bem. Bem até demais, segundo meu informante. E mais outra coisa.

— Sim?

— Eu chequei o arquivo de Kalle. Ele foi interrogado algumas vezes durante a investigação de um homicídio há alguns anos. Ficou até preso na delegacia. A vítima nunca foi identificada.

— Nunca?

— Só sabemos que era uma jovem asiática. A análise dentária indicou que ela tinha 16 anos. Uma testemunha disse que viu um homem aplicar nela uma injeção no quintal de uma casa, e identificou Kalle como autor.

— Hmm...

— Mas Kalle foi solto porque outra pessoa confessou.

— Que sorte a dele.

— É. A propósito, quem confessou o crime foi aquele garoto que fugiu da Staten.

Kari olhou para as costas imóveis de Simon na frente da janela. Estava se perguntando se o chefe tinha ouvido o que ela falou e já estava prestes a repetir quando ouviu sua voz de avô, áspera mas confortante:

— Kari?

— Sim?

— Quero que você verifique tudo sobre a vida de Agnete Iversen. Veja se encontra qualquer coisa o mais vagamente relacionada com um tiro. Qualquer coisa, entendeu?

— Ok. O que é que você está pensando?

— Estou pensando que... — O conforto na sua voz de avô tinha sumido. — ... que se... se... então...

— Então...?

— Então este caso está apenas começando.

25

Markus apagara a luz do quarto. Era uma sensação estranha, ficar sentado no escuro observando as pessoas e saber que elas não podiam vê-lo. E mesmo assim ele sentia um choque elétrico cada vez que o Filho olhava pela janela, bem na direção do binóculo de Markus. Como se soubesse que estava sendo espionado. Agora ele estava no quarto dos pais, sentado em um baú cor-de-rosa que Markus sabia que estava vazio, com exceção de algumas capas de edredom e lençóis. O quarto sem cortinas era iluminado por quatro lâmpadas de teto, e por isso Markus podia ver tudo com facilidade. Visto que a casa amarela estava localizada em um terreno mais baixo que o da casa dele e que o menino, além de tudo, estava na cama de cima do beliche, que empurrara para perto da janela, Markus tinha uma boa visão de tudo que o Filho fazia. O que não era muito. Ele já estava sentado havia uma eternidade com os fones de ouvido plugados no celular, ouvindo alguma coisa. Talvez uma música muito boa, pois a cada três minutos apertava um botão, como se quisesse ouvi-la vezes sem fim. E toda vez ele sorria no mesmo momento, embora com certeza estivesse triste por causa da garota. Eles haviam se beijado e depois ela foi embora de repente. Coitado. Talvez devesse ir lá e bater na porta. Convidá-lo para jantar com eles. A mãe provavelmente iria gostar.

Mas ele parecia tão triste, talvez não quisesse companhia. Quem sabe no dia seguinte. Markus acordaria cedo, atravessaria a rua e tocaria a campainha. Levaria pãezinhos para ele. Pronto, estava decidido. Bocejou. Também estava com uma música na cabeça. Na verdade, não era uma música, mas uma frase. Uma frase que tinha se repetido na cabeça dele desde que os babacas de Tåsen perguntaram ao Filho se ele era pai de Markus: "Talvez."

Talvez. Ha, ha!

Bocejou novamente. Hora de dormir. Afinal, acordaria cedo para esquentar os pães. Mas na hora em que ia deixar de lado o binóculo, aconteceu algo lá dentro. O Filho tinha se levantado. Markus levou o binóculo aos olhos novamente. O Filho afastou o tapete e levantou a tábua solta do piso. O esconderijo. Era ali que estava a mochila vermelha. Ele a abriu. Pegou de dentro uma sacola com pó branco. Markus sabia muito bem o que era; tinha visto sacolas como aquela na televisão. Drogas. De repente o Filho ergueu a cabeça. Devia estar escutando alguma coisa, porque pareceu levantar as orelhas, como os antílopes do *Animal Planet* quando estão bebendo água.

Agora Markus ouviu também. O ranger distante de um motor. Um carro que se aproximava. Não passavam muitos carros pela rua àquela hora da noite, tão tarde, muito menos durante as férias de verão. O Filho estava como que petrificado. Markus viu o asfalto ser iluminado pelos faróis do carro. Um carro grande e preto, daqueles que chamam de utilitário, parou sob o poste entre as casas deles. Dois homens saíram. Os dois de terno preto. Pareciam os Homens de Preto do filme. O segundo era o melhor da trilogia. Mas o menor dos homens tinha cabelo claro, aí ficava diferente. O mais alto pelo menos tinha cabelo preto e cacheado como o Will Smith, apesar da careca enorme no alto da cabeça e de ser branco feito papel.

Markus viu que eles endireitaram os ternos enquanto olhavam para a casa amarela. O meio careca apontou para a janela iluminada do quarto, e eles se dirigiram ao portão. Agora pelo menos o Filho tinha visita. Assim como Markus fazia, eles pularam a cerca em vez de abrir o portão, pois o gramado fazia menos barulho do que o caminho de cascalho. Markus olhou para o quarto novamente. O Filho não estava mais lá. Também devia ter visto os homens, e descido para abrir a porta. Markus apontou o binóculo para a porta da casa, onde os dois homens já estavam, depois de terem subido os degraus da entrada. Não conseguia ver direito o que acontecia porque estava escuro, mas ouviu um barulho estridente, e a porta se abriu. O menino prendeu a respiração.

Eles... eles tinham arrombado a porta. Eram assaltantes!

Talvez alguém tivesse avisado a eles que a casa estava abandonada. Ele precisava avisar ao Filho! Talvez fossem perigosos! Markus pulou da cama. Será que deveria acordar a mãe? Ou ligar para a polícia? Mas diria o quê? Que estava espionando os vizinhos? Se eles viessem e procurassem as impressões digitais dos bandidos, achariam as impressões de Markus também! E as drogas do Filho, e ele também seria preso. Sem saber o que fazer, Markus ficou parado no meio do quarto. Viu uma movimentação no quarto, do outro lado da rua. Pegou o binóculo de novo. Eram os homens. Tinham entrado no quarto. Estavam procurando. Procuravam no armário, embaixo da cama. Eles... eles tinham armas! Involuntariamente, Markus deu um passo para trás quando viu que o grande, de cabelo cacheado, foi até a janela para conferir se estava fechada e olhou para fora, bem na direção de onde Markus estava. O Filho devia ter se escondido, mas onde? Pelo jeito, conseguira colocar a mochila com as drogas de volta no esconderijo, mas lá não cabia uma pessoa. Rá! Eles nunca conseguiriam achá-lo. O Filho conhecia a própria casa bem melhor que eles, assim como os soldados vietnamitas conheciam a selva do seu país bem melhor que os americanos. Ele devia estar em completo silêncio, assim como Markus. O Filho ia conseguir. *Tinha* que conseguir! Deus, ajude ele.

Sylvester analisou o quarto e coçou a careca que crescia entre os cachos escuros.

— Que merda, Bo, ele deve ter estado aqui! Tenho certeza que não tinha nenhuma luz acesa nas janelas ontem.

Ele se sentou no baú cor-de-rosa, guardou a pistola no coldre de ombro e acendeu um cigarro.

O louro baixinho estava de pé no meio do quarto, com a arma na mão.

— Tenho a sensação de que ele ainda está aqui.

Sylvester fez um gesto com o cigarro.

— Esquece, ele se mandou. Já olhei nos dois banheiros e no outro quarto.

O louro balançou a cabeça.

— Não, ainda está aqui em algum lugar.

— Deixa disso, Bo, ele não é nenhum fantasma. É só um amador que até agora teve sorte demais.

— Pode até ser, mas, se eu fosse você, não subestimaria o filho de Ab Lofthus.

— Eu nem sei quem é esse cara.

— Foi antes do seu tempo, Sylvester. Ab Lofthus foi, de longe, o cara mais duro da polícia.

— E como é que *você* sabe?

— Porque eu conheci ele, seu idiota. Uma vez, nos anos 1990, eu e o Nestor estávamos no meio de uma entrega em Alnabru quando Lofthus e outro policial passaram por lá de carro meio que por acaso. Lofthus percebeu na hora que aquilo era uma entrega de drogas, mas, em vez de chamar reforço, os dois imbecis tentaram prender a gente. Ab Lofthus deu uma surra em quatro de nós, sozinho, antes de conseguirmos derrubar o cara. E pode acreditar que foi difícil; ele era lutador. Pensamos em atirar nele ali mesmo, mas o Nestor amarelou e disse que matar um policial daria muita confusão. Enquanto discutíamos, o maluco ficou no chão gritando "Vamos lá, duvido que vocês tenham coragem!". Parecia aquele cavaleiro de *Monty Python em busca do cálice sagrado*, sabe qual é? Aquele que perde os braços e as pernas mas não desiste.

Bo começou a rir. Riu como quem ri de uma lembrança querida, pensou Sylvester. O cara era louco; adorava morte e mutilação. Passava o dia todo em casa assistindo a temporadas inteiras de *Ridiculousness* na internet, só para ver gente se machucar de verdade, não como naqueles vídeos caseiros de gente tropeçando ou machucando o dedo, feitos para a família dar risada.

— Pensei que você tinha dito que eram dois — disse Sylvester.

Bo bufou.

— O parceiro dele amarelou na hora! Caiu de joelhos e implorou por misericórdia, pronto para cooperar com o que quiséssemos. Você conhece o tipo.

— Conheço — assentiu Sylvester. — Fracotes.

— Nada disso. Espertos. Isso se chama entender a situação. E esse entendimento rendeu a ele mais do que você imagina. Mas isso é outra história. Vamos dar uma busca na casa.

Sylvester deu de ombros, levantou-se e já estava fora do quarto quando percebeu que Bo não o seguia. Virou-se e viu o colega ainda parado no mesmo canto, olhando para o lugar onde Sylvester estivera sentado. O baú de cobertores. Bo se virou para ele, levou o indicador aos lábios e apontou para o baú. Sylvester sacou a pistola e a destravou. Seus sentidos se aguçaram, a luz ficou mais forte, os sons, mais intensos, e sua pulsação latejava no pescoço. Bo avançou em silêncio para o lado esquerdo do baú para que Sylvester também tivesse a linha de fogo livre. Sylvester agarrou o cabo da pistola com as duas mãos e se aproximou. Bo sinalizou que abriria a tampa. Sylvester assentiu. Prendeu a respiração quando Bo, com a pistola apontada para o baú, colocou a ponta dos dedos da mão esquerda embaixo da tampa. Esperou um segundo. Depois, levantou a tampa.

Sylvester sentiu a resistência do gatilho no dedo.

— Merda — sussurrou Bo.

Com exceção de roupa de cama, o baú estava vazio.

Foram para os outros cômodos, acenderam e apagaram as luzes, mas não encontraram nada, tampouco algo que indicasse a presença de alguém na casa naquele momento. Por fim, voltaram ao quarto, onde tudo estava como quando saíram.

— Você se enganou — disse Sylvester. Pronunciou as três palavras devagar e com clareza, porque temia que Bo ficasse furioso. — Ele foi embora.

Bo levantou e abaixou os ombros, como se ajeitasse o caimento do terno.

— Se ele saiu e deixou a luz acesa, pode ser que ainda volte. E se já estivermos aqui, será mais fácil do que ter que entrar outra vez.

— Pode ser — concordou Sylvester.

Ele tinha a sensação de que já sabia aonde Bo queria chegar com aquela conversa.

— Nestor quer que apanhemos o garoto o quanto antes. Você sabe que ele pode pôr em risco muita coisa.

— Sei — falou Sylvester, desgostoso.

— Então você passa a noite aqui e vê se ele volta.

— Por que sou sempre eu que tenho que fazer esse tipo de trabalho?

— A resposta começa com t.

Sylvester suspirou. Tempo de casa. Seria bom se alguém acabasse com Bo, só para ele ter um novo parceiro. Um com menos tempo de casa.

— Sugiro que você espere na sala, que dá vista para a porta da frente e a do porão — instruiu Bo. — Não sabemos se vai ser tão fácil dar um fim nele como foi com o capelão.

— Já entendi. Não precisa ficar repetindo.

Markus viu que os dois homens saíram do quarto iluminado e que logo em seguida o louro baixinho saiu, entrou no carro e foi embora. O Filho ainda estava lá, em algum lugar. Mas onde? Talvez tivesse ouvido o carro ir embora, mas será que ele sabia que um deles ainda estava na casa?

Markus apontou o binóculo para as janelas escuras, mas não viu nada. Obviamente, o Filho podia ter saído pelo outro lado da casa, mas ele achava que não. Teria ouvido algo.

Markus percebeu um movimento e apontou o binóculo para o quarto, que ainda era o único cômodo da casa com a luz acesa. E viu que tinha razão.

A cama. Estava se mexendo. Ou melhor, o colchão. Foi levantado de lado. E ali estava ele. Havia se escondido entre o estrado e o colchão grande e grosso no qual Markus adorava se deitar. Ainda bem que o Filho era magro. Se fosse gordo como a mãe dizia que Markus ficaria, os homens o teriam encontrado. Ele foi devagar até a tábua solta do piso, levantou-a e tirou algo de dentro. Markus aumentou o zoom e ajeitou o foco. Engasgou.

* * *

Sylvester tinha posicionado a cadeira de modo que pudesse ver a entrada da casa e o portão, iluminado por um poste. Além disso, dali, ouviria se alguém chegasse, pois tinha ouvido Bo passar pelo caminho de cascalho ao ir embora.

Podia vir a ser uma noite longa, e ele precisava encontrar algo que o mantivesse acordado. Por isso, olhara as estantes de livros e encontrara o que queria. O álbum de fotos da família. Acendeu uma lâmpada e a virou para longe da janela, de modo que não se pudesse ver do lado de fora. Começou a folhear o álbum. Parecia uma família feliz. Totalmente diferente da dele. Talvez fosse por isso que sempre fora fascinado por álbuns de outras famílias. Gostava de imaginar como seria ter uma família assim. Claro que ele sabia que as fotos não contavam toda a verdade, mas pelo menos contavam *uma* verdade. Sylvester parou em uma foto de três pessoas, provavelmente durante a Páscoa. Estavam bronzeadas e sorridentes na frente de um montinho de pedras. No meio havia uma mulher, que, pelas outras fotos, Sylvester presumira ser a mãe. Na esquerda estava o pai, Ab Lofthus, e na direita, um homem com óculos sem armação. Embaixo da imagem havia uma descrição, com caligrafia feminina: "A troica e eu, dando um passeio. Fotógrafo: o Mergulhador."

Sylvester levantou a cabeça, incerto se havia escutado algo. Olhou para o portão. Não tinha ninguém. E o som tampouco viera da porta da frente ou do porão. Mas algo havia mudado, a densidade do ar; a escuridão adquirira uma outra textura. A escuridão. Sylvester sempre teria medo do escuro, e seu pai era o culpado. Concentrou-se na foto novamente, em como pareciam felizes. Todos sabem que não se deve ter medo do escuro.

O estrondo soou como se tivesse vindo do cinto do pai.

Sylvester olhou para a foto.

Estava coberta de sangue. Ao lado, um buraco atravessava o álbum. Alguma coisa branca desceu pairando e fixou-se ao sangue. Eram penas? Deviam vir do encosto da cadeira. Sylvester compreendeu que devia estar em choque, pois não sentia dor. Ainda não. Olhou para a pistola, que tinha deslizado para o chão e caído fora do seu alcance. Esperou pelo tiro seguinte, mas não veio. Talvez o garoto achasse que ele estivesse morto. Nesse caso, Sylvester ainda tinha uma chance.

Fechou os olhos, ouviu que o outro estava a caminho e prendeu a respiração. Sentiu a mão dele no peito, procurando algo dentro da sua jaqueta. O garoto achou a carteira, a carteira de habilitação, e as pegou. Então dois braços o agarraram pela cintura, levantaram-no da cadeira e o puseram no ombro. O garoto devia ser forte.

Uma porta se abriu, a luz foi acesa. Passos vacilantes escada abaixo, ar frio. Estava descendo ao porão.

Chegaram lá embaixo. Ele ouviu o barulho de ventosas sendo soltas. Então caiu. O pouso foi mais suave do que ele temia. Logo sentiu uma pressão nos ouvidos, e tudo ficou mais escuro. Abriu os olhos. Escuridão completa. Não enxergava nada, era como se estivesse dentro de uma caixa. O escuro não é amedrontador. Monstros não existem. Ouviu passos se distanciando. A porta sendo fechada. Estava só, e o garoto não tinha percebido nada!

Agora, bastava ter calma e não fazer nada de precipitado. Primeiro esperar o garoto ir dormir. Ou então ligar para Bo e pedir que viessem, que o tirassem de lá e matassem o garoto. O mais estranho era que ainda não sentia dor, apenas o sangue morno pingando na mão. Mas agora estava frio. Muito frio. Tentou mexer as pernas para se virar e pegar o celular, mas não conseguiu, deviam estar dormentes. Mesmo assim, conseguiu colocar a mão no bolso da jaqueta e apanhar o telefone. Apertou um botão, e a luz da tela iluminou em volta.

Sylvester prendeu a respiração novamente.

O monstro estava bem na frente do seu rosto e olhava para ele com olhos esbugalhados e uma boca com dentes pequenos e afiados.

Era um bacalhau. Embalado em plástico. Em volta dele havia várias sacolas de plástico, algumas caixas de mariscos Frionor, filés de frango, bifes, bagas. A luz refletia nos pequenos cristais de gelo das paredes ao redor, brancas como a neve. Estava dentro de um freezer.

Markus fitou a casa e contou os segundos.

Estava à janela quando ouviu um estrondo que veio lá de dentro e viu um clarão na sala de estar. Depois, tudo ficou em silêncio.

Tinha quase certeza de que ouvira um tiro, mas quem é que tinha atirado?

Meu Deus, que tivesse sido o Filho. Não permita que ele tenha sido atingido.

Markus já havia contado até cem quando viu a porta do quarto se abrir.

Obrigado, Deus! Era ele!

O Filho guardou a pistola de volta na mochila, retirou a tábua do assoalho e começou a enfiar na mochila as sacolas de plástico que continham o pó branco. Quando terminou, pendurou a mochila no ombro e saiu do quarto sem desligar a luz.

Logo depois, bateu a porta da frente. Markus viu o Filho se dirigir ao portão. Ele parou, olhou para a direita e para a esquerda, então desapareceu na mesma direção de onde chegara quando Markus o viu pela primeira vez.

Markus se jogou de costas na cama. Fitou o teto. Ele estava vivo! Tinha atirado no bandido! O cara era um bandido, não era? Claro que era! Markus estava tão alegre que não sabia se conseguiria dormir aquela noite.

Sylvester ouviu a porta bater no andar de cima. O freezer era bem isolado, e ele não conseguia ouvir quase nada, mas a porta tinha batido com tanta força que ele sentiu as vibrações. Finalmente. Claro que o celular não tinha sinal dentro de um freezer no porão, então desistira de ligar depois de três tentativas. Tinha começado a sentir dores, e ao mesmo tempo estava ficando sonolento, mas era como se o frio o mantivesse acordado. Empurrou a tampa. Sentiu um pouco de pânico quando nada aconteceu. Empurrou mais forte. Ainda nada. Lembrou-se do som das ventosas de borracha, de como tinham colado. Era só uma questão de empurrar com mais um pouco de força. Espalmou as mãos na superfície e empurrou o mais forte que podia. Não houve qualquer movimento. Foi naquele momento que ele percebeu. O garoto tinha trancado o freezer.

Dessa vez o pânico não foi como uma sensação de formigamento, mas como um estrangulamento.

Começou a hiperventilar, mas se obrigou a conter o pânico e pensar com clareza, não permitir que a verdadeira escuridão o invadisse. Pense. Fique calmo e pense.

As pernas. Mas é claro! Ele sabia que as pernas eram muito mais fortes que os braços. Levantava mais de duzentos quilos no *leg press* contra somente 75 no supino reto. E aquilo era apenas um cadeado, feito somente para impedir que vizinhos que têm o porão em comum surrupiem a carne uns dos outros, não para impedir um homem grande e desesperado que realmente *queria* sair dali. Havia espaço suficiente para flexionar os joelhos e apoiar os pés na tampa...

Só que ele não conseguia flexionar os joelhos.

Simplesmente não obedeciam. Era impressionante como suas pernas estavam paralisadas. Tentou novamente. Nenhuma resposta, era como se suas pernas tivessem sido desconectadas do corpo. Beliscou a canela. Beliscou a coxa. Sua mente doía. Pense. Não, não pense! Tarde demais. O buraco no álbum de fotos, o sangue. O tiro devia ter atravessado sua coluna. Por isso que ele não sentia dor. Tocou a barriga. Estava molhada de sangue. Mas era como tocar o corpo de outra pessoa.

Estava paralisado.

Da cintura para baixo. Bateu com as mãos na tampa, mas não adiantou nada, a única porta que se abriu foi a da sua mente. A porta que ele aprendera que nunca deveria ser aberta. Aprendera com o pai. Mas agora as dobradiças se quebravam, e Sylvester sabia que morreria como em seus pesadelos. Trancado. Sozinho. No escuro.

26

— É exatamente assim que uma manhã de domingo deve ser — disse Else, olhando pela janela do carro.

— Concordo.

Simon passou a marcha e olhou para ela. Perguntou-se o quanto ela via, se percebia que o Parque do Palácio Real estava ainda mais verde depois da chuva forte do dia anterior. Ou mesmo se podia ver que estavam passando pelo parque.

Else é que dissera que queria ir à exposição de Chagall em Høvikodden, e Simon achou uma ótima ideia. Disse que só precisava parar para visitar um antigo colega em Skillebekk, que era caminho.

Havia muitas vagas para estacionar em Gamle Drammensveien. As casas e apartamentos antigos e respeitáveis pareciam vazios por causa das férias. As bandeiras de algumas embaixadas tremulavam.

— Não vou demorar — disse Simon.

Saiu do carro e foi até a casa cujo endereço encontrara na internet. O nome que ele queria estava no topo de uma lista de campainhas.

Depois de dois toques, quando já estava prestes a desistir, ouviu uma voz feminina.

— Pronto?

— Fredrik está?

— Quem deseja?

— Simon Kefas.

Houve silêncio por alguns instantes, mas Simon ouviu quando ela colocou a mão sobre o bocal do interfone. Depois voltou.

— Ele vai descer.

— Está bem.

Simon aguardou. Ainda era cedo demais para pessoas normais estarem acordadas, e os únicos que ele vira na rua fora um casal da sua idade. Pareciam estar a caminho dos chamados passeios de domingo. Um passeio cujo ponto de partida é o mesmo que o destino. O homem usava chapéu e calça cáqui. Era assim que os velhos se vestiam. Simon olhou para seu reflexo no vidro da porta de carvalho entalhada. Chapéu e óculos de sol. Calça cáqui. Disfarce de domingo.

Estava demorando. Fredrik devia ter sido acordado por sua visita. Ou a esposa. Ou quem quer que fosse. Olhou para o carro. Viu que Else olhava para ele. Acenou. Nenhuma reação. A porta se abriu.

Fredrik estava de calça jeans e camiseta. Tinha tomado banho enquanto Simon esperava. Seu cabelo grosso e molhado estava penteado para trás.

— Que surpresa — disse ele. — O que você...?

— Vamos dar uma volta?

Fredrik olhou para o relógio pesado.

— Simon, eu tenho...

— Nestor e seus traficantes me fizeram uma visita — cortou Simon, tão alto que o casal mais velho que estava passando atrás deles deve ter ouvido. — Mas, se você quiser, podemos discutir isso lá em cima, na presença da sua... esposa?

Fredrik o encarou. Depois, fechou a porta atrás de si.

Andaram pela calçada. Os chinelos de Fredrik batiam no pavimento e ecoavam nas paredes das casas.

— Ele me ofereceu aquele empréstimo sobre o qual falei com você, Fredrik. *Somente* com você.

— Não falei com nenhum Nestor.

— Não me venha com essa de *nenhum* Nestor, nós dois sabemos muito bem que você o conhece. Quanto ao que você sabe sobre ele, fique à vontade para mentir.

Fredrik parou na ponte para pedestres.

— Olhe aqui, Simon. Era impossível conseguir aquele empréstimo com meus clientes, então falei com outras pessoas sobre seu problema. Não era isso que você queria?

Simon não respondeu.

Fredrik suspirou.

— Olhe, Simon, fiz isso para ajudá-lo. O pior que poderia acontecer era você receber uma oferta e recusar.

— O pior — disse Simon — é que aquela gentalha acha que finalmente arranjou um jeito de me pegar. Porque nunca tinham conseguido. Você, sim, Fredrik. Mas eu, não.

Fredrik se encostou nas grades.

— Talvez seja esse o seu problema, Simon. Por isso que você nunca teve a carreira que deveria ter.

— Porque não deixei que me comprassem?

Fredrik sorriu.

— Não, o seu temperamento. Você não tem diplomacia. Ofende até as pessoas que querem ajudá-lo.

Simon olhou para a ferrovia abandonada abaixo deles. Dos tempos em que a Vestbanen ainda era utilizada. Não sabia o porquê, mas ver que a marca dos trilhos ainda estava lá o deixava tanto melancólico quanto animado.

— Você soube do homicídio triplo em Gamlebyen?

— Lógico — respondeu Fredrik. — Os jornais não falam de outra coisa. Parece que todos da Federal estão no caso. Eles também deixam vocês brincarem?

— As brincadeiras maiores, eles ainda preferem brincar sozinhos. Kalle Farrisen foi uma das vítimas. Já ouviu falar dele?

— Não, mas se o Departamento de Homicídios não pode brincar, por que você...

— Porque Farrisen foi suspeito de matar esta garota.

Simon pegou a foto que imprimira do arquivo e a estendeu para Fredrik. Viu que ele analisava o rosto pálido com traços asiáticos. Não era necessário ver o resto do corpo para saber que estava morta.

— Foi encontrada num quintal. Fizeram com que parecesse que ela havia sofrido uma overdose. Tinha só 15 anos. Talvez 16. Não carregava nenhum documento, então nunca soubemos quem era nem de onde veio. Nem como entrou no país. Provavelmente em um container, num barco vindo do Vietnã. A única coisa que descobrimos foi que estava grávida.

— Ah, sim, espere, eu me lembro desse caso. Não houve uma confissão?

— Sim, veio bem tarde e também foi muito inesperada. Mas o que eu queria perguntar a você é se havia alguma conexão entre Kalle e seu bom cliente Iversen.

Fredrik deu de ombros. Olhou para o fiorde. Balançou a cabeça. Simon seguiu o olhar dele, no sentido da floresta de mastros da marina de barcos pequenos. Hoje em dia, "pequeno" parecia ser toda embarcação que fosse menor que uma fragata.

— Você sabia que quem confessou e foi condenado pelo homicídio da garota fugiu?

Fredrik balançou a cabeça novamente.

— Aproveite o café da manhã — disse Simon.

Simon estava recostado no balcão curvo do guarda-volumes da galeria de arte de Høvikodden. Tudo ali era curvo. Tudo era de estilo funcionalista. Até as paredes de vidro que separavam as salas eram curvas, e provavelmente de estilo funcionalista também. Ele olhou para Else. Else olhou para Chagall. Ela parecia tão pequena ali. Menor que as figuras de Chagall. Talvez fossem as curvas. Talvez criassem uma ilusão de Sala de Ames.

— Então você foi à casa desse Fredrik só para fazer uma pergunta? — indagou Kari, ao lado dele. Chegara lá vinte minutos depois de ele a chamar. — E o que você está dizendo é que...

— O que estou dizendo é que eu já sabia que a resposta seria negativa, mas tinha que vê-lo para saber se estava mentindo.

— Mas você sabe que, ao contrário do que mostram as séries de TV, é muito difícil identificar se alguém está mentindo, não sabe?

— A questão é que Fredrik não é um *alguém* qualquer. Tenho experiência com as mentiras dele, reconheço seu jeito.

— Então esse Fredrik Ansgar é um mentiroso notório?

— Não, ele mente por necessidade, não por predisposição ou vontade.

— Ok, e como é que você sabe?

— Eu não sabia antes de trabalharmos juntos em um caso grande de imóveis na Fraudes. — Ele viu que Else parecia meio perdida e pigarreou para que ela pudesse se orientar e saber onde ele estava. — Era difícil provar que Fredrik estava mentindo. Ele era o único especialista em contas no caso, por isso a dificuldade em verificar o que ele dizia. Começou com coisas pequenas e algumas coincidências estranhas, mas que, juntas, chamavam a atenção. Ele às vezes deixava de nos orientar sobre algumas coisas ou simplesmente dava informações erradas. Eu era o único que achava suspeito, e, por fim, aprendi a ver quando ele estava mentindo.

— Como?

— Muito simples. Pela voz.

— Pela voz?

— Mentir mexe com os sentimentos. Fredrik mentia muito bem com a escolha de palavras, lógica e gestos. Mas sua voz era como um barômetro emocional que ele não conseguia controlar. Não conseguia fazer com que tivesse um tom natural. Era como um acento de mentira que ele mesmo sabia que podia denunciá-lo. Então quando alguém fazia uma pergunta direta, que ele tinha que responder com uma mentira direta, ele não confiava na voz. Apenas indicava com a cabeça que sim ou que não.

— Então você perguntou se ele sabia de alguma conexão entre Kalle Farrisen e Iversen.

— E ele apenas deu de ombros, como se não soubesse.

— Ou seja, mentira.

— É. E ele balançou a cabeça quando eu perguntei se ele sabia que Sonny Lofthus tinha fugido da prisão.

— Isso não é meio simplista?

— É. Mas Fredrik é apenas um homem simples que sabe a tabuada melhor que a maioria. Olhe, eu quero que você faça o seguinte: verifique todas as condenações de Sonny Lofthus. Veja se consegue descobrir se havia outros suspeitos nos casos.

Kari Adel assentiu.

— Ótimo, eu não tinha mesmo planos para o fim de semana — disse ela.

Simon sorriu.

— Aquele caso do Departamento de Fraudes... sobre o que era? — perguntou ela.

— Sonegação de impostos, quantias grandes, nomes grandes. Do jeito que o caso estava, podia derrubar empresários importantes e políticos, e parecia que poderia nos levar ao chefe da operação.

— Que era quem?

— O Gêmeo.

Kari pareceu sentir um calafrio.

— Tenho que dizer que é um apelido muito estranho.

— Não tão estranho quanto a história por trás dele.

— Você sabe qual é o nome verdadeiro dele?

— Não. Fala-se de muitos nomes. Tantos, que ele é totalmente anônimo. Quando entrei na Fraudes, era tão ingênuo que achava que os peixes grandes fossem também os mais visíveis. A verdade é que a visibilidade é obviamente inversamente proporcional ao tamanho. E naquele tempo o Gêmeo escapou. Tudo por causa das mentiras de Fredrik.

Kari assentiu lentamente.

— Você acha que o próprio Fredrik pode ser o informante?

Simon balançou a cabeça vigorosamente.

— Quando o informante começou a operar, Fredrik ainda nem tinha entrado na polícia. Ele foi só uma peça pequena nesse quebra-cabeça. Mas uma coisa é certa, ele poderia ter causado estragos maiores se tivesse feito carreira na polícia. Eu o parei.

Kari olhou surpresa para Simon.

— Você denunciou Fredrik?

— Não. Fiz uma oferta a ele. Ofereci a oportunidade de sair discretamente, ou então eu levaria ao comissário as poucas provas que tinha. Dificilmente seria o suficiente para uma exoneração ou mesmo uma investigação, mas cortaria suas asas, colocaria sua carreira em suspenso. Ele concordou em sair.

Uma veia na testa de Kari ficou saliente.

— Você simplesmente deixou que ele se safasse?

— Nos livramos de uma maçã podre sem levar o nome da polícia para o ralo. Sim, deixei.

— Mas não se pode simplesmente deixar pessoas escaparem assim, dessa maneira.

Ele detectou irritação na voz dela. Não fazia mal.

— Fredrik era peixe pequeno, e, como eu falei, teria se safado de qualquer maneira. Ele nem tentou esconder que a oferta que fiz era boa. Inclusive acha que me deve um favor até hoje.

Simon olhou para ela. Isso tudo fora obviamente só uma provocação da sua parte. E ela de fato *tinha* reagido. Mas agora parecia ter passado. Agora, só parecia que ela encontrara mais um motivo para abandonar o ramo.

— Qual é a história por trás do nome do Gêmeo?

Simon deu de ombros.

— Supostamente, ele tinha um gêmeo univitelino. Quando ele tinha 11 anos, sonhou duas vezes seguidas que matava o irmão. E, como eram univitelinos, achou que era lógico partir do princípio de que o irmão tivera o mesmo sonho. Então era apenas uma questão de ser o primeiro.

Kari o encarou.

— Uma questão de ser o primeiro — repetiu ela.

— Com licença — disse Simon, e correu para Else, que estava prestes a dar de cara com uma parede de vidro.

Fidel Lae viu o carro antes de ouvi-lo. Esse era o problema com carros novos. Não faziam barulho. Se o vento estivesse vindo da estrada, passando pelo pântano e no sentido da fazenda, ele talvez ouvisse os pneus no caminho de cascalho, o passar de marchas ou a rotação alta do motor quando subia as colinas baixas, mas, caso contrário, tinha que confiar na sua visão para alertá-lo. Isso quanto a carros. Pessoas e animais eram outra história. Para isso ele tinha o melhor alarme do mundo. Nove dobermanns em uma jaula. Sete cadelas que todo ano tinham filhotes, vendidos a doze mil por cabeça. Essa era a parte oficial do canil, com cachorros entregues com chip aos compradores, assegurados contra falhas ocultas e com o pedigree registrado.

A outra parte do canil ficava mais para dentro da floresta.

Duas cadelas e um macho. Sem qualquer registro. Dogos argentinos. Os dobermanns morriam de medo deles. Sessenta e cinco quilos de pura agressão e lealdade, cobertos por pelos curtos e albinos, razão pela qual o nome de todos eles continha *fantasma* ou *espírito*: as cadelas eram Máquina Fantasma e Espírito Santo, e o macho se chamava Caça-Fantasmas. Já os filhotes, os donos podiam chamar do que quisessem, contanto que pagassem o preço. Cento e vinte mil coroas. O preço era o reflexo da raridade da raça, seu espírito assassino e o fato de que aqueles cães são proibidos na Noruega e em um monte de outros países. Visto que os clientes não eram sensíveis ao preço alto, muito menos preocupados com a lei, não havia nenhuma indicação de que o preço baixaria. Muito pelo contrário. Por isso, nesse ano ele tinha movido o cercado dos dogos ainda mais para dentro da floresta, para que ninguém na fazenda ouvisse os latidos.

O destino do carro era a fazenda, pois o caminho de cascalho não levava a nenhum outro lugar. Fidel andou lentamente para o portão, que ficava sempre fechado. Não para impedir que os dobermanns saíssem da propriedade, mas para evitar que pessoas não autorizadas entrassem. Quem não fosse cliente era pessoa não autorizada, e para isso Fidel tinha um rifle Mauser M98 modificado, guardado em um pequeno alpendre ao lado do portão. Havia outras armas, mais sofisticadas, dentro da casa, mas o M98 passava facilmente por instrumento para caçar alces. Afinal, havia alces bem na frente do pântano lá fora. Pelo menos quando o vento não vinha do lugar de onde os fantasmas argentinos ficavam.

Fidel chegou ao portão no mesmo instante que o carro com o logotipo da locadora na janela. O condutor parecia não estar acostumado com a marca, pois tinha dificuldade para passar a marcha, e também demorou muito para desligar os faróis, o limpador de para-brisas e, finalmente, o motor.

— Pois não? — cumprimentou Fidel.

Ele analisou o cara que saiu do carro. Casaco com capuz e sapatos marrons. Um cara da cidade. Acontecia de alguns chegarem ali sem marcar horário, mas era raro. Fidel não fazia nenhuma publicidade de seu canil, com instruções para chegar, como outros faziam. O cara foi até o portão, que Fidel não fez menção de abrir.

— Estou procurando um cachorro.

Fidel empurrou a aba do boné para cima na testa.

— Sinto muito, mas você perdeu a viagem. Não falo com possíveis compradores sem que alguém me dê uma referência antes. É assim que as coisas funcionam. Dobermann não é cachorrinho de afago, eles precisam de um dono que sabe o que faz. Me ligue na segunda-feira.

— Não estou procurando um dobermann — disse o cara. Seu olhar passou por Fidel, pela fazenda e pela jaula onde ficavam os nove cachorros legais, e continuou em direção à floresta. — Minha referência se chama Gustav Rover.

Ele lhe mostrou um cartão de visita, onde constava "Oficina de motos do Rover". Rover. Fidel se lembrava de nomes e pessoas, pois não costumava ver muita gente. O cara das motos, o do dente de ouro. Estivera ali junto com Nestor e comprara um dogo.

— Ele disse que você tinha cachorros bons para vigiar faxineiras bielorrussas para que não fujam.

Fidel passou um tempo coçando a verruga no punho. Por fim, abriu o portão. O cara não era da polícia, pois eles não podiam preparar uma armadilha, provocando a execução de crimes como a venda de cães ilegais, para prender alguém; isso arruinaria o caso para eles. Pelo menos foi o que o advogado lhe disse.

— Você tem...?

O cara acenou que sim, colocou a mão no bolso do casaco e puxou uma pilha grande de dinheiro. Notas de mil.

Fidel abriu o armário e pegou o rifle.

— Nunca saio sem meu rifle — explicou. — Se algum deles tentar escapar...

Levaram dez minutos para chegar ao cercado.

Durante os últimos cinco minutos, começaram a ouvir latidos furiosos que iam ficando cada vez mais altos.

— É porque eles acham que vão comer — disse Fidel, sem concluir a frase: *você*.

Os cães se jogaram, furiosos, contra a cerca de arame assim que os viram. Fidel sentia o solo tremer cada vez que caíam da cerca. Ele sabia exatamente o quão profundo haviam cavado os mourões. Torcia apenas para que fosse suficiente. As jaulas alemãs tinham chão de metal, para que cães que costumam cavar, como terrier, dachshund ou bloodhound, não escapassem, e teto com placa de ferro, que os mantinha secos e evitava que os mais fortes saltassem a cerca.

— Quando estão em matilha, são ainda mais perigosos — explicou Fidel —, pois seguem o líder, o Caça-Fantasmas. É o maior de todos.

O cliente apenas assentiu e olhou para os cachorros. Fidel sabia que ele devia estar com medo ao ver as mandíbulas abertas, com fileiras de dentes reluzentes na gengiva vermelha. Porra, ele próprio estava com medo. Só sentia a segurança de ser o chefe quando estava com somente um cachorro, de preferência uma das cadelas.

— Com um filhote, é importante que você ensine logo quem é o líder, e que continue sempre agindo como líder. Gentilezas em forma de permissividade ou perdão são encaradas como sinal de fraqueza. Comportamento indesejado deve ser castigado, e essa é sua tarefa. Entendeu?

O cliente se virou para Fidel. Havia algo de estranho e ausente em seu olhar sorridente quando ele repetiu:

— Castigar comportamento indesejado é minha tarefa.

— Isso aí.

— Por que aquela jaula está vazia? — O cliente apontou para um cercado perto dos cães.

— Eu tinha dois machos. Se eles morarem na mesma jaula, acaba que um mata o outro. — Fidel pegou o molho de chaves. — Venha ver os filhotes, eles têm uma jaula separada ali.

— Mas primeiro me diga uma coisa...

— Sim?

— Deixar que o cachorro morda o rosto de uma garota é comportamento indesejado?

Fidel parou.

— Hã?

— É comportamento desejado utilizar os cães para morder o rosto de uma garota que está tentando fugir da escravidão, ou isso deve ser castigado?

— Olhe aqui, cães seguem apenas seu instinto, e não podem ser castigados porque...

— Não estou falando dos cães. Me refiro aos donos. Você acha que devem ser castigados?

Fidel olhou para o cliente com mais atenção. Será que, afinal de contas, era mesmo um policial?

— Bom, é óbvio que caso um acidente como esses aconteça...

— Não acho que tenha sido um acidente. Depois o dono cortou a garganta da garota e a jogou na floresta.

Fidel segurou o rifle com mais força.

— Eu não sei de nada disso aí.

— Mas eu sei. O dono se chama Hugo Nestor.

— Olhe aqui, você vai querer um cachorro ou não vai? — Fidel levantou um pouco o cano do rifle, que até aquele momento estivera apontado para o chão.

— Ele comprou o cachorro aqui. Comprou vários aqui. Porque você vende o tipo de cachorro que se utiliza para essas coisas.

— E o que é que você sabe sobre isso?

— Muito. Durante doze anos também estive em uma jaula, e ouvi pessoas contarem esse tipo de história. Já imaginou como é ficar numa jaula?

— Olhe aqui...

— Agora você pode experimentar.

Fidel não conseguiu colocar o rifle em posição antes que o outro o agarrasse e apertasse os braços com tanta força em volta de seu corpo que todo o ar lhe escapou como um sopro. Mal registrou o latido frenético dos cães enquanto estava sendo levantado. O outro se inclinou para trás enquanto erguia Fidel e o arremessava em um arco, fazendo-o passar sobre a própria cabeça. Quando o dono do canil caiu com a nuca e os ombros no chão, o cara já havia se virado, e se lançou sobre ele. Fidel tentou respirar e se soltar, mas parou quando encarou o cano de uma pistola.

Quatro minutos depois, Fidel estava olhando para as costas do homem. Parecia que ele andava sobre a água, atravessando o pântano na névoa. Os dedos de Fidel estavam entrançados na cerca, ao lado do cadeado grande. Estava enjaulado. Na jaula vizinha, Caça-Fantasmas estava deitado, olhando tranquilamente para ele. O homem havia colocado água na vasilha e jogado quatro caixas de ração crua para dentro da jaula de Fidel. Também levara seu celular, suas chaves e sua carteira.

Fidel gritou. Os diabos brancos responderam prontamente com uivos e latidos. Ninguém os ouviria em um cercado para cães tão embrenhado na mata.

Merda!

O homem tinha ido embora. De repente, um silêncio estranho. Um pássaro chiou. Então Fidel ouviu as primeiras gotas de chuva atingirem o teto de ferro.

27

Quando saiu do elevador e entrou no escritório do Departamento de Homicídios, às oito e oito da manhã de segunda-feira, Simon pensava em três coisas. Que Else tinha lavado os olhos no banheiro sem nem se dar conta de que ele estava no quarto, olhando para ela; que talvez tivesse dado muito trabalho para Kari fazer em um domingo; e que odiava escritórios abertos, ainda mais depois que um arquiteto, amigo de Else, lhe contara que a economia de espaço era um mito, pois, em razão do barulho, era preciso haver tantas salas de reunião e zonas de buffer que uma coisa anulava a outra.

Ele foi até a mesa de Kari.

— Começou cedo hoje.

Um rosto amassado de sono olhou para cima.

— Bom dia para você também, Simon Kefas.

— Obrigado. Conseguiu achar alguma coisa?

— Primeiro procurei uma conexão entre Iversen e Kalle Farrisen. Não achei nada. Depois pesquisei as condenações de Sonny Lofthus e outros suspeitos em potencial. Lofthus foi condenado pelo homicídio de uma garota não identificada, possivelmente vietnamita, que morreu de overdose e por cuja morte a polícia primeiro suspeitou de Kalle Farrisen. Mas Lofthus também cumpriu pena pelo homicídio de Oliver Jovic, traficante sérvio de Kosovo que estava entrando no mercado quando, de repente, foi encontrado no parque Sten com uma garrafa de Coca-Cola na garganta.

Simon fez uma careta.

— Cortaram a jugular?

— Não, assim não. Enfiaram uma garrafa de Coca pela boca e fizeram descer pela garganta.

— *Descer* pela garganta?

— É, o gargalo primeiro. Assim desliza mais fácil. Empurraram até o fundo da garrafa ficar preso atrás dos dentes.

— Como é que você...

— Eu vi as fotos. O pessoal da Narcóticos achou que era uma mensagem para a concorrência, para mostrar o que aconteceria com quem tentasse ficar com uma parte muito grande do mercado de cocaína. — Ela olhou rapidamente para Simon e acrescentou: — Coca, de cocaína.

— Sim, eu entendi.

— Começaram uma investigação, que não levou a lugar nenhum. O caso nunca foi arquivado, mas quase nada aconteceu até que Sonny Lofthus foi preso pelo homicídio da garota asiática. Aí ele aproveitou para confessar o homicídio de Jovic. No protocolo da interrogação consta que Jovic e ele se encontraram no parque para tratar de uma dívida, mas que Lofthus não tinha dinheiro, então Jovic o ameaçou com uma pistola. Lofthus pulou para cima dele e o jogou no chão. A polícia deve ter achado que parecia razoável, até porque Lofthus era lutador.

— Hmm.

— O mais interessante é que a polícia achou uma impressão digital na garrafa.

— E?

— E não era de Lofthus.

Simon assentiu.

— E como Lofthus explicou isso?

— Ele disse que tinha apanhado a garrafa vazia em uma lixeira nas proximidades. Que viciados como ele fazem isso o tempo todo.

— E?

— Viciados não recolhem garrafas usadas para vender para reciclagem. Desse jeito, demorariam muito para conseguir juntar dinheiro, e eles precisam da dose diária. Além disso, no relatório constava que a impressão digital era de um polegar, no fundo da garrafa.

Simon já sabia o que ela queria dizer, mas não quis tomar a dianteira e arruinar a história.

— Quem é que coloca o polegar no fundo da garrafa para beber? Agora, quando se quer empurrá-la goela abaixo...

— E você acha que a polícia não pensou nisso, naquele tempo?

Kari deu de ombros.

— O que eu acho é que a polícia nunca priorizou casos de traficantes que matam outros traficantes. Tampouco acharam alguma impressão digital no banco de dados que correspondesse às digitais da garrafa. Então, quando alguém confessa a autoria de um caso que já está parado há algum tempo...

— Eles agradecem, marcam como solucionado e seguem com a vida.

— É assim que vocês trabalham, não é?

Simon suspirou. *Vocês*. Ele lera no jornal que a reputação da polícia entre a população estava subindo novamente, depois dos acontecimentos dos anos anteriores, mas ainda assim eles só eram um pouco mais populares que a companhia ferroviária. *Vocês*. Kari já devia estar soltando fogos de alegria por não ter que ficar naquele escritório de plano aberto por muito tempo.

— Então temos dois homicídios pelos quais Sonny Lofthus foi condenado — recapitulou Simon. — Em ambos os casos, os suspeitos parecem estar envolvidos com drogas. Você acha que ele é um bode expiatório profissional?

— Você não acha?

— Talvez, mas ainda não há nada que indique que ele ou Farrisen estejam ligados a Agnete Iversen.

— Há um terceiro homicídio — disse Kari. — Eva Morsand.

— A esposa do armador — lembrou Simon, pensando em café e na máquina de café. — Distrito policial de Buskerud.

— Isso. Cortaram o topo da cabeça. Sonny Lofthus também foi suspeito desse caso.

— Não pode ser. Ele estava preso quando aconteceu.

— Não. Foi durante uma saída temporária, e ele estava nas proximidades. Encontraram até um fio de cabelo dele na cena do crime.

— Você está de brincadeira — reclamou Simon, que já esquecera o café. — Isso teria saído nos jornais. Homicida notório ligado à cena do crime. A imprensa adora esse tipo de notícia.

— O responsável pela investigação em Buskerud decidiu não torná-la pública — disse Kari.

— Por que não?

— Pergunte para ele.

Kari apontou, e Simon percebeu a presença de um homem alto e largo que caminhava da máquina de café até eles com um copo na mão. Vestia um suéter grosso de lã, apesar do calor de verão.

— Henrik Westad — apresentou-se o homem, estendendo a mão. — Inspetor-chefe do distrito policial de Buskerud. Sou o responsável pelo caso Eva Morsand.

— Pedi que ele viesse hoje de manhã, para conversarmos — explicou Kari.

— Você veio de Drammen para cá na hora do rush? — perguntou Simon, apertando sua mão. — Obrigado.

— *Antes* da hora do rush — corrigiu Westad. — Estamos aqui desde as seis e meia. Não achei que houvesse muito a dizer sobre essa investigação, mas sua colega é bastante minuciosa. — Ele acenou para Kari e sentou-se na cadeira de frente para ela.

— Por que vocês não divulgaram a informação de que tinham encontrado o fio de cabelo de um assassino condenado? — questionou Simon, e olhou com inveja para o copo que o outro levava à boca. — É mais ou menos a mesma coisa que dizer que vocês solucionaram o caso. A polícia não costuma esconder notícias boas.

— Verdade — concordou Westad —, principalmente quando o dono do cabelo confessa o crime durante o primeiro interrogatório.

— Então o que foi que aconteceu?

— Leif aconteceu.

— Quem é Leif?

Westad assentiu lentamente.

— Eu poderia ter divulgado a informação logo depois do primeiro interrogatório. Mas havia algo estranho. Alguma coisa na... atitude dele. Então decidi esperar. No segundo interrogatório, ele retirou a confissão e alegou que tinha um álibi. Um cara que se chamava Leif, que tinha um adesivo de "Eu amo Drammen" em seu Volvo azul e que Sonny, por algum motivo, acreditava que tinha um problema cardíaco. Então eu verifiquei com o revendedor da Volvo em Buskerud e com o departamento de cardiologia do Hospital de Buskerud.

— E?

— Leif Krognæss, 53 anos. Mora em Konnerud, em Drammen, e imediatamente reconheceu o cara na foto que eu mostrei para ele. Disse que o havia visto em um ponto de parada da rodovia que passa por Drammensveien. Um daqueles lugares com mesas e bancos onde você pode se sentar para apreciar a natureza. Nesse dia, Leif Krognæss tinha decidido dar um passeio de carro e ficou horas sentado no ponto de parada, porque sentia uma exaustão fora do normal. Não são muitos os que costumam ficar por lá, a maioria prefere a estrada nova. Além disso, tem uma lagoa infestada de mosquitos ali perto. Bem, então naquele dia havia dois homens sentados à outra mesa. Ficaram sentados lá, sem fazer nada, durante horas, sem trocar uma palavra sequer, como se estivessem esperando alguma coisa. Então um deles olhou para o relógio e disse que podiam ir embora. Quando passaram pela mesa de Krognæss, o outro perguntou como ele se chamava e disse que deveria ir ao médico, pois havia algo de errado com seu coração. Depois, o outro cara o levou embora, e naquele momento Krognæss pensou que fosse um paciente psiquiátrico que tivessem levado para passear, e que os dois tinham se perdido.

— Mas ele não esqueceu esse episódio — disse Kari. — Por isso foi ao médico, que encontrou um problema no coração dele e o internou imediatamente. E é por isso que Leif se lembra de um cara com quem ele mal falou num ponto de parada na rodovia ao lado do rio Drammen.

— É — concordou Westad —, Leif Krognæss disse que esse cara salvou a vida dele. Mas a questão não é essa. A questão é que a perícia médica constata que isso aconteceu no momento em que Eva Morsand foi morta.

Simon assentiu.

— E o fio de cabelo, como é que acabou na cena do crime? Vocês não checaram?

Westad deu de ombros.

— Como eu falei, o suspeito tem um álibi.

Simon percebeu que Westad ainda não tinha dito o nome do garoto. Ele pigarreou.

— Então pode ser que o fio de cabelo tenha sido plantado na cena do crime. E se essa saída temporária foi arranjada para parecer que Sonny Lofthus é culpado, um dos oficiais da Staten também faz parte do esquema. É por isso que esse caso corre em silêncio?

Henrik Westad empurrou o copo de café para o centro da mesa de Kari. Talvez não lhe apetecesse mais.

— Recebi ordens para me manter em silêncio — contou ele. — Aparentemente, meu chefe recebeu o recado de alguém lá de cima para deixar o caso parado até que tudo seja verificado.

— Eles querem checar todos os fatos antes que o escândalo se torne público — completou Kari.

— Esperemos que seja só isso mesmo — murmurou Simon. — Mas então por que você está contando isso para nós, Westad, se recebeu ordens de ficar calado?

Westad deu de ombros novamente.

— É muito difícil ser o único a saber dos fatos. E quando Kari me contou que trabalhava com Simon Kefas... Bem, você é conhecido por ser uma pessoa íntegra.

Simon olhou para Westad.

— Você sabe que isso é apenas outra palavra para encrenqueiro, não é?

— Sei — disse Westad. — Não quero encrenca. Como falei, só não queria mais ser o único a saber da história.

— Assim você se sente mais seguro?

Westad deu de ombros pela terceira vez. Sentado, não parecia mais tão alto e largo. E, apesar do suéter de lã, parecia sentir frio.

O silêncio era absoluto na sala retangular de reunião.

O olhar de Hugo Nestor estava fixo na cadeira na outra extremidade da mesa.

A cadeira de couro branco de búfalo com o encosto alto estava virada para o outro lado.

O homem na cadeira pedira uma explicação.

Nestor elevou o olhar para o quadro na parede, acima da cadeira. Era uma crucificação. Grotesca, sangrenta e excessivamente rica em detalhes. O homem na cruz tinha dois chifres na testa e olhos vermelhos ardentes. À exceção disso, a semelhança era óbvia. Diziam que o artista pintara o quadro depois que o homem na cadeira lhe cortara dois dedos em razão de uma dívida. Essa parte era verdade — o próprio Nestor estava lá quando aconteceu. Também diziam que o homem na cadeira tinha removido o quadro da galeria apenas doze horas depois de o artista colocá-lo em exposição. O quadro e o fígado do artista. Essa parte *não* era verdade. Foram só oito horas, e foi o baço que removeram.

Quanto ao couro de búfalo, Nestor não podia confirmar nem negar a história de que o homem na cadeira pagara 13.500 dólares para poder caçar e matar um búfalo branco, que é o animal mais sagrado para os indígenas Lakota Sioux, que ele caçou com uma besta e que, quando o animal não morreu mesmo depois de duas flechas no coração, o homem na cadeira montou no animal de meia tonelada e torceu-lhe o pescoço com a musculatura da coxa. Nestor não via nenhum motivo para duvidar da história. Afinal, a diferença de peso entre o homem na cadeira e o animal não era *tão* grande.

Hugo Nestor tirou os olhos do quadro. Além dele e do homem atrás da pele de búfalo, havia outras três pessoas presentes. Nestor ergueu e abaixou os ombros, sentiu a camisa colar-se às costas por dentro do paletó. Raramente suava. Não somente porque evitava sol, algodão de baixa qualidade, exercícios, sexo ou qualquer outra coisa que exigisse esforço físico, mas porque, de acordo com o médico, tinha um problema em seu termostato interno, que é o que faz com que as pessoas transpirem. Então, mesmo quando se esforçava, não suava, apenas corria o risco de superaquecimento. Uma condição genética que apenas confirmava aquilo que sempre soubera: que seus supostos pais na verdade não eram seus pais verdadeiros, e que os sonhos que tinha, deitado em um berço em um lugar que parecia a Kiev dos anos 1970, não eram apenas sonhos, mas suas primeiras lembranças de vida.

Mas o fato era que agora estava suando. Embora tivesse boas notícias, estava suando.

O homem na cadeira não tinha ficado furioso. Não tinha se irritado por causa da droga nem pelo dinheiro que fora roubado do escritório de Kalle Farrisen. Tampouco tinha gritado alguma coisa sobre o desaparecimento de Sylvester, nem rugido por que caralhos ainda não tinham encontrado Lofthus, mesmo sabendo tudo que estava em jogo. Havia quatro possíveis cenários, e três deles eram ruins. Cenário ruim um: Sonny matara Agnete Iversen, Kalle e Sylvester, e continuaria a matar todos com quem eles trabalhavam. Cenário ruim dois: Sonny era preso, confessava e revelava quem estava por trás dos homicídios que ele confessara autoria. Cenário ruim três: sem a confissão de Sonny, Yngve Morsand era preso pelo homicídio da esposa, não aguentava a pressão e contava à polícia o que acontecera.

Quando Morsand os procurara para dizer que queria que a esposa morresse, Nestor pensou que buscava um matador de aluguel, mas Morsand insistiu que ele mesmo queria ter o prazer de matá-la. Queria apenas alguém que confessasse a autoria do crime, pois um marido traído seria automaticamente o principal suspeito. E tudo pode ser comprado, só depende do preço. Nesse caso, três milhões de coroas. Um preço razoável por uma prisão perpétua, argumentou Nestor, e Morsand concordou. Depois, quando Morsand contou que queria amarrar a vadia, colocar a serra na testa dela e olhar em seus olhos enquanto lhe arrancasse a cabeça, os cabelos da nuca de Nestor se arrepiaram, em um misto de horror e excitação. Combinaram tudo com Arild Franck. A saída temporária do garoto, que passaria o tempo com um agente penitenciário bem pago, da confiança de Franck, um sujeito solitário de Kaupang com fetiche por gordas e que gastava todo o seu dinheiro com cocaína, pagamento de dívidas e putas tão imensas e feias que elas é que lhe deveriam pagar.

O quarto cenário, o único bom, era bastante simples: achar o garoto e matá-lo. Deveria ser simples. E já deveria ter acontecido havia muito tempo.

Apesar disso, o homem na cadeira falava sussurrando, com uma voz grave. E era a voz que fazia Nestor suar. Por trás do encosto da cadeira, ele pedira uma explicação para Nestor. Só isso. Uma explicação. Nestor pigarreou e torceu para que a voz não traísse o medo que sentia; o medo que sempre sentia quando estava na presença do grandalhão.

— Voltamos à casa e procuramos o Sylvester, mas tudo que achamos foi uma cadeira com um buraco de bala no encosto. Checamos com o nosso contato na central de operações da Telenor, mas nenhuma das estações Radio Base recebeu sinais do celular do Sylvester a partir de meia-noite. Isso significa que ou Lofthus o desmontou, ou o aparelho se encontra num lugar sem cobertura. De qualquer maneira, é provável que ele não esteja mais vivo.

A cadeira do outro lado da mesa se virou lentamente, e ele apareceu. Como uma réplica do quadro acima. O corpo monstruoso, músculos que faziam com que o terno ficasse apertado em todos os lugares, a testa alta, o bigode antiquado, as sobrancelhas densas e um olhar sonolento que enganava. E agora Hugo Nestor tentava encará-lo. Nestor já havia matado homens, mulheres e crianças e olhado em seus olhos enquanto o fazia, sem nem piscar. Muito pelo contrário, gostava de observá-los para ver se conseguia encontrar o medo de morrer, a ciência sobre o que está prestes a acontecer, a percepção que as pessoas à beira da morte têm no limiar do além. Como a bielorrussa cuja garganta ele cortara quando o outro se recusou a fazê-lo. Ele fitou seu olhar suplicante. Foi como se estivesse entorpecido com a mistura dos próprios sentimentos: o ódio do outro e a capitulação e fraqueza da mulher. Entorpecido por ter a vida de outra pessoa nas mãos e pelo poder de decidir se — quando — praticaria o ato que a encerraria. Ele poderia prolongar sua vida por um segundo, mais outro. Outro mais. Ou não. Era ele quem decidia. E imaginava que isso fosse o mais próximo que chegaria do êxtase sexual de que outras pessoas falavam, algo que, para ele, estava ligado a um sentimento de desconforto e uma tentativa constrangedora de aparentar ser uma pessoa normal. Ele lera em algum lugar que apenas uma em cada cem pessoas era assexual. Ou seja, ele era uma exceção. Mas não era anormal. Pelo contrário, podia se concentrar em conseguir o que queria, construir sua vida, sua reputação, gozar do medo e do respeito que sentiam por ele, sem toda a distração e perda de energia provenientes de uma vida de narcomania sexual. Isso não era racional e, portanto, normal? Ou seja, era uma pessoa normal que não tinha medo da morte, apenas curiosidade. Além disso, ele tinha *boas* notícias para o grandalhão. Ainda assim, não conseguia fitar o olhar dele nem por cinco segundos, pois o que via lá dentro era mais frio e vazio do que morte e aniquilação. Era perdição. Era a promessa de que você tinha uma alma, e de que ela seria tomada de você.

— Mas recebemos uma dica sobre seu possível paradeiro — acrescentou Nestor.

O grandalhão elevou uma das sobrancelhas marcantes.

— Dica de quem?

— Do Coco. Um traficante que até pouco tempo atrás morava no Centro Ila.

— O maluco com o canivete, não é?

Nestor nunca descobrira como o grandalhão conseguia todas as informações. Nunca estava nas ruas, e Nestor não conhecia ninguém que já houvesse falado com ele, muito menos que o houvesse visto. E mesmo assim ele sabia de tudo. Era sempre assim. Na época do informante, isso era compreensível, pois tinham acesso completo a tudo que acontecia na polícia. Mas depois que mataram Ab Lofthus, pois estava prestes a descobrir todo o esquema, as atividades do informante pareciam ter acabado. Isso acontecera quase quinze anos antes, e Nestor já havia se conformado com o fato de que provavelmente nunca descobririam quem era.

— Ele falou sobre um cara no Centro Ila que tinha tanto dinheiro que liquidou a dívida do companheiro de quarto — contou Nestor, com seu tom de voz ensaiado e com um R que ele achava ser eslavo oriental. — Doze mil coroas, em dinheiro.

— Ninguém do Centro Ila paga a dívida dos outros — disse Vargen, um homem mais velho, responsável pelo tráfico de garotas.

— Exatamente — concordou Nestor —, e ele fez isso mesmo depois que o outro o acusou de ter roubado uns brincos de ouro. Então eu pensei que...

— Você pensou no dinheiro que foi roubado do cofre de Kalle — deduziu o grandalhão. — E que os brincos foram roubados da casa dos Iversen, não é?

— Exatamente. Então eu visitei Coco e mostrei a ele uma foto do garoto. E ele confirmou que é Sonny Lofthus. Sei até o quarto dele. 323. A pergunta é somente quando vamos... — Nestor uniu a ponta dos dedos das mãos e fez um barulho com os lábios como que para avaliar o sabor de sinônimos para "matá-lo".

— Não vamos conseguir entrar — disse Vargen. — Pelo menos não despercebidos. O portão é trancado, tem recepcionistas e câmeras por toda parte.

— Podíamos usar um dos moradores para o serviço — sugeriu Voss, que fora chefe de uma companhia de segurança, mas tinha sido demitido após se envolver com a importação e venda ilegal de anabolizantes.

— Não podemos deixar isso na mão de viciados — retrucou Vargen. — Lofthus não só conseguiu escapar dos nossos caras supostamente competentes, como também parece ter matado um deles.

— Então o que é que vamos fazer? — perguntou Nestor. — Esperar por ele na rua? Colocar um atirador emboscado no prédio ao lado? Atear fogo no local e fechar as saídas de emergência?

— Não é hora para brincadeira, Nestor — disse Voss.

— Você deveria saber que eu nunca brinco. — Nestor percebeu que ficou com o rosto quente. Quente, mas não suado. — Se não o capturarmos antes da polícia...

— Boa ideia. — As duas palavras foram sussurradas muito baixo, quase inaudíveis. E mesmo assim soaram como um estrondo.

O momento seguinte foi de silêncio.

— Qual?

— *Não* o capturar antes da polícia — disse o grandalhão.

Nestor olhou ao redor para conferir que não era o único que não havia entendido.

— O que você quer dizer? — indagou.

— Exatamente o que eu disse — sussurrou o grandalhão, que então sorriu rapidamente e olhou para a única pessoa no local que ainda não tinha dito nada: — Você sabe o que estou dizendo, não é?

— Sei — respondeu a pessoa. — O garoto vai acabar na Staten. Talvez se mate, como o pai.

— Muito bem.

— Então vou informar a polícia sobre o possível paradeiro do garoto — disse a pessoa, e levantou o queixo, afastando a pele do pescoço da gola da camisa do seu uniforme verde.

— Não é necessário. Eu me encarrego da polícia — garantiu o grandalhão.

— É mesmo? — perguntou Arild Franck, surpreso.

O grandalhão se virou e se dirigiu a todos à mesa:

— E essa testemunha de Drammen?

— Está no hospital, na cardiologia — alguém disse enquanto Nestor voltava a olhar para o quadro.

— E o que vamos fazer quanto a isso? — questionou, ainda olhando para o quadro.

— O que temos que fazer — disse a voz grave.

Nestor continuou olhando para o Gêmeo pendurado na cruz.

Enforcamento.

Martha estava no sótão.

Olhava fixamente para a viga.

Dissera aos outros que queria verificar se o trabalho de organização dos arquivos estava bem-feito. Com certeza estava, não estava preocupada com isso. Não estava preocupada com nada. Só pensava nele, Stig, e era tão banal quanto trágico: estava apaixonada. Sempre dissera que não tinha a capacidade de sentir grandes emoções. Obviamente, já se apaixonara antes, várias vezes, mas não dessa maneira. As outras vezes foram como uma coceira no estômago, um jogo emocionante, que a deixava com os sentidos aguçados e as bochechas quentes. Mas isso... isso era uma doença. Algo que invadira seu corpo e agora controlava tudo que ela pensava e fazia. Perdidamente apaixonada. Era o termo correto. Estava perdida. Era demais. Era indesejado. Estava acabando com ela.

A mulher que tinha se enforcado ali... será que também sofrera do mesmo mal? Também se apaixonara por um homem que no fundo sabia que não era certo para ela? E será que estava tão apaixonada que começara a argumentar consigo mesma sobre o que é certo e o que é errado e tentara esculpir um novo sentido de moral; um que estivesse em harmonia com essa doença maravilhosa? Ou será que, assim como Martha, só descobrira tudo isso quando já era tarde demais? Durante o café da manhã, Martha fora ao quarto 323 e verificara os tênis de corrida mais uma vez. As solas tinham cheiro de detergente. Quem é que lava sola de tênis quase novos com detergente? Alguém que está escondendo algo. E por que ela havia ficado tão desesperada que precisara ir ao sótão? Meu Deus, ela nem o queria.

Ainda olhava para a viga.

Mas Martha não faria como ela. Não o denunciaria. Simplesmente não podia. Devia haver um motivo, só não sabia qual. Mas ele não era assim. No trabalho dela, Martha ouvia diariamente tantas mentiras, desculpas e tantas versões diferentes da realidade que já nem acreditava mais que alguém realmente era o que dizia ser. Mas de uma coisa ela sabia: Stig não era nenhum assassino a sangue-frio.

Sabia disso porque estava apaixonada.

Escondeu o rosto nas mãos. Queria chorar. Ficou sentada, em silêncio, tremendo. Ele quisera beijá-la. E ela quisera beijá-lo. *Queria* beijá-lo. Aqui, agora, sempre! Queria desaparecer naquele grande, maravilhoso e morno mar de sentimentos. Queria a droga, queria sucumbir, empurrar o êmbolo, sentir o efeito, o alívio e a maldição.

Ouviu o choro. Percebeu que os pelos do braço se arrepiaram. Olhou para o radiocomunicador. Choro de criança, sofrido e lamentoso.

Pensou em desligá-lo, mas mudou de ideia. O choro soava diferente dessa vez. Como se a criança estivesse com medo e clamasse por ela. Mas era a mesma, sempre a mesma. A criança dela. A criança perdida. Presa no vazio, no nada, tentando achar um caminho de volta para casa. E não havia ninguém que pudesse ou quisesse ajudá-la. Ninguém que se atrevesse. Pois não sabiam o que era, e as pessoas temem o que não sabem. Martha escutou o choro. Ficou cada vez mais alto. Depois, ouviu um chiado, e uma voz histérica:

— Martha! Martha! Responda...

Ela congelou. O que estava acontecendo?

— Martha! Estão entrando aqui! Estão armados! Meu Deus do céu, cadê você?

Martha pegou o rádio e apertou o botão.

— O que está acontecendo, Maria?

Soltou o botão.

— Uns homens de preto e com máscaras, e eles têm escudos e rifles, e são muitos! Venha logo!

Martha se levantou e correu. Ouviu os próprios pés como uma avalanche escada abaixo. Praticamente arrancou a porta que levava ao corredor do segundo andar. Viu um dos homens de preto girar e apontar para ela com um rifle curto, ou talvez fosse uma metralhadora. Viu os outros três em frente à porta do quarto 323. Dois deles seguravam um mesmo aríete curto.

— O que é...? — começou Martha, mas parou quando o homem com a metralhadora se colocou na frente dela e levou o dedo ao lugar em que devia estar sua boca, por baixo da balaclava. Ela ficou parada por um momento, até que percebeu que era somente aquela arma idiota que a impedia.

— Eu quero ver um mandado de busca agora! Vocês não podem simplesmente...

Ouviu-se um barulho ensurdecedor quando o aríete atingiu a porta, logo abaixo da fechadura. O terceiro homem abriu a porta um pouco e jogou o que pareciam ser duas granadas. Então se viraram e cobriram as orelhas. Meus Deus, será que...? O clarão que veio do vão da porta foi tão intenso que projetou a sombra dos três policiais no corredor, que já estava bem iluminado, e o estrondo foi tão forte que os ouvidos de Martha chiaram. Então eles invadiram o quarto.

— Volte para onde estava!

As palavras abafadas vieram do policial à sua frente. Parecia estar gritando.

Martha ficou parada por um momento, olhando para ele. Assim como os outros da Tropa de Choque, usava uniforme preto e colete à prova de balas. Então ela se afastou e retornou à escada. Apoiou-se na parede. Verificou os bolsos. Achou o cartão, que ainda estava no bolso traseiro da calça, como se soubesse desde o início que viria a precisar dele. Ligou para o número embaixo do nome.

— Alô?

Vozes são um meio de medição estranhamente preciso. A voz de Simon Kefas parecia cansada, estressada, mas sem a agitação que uma grande batida policial como aquela lhe daria. Além disso, ela constatou que sua voz não tinha a acústica de quem estivesse em frente ao Centro Ila ou em algum dos quartos. Estava em um local amplo, rodeado de outras pessoas.

— O seu pessoal está aqui — disse Martha —, lançando granadas!

— Perdão?

— Aqui é Martha Lian, do Centro Ila. A Tropa de Choque está aqui. Estão nos atacando.

Na pausa que se seguiu, ela ouviu uma voz anunciar algo em um alto-falante, o nome de alguém que deveria ir ao corredor do pós--operatório. O inspetor se encontrava num hospital.

— Estou indo agora mesmo — disse ele.

Martha desligou, abriu a porta e voltou ao corredor. Ouviu o chiado e o rangido de rádios.

Um homem apontou a arma para ela.

— Ei, o que foi que eu falei?

Uma voz metálica veio do rádio dele:

— Vamos levá-lo agora.

— Se quiser, pode atirar, mas eu que sou a responsável aqui, e ainda não vi nenhum mandado de busca — disse Martha, e passou pelo homem.

No mesmo momento ela os viu sair do quarto 323. Ele estava algemado, sendo levado entre os dois policiais. Estava seminu, apenas com uma cueca branca um pouco grande demais, e aparentava grande vulnerabilidade. Apesar do torso musculoso, parecia magro, caído, acabado. Uma risca fina de sangue escorria de sua orelha.

Ele ergueu o olhar. Encontrou o dela.

Então passaram por ela e saíram.

Tinha terminado.

Martha respirou aliviada.

Depois de bater na porta duas vezes, Betty pegou a chave mestra e entrou na suíte. Como de costume, se demorou um pouco, para que, caso o hóspede estivesse no quarto, ele tivesse tempo de evitar uma possível situação constrangedora. Esse era o código de conduta do Plaza Hotel, os empregados não deveriam ver nem ouvir o que não deveria ser visto nem ouvido. Mas esse não era o código de conduta de Betty. Muito pelo contrário. A mãe sempre dissera que toda a sua curiosidade a meteria em encrencas um dia. É verdade, já havia acontecido, e em mais de um dia. Mas, como recepcionista, sua curiosidade também lhe era útil. Não havia nenhum outro funcionário ali com um faro tão bom para caloteiros. Era como se fosse sua marca registrada, descobrir quem estava pensando em dormir, comer e beber sem pagar a conta. E ela era proativa. Nunca escondera sua ambição de ninguém. Durante a última reunião, seu chefe a elogiara por ser tão atenta mas ao mesmo tempo discreta e por sempre pôr em primeiro lugar os interesses do hotel. Ele dissera também que ela poderia crescer, que a recepção era apenas um lugar temporário para pessoas como ela.

Essa suíte era uma das maiores do hotel, com sala de estar e vista para a cidade toda. Bar, uma pequena cozinha, lavabo e um quarto separado, com banheiro próprio. Ouvia o chuveiro aberto no banheiro privativo.

De acordo com o registro, ele se chamava Fidel Lae, e aparentemente não tinha problemas financeiros. O terno que trazia era da marca Tiger, fora comprado em Bogstadveien mais cedo, enviado para o alfaiate para ajustes e, de lá, voltara para o hotel de táxi. Durante a alta temporada, eram os carregadores de malas que faziam isso, mas durante o verão o movimento ficava tão tranquilo que as próprias recepcionistas se encarregavam da tarefa. E Betty imediatamente se ofereceu para fazê-lo. Não porque tivesse algo concreto que justificasse sua suspeita. Quando ele fez o check-in, pagou duas noites adiantado, e caloteiros *não* faziam isso. Mas havia algo meio estranho nele. Não aparentava ser do tipo que se hospedava numa suíte na cobertura. Parecia mais do tipo que dormia na rua ou em albergues para mochileiros. Durante o check-in, ele parecera bastante inexperiente, como se fosse sua primeira vez num hotel, como alguém que tivesse aprendido tudo em teoria e agora tentava fazer com que parecesse natural. E pagara em dinheiro.

Betty abriu as portas do armário na sala de estar, viu uma gravata e outras duas camisas penduradas, também da marca Tiger, com certeza compradas no mesmo lugar. No chão havia um par de sapatos novos, de couro preto. Leu o nome Vass na palmilha. Pendurou o terno ao lado de uma mala alta e macia, com rodinhas. Era quase tão alta quanto ela. Betty já vira malas assim. Eram utilizadas para levar snowboard ou pranchas de surfe. Cogitou abrir o zíper, mas, em vez disso, empurrou o tecido com o dedo, e não sentiu resistência. Estava vazia, ou pelo menos não carregava nenhuma prancha. Do lado da mala estava o único objeto no armário que não parecia novo: uma mochila vermelha com os dizeres *Clube de luta greco-romana de Oslo*.

Fechou as portas do armário, foi em direção à porta do quarto, que estava aberta, e gritou à porta do banheiro:

— Sr. Lae! Com licença, Sr. Lae!

Ela ouviu o chuveiro ser desligado, e logo depois apareceu um homem com o cabelo molhado, penteado para trás, e o rosto todo coberto com espuma de barbear.

— Pendurei o terno do senhor no armário. Fui avisada de que deveria apanhar uma carta aqui, para ser enviada.

— Ah, sim. Muito obrigado. Pode esperar um minutinho?

Betty foi até a janela da sala. Olhou para a Ópera de Oslo e para o fiorde. Os novos arranha-céus estavam próximos uns dos outros, como estacas de uma cerca. Ekebergåsen. O prédio dos correios. A prefeitura. As vias férreas, que vinham de todo o país e uniam-se como um feixe de nervos bem embaixo, na Estação Central de Oslo. Viu uma carteira de habilitação sobre a grande escrivaninha. Não era de Lae. Ao lado da carteira havia uma tesoura e uma foto 3x4 de Lae, com seus óculos quadrados, proeminentes, de armação preta, que Betty tinha notado no momento do check-in. Também havia duas maletas idênticas sobre a mesa, aparentemente novas. Dava para ver um pedaço de uma sacola plástica saindo por baixo da tampa de uma delas. Prestou atenção na sacola. Plástico transparente, com traços de alguma coisa branca dentro.

Deu dois passos para trás, para olhar dentro do quarto. A porta do banheiro estava aberta, e ela via as costas do hóspede, que estava na frente do espelho. Estava coberto por uma toalha e bastante concentrado em fazer a barba. Isso significava que ela ainda tinha um pouco de tempo.

Tentou abrir a maleta onde a sacola de plástico estava. Trancada.

Olhou para o cadeado de números. Os pequenos cilindros de metal mostravam 0999. Olhou para a outra maleta. 1999. Será que as duas tinham a mesma senha? Nesse caso, talvez fosse 1999. Um ano. Talvez o ano de nascimento de alguém. Ou a música do Prince. Então não estava trancada.

Betty ouviu a torneira ser aberta lá dentro. Ele estava lavando o rosto. Ela não deveria...

Abriu a outra maleta. Levou um susto.

Estava completamente cheia de notas.

Betty ouviu passos vindos do quarto e apressou-se a fechar a maleta. Afastou-se rapidamente e colocou-se ao lado da porta para o corredor, o coração a mil.

Ele saiu do quarto e olhou sorridente para ela. Mas estava diferente. Talvez fosse a falta dos óculos. Talvez fosse o papel ensanguentado sobre o olho. Naquele momento ela entendeu. Tinha raspado as sobrancelhas. Mas quem é que faz uma coisa dessas? Com exceção de Bob Geldof em *The Wall*, claro. Mas ele era louco. Pelo menos fazia um papel de louco. E aquele homem ali na frente dela? Será que era louco também? Não. Loucos não costumam ter uma maleta cheia de dinheiro, só *acham* que têm uma maleta cheia de dinheiro.

Ele abriu a gaveta da escrivaninha, pegou um envelope marrom e lhe entregou.

— Acha que é possível enviar ainda hoje?

— Pode ter certeza — disse ela, torcendo para que ele não percebesse seu nervosismo.

— Muito obrigado, Betty.

Ela ficou surpresa. Depois, lembrou que seu nome estava no crachá.

— Tenha um bom-dia, Sr. Lae.

Ela sorriu e levou a mão à maçaneta.

— Espere, Betty...

Ela se deu conta de que seu sorriso congelou. Ele devia ter percebido que ela abrira a maleta, e agora ia...

— Talvez seja... comum dar uma gorjeta por esse tipo de serviço.

Ela respirou aliviada.

— Imagine, Sr. Lae. Não é necessário.

Só quando estava no elevador foi que percebeu como estava suada. Por que é que nunca conseguia controlar sua curiosidade? Não podia contar a ninguém que andara mexendo nas coisas dos hóspedes. E quem disse que era ilegal ter dinheiro em uma maleta? Ainda mais um policial, por exemplo. Pois era isso que estava no envelope. *Sede da Polícia, rua Grønlandsleiret, 44. A/C: Simon Kefas.*

Simon Kefas estava no quarto 323 e olhava ao redor.

— Quer dizer que a Tropa de Choque invadiu o local? — questionou ele. — E eles levaram o morador que dormia na cama de baixo? Johnny de quê?

— Puma — respondeu Martha. — Eu liguei porque pensei que você talvez...

— Não, eu não tive nada a ver com isso. Com quem é que Johnny divide o quarto?

— O homem se apresenta como Stig Berger.

— Hmm. E onde está esse Stig?

— Não sei. Ninguém sabe. A polícia já perguntou a todos por aqui. Mas olhe, se não foi você, gostaria de saber quem foi o responsável por chamar a Tropa de Choque.

— Não sei — disse Simon, e abriu o armário. — Eles só podem ser acionados com a autorização do comissário de polícia. Veja com ele. Essas são as roupas de Stig Berger?

— Até onde eu sei, sim.

Ele tinha a impressão de que ela estava mentindo, que ela sabia muito bem que eram as roupas dele. Pegou o tênis azul tamanho 43 que estava no piso do armário. Colocou-os de volta, fechou o armário e viu a foto pregada na parede ao lado. O pouco de dúvida que ainda tinha desapareceu.

— O nome dele é Sonny Lofthus — revelou Simon.

— O quê?

— O outro que dorme aqui. Ele se chama Sonny, e essa foto é do pai dele, Ab Lofthus. O pai era policial. O filho se tornou um assassino. E até agora matou seis pessoas. Se quiser, pode reclamar com o comissário, mas acho que podemos afirmar que a ação da Tropa de Choque foi justificada.

Ele percebeu que o rosto dela pareceu endurecer e as pupilas se contraíram, como se de repente estivesse claro demais. O pessoal do Centro Ila já havia visto de tudo, mas mesmo assim era obviamente um choque saber que haviam hospedado um assassino em série.

Simon se agachou e viu um objeto embaixo do beliche. Apanhou.

— O que é isso? — perguntou Martha.

— Uma granada de atordoamento — respondeu Simon, segurando um objeto cor de azeitona que parecia o manete do guidão de uma bicicleta. — Dispara um forte flash de luz e um estrondo de 170 decibéis. Não é perigoso, mas deixa as pessoas cegas, surdas, tontas e desorientadas por alguns segundos, para que a Tropa de Choque faça o que precisar fazer. Mas esqueceram de puxar o pino dessa, então não detonou. Pessoas cometem erros sob pressão. É assim que são as coisas. Não é?

Ele olhou para o tênis e depois para ela. Mas, quando ela o encarou, seu olhar era firme e decidido. Ele não viu nada lá.

— Tenho que voltar ao hospital — disse Simon. — Você me liga se ele voltar?

— Você está bem?

— Não muito — respondeu Simon —, mas é minha esposa que está internada. Ela está ficando cega.

Ele olhou para as próprias mãos e quase acrescentou: *Assim como eu.*

28

Hugo Nestor amava o Vermont, um dos poucos lugares que era, ao mesmo tempo, restaurante, bar e boate e cumpria todas as funções com êxito. A clientela era composta de ricos e bonitos, não bonitos e ricos, não ricos e bonitos, uma camada de celebridades, financistas meio que bem-sucedidos e pessoas que trabalhavam à noite no ramo de entretenimento, além de criminosos bem-sucedidos. Era lá, no Vermont, que a gangue Tveita, assim como pessoas envolvidas com lavagem de dinheiro, assaltos a bancos, correios e carros-fortes compravam litros e mais litros de Dom Perignon e — visto que as strippers norueguesas atualmente não tinham tanto esmero — encomendavam strippers diretamente de Copenhague para uma dança privada em seus quartos VIP. Usavam canudos para soprar cocaína em diversos orifícios das strippers e em seus próprios, enquanto garçons passavam com ostras, trufas Périgord e foie gras de gansos que tinham sido tão bem tratados quanto eles mesmos. Em suma, o Vermont era um lugar com estilo e tradição. Um lugar onde Hugo Nestor e seus homens podiam se sentar todas as noites à sua mesa isolada e ver o mundo ir para o buraco. Um lugar onde se podiam fazer negócios, e banqueiros e financistas podiam se misturar com criminosos sem que os policiais que frequentavam o Vermont se importassem muito.

Por isso o pedido do homem agora sentado à mesa não fora dos mais incomuns. Ele chegara, olhara ao redor e atravessara a multidão de gente na direção da mesa deles, mas foi parado por Bo quando tentou passar por cima da corda vermelha que os separava. Depois de trocar algumas palavras com Bo, este foi até Nestor e sussurrou no ouvido dele:

— Ele quer uma garota asiática. Disse que é para um cliente que paga muito bem.

Nestor inclinou a cabeça para o lado e tomou um gole de champanhe. Pensou em um provérbio que o Gêmeo dizia, do qual Nestor se apoderara: *Dinheiro compra champanhe.*

— Você acha que ele tem jeito de policial?

— Não.

— Eu também não. Ofereça uma cadeira.

O cara usava um terno que parecia caro, camisa bem passada e gravata. Sobrancelhas claras e óculos marcantes, exclusivos. Não, na verdade, não tinha sobrancelhas.

— Ela tem que ter menos de 20 anos.

— Não tenho a mínima ideia do que você está falando — disse Nestor. — Por que você está aqui?

— Meu cliente é amigo de Iver Iversen.

Hugo Nestor olhou para ele com mais atenção. Tampouco tinha cílios. Talvez tivesse alopecia universal, assim como o irmão de Hugo. *Suposto* irmão. Não tinha nenhum fio de cabelo no corpo. Então o cabelo desse cara devia ser peruca.

— Meu cliente trabalha no ramo de transporte marítimo. Paga em dinheiro e heroína que veio de navio. Vocês provavelmente sabem melhor do que eu o que isso significa quanto ao grau de pureza.

Menos paradas. Menos pessoas misturando a droga.

— Deixe-me ligar para Iversen primeiro — disse Nestor.

O cara balançou a cabeça.

— Meu cliente exige discrição total. Ninguém pode saber disso, nem Iversen. Se Iversen fala para os amigos mais próximos o que ele costuma fazer, é problema dele.

Que pode vir a ser problema nosso, pensou Nestor. Quem era aquele cara? Não aparentava ser garoto de recados. Talvez um *protégé*? Um advogado de família, altamente confiável?

— Eu naturalmente entendo que um pedido como esse, vindo de uma pessoa que vocês não conhecem, gera desconfiança e requer uma caução extra para garantir uma transação segura. Por isso, meu cliente e eu sugerimos um adiantamento para provar nossa seriedade. E aí, o que me diz?

— Eu digo quatrocentos mil — respondeu Nestor. — É apenas um número, pois ainda não tenho a mínima ideia do que você está falando.

— Claro que não — retrucou o cara. — Vamos providenciar.

— Para quando?

— Para hoje à noite.

— Hoje à noite?

— Eu volto a Londres amanhã cedo. O adiantamento está na minha suíte no Plaza.

Nestor trocou olhares com Bo. Então esvaziou a taça fina de champanhe num gole só.

— Ainda não entendi nenhuma palavra, *mister*. A não ser que você esteja nos convidando para uma taça de champanhe na sua suíte.

O cara abriu um sorriso breve.

— É exatamente isso.

Revistaram o cara assim que chegaram ao estacionamento. Bo o segurou enquanto Nestor procurava armas ou microfones. O cara permitiu sem nenhum protesto. Não tinha nada.

Bo dirigiu a limusine até o Plaza, e eles caminharam do estacionamento atrás da Arena Spektrum até o alto prisma de vidro que era o hotel. Dentro do elevador panorâmico, olharam para a cidade, e Nestor pensou que era como uma metáfora, que as pessoas lá embaixo ficavam cada vez menores enquanto ele subia.

Bo apanhou a pistola assim que o cara abriu a porta da suíte para eles. Não havia nenhuma razão aparente para uma emboscada. Até onde ele sabia, Nestor não tinha nenhum inimigo vivo, tampouco disputas mal resolvidas no mercado, e a polícia, se quisesse, podia até prendê-lo, mas não tinha nenhuma prova contra ele. Mesmo assim, sentia uma leve inquietação e não sabia bem por quê. Quer dizer, convenceu-se de que era um estado de alerta profissional, não baixar a guarda, algo que outras pessoas do ramo deveriam aprender. Não era à toa que chegara aonde chegara.

A suíte até que era boa. Tinha uma vista incrível, isso ele precisava admitir. O cara havia posto duas maletas na mesa de centro. Enquanto Bo verificava os outros cômodos, o cara foi até o bar e começou a preparar uns drinques.

— Aqui está — disse ele, apontando para as maletas.

Nestor parou ao lado da mesa e abriu uma, depois a outra.

Havia mais de quatrocentos mil. Só podia ser mais.

E se a droga na outra maleta fosse tão pura quanto o cara tinha falado, era mais do que suficiente para comprar um pequeno vilarejo, cheio de garotas asiáticas.

— Você se importa que eu ligue a TV? — indagou Nestor, e pegou o controle remoto.

— Fique à vontade — disse o cara, que estava preparando os drinques, algo que não parecia ter o costume de fazer, mas pelo menos estava cortando rodelas de limão para três copos de gim-tônica.

Nestor apertou o botão da TV a cabo, passou pelos canais infantis e de família até chegar aos dos filmes pornográficos, escolheu um e aumentou o volume. Depois, foi até o bar.

— Ela tem 16 anos e vai ser entregue no estacionamento de Ingierstrand à meia-noite de amanhã. Você para no meio do estacionamento e não sai do carro. Um dos nossos vai até o carro, senta no banco de trás e conta o dinheiro. Depois, ele leva o dinheiro e outra pessoa traz a garota. Entendido?

Ele assentiu.

O que Nestor não disse, porque não precisava ser dito, era que a garota não estaria no mesmo carro que ia pegar o dinheiro. O dinheiro sairia do local antes de a garota chegar. O mesmo princípio usado no tráfico de drogas.

— E o dinheiro...

— Outros quatrocentos mil — disse Nestor.

— Tudo bem.

Bo voltou do quarto e ficou parado olhando para a TV. Parecia gostar do que via. A maioria gostava. Nestor apenas os achava úteis, pois tinham uma trilha sonora previsível e constante de gemidos, que impossibilitava que escutassem a conversa com algum microfone escondido.

— Amanhã à meia-noite, em Ingierstrand — repetiu Nestor.

— Que tal um brinde para comemorar? — sugeriu o cara, oferecendo dois copos.

— Obrigado, mas estou dirigindo — disse Bo.

— Ah, claro. — O cara sorriu e bateu com a mão na testa. — Coca?

Bo deu de ombros. O cara abriu uma lata de Coca-Cola, serviu-a em um copo e cortou uma nova rodela de limão.

Eles brindaram e se sentaram em volta da mesa. Nestor fez sinal para Bo, que tirou a primeira pilha de dinheiro da maleta e começou a contar em voz alta. Ele trouxera uma sacola do carro, que agora usava para pôr o dinheiro. Nunca levavam o dinheiro nas maletas dos clientes, pois podiam conter sensores que mostrariam para onde o dinheiro era levado. Quando Nestor percebeu que Bo estava contando mal, soube que havia alguma coisa errada. Só não tinha certeza do quê. Olhou ao redor. Será que as paredes haviam mudado de cor? Olhou para seu copo vazio. Olhou para o copo vazio de Bo. Depois, olhou para o copo do advogado.

— Por que é que não tem limão no seu copo? — perguntou Nestor. Parecia que sua própria voz estava bem distante.

A resposta também veio de longe:

— Tenho intolerância a frutas cítricas.

Bo tinha parado de contar, sua cabeça pendia sobre as cédulas.

— Você nos drogou — disse Nestor, e tentou pegar a faca no coldre da perna.

Ele ainda teve tempo de perceber que estava procurando na perna errada, antes que a base do abajur viesse em sua direção. Então tudo ficou escuro.

* * *

Hugo Nestor sempre gostara de música. Não desse tipo de barulho ou sequências de tons infantis que as pessoas chamavam de música, mas música para adultos pensantes. Richard Wagner. Escala cromática. Doze notas com intervalos de semitons entre uma e outra, baseadas na 12ª raiz de 2. Matemática pura, harmonia, ordem alemã. Mas o som que ouvia agora era o oposto de música. Desordem, nada a ver com nada, caos. Quando recuperou a consciência, nauseado e tonto, percebeu que estava em algum tipo de recipiente grande. Suas mãos e pés estavam amarrados por algo afiado, que lhe cortava a pele. Provavelmente braçadeira de náilon; ele usava o mesmo nas garotas. Depois que o carro parou, ele foi retirado e deu-se conta de que estava dentro de uma mala grande, com rodinhas. Meio deitado, meio em pé, foi empurrado e puxado por um terreno acidentado. Ouvia a respiração ofegante de quem puxava a mala. Nestor havia gritado e oferecido dinheiro para que o soltasse, mas não obtivera nenhuma resposta. A única coisa que ouvia era uma barulheira dissonante e atonal que ficava cada vez mais forte. Barulheira que ele reconhecera havia muito tempo, antes de estar deitado de costas no chão e — porque sabia onde estava — de saber que a água fria que atravessava o tecido da mala e do paletó era água de pântano. Cachorros. Os latidos curtos de dogos argentinos.

O que ele não sabia era do que se tratava aquilo. Quem era aquele cara e por que estava fazendo aquilo? Será que era um concorrente querendo tomar o mercado deles? Era o mesmo cara que tinha matado o Kalle? Mas por que fazê-lo dessa forma?

O zíper foi aberto e Nestor fechou os olhos, ofuscado pela luz da lanterna apontada para o rosto dele.

A mão de alguém agarrou-lhe o pescoço e o colocou de pé.

Ele abriu os olhos e encarou a pistola que brilhava meio opaca na luz. Os latidos tinham parado de repente.

— Quem era o informante? — perguntou a voz atrás da lanterna.

— O quê?

— Quem era o informante? Aquele que a polícia achava que era Ab Lofthus.

Hugo Nestor encarou a luz com os olhos apertados.

— Não sei. Pode atirar logo, porque eu não sei.

— E quem sabe?

— Ninguém. Pelo menos nenhum de nós. Talvez alguém da polícia.

A luz foi abaixada, e Nestor viu que era o tal do advogado. Tinha tirado os óculos.

— Você tem que pagar pelos seus erros — disse ele. — Quer aliviar a consciência primeiro?

Do que ele estava falando? Ele falava como um capelão. Será que tinha alguma coisa a ver com o capelão que mataram? Era apenas um pedófilo corrupto, não era possível que alguém quisesse vingá-lo.

— Não me arrependo de nada — retrucou Nestor. — Acabe logo com isso.

Sentia-se estranhamente tranquilo. Talvez fosse o efeito da droga. Ou talvez porque já pensara nisso muitas vezes, que provavelmente terminaria assim, com uma bala no meio da testa.

— Nem de ter deixado aquela garota ser atacada por um cachorro antes de cortar a garganta dela? Com esta faca...

Nestor piscou contra a luz que reluzia na faca curva. Sua própria faca.

— Não me...

— Onde vocês escondem as garotas, Nestor?

As garotas? Era isso que ele queria? Tomar o tráfico de mulheres? Nestor tentou se concentrar, mas era difícil. Seu cérebro estava meio nebuloso.

— Promete não atirar em mim se eu contar? — perguntou ele, mesmo sabendo que um "sim" teria mais ou menos o mesmo valor de um marco alemão em 1923.

— Prometo.

Então por que Nestor acreditou nele? Por que acreditou na promessa de um cara que não tinha feito outra coisa além de mentir, desde que aparecera no Vermont? Devia ser apenas seu cérebro burro que queria se agarrar àquela última chance. Pois não existia nenhuma outra, apenas esta esperança idiota, naquela noite em um canil no meio da floresta: a esperança de que aquele que o sequestrara estivesse falando a verdade.

— Rua Enerhaug, número 96.

— Muito obrigado — disse o cara, e colocou a pistola no cós da calça.

Muito obrigado?

O cara pegou o celular e começou a digitar algo que estava anotado em um post-it amarelo, que devia ser um número de telefone. O display iluminou seu rosto, e ocorreu a Nestor que talvez fosse mesmo um capelão. Um capelão que não mentia. Algo que era obviamente paradoxal, mas ele estava convencido de que havia pelo menos alguns capelães que não *sabiam* que mentiam. O cara ainda estava digitando. Devia ser uma mensagem. Enviou com um toque final. Então guardou o aparelho no bolso e olhou novamente para Nestor.

— Você fez uma boa ação, Nestor, talvez elas ainda sejam salvas — disse ele. — Achei que você talvez quisesse saber disso antes de...

Antes de *quê*? Nestor engoliu em seco. Quando o cara prometeu que não o mataria, ele tinha acreditado. Espera! Ele prometeu que não *atiraria* em Nestor. A luz da lanterna estava apontada para a jaula dos cachorros. A chave deslizou para dentro do cadeado. Agora ele podia ouvir os cachorros. Nenhum latido, apenas um som grave e harmônico, quase inaudível. Um rosnado comedido, que vinha do fundo do estômago e que aumentava em volume e em timbre, de forma lenta e controlada, assim como os contrapontos de Wagner. E agora não havia nenhuma droga capaz de suprimir seu temor. Temor que ele sentia como se fosse a água gelada de uma mangueira. Se a pressão da água pudesse pelo menos empurrá-lo embora, mas o homem estava do lado de dentro, dentro dele, e lavava a parte de dentro de sua cabeça e de seu corpo. Não era possível escapar. Era ele mesmo, Hugo Nestor, que segurava a mangueira.

Fidel Lae estava sentado no escuro, olhando para o nada. Não havia se mexido, não tinha feito um barulho sequer. Apenas se encolhera para tentar se aquecer e controlar o tremor. Reconhecera a voz dos dois homens. Um deles era o cara que tinha vindo do nada e o trancara ali dentro fazia mais de um dia. Fidel não havia comido quase nada, apenas bebido água. E sentido muito frio. Mesmo durante as noites de verão o frio invade o corpo, petrifica e persegue a pessoa. Gritara por ajuda durante algum tempo, até que sua garganta ficou seca e ele perdeu a voz. Não era mais saliva, mas sangue, o que umedecia sua garganta, e a água que ele bebia já não mais aliava; ardia e queimava como álcool.

Quando ouviu o carro, começou a gritar novamente. Começou a chorar quando sua voz não emitiu nenhum som, apenas rangia, como quando não se passa a marcha direito.

Pelo latido dos cachorros, alguém se aproximava. Rezou com esperança. Por fim, viu sua silhueta contra o céu da noite de verão. Viu que ele tinha voltado. O homem que caminhara sobre o pântano no dia anterior, agora ele andava encurvado e puxava algo atrás de si. Uma mala. Com uma pessoa viva dentro. Uma pessoa com as mãos e pés amarrados tão apertados que tinha dificuldade para ficar em pé onde estava agora, na frente do portão da jaula dos cachorros, ao lado de Fidel.

Hugo Nestor.

Estavam a apenas quatro metros de Fidel, mas mesmo assim ele não ouvia nada do que diziam. O homem abriu o cadeado e colocou a mão na cabeça de Nestor como se quisesse abençoá-lo. Disse algo. Depois, deu-lhe um pequeno empurrão na cabeça. O homem roliço de paletó deu um grito curto e caiu para trás sobre o portão, que se abriu para dentro. Os cachorros recuaram. O homem empurrou os pés de Nestor rapidamente para dentro e depois fechou o portão. Os cachorros hesitaram. De repente, Caça-Fantasma começou a se mover. Fidel viu os animais brancos se jogarem sobre Nestor. Eram tão silenciosos que Fidel ouvia o mastigar das mandíbulas, o som de carne sendo rasgada, o grunhido quase alegre dos animais e os gritos de Nestor. Um tom simples, trêmulo, estranhamente puro, subiu ao céu nórdico, onde Fidel podia ver os insetos dançando. Então o tom foi interrompido, e Fidel viu outra coisa se erguer; parecia um enxame que ia em sua direção, e ele sentiu uma chuva de pequenas gotas mornas. Fidel sabia o que era, pois já havia cortado a artéria de um alce vivo durante uma viagem de caça. Limpou o rosto com a manga do casaco e se virou para o outro lado. Viu que o homem do lado de fora da jaula também se virou. Viu que seus ombros tremiam. Como se chorasse.

29

—É madrugada — disse o médico, e esfregou os olhos. — Não prefere ir para casa e dormir um pouco? Tratamos disso amanhã.

— Não — respondeu Simon.

— Está bem. — O médico fez um sinal para que se sentasse em uma das cadeiras alinhadas ao longo da parede do corredor sem decoração do hospital.

Quando o médico se sentou ao seu lado e fez uma pausa antes de se inclinar em sua direção, Simon entendeu que tinha más notícias.

— Sua esposa não tem muito mais tempo. Para que haja alguma possibilidade de que a operação seja bem-sucedida, é preciso que ela seja operada nos próximos dias.

— E não há nada que vocês possam fazer?

O médico suspirou.

— Normalmente não recomendamos que pacientes viajem ao exterior para se submeter a procedimentos caros e privados, ainda mais quando o resultado da operação é incerto. Mas neste caso...

— Está dizendo que eu tenho que levá-la à Clínica Howell agora?

— Não estou dizendo que vocês *têm que* fazer nada. Muitos cegos levam uma vida plena, mesmo com a deficiência.

Simon assentiu enquanto passava os dedos na granada, que ainda levava no bolso. Tentou pensar. Mas era como se seu cérebro fugisse, procurasse refúgio pensando se deficiente não era uma palavra politicamente incorreta. Agora o certo não era "pessoas com necessidades especiais"? Ou será que isso (assim como "abrigo") também já não se dizia mais? Tudo acontecia com tanta rapidez que Simon não conseguia mais acompanhar, e as palavras no setor de saúde e assistência ficavam azedas mais depressa que leite.

O médico pigarreou.

— Eu... — começou Simon, mas ouviu seu celular dar um toque.

Resolveu ver o que era, estava precisando de uma pausa. Não conhecia o número do remetente da mensagem.

Era relativamente curta.

Você pode encontrar as prisioneiras do Nestor na rua Enerhaug, 96. Vá rápido. O Filho.

O Filho.

Simon digitou um número.

— Olhe, Simon — disse o médico —, eu não tenho tempo para...

— Não faz mal — cortou Simon, e fez um sinal para que ele ficasse calado quando ouviu uma voz sonolenta ao telefone:

— Falkeid.

— Oi, Sivert, aqui é Simon Kefas. Preciso de uma ação da Tropa de Choque na rua Enerhaug, 96. Em quanto tempo vocês conseguem chegar lá?

— Está no meio da madrugada.

— Não foi isso que eu perguntei.

— Trinta e cinco minutos. Você tem autorização do comissário?

— Pontius não está disponível no momento — mentiu Simon —, mas fique tranquilo, há motivos de sobra. Tráfico de mulheres. E o tempo é um fator determinante. Podem ir, eu me responsabilizo.

— Espero que você saiba o que está fazendo, Simon.

Simon desligou e olhou para o médico.

— Obrigado, doutor, vou pensar sobre o que você disse. Mas agora tenho trabalho a fazer.

* * *

Betty escutou os barulhos de sexo logo que saiu do elevador da cobertura.

— É sério, isso? — perguntou Betty.

— É a TV — respondeu o segurança que a acompanhava.

Haviam recebido reclamações dos quartos vizinhos, e Betty, como de costume, fizera uma anotação no caderno da noite da recepção: "2h13. Reclamação por barulho na suíte 4." Ligara para a suíte mas não obtivera nenhuma resposta. Depois, entrara em contato com a segurança do hotel.

Ignoraram o cartaz de "Não perturbe" e bateram na porta com força. Esperaram. Bateram novamente.

— Você parece nervosa — disse o segurança.

— Eu tenho a impressão de que esse homem está envolvido com... alguma coisa.

— Alguma coisa?

— Drogas, ou sei lá o quê.

O segurança abriu o botão de segurança do porrete e se endireitou, enquanto Betty inseria a chave mestra na fechadura. Abriu a porta.

— Sr. Lae?

A sala estava vazia. Os barulhos de sexo vinham de uma mulher com um espartilho vermelho de couro com uma cruz branca, que devia servir para indicar que era enfermeira. Betty apanhou o controle remoto na mesa de centro e desligou a televisão, e o segurança foi para o quarto. As maletas haviam sumido. Ela viu copos vazios e meio limão no bar. O limão estava ressecado, e a polpa tinha uma cor marrom estranha. Abriu as portas do guarda-roupa. O paletó, a mala grande e a mochila vermelha também haviam sumido. Era o truque mais velho do manual de caloteiros: pendurar o "Não perturbe" na porta e ligar a TV para parecer que ainda havia alguém no quarto. Mas ele tinha pagado adiantado. E ela já havia checado, não deixara nenhuma conta pendente no bar nem no restaurante.

— Tem um cara no banheiro.

Ela se virou para o segurança, que estava à porta. Entrou depois dele no quarto.

O homem no banheiro parecia abraçar a latrina. Depois de uma inspeção mais minuciosa, ela viu que ele estava amarrado pelos pulsos. Usava um terno preto, tinha cabelo louro e não parecia totalmente sóbrio. Estava drogado. Com as pálpebras pesadas, piscava sonolento para eles.

— Me soltem — pediu ele, com um sotaque que Betty não conseguiu identificar de onde era.

Ela fez um sinal para o segurança, que pegou um canivete suíço e cortou as braçadeiras.

— O que aconteceu? — perguntou ela.

O homem ficou de pé. Oscilou levemente. Tinha dificuldades em focar o olhar mareado.

— Foi só uma brincadeira boba — murmurou ele. — Eu vou embora agora...

O segurança ficou no meio do vão da porta e impediu-lhe a passagem.

Betty olhou ao redor. Nada fora quebrado. A conta estava paga. Tudo o que eles tinham eram reclamações por televisão muito alta. Mas poderiam vir a ter problemas com a polícia, confusão com a imprensa e uma má fama como local de encontro para elementos duvidosos, se resolvesse fazer algo a respeito. Seu chefe a elogiara por sua discrição e por sempre colocar os interesses do hotel em primeiro lugar. Dissera que ela poderia ir longe, que a recepção era apenas uma parada temporária para alguém como ela.

— Deixe-o ir.

Lars Gilberg acordou com o barulho nos arbustos. Virou-se. Viu o contorno de uma figura em meio aos galhos e folhas. Alguém estava tentando roubar as coisas do garoto. Gilberg saiu do seu saco de dormir sujo e ficou de pé.

— Ei, você!

A pessoa parou. Virou-se. O garoto estava diferente. Não era só o paletó. Era algo no rosto. Parecia meio inchado.

— Obrigado por cuidar das minhas coisas — disse o garoto, e acenou para a sacola que levava debaixo do braço.

— Hmm — fez Gilberg, e inclinou a cabeça para ver se conseguia identificar melhor o que tinha mudado. — Você não está encrencado, está, garoto?

— Estou, sim.

O garoto sorriu. Mas havia algo estranho no sorriso. Algo pálido. Seus lábios tremiam. Parecia que tinha chorado.

— Precisa de ajuda?

— Não, mas obrigado por perguntar.

— Hmm, ainda vamos nos ver novamente, não é?

— Acho que não. Tenha uma vida boa, Lars.

— Pode deixar. E você... — Ele deu um passo à frente e colocou a mão no ombro do garoto. — Tenha uma vida *longa*. Promete?

O garoto assentiu rapidamente.

— Dê uma olhada embaixo do seu travesseiro — disse ele.

Gilberg se virou automaticamente para sua cama embaixo da ponte. Quando se virou novamente, mal viu as costas do garoto antes de ele ser engolido pela escuridão.

Voltou ao seu saco de dormir. Notou que havia um envelope embaixo do travesseiro. Apanhou-o. "Para Lars", dizia. Ele abriu o envelope.

Lars Gilberg nunca tinha visto tanto dinheiro em toda a sua vida.

— Não era para a Tropa de Choque já ter chegado? — perguntou Kari, bocejando, e olhou para o relógio.

— Era, sim — disse Simon, e olhou para fora.

Tinham estacionado a cinquenta metros do número 96, do outro lado da rua. Era uma casa de madeira branca, de dois andares, uma das que tinham sido preservadas quando, nos anos 1960, as residências pitorescas da rua foram demolidas para dar lugar a quatro prédios residenciais. A casinha parecia tão sossegada e pacífica na noite de verão que Simon tinha dificuldades para imaginar que havia pessoas em cativeiro lá dentro.

— Estamos com a consciência um pouco pesada — disse Simon —, mas acho que cimento e vidro são mais apropriados para as pessoas de hoje em dia.

— Hã?

— Foi o que o diretor da construtora OBOS disse em 1960.

— Ah, sim. — Kari bocejou novamente. Simon perguntou-se se ele também deveria estar com a consciência um pouco pesada por tê-la tirado da cama no meio da madrugada. Afinal, não se podia dizer que ela era indispensável para aquela ação policial. — Por que é que a Tropa de Choque ainda não chegou?

— Não sei — disse Simon, e no mesmo instante o interior do carro foi iluminado pela tela do celular, que estava entre os assentos. Ele olhou para o número. — Mas logo saberemos. — Levou o telefone à orelha, devagar. — Pois não?

— Sou eu, Simon. Ninguém vai aparecer.

Simon ajeitou o retrovisor. Um psicólogo talvez pudesse explicar o que isso significava, mas fora uma reação automática à voz do outro. Simon fixou a vista no espelho, olhou para o que estava atrás.

— Por que não?

— Porque não há razão para autorizar a ação, não foi mostrada a necessidade, tampouco feita a tentativa de entrar em contato com as autoridades que podem autorizar o uso da Tropa de Choque.

— Mas você pode autorizar, Pontius.

— Posso. E já disse que não vou.

Simon xingou em silêncio.

— Escute aqui...

— Não, escute *você*. Já avisei para Falkeid cancelar a ação e disse que ele e sua equipe voltassem para a cama. O que está aprontando, Simon?

— Tenho motivo para crer que há pessoas mantidas em cativeiro na rua Enerhaug, 96. Honestamente, Pontius, isso é...

— Honestidade é bom, Simon. Lembre-se disso antes de ligar para o comandante da Tropa de Choque.

— Não havia tempo para discutir. Não *há* tempo. Você costumava confiar nas minhas decisões.

— Seu uso do pretérito é correto, Simon.

— Quer dizer que não confia mais em mim?

— Você apostou todo o seu dinheiro e perdeu, já esqueceu? Perdeu até o dinheiro da sua esposa. O que acha que isso diz sobre as suas decisões?

Simon cerrou os dentes. Houvera um tempo em que não era tão fácil prever qual dos dois ganharia uma discussão, tiraria as melhores notas ou ficaria com a garota mais bonita. A única certeza era que estavam juntos, atrás do terceiro homem da troica. Mas agora este estava morto. E, embora Simon pensasse melhor e mais rápido, Pontius Parr sempre tivera uma vantagem: pensava a longo prazo.

— Tratamos disso amanhã cedo — disse o comissário de polícia, com a autoconfiança que fazia com que as pessoas hoje em dia pensassem que Pontius sabia mais. Inclusive ele próprio. — Se você recebeu uma denúncia de tráfico nesse endereço, ainda vão estar aí amanhã. Agora, é melhor ir dormir.

Simon abriu a porta do carro, saiu e sinalizou para Kari permanecer sentada. Fechou a porta e andou alguns metros. Falou ao telefone em voz baixa:

— Não posso esperar. É urgente, Pontius.

— Por que você acha isso?

— A denúncia.

— E de onde veio a denúncia?

— Foi uma mensagem... anônima. Eu vou entrar.

— O quê? Nem pensar! Pare, Simon. Alô, você está ouvindo?

Simon olhou para o telefone. Levou-o à orelha novamente.

— *Decisão tomada por policial presente no local.* Lembra que aprendemos isso, Pontius? Que a decisão tomada no local sempre supera a ordem de quem não está presente?

— Simon! A cidade já está muito caótica do jeito que está. O governo e a imprensa estão nos pressionando por causa desses homicídios. Não dê um passo maior que a perna, Simon, ouviu? Simon!

Simon encerrou a ligação, desligou o celular e destrancou o porta-malas. Abriu a caixa de armas. Apanhou a espingarda, a pistola e as caixas de munição. Pegou os dois coletes à prova de balas que estavam soltos no bagageiro e voltou para dentro do carro.

— Vamos entrar — disse ele, e deu a espingarda e um colete para Kari.

Ela hesitou.

— Era o comissário ao telefone?

— Era — respondeu Simon, e verificou se o carregador da Glock-17 estava cheio. Colocou-o de volta no lugar. — Pode me dar a granada de atordoamento e as algemas que estão no porta-luvas?

— Granada?

— Fruto da ação da Tropa de Choque no Centro Ila.

Ela lhe deu suas algemas Peerless e a granada.

— E ele permitiu que a gente entre?

— Digamos que ele foi informado — disse Simon, e vestiu o colete de chumbo.

Kari abriu a espingarda e colocou os cartuchos com movimentos rápidos e experientes.

— Caço faisão desde os 9 anos. — Pelo visto, ela havia percebido o olhar de Simon. — Mas prefiro rifle. Então, como vamos fazer?

— No três — disse Simon.

— Quis dizer como é que vamos...

— Três. — Simon abriu a porta do carro.

O hotel Bismarck ficava bem no centro de Oslo. O pequeno estabelecimento estava localizado em Kvadraturen, berço da cidade, no cruzamento entre o mercado de drogas e o de prostituição. E alugava quartos por hora. O preço incluía toalhas, que já estavam rígidas de tanta lavagem. Os quartos não haviam sido redecorados desde que o novo dono assumira o local, dezesseis anos antes, mas as camas precisavam ser trocadas, em média, todo ano, em razão de danos provocados pelo uso constante.

Então quando Ola, que era filho do dono e trabalhava na recepção desde os 16 anos, tirou os olhos do monitor e viu, às 3h02, o homem que estava ao balcão, foi apenas normal que ele tenha imaginado que o homem estivesse no endereço errado. Não somente porque estava vestindo um terno bonito, tinha duas maletas e uma mochila vermelha, mas porque não estava acompanhado de nenhuma mulher, nem homem. No entanto, ele insistiu em pagar adiantado por uma semana, recebeu a toalha com as duas mãos e agradeceu quase que humildemente, antes de se dirigir ao quarto do segundo andar.

Então Ola voltou a ler o site do jornal *Aftenposten* sobre a onda de homicídios em Oslo, especulações sobre uma guerra de gangues e como isso podia estar relacionado com o prisioneiro que fugira da Staten. Parou e observou a foto por um instante. Clicou em outra página.

Simon parou na frente da escada da casa e sinalizou para Kari, indicando que deveria estar com a arma pronta e olhar para a janela do primeiro andar. Em seguida, subiu os três degraus e bateu de leve na porta com o nó do dedo indicador. Sussurrou "polícia". Depois, olhou para Kari para se assegurar de que ela podia testemunhar que ele seguira o procedimento. Bateu de leve mais uma vez. Sussurrou "polícia" novamente. Então agarrou o cano da pistola com firmeza e se inclinou para quebrar o vidro da janela ao lado da porta. Estava com a granada pronta na outra mão. Tinha um plano. Claro que tinha um plano. Pelo menos um tipo de plano. Um plano que dizia que surpresa e rapidez eram tudo. Um plano que apostava tudo em uma carta só. Como sempre fizera. E isso, o jovem psicólogo explicara, sempre fora o problema dele. Pesquisas mostravam que as pessoas sistematicamente exageram a probabilidade de algo improvável acontecer. Como um acidente de avião, por exemplo. Ou que seu filho seja estuprado ou sequestrado a caminho da escola. Ou que o cavalo no qual você apostou todas as economias da sua esposa chegue em primeiro lugar pela primeira vez na carreira. O psicólogo dissera que havia algo no inconsciente de Simon que era mais forte que a razão, que bastava identificar e depois entrar em diálogo com a doença, com o ditador maluco que aterrorizava e destruía sua vida. Que ele precisava procurar algo que fosse importante na sua vida. Mais importante que o ditador. Algo que amasse mais do que ao jogo. Era isso. Era Else. E ele tinha conseguido. Havia enfrentado a fera e a domara. Nunca mais tivera nenhum deslize. Pelo menos não até agora.

Respirou fundo. Já ia quebrar a janela com a pistola quando a porta se abriu.

Simon girou desorientado com a pistola na frente de si. Não foi tão rápido como costumava ser. Não tinha nem chance. Não teria nenhuma chance se o homem à porta tivesse uma arma.

— Boa noite — foi só o que o homem disse.

— Boa noite — disse Simon, e tentou se recompor. — Polícia.

— Em que posso ajudá-los?

O homem abriu a porta inteira. Ele estava completamente vestido. Calça jeans justa. Camiseta. Descalço. Nenhum lugar onde pudesse esconder uma pistola.

Simon colocou a granada no bolso e mostrou-lhe o distintivo.

— Tenho que pedir que saia e se coloque contra essa parede aqui. Agora.

O homem deu de ombros, tranquilamente, e fez como Simon mandou.

— Além das garotas, quantas pessoas estão na casa? — perguntou Simon, revistando o homem rapidamente e comprovando que estava desarmado.

— Garotas? Estou sozinho aqui. O que vocês querem?

— Me mostre onde estão.

Ele algemou o homem, empurrou-o para dentro e sinalizou para Kari entrar também. O homem disse algo.

— O quê?

— Eu disse que sua colega pode entrar também. Não tenho nada a esconder.

Simon ficou parado atrás do homem. Fixou o olhar em sua nuca. Viu uma leve contração muscular, como em um cavalo nervoso.

— Kari? — chamou Simon.

— Sim?

— Pensando bem, é melhor você ficar aí fora. Vou entrar sozinho.

— Ok.

Simon colocou a mão no ombro do homem.

— Comece a andar e não faça nenhum movimento brusco, pois estou com uma pistola nas suas costas.

— O que vocês...

— Aceite que eu, por enquanto, acredito que você seja um criminoso e posso atirar em você; depois você pode vir a receber meu incondicional pedido de desculpas.

O homem entrou no corredor sem mais protestos. Simon constatou automaticamente coisas que podiam lhe dizer algo sobre o que havia na casa. Quatro pares de sapato no chão. Ou seja, o homem *não* morava sozinho. Uma tigela de plástico com água e um tapete ao lado da porta da cozinha.

— O que aconteceu com o cachorro? — perguntou Simon.

— Que cachorro?

— É você que bebe daquela tigela?

O homem não respondeu.

— Cachorros costumam latir quando estranhos se aproximam da casa. Então, ou é um péssimo cão de guarda, ou...

— Ele está no canil. Para onde é que vamos?

Simon olhou ao redor. Não havia grades nas janelas, a porta da frente tinha apenas uma fechadura simples com a maçaneta do lado de dentro. Elas não estavam presas ali.

— Para o porão — respondeu Simon.

O homem deu de ombros. Seguiu pelo corredor. Simon sabia que tinha acertado na mosca quando viu o homem abrir a porta do porão. Tinha dois cadeados.

Sentiu o cheiro quando estava descendo a escada, o que confirmou o que já sabia. Que havia pessoas presas ali. Muitas. Segurou a pistola com mais força.

Mas não havia ninguém.

— Para que isso é usado? — perguntou Simon enquanto passavam por celas separadas por redes de aço, em vez de paredes.

— Nada de mais — disse o homem. — O cachorro fica aqui. E também guardo colchões, como você pode ver.

O cheiro era ainda mais forte ali embaixo. As garotas deviam ter estado ali fazia pouco tempo. Droga, tinham chegado tarde demais. Mas devia ser possível achar DNA nos colchões. Tudo bem, mas o que isso provava? Apenas que alguém havia estado em um colchão agora guardado num porão.

Seria estranho se *não* achassem DNA em colchões velhos. Eles não tinham nenhuma prova. Apenas uma entrada não autorizada. Merda, merda.

Simon viu um pequeno tênis sem cadarço no chão, ao lado de uma porta.

— Para onde é que aquela porta leva?

O homem deu de ombros.

— Só para a garagem.

Só. Ele tentara enfatizar a irrelevância da porta. Da mesma forma que enfatizara que Kari também poderia entrar.

Simon foi até a porta e a abriu. Viu a lateral de uma van branca que estava no caminho asfaltado entre a casa e a cerca da casa vizinha.

— Para que a van é utilizada? — perguntou Simon.

— Sou eletricista — respondeu o homem.

Simon deu alguns passos para trás. Agachou-se e apanhou o tênis do chão. Tamanho 36. Menor que o número que Else calçava. Colocou a mão dentro. Ainda estava morno. Não podiam ter se passado mais do que poucos minutos desde que alguém o tinha perdido. Naquele mesmo momento ele ouviu um som. Abafado, silenciado, mas inconfundível. Um latido. Olhou para a van. Já ia se levantar, mas levou um chute na lateral do corpo e caiu enquanto ouvia o homem gritar:

— Vai, vai! Acelera!

Simon conseguiu se virar e apontou a pistola para o homem, mas ele já estava de joelhos com as mãos atrás da cabeça, completamente rendido. O motor do carro foi ligado, com rotação tão alta que guinchava. Simon se virou para o outro lado e viu cabeças nos bancos da frente; as garotas haviam se escondido no veículo.

— Parem! Polícia!

Simon tentou se levantar, mas sentia muita dor. O homem devia ter quebrado sua costela. Antes que pudesse apontar a arma, a van já estava partindo, sumindo de vista. Mas que merda!

Ouviu-se um estrondo e o barulho de vidro quebrado.

O guincho do motor se calou.

— Fique aqui — ordenou Simon, que se levantou com um gemido e saiu da casa, meio cambaleante.

A van estava parada. Ouvia gritos e latidos frenéticos vindo de dentro.

Mas foi daquilo que viu na frente da van que Simon tirou uma foto mental para seu livro de recordações. Kari Adel com um sobretudo preto de couro, iluminada pelos faróis de uma van sem para-brisas, o cabo da espingarda apoiado logo abaixo do ombro e a mão embaixo do cano da espingarda, de onde ainda saía fumaça.

Simon foi até a lateral da van e abriu a porta do motorista.

— Polícia!

O homem ao volante não respondeu, apenas olhava para a frente em estado de choque, o sangue escorrendo da testa. Seu colo estava cheio de vidro quebrado. Simon deixou a própria dor de lado, arrancou o homem do carro e o levou ao chão.

— Nariz no asfalto e mãos atrás da cabeça! Agora!

Então contornou a van e deu o mesmo tratamento ao homem no banco do passageiro, que estava tão apático quanto o motorista.

Depois disso, Simon e Kari foram para a porta do compartimento de carga. Ouviam o cachorro latir e rosnar lá dentro. Simon agarrou a maçaneta, e Kari foi para a porta lateral, a espingarda em posição.

— Parece que ele é grande — comentou Simon. — Talvez seja melhor você ir mais para trás.

Ela assentiu e fez como ele disse. Então ele abriu a porta.

O monstro branco disparou de dentro do carro e voou direto para Kari, a boca aberta, rosnando. Aconteceu tão rápido que ela nem teve tempo de atirar. O animal caiu no chão, na frente dela, e ali ficou.

Simon olhava estupefato para a própria pistola fumegante.

— Obrigada — agradeceu-lhe Kari.

Eles se viraram para a van. No compartimento de carga, olhos arregalados e amedrontados os encaravam.

— *Police* — disse Simon. Quando percebeu que as expressões faciais não indicavam que tinham escutado boas notícias, acrescentou:
— *Good police*. Vamos ajudar vocês.

Pegou o celular e ligou. Pôs o aparelho contra a orelha e olhou para Kari.

— Você pode ligar para a central de operações e pedir para mandarem carros de patrulha?

— E para quem você está ligando?

— Para a imprensa.

30

Começava a amanhecer atrás de Enerhaugen, mas os jornalistas continuavam tirando fotos e falando com as garotas, que haviam recebido cobertores de lã e chá que Kari fizera na cozinha. Três dos jornalistas cercavam Simon, ávidos por mais detalhes.

— Não, não sabemos se há mais envolvidos além daqueles que prendemos hoje à noite — repetiu Simon. — Sim, é verdade que descobrimos este endereço por meio de uma denúncia anônima.

— Era mesmo necessário tirar a vida de um animal inocente? — perguntou uma jornalista, e apontou para o cadáver do cachorro, que Kari tinha coberto com um tapete da casa.

— Ele nos atacou.

— Atacou? — bufou ela. — Dois adultos contra um pobre cachorrinho. Vocês poderiam ter se defendido de outra maneira.

— Perda de vidas é sempre uma coisa triste — disse Simon, e, apesar de saber que não deveria, continuou: — Mas, levando-se em conta que a expectativa de vida de um cachorro é inversamente proporcional ao seu tamanho, se você olhar embaixo daquele tapete, verá que ele já não tinha mesmo muito mais tempo.

Stalsberg, um jornalista policial mais velho, o primeiro para quem Simon ligara, deu um sorriso.

Um dos veículos utilitários da polícia havia subido a colina e estacionado atrás da viatura da polícia, que, para irritação de Simon, ainda estava com a luz azul piscando no teto.

— Em vez de ficarem me fazendo perguntas, aconselho que vocês falem com o chefe.

Simon indicou com o queixo o utilitário, e os jornalistas se viraram. O homem que saiu do carro era alto, magro, tinha cabelos finos, penteados para trás, e óculos retangulares sem armação. Ele se endireitou e olhou com espanto para os jornalistas que correram em sua direção.

— Parabéns pelas prisões, Parr — elogiou Stalsberg. — Pode nos dar um comentário sobre o fato de vocês finalmente terem conseguido fazer algo contra o tráfico de mulheres? Você diria que isso foi um avanço?

Simon, que estava de braços cruzados, deu de cara com o olhar frio de Pontius Parr. O comissário de polícia assentiu quase imperceptivelmente e depois olhou para quem fizera a pergunta.

— É, com certeza, um passo importante na luta contra o tráfico de mulheres. Antes deste incidente, havíamos dito que essa seria uma de nossas prioridades, e, como vocês podem ver, isso deu frutos. Agora gostaríamos de agradecer ao inspetor-chefe Kefas e seus colegas.

Parr segurou o braço de Simon no momento em que o inspetor voltava ao carro.

— Que merda é essa que você está fazendo, Simon?

Essa era uma das coisas que Simon nunca entendera sobre seu antigo camarada: a voz dele nunca mudava de caráter nem de tom. Podia estar muito satisfeito ou furioso, mas a voz era exatamente a mesma.

— Meu trabalho. Prender gente ruim e tal.

Simon parou, colocou uma porção de fumo sob o lábio superior e ofereceu a embalagem para Parr, que revirou os olhos. Era uma brincadeira antiga que Simon não se cansava de fazer, Parr nunca tinha usado fumo nem fumado em toda a sua vida.

— Estou me referindo a este circo todo — disse Parr. — Você desobedece a uma ordem direta de não entrar e depois convida a imprensa inteira. Por quê?

Simon deu de ombros.

— Achei que seria bom ter a mídia do nosso lado, para variar. A propósito, não chamei todos. Só os que estavam de plantão. E foi muito bom que concordamos que a decisão do policial no local é crucial. Se não tivéssemos entrado, não teríamos achado essas garotas. Elas estavam sendo levadas embora.

— O que eu não entendo é como você sabia deste lugar.

— Recebi uma mensagem.

— De quem?

— Anônima. O número não é registrado.

— Fale com as companhias telefônicas e mande rastrearem. Ache essa pessoa o mais rápido possível, para que possamos interrogá-lo e descobrir alguma coisa. Pois, a não ser que eu esteja enganado, esse que prendemos hoje não vai dizer uma palavra sequer.

— É mesmo?

— Ele é peixe pequeno, Simon. Você sabe muito bem que os peixes grandes vão devorá-lo se ele não ficar calado. E são os grandes que nós queremos, não é?

— É claro.

— Muito bem. Olhe aqui, Simon, você me conhece, e sabe que às vezes eu tenho muita convicção da minha própria excelência, e...

— E?

Parr pigarreou. Balançou-se nos calcanhares, como que para tomar impulso.

— E a sua decisão hoje à noite foi melhor do que a minha. Simples assim. Não esquecerei disso da próxima vez que nossos caminhos se cruzarem.

— Obrigado, Pontius, mas antes disso já estarei aposentado.

— É verdade. — Parr sorriu. — Mas você é um bom policial, Simon. Sempre foi.

— Isso também é verdade.

— Como Else está?

— Bem, obrigado. Bom, na verdade...

— Sim?

Simon respirou fundo.

— Deixa pra lá. Falamos sobre isso uma outra vez. Hora de ir dormir.

Parr assentiu.

— Hora de ir dormir.

Ele deu um tapinha no ombro de Simon, virou-se e seguiu em direção ao utilitário.

Simon observou-o ir embora. Então enganchou o dedo indicador e puxou a porção de fumo. Não tinha o sabor tão bom quanto deveria.

31

Eram sete da manhã quando Simon chegou ao trabalho. Dormira duas horas e meia, bebera um copo e meio de café e estava com meia dor de cabeça. Algumas pessoas conseguiam ficar bem dormindo pouco. Simon não era uma delas.

Talvez Kari fosse. Pelo menos parecia surpreendentemente bem ao vir em sua direção.

— E aí? — perguntou Simon.

Ele desabou na cadeira e abriu o envelope marrom que estava na sua caixa de correio.

— Nenhum dos três que prendemos ontem está falando — contou Kari. — De fato, não dizem uma palavra sequer. Não querem dizer nem o nome.

— Que bons rapazes. E nós sabemos como se chamam?

— Sim. Nossos infiltrados os reconheceram. Todos os três já têm condenações prévias. E ontem à noite apareceu um advogado do nada e acabou com nossas tentativas de conseguir alguma informação deles. Um tal de Einar Harnes. Rastreei o aparelho que o Filho usou para mandar a mensagem. É o número de Fidel Lae. Dono de canil. Não atende nossas ligações, mas as estações de base indicam que o aparelho se encontra na fazenda dele. Mandamos dois carros de patrulha até lá.

Simon entendeu por que ela não parecia que tinha acabado de sair da cama, assim como ele. Nem tinha dormido. Trabalhara a noite inteira.

— E teve também esse Hugo Nestor que você me pediu para procurar... — continuou ela.

— Sim?

— Não atende ao telefone, não está em casa, nem no escritório, mas tudo isso pode ser armado. Até agora, tudo o que eu sei é que um dos nossos infiltrados disse que ele estava no Vermont ontem à noite.

— Hmm. Você acha que eu tenho mau hálito, inspetora Adel?

— Não que eu tenha percebido, mas o que...

— Então não devo interpretar isto como uma indireta?

Simon mostrou-lhe três escovas de dente.

— Parecem usadas — disse Kari. — Quem lhe deu?

— Boa pergunta.

Simon pegou o envelope. Continha uma folha de papel com o logotipo do hotel Radisson no topo. Mas não havia nenhum remetente. Apenas um bilhete curto, escrito à mão:

Verifique o DNA. S.

Ele mostrou a folha a Kari e olhou para as escovas de dente.

— Deve ser um doido qualquer — disse Kari. — O pessoal da forense já está muito ocupado com todos esses homicídios, e...

— Mande-as para lá — pediu Simon.

— Quê?

— É ele.

— Ele quem?

— S. É o Sonny.

— Como você sabe?

— Peça que priorizem a análise.

Kari olhou para ele. O telefone de Simon começou a tocar.

— Está bem — disse ela, e se virou para sair.

Estava de frente para o elevador quando Simon parou ao seu lado. Havia vestido o casaco.

— Primeiro você vem comigo para outro lugar — disse ele.

— Onde?

— Era Åsmund Bjørnstad ao telefone. Acharam mais um corpo.

Um galo-lira deu um grito oco na floresta de abetos.

Åsmund Bjørnstad perdera qualquer traço de arrogância. Estava pálido. Tinha ligado e dito simplesmente "Precisamos de ajuda, Kefas."

Simon estava ao lado do inspetor da Polícia Federal e de Kari, olhando através das grades da jaula para os restos de um corpo que tinham provisoriamente identificado com a ajuda de diversos cartões de crédito. Hugo Nestor. A confirmação só viria quando comparassem os dentes com os raios x de visitas ao dentista. Devido às obturações dos dentes expostos, Simon podia concluir que o defunto já fora ao dentista. Os dois policiais do setor canino, que transportaram os dogos argentinos, haviam dado uma simples explicação sobre o estado do corpo:

— Os cães estavam famintos. Receberam pouca comida.

— Nestor era o chefe de Kalle Farrisen — comentou Simon.

— Eu sei — gemeu Bjørnstad. — Vai ser um inferno quando a imprensa souber disso.

— Como é que acharam Lae?

— Dois carros de patrulha seguiram o sinal do telefone — respondeu Bjørnstad.

— Fui eu que os mandei — disse Kari. — Recebemos uma mensagem.

— Primeiro acharam o telefone de Lae — contou Bjørnstad. — Estava em cima do portão, como se alguém o tivesse posto lá para que fosse rastreado e encontrado. Mas vasculharam a casa e não encontraram Lae. Já estavam prestes a ir embora quando um dos cachorros da polícia farejou algo e quis entrar na floresta. E foi onde acharam... isso. — Ele estendeu os braços.

— E Lae? — perguntou Simon, e acenou para o homem que estava sentado num toco de árvore, tremendo, enrolado num cobertor de lã.

— Ele diz que o homem o ameaçou com uma pistola, depois o trancou na jaula ao lado, tomou seu telefone e sua carteira. Lae estava trancado ali fazia um dia e meio. Viu tudo.

— E o que ele diz?

— Está perturbadíssimo, coitado. Não para de falar. Disse que Nestor era cliente dele, e que vendia cães ilegais. Mas não consegue nos dar uma descrição precisa do autor do crime. Não é incomum que vítimas não se lembrem do rosto de quem as ameaçou.

— Ah, elas lembram, sim — disse Simon. — Lembram-se do rosto por toda a vida. Só não se lembram da mesma forma que nós os vemos. Por isso suas descrições costumam ser erradas. Espere aqui.

Simon foi até Lae. Sentou-se no toco de árvore ao lado dele.

— Como ele era? — perguntou Simon.

— Eu já dei uma descrição.

— Era este homem? — perguntou Simon, apanhando uma foto do bolso e a mostrando para ele. — Tente imaginá-lo sem barba e com o cabelo cortado.

Lae olhou para a foto por bastante tempo. Por fim, assentiu devagar.

— O olhar. Ele tinha este mesmo olhar. Como se fosse inocente.

— Tem certeza?

— Absoluta.

— Obrigado.

— Ele também dizia isso o tempo inteiro. "Obrigado." E chorou quando os cachorros atacaram Nestor.

Simon colocou a foto de volta no bolso.

— Só mais uma coisa. Você contou à polícia que ele ameaçou você com uma pistola. Com que mão ele segurava a pistola?

Lae demorou a responder, como se ainda não tivesse pensado nisso.

— Com a esquerda. Era canhoto.

Simon se levantou e voltou para Bjørnstad e Kari.

— Trata-se de Sonny Lofthus.

— Quem? — perguntou Åsmund Bjørnstad.

Simon olhou para o inspetor por bastante tempo.

— Não foi você quem levou a Tropa de Choque para o Centro Ila para prendê-lo?

Bjørnstad balançou a cabeça.

— De qualquer forma... — Simon apanhou a fotografia novamente.
— Precisamos emitir uma descrição e um aviso de procurado, para que o público possa nos ajudar. Precisamos levar esta foto à redação da NRK e da TV2.

— Duvido que alguém vá reconhecê-lo com base nessa foto.

— Então que cortem o cabelo e a barba no Photoshop. Quando você acha que eles podem divulgar a informação?

— Na primeira oportunidade que tiverem, pode ter certeza — garantiu Bjørnstad.

— O noticiário da manhã começa daqui a quinze minutos. — Kari apanhou o celular e ativou a função de câmera. — Segure a foto com firmeza. Para quem podemos mandar esta foto na NRK?

Morgan Askøy coçava cuidadosamente uma casquinha de ferida nas costas da mão. O motorista de ônibus freou bruscamente, ele arrancou a casca, e uma gota de sangue brotou. Desviou rapidamente o olhar, pois não suportava ver sangue.

Morgan desceu na parada ao lado da Prisão de Segurança Máxima Staten, onde trabalhava havia dois meses. Estava andando atrás de um grupo de agentes penitenciários quando outro cara uniformizado apareceu ao seu lado.

— Bom dia.

— Bom dia — respondeu Morgan automaticamente.

Olhou para ele, mas não o reconheceu. Mesmo assim, ele continuou a andar ao seu lado, como se fossem conhecidos. Ou como se quisesse vir a conhecê-lo.

— Você não é do pavilhão A — disse o cara. — É novo aqui?

— Sou do B — respondeu Morgan. — Dois meses.

— Ah, sim.

O cara era mais jovem do que os outros apaixonados pelo uniforme. Em geral, só os mais velhos iam ao trabalho e voltavam para casa com o uniforme, como se o vestissem com orgulho. Assim como o próprio chefe, Franck. Morgan se sentiria um idiota se estivesse uniformizado no ponto de ônibus e alguém olhasse para ele, e talvez até perguntasse onde trabalhava. Na Staten. Uma prisão. Nem a pau. Olhou para o crachá do cara: Sørensen.

Passaram lado a lado pela guarita. Morgan cumprimentou o guarda lá dentro com um aceno de cabeça.

Quando se aproximaram da entrada, o cara pegou um celular e ficou um pouco para trás. Talvez estivesse mandando uma mensagem.

A porta se fechara depois que entraram os que estavam na frente de Morgan, então ele teve que usar a própria chave. Abriu a porta.

— Muito obrigado — agradeceu-lhe o tal de Sørensen, e entrou na frente dele.

Morgan entrou depois, e foi em direção ao vestiário. Viu que o cara entrou na passagem de segurança junto com os outros, em direção aos pavilhões.

Betty tirou os sapatos e desabou na cama. Que noite! Estava exausta, e sabia que não conseguiria dormir imediatamente, mas tinha que tentar. Para dormir, porém, precisava primeiro esquecer que deveria ter relatado à polícia o que acontecera na suíte 4. Depois que ela e o segurança verificaram rapidamente para ver se algo fora roubado ou destruído, Betty arrumara um pouco a suíte e já ia jogar fora o resto do limão quando descobriu uma seringa descartável na lixeira. Foi como se seu cérebro conectasse as duas coisas sozinho; a seringa e a cor estranha da polpa. Então passou o dedo pela casca da fruta e sentiu vários furos. Espremeu uma gota do limão na mão e viu que era meio turva, como se contivesse cal. Pôs a língua cuidadosamente na gota e sentiu que, além do gosto dominante de limão, havia também algo amargo, que parecia remédio. Teve que tomar uma decisão. Por acaso havia algo que dissesse que hóspedes não podiam ter limões com sabor esquisito? Ou seringas descartáveis, caso fossem diabéticos ou tivessem outras doenças? Ou algo que dissesse que não podiam fazer brincadeiras estranhas com seus convidados? Então levou o conteúdo da lixeira à recepção e jogou tudo fora. Depois, escreveu um relatório sobre a confusão na suíte 4 e sobre o homem que encontraram amarrado à latrina. Ele mesmo dissera que tudo não passara de uma brincadeira. O que mais ela poderia ter feito?

Ligou a televisão na parede, despiu-se, foi ao banheiro, tirou a maquiagem e escovou os dentes. Ouviu o som constante de vozes do canal de notícias TV2. Costumava deixar a televisão ligada naquele canal, com o som baixo, pois a ajudava a pegar no sono. Talvez porque a voz reconfortante do apresentador a lembrasse de seu pai. Uma voz como essa poderia anunciar a ruína de continentes, e mesmo assim ela ainda se sentiria segura. Mas só isso não era suficiente. Começara a tomar remédios para dormir. Eram fracos, mas mesmo assim. O médico lhe dissera que ela deveria pensar em pedir para deixar de trabalhar à noite, para ver se ajudava, mas o caminho para o sucesso não admite corpo mole, todos têm que fazer sua parte. Por cima do som da torneira e do rangido do escovar de dentes, ouviu uma voz dizer que a polícia procurava uma pessoa pelo homicídio de um homem em um canil ontem à noite, e que a mesma pessoa estava ligada ao homicídio de Agnete Iversen e ao homicídio triplo em Gamlebyen.

Enxaguou a boca, desligou a torneira e foi para o quarto. Parou à porta. Olhou a foto que era mostrada na televisão.

Era ele.

Com barba e cabelo comprido, mas Betty era treinada em despir um rosto de máscaras e disfarces, comparava fotos que o Plaza e outras cadeias de hotéis tinham de caloteiros conhecidos que, mais cedo ou mais tarde, apareceriam na recepção deles. E aquele homem com certeza era este da foto. Aquele que ela recebera no check-in, mas sem óculos e com sobrancelhas.

Olhou para o telefone que tinha colocado no criado-mudo.

Atenta, porém discreta. Colocar os interesses do hotel em primeiro lugar. Poderia ir longe.

Fechou os olhos novamente.

Sua mãe tinha razão. A maldita curiosidade.

Arild Franck estava à janela vendo os agentes do turno da noite passarem pelo portão. Viu os agentes que chegavam atrasado para o primeiro turno do dia. Isso o irritava. Ele se irritava com gente que não sabia trabalhar direito. Como o pessoal da Polícia Federal e do Departamento de Homicídios. Naquela ação no Centro Ila, tinham a informação correta, e mesmo assim Lofthus conseguira escapar. Assim não dava. E agora haviam pago pela incompetência da polícia. Hugo Nestor fora morto no dia anterior. Em um canil. Era inacreditável que um só homem, um dependente químico, pudesse causar tanta destruição. Era sua parte de cidadão de bem, obediente à lei, que se irritava com tanta incompetência. Irritava-se até mesmo com o fato de que a polícia nunca conseguira capturar a *ele próprio*, o corrupto diretor-adjunto da prisão. Pois era lógico que Simon Kefas desconfiava dele. Franck vira isso em seu olhar. Mas Kefas tampouco tinha se atrevido, aquele rato covarde. Só era valente quando se tratava de arriscar dinheiro. Maldito dinheiro. O que é que Franck tinha pensado? Que o dinheiro poderia lhe comprar um busto de cidadão exemplar, de pilar da sociedade? E quando você sentia o gosto do dinheiro, era a mesma coisa que heroína; as cifras da sua conta bancária deixam de ser o objetivo e passam a ser somente o meio. Pois não há mais nenhum objetivo significativo. E, tal como o viciado em heroína, você sabe disso e entende o que está acontecendo, mas mesmo assim não consegue parar.

— Um agente chamado Sørensen está entrando — avisou a secretária, na sala de espera.

— Não o deixe...

— Ele passou direto por mim. Disse que só precisava de um minuto.

— Ah, é?

Franck franziu a testa. Sørensen. Será que queria voltar ao trabalho antes do fim do período de licença médica? Um comportamento atípico para trabalhadores noruegueses. Ouviu a porta ser aberta atrás dele.

— Então, Sørensen — começou Arild Franck, sem se virar —, esqueceu de bater à porta?

— Sente-se.

Franck ouviu que a porta foi trancada e virou-se surpreso. Ficou paralisado quando viu a pistola.

— Se fizer algum barulho, dou um tiro na sua testa.

Uma das características de uma pistola é que, quando está apontada para alguém, essa pessoa vai se concentrar tanto na arma que vai demorar para reconhecer a pessoa que a empunha. Mas, quando o garoto levantou o pé e empurrou a cadeira, fazendo-a rolar até o diretor-adjunto, Franck viu quem era. Ele tinha voltado.

— Você está diferente — comentou Franck. Pretendera dizê-lo com mais autoridade, mas sua garganta estava seca, e quase nenhum som saiu.

A pistola foi erguida um pouco mais, e Franck se sentou imediatamente.

— Coloque os braços nos braços da cadeira — ordenou o garoto. — Agora eu vou apertar o botão do interfone, e você vai mandar Ina sair para ir comprar algo de comer. Agora.

O garoto apertou o botão.

Ouviu-se a voz prestativa de Ina:

— Pois não?

— Ina... — O cérebro de Franck procurava alternativas desesperadamente.

— Sim?

— Você pode... — A procura de Franck parou abruptamente quando ele viu o garoto puxar o gatilho ligeiramente. — ... comprar alguns pães para nós, por favor? Agora mesmo.

— Ok.

— Obrigado, Ina.

O garoto soltou o gatilho, pegou um rolo de fita isolante no bolso, foi até a cadeira de Franck e começou a amarrar seus braços. Depois, passou a fita isolante em volta do peito dele e do encosto da cadeira, em volta dos pés e do apoio das rodinhas da cadeira. Um pensamento estranho passou pela cabeça de Franck: ele deveria estar com mais medo. O garoto matara Agnete Iversen. Kalle. Sylvester. Hugo Nestor. Será que Franck ainda não sabia que ia morrer? Talvez fosse pelo fato irrelevante de que se encontrava na própria sala na Staten, em plena luz do dia. De que tinha visto aquele garoto crescer em sua própria prisão sem que, com exceção daquele episódio com Halden, tivesse mostrado vontade nem habilidade para o uso de violência.

O garoto revistou seus bolsos e pegou a carteira e a chave do carro.

— Porsche Cayenne — leu o garoto, em voz alta. — Um carro muito caro para o seu cargo, não acha?

— O que você quer?

— Quero que responda três perguntas simples. Se fizer isso, talvez eu deixe você viver. Senão, sinto muito, mas vou ter que matar você. — E disse isso com um tom de comiseração real. — A primeira pergunta é: para qual conta bancária e no nome de quem Nestor enviava os pagamentos pelos seus serviços?

Franck refletiu um pouco. Ninguém sabia dessa conta, ele poderia falar qualquer coisa, inventar qualquer número, e ninguém poderia confirmar. Abriu a boca, mas foi interrompido pelo garoto:

— Se eu fosse você, pensaria bem antes de responder.

Franck olhou para o cano da pistola. O que ele queria dizer? Ninguém podia confirmar nem negar o número da conta dele. Ninguém, além de Nestor, que mandava o dinheiro, claro. Franck hesitou. Será que ele tinha forçado Nestor a dizer o número da conta antes de matá-lo? Aquilo era um teste?

— A conta é de uma empresa, Dennis Limited, registrada nas Ilhas Cayman.

— E o número, qual é?

O garoto segurava um cartão de visita dourado. Era ali que tinha anotado o número que Nestor lhe dera? E se fosse um blefe, qual era o problema? Mesmo que ele lhe desse o número da conta, não poderia sacar o dinheiro. Franck começou a dizer os números.

— Mais devagar — pediu o garoto, olhando para o cartão de visita —, e com mais clareza.

Franck obedeceu.

— Agora só restam duas perguntas — disse o garoto quando ele terminou. — Quem matou meu pai? E quem era o informante que ajudava o Gêmeo?

Arild Franck piscou devagar. Agora seu corpo entendera. E agora que entendera, suava por todos os poros. Entendera que deveria estar com medo. A faca. A arma mortal de Hugo Nestor, torta e pequena e feia.

Ele gritou.

* * *

— Agora eu entendi.

Simon guardou o celular no bolso do casaco enquanto saía do túnel e entrava na luz de Bjørvika e do Fiorde de Oslo.

— Entendeu o quê? — perguntou Kari.

— Uma das recepcionistas noturnas do Plaza acabou de ligar. Contou que o nosso procurado dormiu uma noite numa suíte do hotel onde ela trabalha. Registrou-se com o nome Fidel Lae. Contou também que outro homem foi encontrado amarrado ao vaso sanitário, depois de uma reclamação por parte dos quartos vizinhos. Esse homem foi embora assim que o soltaram. O hotel verificou o circuito interno, e as imagens mostram que Lofthus chegou com Hugo Nestor e com o homem que foi encontrado no quarto.

— Você ainda não respondeu o que foi que entendeu.

— Ah, sim. Entendi como os três homens na rua Enerhaug sabiam que estávamos a caminho. De acordo com os registros da recepção, o homem que estava amarrado saiu do hotel quando estávamos em frente à casa de tráfico. Ele deve ter ligado e avisado a todos que Nestor fora sequestrado, então mandaram evacuar todos os locais, para o caso de Nestor os delatar. Eles se lembravam do que aconteceu com Kalle, não é? Mas, quando iam sair com as garotas na van, descobriram que já estávamos lá. Então esperaram que fôssemos embora, ou que entrássemos juntos, para que pudessem sair despercebidos.

— Você pensou bastante sobre isso, não foi? — indagou Kari. — Sobre como eles sabiam que estávamos a caminho.

— Talvez. — Simon dobrou em direção à sede da polícia. — Mas agora eu sei o que aconteceu.

— Você sabe o que *pode* ter acontecido — corrigiu Kari. — Vai me contar no que está pensando agora?

Simon deu de ombros.

— Que precisamos pegar Lofthus antes que ele cause ainda mais estrago.

— Que cara engraçado — comentou Morgan Askøy para seu colega mais velho enquanto caminhavam pelo corredor amplo de celas abertas, prontas para a inspeção matinal. — Sørensen. Veio falar comigo do nada.

— Não pode ser. Só tem um Sørensen no pavilhão A, e ele está doente.

— Era ele, sim. Eu vi o crachá com o nome no uniforme.

— Mas eu falei com o Sørensen faz poucos dias, e ele tinha acabado de ser internado de novo.

— Então se recuperou rápido.

— Que estranho. Você disse que ele estava de uniforme? Não pode ser o Sørensen, ele odeia o uniforme. Sempre deixa no vestiário. Foi lá que Lofthus furtou o uniforme dele.

— O fugitivo?

— É. Está gostando do trabalho, Askøy?

— Estou.

— Muito bem. Não deixe de tirar folgas. Não queira trabalhar demais.

Deram mais seis passos, até que ambos pararam repentinamente e se entreolharam. Os olhos dos dois estavam arregalados.

— Como era esse cara? — perguntou o colega.

— Como era Lofthus? — perguntou Askøy.

Franck respirou pelo nariz. O grito fora interrompido pelo garoto, que lhe tapara a boca com a mão. Então ele tirara o sapato e a meia e a colocara dentro da boca de Franck, cobrindo-a depois com fita isolante.

Agora o garoto estava cortando um pedaço da fita que prendia o braço de Franck à cadeira, apenas o suficiente para que ele pudesse segurar a caneta que lhe fora entregue e levá-la à folha no canto da mesa.

— Responda.

Franck escreveu:

Não sei.

Soltou a caneta.

Ele ouviu a fita isolante sendo rasgada e sentiu o cheiro de cola antes que a fita cobrisse suas narinas e bloqueasse a passagem de ar. O corpo de Franck se debateu na cadeira, como se não pudesse mais controlá-lo. Estava se contorcendo. Dançando para aquele maldito garoto. A pressão na cabeça aumentou, parecia que ia explodir a qualquer momento. Já estava se preparando para morrer quando viu o garoto enfiar a ponta da caneta na fita esticada sobre suas narinas.

Abriu-se um buraco, e a narina esquerda de Arild Franck sugou ar, enquanto lágrimas mornas desciam-lhe pelas bochechas.

O garoto lhe deu a caneta novamente. Franck se concentrou.

Tenha piedade. Eu escreveria o nome se soubesse.

O garoto leu. Fechou os olhos e fez uma careta, como se estivesse sentindo dor. Rasgou um novo pedaço de fita. O telefone na mesa começou a tocar. Franck olhou esperançoso para o aparelho. A tela se iluminou, estampando um número interno. Era Goldsrud, o chefe da guarda. Mas o garoto não se importou, apenas se concentrou em colocar um novo pedaço de fita isolante no nariz de Franck. E Franck sentiu o tremor que acompanhava o próprio pânico. Era quase como se não soubesse se estava tremendo ou rindo.

— O chefe não atende — disse Geir Goldsrud, e desligou. — E a Ina também não. Ela sempre atende quando ele não atende. Mas antes de tentarmos de novo, me conte essa história mais uma vez. Você está dizendo que o cara que viu se chamava Sørensen e se parecia com esse aqui... — O chefe da guarda apontou para a foto de Sonny Lofthus na tela do computador.

— Não *parecia*! — gritou Morgan. — Eu já disse que *é* ele.

— Calma — pediu o colega mais velho.

— Calma! — bufou Morgan. — Ele é procurado por apenas seis assassinatos.

— Vou ligar para o celular da Ina, e se ela não souber onde o chefe está, vamos começar a procurar aqui. Mas sem pânico, entendeu?

Morgan olhou para seu colega e depois para o chefe da guarda, que parecia mais próximo de entrar em pânico do que ele. Morgan estava apenas empolgado. Muito empolgado. Um prisioneiro que tinha voltado para a prisão? Parecia inacreditável.

— Ina? — Goldsrud praticamente gritava ao telefone, e Morgan viu o alívio em seu rosto. Era fácil acusar o chefe da guarda de querer fugir da responsabilidade, mas devia ser um inferno ser o responsável, apenas um nível abaixo do diretor-adjunto. — Precisamos falar com Franck imediatamente. Onde ele está?

Morgan viu que o alívio se transformou em espanto e, depois, em desespero. Goldsrud desligou.

— O que... — o colega mais velho começou a perguntar.

— Ela disse que ele está na sala dele, com visita. — Goldsrud se levantou e foi em direção aos armários nos fundos do local. — De uma pessoa chamada Sørensen.

— O que vamos fazer agora? — perguntou Morgan.

Goldsrud colocou a chave na fechadura, girou-a e abriu a porta.

— Isso — disse ele.

Morgan contou doze rifles.

— Dan e Harald, vocês vêm também! — gritou Goldsrud, e Morgan já não ouvia espanto, desespero nem medo de responsabilidade em sua voz. — Rápido!

Simon e Kari estavam na frente do elevador no átrio da sede da polícia quando o telefone dele tocou.

Era do Instituto Médico Legal.

— Temos um resultado provisório da análise de DNA das escovas de dente.

— Ótimo — disse Simon —, e o resultado no final do primeiro tempo é...?

— Eu diria que é o resultado a trinta segundos do apito final. A probabilidade é de mais de 95 por cento.

— Probabilidade de quê? — perguntou Simon, e viu as portas do elevador se abrirem.

— De que a saliva em duas das escovas corresponda a uma pessoa no nosso registro. O estranho é que essa pessoa não é um criminoso conhecido nem um policial, mas uma vítima. Na verdade, quem usou as escovas é familiar próximo de uma vítima de homicídio.

— Eu já imaginava — disse Simon, e entrou no elevador —, pois são as escovas de dente da família Iversen. Eu vi que não estavam no banheiro deles, depois do homicídio. A saliva corresponde ao DNA de Agnete Iversen, não é?

Kari olhou rapidamente para Simon, que ergueu a mão em triunfo.

— Não — respondeu o médico-legista. — Agnete Iversen ainda não está cadastrada no registro central de DNA.

— Hã? Como...

— É uma vítima desconhecida.

— Vocês encontraram um parentesco entre o DNA de duas escovas de dente e uma vítima de homicídio desconhecida. Como assim, desconhecida?

— Não identificada. Uma pessoa do sexo feminino, muito jovem e muito morta também.

— Quão jovem? — perguntou Simon, e olhou para as portas do elevador, que se fechavam.

— Mais jovem do que costumam ser.

— Diga logo.

— Provavelmente 4 meses de vida.

O cérebro de Simon tentou processar a informação da melhor maneira que podia.

— Você está dizendo que Agnete Iversen fez um aborto tardio?

— Não.

— Não? Então quem é... Merda! — Simon fechou os olhos e apoiou a testa na parede do elevador.

— A ligação caiu?

Simon assentiu.

— Daqui a pouco saímos do elevador — disse ela.

O garoto fez dois furos na fita isolante. Um para cada narina. Arild Franck aspirou novos segundos de vida nos pulmões. Tudo o que queria era viver. E seu corpo apenas obedecia a essa vontade.

— Vai escrever algum nome agora? — perguntou o garoto, em voz baixa.

Franck respirou com força. Desejou ter narinas mais largas, vias nasais mais amplas, que pudessem absorver mais daquele doce e delicioso ar. Ouviu sons que sinalizavam que o resgate estava a caminho e, enquanto balançava a cabeça, tentava indicar com a língua seca, atrás da meia, seus lábios cobertos pela fita isolante, que não tinha nenhum nome, que não sabia quem era o informante, que queria apenas um pouco de piedade. Queria ir embora. Queria perdão.

Congelou quando viu o garoto posicionar-se na frente dele e levantar a faca. Não podia se mover, estava totalmente preso. Totalmente... A faca estava vindo. A faca feia e torta de Nestor. Ele pressionou a cabeça para trás, contra o encosto da cadeira, contraiu todos os músculos e deu um grito interno quando viu o sangue jorrar do próprio corpo.

32

—Dois — sussurrou Goldsrud, o chefe da guarda.
Os homens estavam com as armas prontas e escutavam o silêncio do outro lado da porta do diretor-adjunto.

Morgan respirou fundo. Era agora. Talvez ele finalmente participasse daquilo que sonhava desde garoto. Ia prender alguém. Quem sabe até...

— Três — sussurrou Goldsrud.

Então golpeou a fechadura da porta com a marreta, e farpas de madeira voaram enquanto Harald, o maior deles, entrava. Morgan entrou com o rifle na altura do peito e deu dois passos para a esquerda, assim como Goldsrud o instruíra. Só havia uma pessoa na sala. Morgan fitou o homem sentado com muito sangue no peito, no pescoço e no queixo. Meu Deus, quanto sangue! Sentiu uma fraqueza nos joelhos, como se algo tivesse sido injetado neles. Tinha que ser forte, mas era tanto sangue! E o homem tremia como se estivesse sendo eletrocutado. Seus olhos estavam fixos neles, furiosos e esbugalhados como os de um peixe de águas profundas.

Goldsrud avançou e arrancou a fita da boca do homem.

— Onde está ferido, chefe?

O homem abriu a boca, mas não saiu um único som. Goldsrud enfiou dois dedos na boca dele e retirou uma meia preta. Choveu saliva da boca de Franck quando ele gritou, e Morgan reconheceu a voz do diretor-adjunto:

— Peguem ele! Não o deixem escapar!

— Precisamos achar a ferida e estancar... — O chefe da guarda queria rasgar a camisa de Franck, mas o diretor-adjunto o interrompeu.

— Tranquem as portas, caralho, ele vai escapar! Ele levou a chave do meu carro! E o meu quepe!

— Pode ficar tranquilo, chefe — assegurou Goldsrud, e cortou a fita de um dos braços da cadeira —, ele está preso aqui, não vai conseguir passar pelos sensores de impressão digital.

Franck olhou furioso para ele e mostrou-lhe a mão agora livre.

— Ah, vai, sim!

Morgan cambaleou para trás e precisou apoiar-se na parede. Tentou, mas não conseguiu desviar o olhar do sangue que jorrava do lugar onde deveria estar o dedo indicador do diretor-adjunto.

Kari seguiu Simon para fora do elevador e pelo corredor do escritório.

— Então — disse ela, tentando digerir a informação —, você recebeu essas escovas de dente pelo correio com um bilhete assinado por um tal de S., pedindo que checasse o DNA delas.

— Foi — respondeu Simon, enquanto digitava um número no telefone.

— E duas das escovas têm DNA que indica parentesco com uma criança não nascida? Que consta no sistema como vítima desconhecida de homicídio?

Simon assentiu e levou o dedo aos lábios para pedir silêncio; tinha estabelecido contato novamente. Ele falou alto e com clareza, para que ambos ouvissem:

— É o Kefas de novo. Quem era a criança, quando ela morreu e qual era o parentesco?

Manteve o telefone entre ele e Kari, para que ela pudesse ouvir a resposta também:

— Não sabemos quem era a criança nem a mãe. Só sabemos que a mãe morreu, ou foi morta, de overdose no centro de Oslo. No registro, ela aparece apenas como não identificada.

— Conhecemos esse caso — disse Simon, e xingou baixinho. — Mulher asiática, possivelmente vietnamita. Possível vítima de tráfico de mulheres.

— Essa aí é a sua área, Kefas. A criança, ou melhor, o feto morreu em razão da morte da mãe.

— Entendi. E quem é o pai?

— A escova de dente vermelha.

— A... vermelha?

— É.

— Obrigado.

Simon desligou.

Kari foi buscar café para eles dois e, ao retornar, encontrou Simon ao telefone com uma pessoa que, a julgar pelo volume baixo da voz dele, devia ser Else. Quando ele desligou, tinha uma expressão envelhecida, como pessoas a partir de certa idade às vezes ficam, como se algo passasse por eles e os transformasse em pó. Kari queria perguntar como ela estava, mas decidiu que era melhor não.

— Então... — começou Simon, tentando soar animado. — Quem achamos que é o pai da criança? Iver pai ou filho?

— Não *achamos* — disse Kari. — *Sabemos*.

Simon olhou surpreso para ela por um instante. Viu que ela balançou a cabeça lentamente. Então ele apertou os olhos, curvou-se e passou a mão no rosto em direção à testa, como que para alisar o pouco cabelo que lhe restava.

— É claro — assentiu, em voz baixa. — Duas escovas de dente. Devo estar ficando velho.

— Vou verificar o que temos sobre Iver — disse Kari.

Depois que ela foi embora, Simon ligou o computador e abriu seu e-mail.

Recebera um arquivo de áudio. Parecia ter sido enviado de um celular.

Ele nunca recebia áudio.

Abriu o arquivo e apertou o *play*.

Morgan olhou para o diretor-adjunto, que estava furioso, no meio da sala de controle. Tinha posto gaze no lugar do dedo cortado, mas estava ignorando os pedidos constantes do médico para que se deitasse.

— Então você simplesmente levantou a cancela e deixou um assassino passar direto! — esbravejou Franck.

— Era o seu carro — explicou-se o guarda, e enxugou o suor. — O seu quepe.

— Mas não era eu! — vociferou Franck.

Morgan não sabia se era por causa da pressão alta do diretor-adjunto, mas a substância vermelha e nauseante tinha atravessado a gaze branca, e ele começou a ficar tonto novamente.

Um dos telefones fixos ao lado dos monitores tocou. Goldsrud o levantou do gancho e escutou.

— Acharam o dedo — contou ele, cobrindo o bocal com a mão. — Vamos levar você e o dedo para o centro de cirurgia do hospital Ullevål, para que...

— Onde? — interrompeu Franck. — Onde o encontraram?

— Em um lugar facilmente visível no painel do seu Porsche. Estava estacionado em fila dupla em Grønland.

— Encontrem ele! Encontrem!

Tor Jonasson alongou-se na correia que estava pendurada na barra do bonde. Murmurou um pedido de desculpas quando encostou em um dos viajantes habituais sonolentos, da hora do rush matinal. Hoje ele venderia cinco celulares. Esse era seu objetivo. E à tarde, quando estivesse no bonde (de preferência, sentado), a caminho de casa, saberia que tinha conseguido. E isso lhe traria... alegria. Talvez.

Tor suspirou.

Olhou para o homem uniformizado que estava de costas para ele. Estava com fones de ouvido, de onde saía música. O fio ia até sua mão, que segurava um telefone com o adesivo da loja de Tor na parte de trás. Tor se posicionou de modo que visse o homem mais de lado. Reconheceu-o. Não fora ele que quisera pilhas para aquela velharia? O discman. Por curiosidade, Tor procurara na internet. Haviam sido produzidos até o ano 2000, depois lançaram um walkman que tocava MP3. Tor foi para tão perto dele que ouvia a música escapando dos fones melhor que o barulho das rodas de aço do bonde, mas o som desapareceu quando o bonde dobrou uma esquina e o vagão rangeu.

Parecia uma voz feminina. Mas ele reconhecera a melodia:
"That you've always been her lover..." Leonard Cohen.

Simon olhou para o ícone do arquivo de áudio sem compreender bem. Não durava mais que poucos segundos. Apertou o *play* de novo.

Não havia dúvida de quem era o dono da voz. Mas não sabia *o que* era.

— O que é isso? Os números da loto?

Virou-se. Era Sissel Thou, fazendo sua ronda diurna e esvaziando as lixeiras.

— Algo do tipo — disse Simon, e apertou o *stop*, enquanto ela pegava o cesto de papel embaixo da escrivaninha e esvaziava o conteúdo no carrinho.

— Está jogando dinheiro fora, Simon. Loteria é só para quem tem sorte.

— Está dizendo que não temos sorte? — retrucou ele, ainda olhando para a tela do computador.

— Olhe o mundo que criamos — disse ela.

Simon se reclinou na cadeira e esfregou os olhos.

— Sissel?

— Sim?

— Uma jovem foi morta, e ela estava grávida. Mas acho que quem a matou não tinha medo dela, e sim do bebê.

— Hmm.

Silêncio.

— Isso foi uma pergunta, Simon?

Ele reclinou a cabeça no descanso para pescoço.

— Se você soubesse que está esperando o filho do diabo, você o teria mesmo assim?

— Já conversamos sobre isso, Simon.

— Eu sei, mas qual foi mesmo sua resposta?

Ela lançou-lhe um olhar de reprovação.

— Eu respondi que a natureza não dá escolha a uma pobre mãe. Nem ao pai.

— Pensei que o Sr. Thou tivesse abandonado você.

— Estou falando de você, Simon.

Simon fechou os olhos novamente. Assentiu devagar.

— Então somos escravos do amor. E quem amamos, isso também funciona como a loteria. É assim?

— É brutal, mas é assim — disse Sissel.

— E os deuses riem.

— Com certeza, mas enquanto isso alguém tem que limpar a sujeira aqui embaixo.

Simon ouviu os passos dela se afastando. Então enviou o arquivo de áudio para seu celular, levou-o ao banheiro, entrou em um dos cubículos e reproduziu a gravação novamente.

Depois da segunda vez entendeu o que os números significavam.

QUARTA PARTE

33

Simon e Kari caminhavam sob o sol na praça da Câmara Municipal, que era um pouco grande demais, um pouco aberta demais e, durante o verão, um pouco silenciosa demais.

— Utilizamos a descrição de Fidel Lae e encontramos o carro de aluguel — disse Kari. — Foi devolvido, mas, por sorte, ainda não tinha sido lavado. Os peritos acharam manchas de lama que correspondem à do caminho do canil. E eu que pensava que lama era tudo igual.

— Todos os tipos têm uma mistura única de minerais — explicou Simon. — Foi alugado sob o nome de quem?

— Sylvester Trondsen.

— Quem é esse?

— Tem 33 anos, não trabalha, recebe seguro-desemprego. Não o encontramos no endereço que consta no registro. Cumpriu duas penas por agressão física. Nossos informantes o ligaram a Nestor.

— Certo. — Simon parou na frente de uma entrada localizada entre duas lojas de roupa. A porta era alta e larga e indicava solidez e seriedade. Apertou um dos botões do quarto andar. — Algo mais?

— Um dos moradores do Centro Ila disse a um dos nossos informantes que o morador do quarto 323 parecia se relacionar bem com uma das coordenadoras do local.

— Martha Lian?

— Foram vistos saindo do centro no mesmo carro.

— Iversen Empreendimentos Imobiliários — atendeu uma voz através da saída de som na placa de bronze do interfone.

Quando estavam no elevador, Simon disse:

— Quero que você espere na recepção enquanto falo com Iversen.

— Por quê?

— Porque não vou seguir o manual, e não quero que você se envolva nisso.

— Mas...

— Sinto muito, mas isso foi uma ordem de verdade, sabe como é.

Kari revirou os olhos, mas não insistiu.

— Iver — apresentou-se o jovem ao recebê-los. Deu um firme aperto de mão em Simon e depois em Kari. — Meu pai vai conversar com vocês.

Algo no rapaz dizia a Simon que ele normalmente sorria e ria, que não estava acostumado com a dor e a preocupação que se viam em seu olhar, sob a franja, e que era por isso que parecia tão perdido e confuso.

— Por aqui.

O pai devia tê-lo informado de que a polícia viria, e ele presumia, assim como o pai, que a visita se tratava da investigação da morte da mãe.

O escritório tinha vista para Vestbanen e para o fiorde. Ao lado da porta havia um armário de vidro com um modelo detalhado de um arranha-céu no formato de uma garrafa de Coca-Cola.

O pai era uma réplica mais velha do filho. A mesma franja grossa, pele lisa e saudável, um olhar iluminado, porém comedido. Alto, boa postura, queixo firme e um olhar direto. Amigável, juvenil, quase brincalhão. Essas pessoas do oeste de Oslo tinham um jeito seguro de si, pensou Simon, como se todos tivessem sido moldados na mesma forma, membros do movimento de resistência, exploradores polares, tripulação do *Kon-Tiki*, comissários de polícia.

Iver pediu que Simon se sentasse e ele próprio se sentou à mesa, sob uma foto preta e branca antiga de um apartamento que definitivamente era de Kristiania* no final do século XIX, mas que Simon não sabia exatamente que lugar seria hoje.

---

* Entre 1624 e 1925, Oslo chamava-se Christiania, e entre 1877 e 1897, escrevia-se Kristiania. (N. do T.)

O inspetor esperou que o filho saísse do escritório e foi direto ao assunto:

— Há doze anos, esta jovem foi encontrada morta em um quintal em Kvadraturen. Esta era a aparência dela quando a encontraram.

Simon colocou a foto na mesa e analisou o rosto do homem enquanto ele olhava para a foto. Nenhuma grande reação.

— Um garoto chamado Sonny Lofthus confessou o homicídio — acrescentou o inspetor.

— Foi mesmo?

Ainda nenhuma reação.

— Ela estava grávida quando foi encontrada.

Reação. Narinas se abrindo, pupilas dilatadas.

Simon aguardou alguns segundos antes de disparar o segundo míssil:

— A análise do DNA das escovas de dente da sua casa mostra que um de vocês é o pai do feto.

Engrossamento da artéria carótida, mudança na cor do rosto, piscar descontrolado.

— A escova de dente vermelha é sua, não é, Iversen?

— Como... como é que...

Simon sorriu rapidamente e olhou para baixo, para as mãos.

— Eu também tenho uma jovem a quem ensino meu ofício. Está me esperando na recepção. E ela pensa um pouco mais rápido que eu. Foi ela quem chegou à conclusão simples, porém lógica, de que, se apenas dois dos três DNAs da família Iversen têm parentesco com o feto, então o pai da criança não pode ser o filho. Senão, todos os três teriam parentesco. Então só podia ser o outro homem da família. Você.

A cor saudável da pele de Iversen empalideceu, depois desapareceu.

— Você também vai sentir isso na pele quando chegar à minha idade — disse Simon, consolando-o. — Esses jovens ficam cada vez mais rápidos que nós.

— Mas...

— Essa é que é a questão com análise de DNA. Não deixa muito espaço para "mas" nem "porém".

* * *

Iversen abriu a boca ao mesmo tempo que deu um meio sorriso forçado, por pura rotina. Era nesse momento de uma conversa difícil que ele diria algo cômico, algo que desarmasse, um comentário que deixasse a conversa menos perigosa. Mas nada veio. Não havia nada lá.

— Agora que este trem lento — continuou o policial, e bateu com o dedo na própria testa — teve mais tempo, conseguiu chegar ainda mais longe. A primeira coisa que pensei foi que um homem casado como você tem o motivo mais óbvio do mundo para se livrar de uma mulher grávida, que possivelmente trará problemas, não é?

Iversen não respondeu, mas seu pomo de adão reagiu por ele.

— Naquela época, apareceu uma foto da garota nos jornais, e a polícia perguntava se alguém a reconhecia. E, quando o amante secreto dela, o pai do bebê, fica quietinho e não faz nem uma denúncia anônima para a polícia, a situação fica ainda mais suspeita, não é?

— Eu não sabia... — começou Iversen, mas parou. Arrependeu-se. Depois se arrependeu de deixar claro que tinha se arrependido.

— Não sabia que ela estava grávida? — perguntou o policial.

— Não! — disse Iversen, e cruzou os braços. — Quer dizer, eu não sabia... eu não *sei* de nada disso que você está falando. Gostaria de ligar para meu advogado agora.

— Você obviamente sabe de *algo*, mas até acredito que você não saiba de tudo. Acho que era sua esposa, Agnete, quem sabia de tudo. E você, o que acha?

Kefas. Inspetor-chefe, era isso que ele tinha dito? Iver Iversen pegou o celular.

— O que eu acho é que você não tem nenhuma prova e que esta conversa está terminada, Sr. Kefas.

— Você está certo quanto à primeira coisa e errado quanto à segunda. Esta conversa não terminou; é importante que você saiba quais pontes queimará se pegar este telefone, Iversen. A polícia não tem nenhuma prova contra sua esposa, mas o homem que atirou nela tem.

— Como ele pode ter?

— Porque ele é um bode expiatório profissional, e escuta a confissão de criminosos desta cidade há doze anos. Ele sabe de tudo. — Kefas se inclinou para a frente e bateu com o indicador no tampo da mesa para cada palavra que falou: — Ele sabe que Kalle Farrisen matou essa garota, e sabe que fez isso a pedido de Agnete Iversen. Sabe disso porque foi ele mesmo que cumpriu pena por esse crime. O fato de ele não ter feito nada com você é o único motivo que me faz crer que você seja inocente. Mas pode pegar o telefone. Aí vamos fazer tudo segundo o manual. Ou seja, prender você como cúmplice do homicídio, contar à imprensa tudo que sabemos sobre você e sobre a garota, explicar para seus contatos profissionais por que você vai ficar afastado por um tempo, contar ao seu filho que... hmm, o que é mesmo que vamos contar ao seu filho?

Contar ao filho. Simon aguardou. Deixou que ele digerisse a informação. Era importante para o que estava por vir. Deixar que a informação se consolidasse. Dar tempo a Iversen para que visse a abrangência da situação, entendesse as consequências. Para que se abrisse a alternativas que dois minutos antes seriam impensáveis. Assim como Simon precisara fazer. O que o trouxera até ali, para isso.

Iversen deixou a mão cair.

— O que você quer? — perguntou ele, numa voz rouca e vacilante.

Simon se endireitou na cadeira.

— Quero que me conte tudo agora. Caso eu acredite em você, talvez não precise acontecer mais nada. Afinal, Agnete já foi punida.

— Punida...! — Os olhos do viúvo flamejaram, mas a chama se apagou quando encontrou o olhar frio de Simon. — Está bem. Agnete e eu, nós... não tínhamos um casamento tão bom. Pelo menos não neste aspecto. Uma pessoa que conheço tinha algumas garotas. Eram asiáticas. Foi como eu conheci a Mai. Ela... ela tinha algo, algo de que eu precisava. Não era juventude, inocência ou coisa assim, mas uma... uma solidão na qual me reconheci.

— Ela era prisioneira, Iversen. Foi sequestrada, arrancada de sua casa e de sua família.

O homem deu de ombros.

— Eu sei, mas eu comprei a liberdade dela. Dei-lhe um apartamento onde nos encontrávamos. Só nós dois. Um dia, ela disse que não menstruava fazia meses, que talvez estivesse grávida. Eu disse que ela tinha que abortar, mas ela se recusou. Eu não sabia o que fazer, então perguntei a Agnete...

— Você perguntou à sua esposa?

Iversen levantou a mão, defendendo-se.

— Sim, claro, Agnete era uma mulher adulta. Não se importava que outras fizessem o que ela preferia não fazer. Digamos que ela se interessava mais por mulheres do que por homens.

— Mas ela deu um filho a você.

— A família dela encara as obrigações com seriedade. Além disso, ela era uma mãe afetuosa.

— Uma família que é a maior proprietária de imóveis privados de Oslo, que tem uma imagem tão perfeita e um nome tão imaculado, que seria impensável ter um filho asiático bastardo.

— Agnete era mesmo antiquada. E eu perguntei porque era ela que, afinal de contas, tinha que decidir o que deveria ser feito.

— Apesar de tudo, a empresa foi construída com o dinheiro dela — disse Simon. — Então Agnete decidiu se livrar do problema. Do problema *inteiro*.

— Não sei de nada disso — retrucou Iversen.

— Não, porque não perguntou. Apenas deixou que ela resolvesse a situação e entrasse em contato com as pessoas que executariam a solução. E essas pessoas precisaram contratar um bode expiatório quando uma testemunha contou à polícia que vira uma pessoa injetar uma agulha na garota em um quintal. As pistas precisavam ser apagadas, e foram vocês que pagaram.

Iversen deu de ombros.

— Eu não matei ninguém, só estou honrando minha parte do acordo e contando o que sei. O que quero saber é se você também vai honrar sua parte.

— A pergunta é: como alguém como a sua esposa conseguiu entrar em contato com gentalha como Kalle Farrisen.

— Não tenho a mínima ideia de quem seja Kalle Farrisen.

— Não — concordou Simon, cruzando as mãos na frente de si. — Mas sabe quem é o Gêmeo.

Fez-se um momento de silêncio absoluto na sala. Era como se até mesmo o tráfego lá fora prendesse a respiração.

— Perdão? — disse Iversen por fim.

— Trabalhei no Departamento de Fraudes da polícia durante muito tempo — contou Simon. — A Iversen Empreendimentos fez negócios com o Gêmeo. Vocês o ajudaram a lavar dinheiro proveniente de tráfico de drogas e de mulheres, e, em troca, ele ajudou vocês, provendo perdas fictícias de centenas de milhões de coroas, para que pudessem ser deduzidas dos impostos.

Iversen balançou a cabeça.

— Não conheço nenhum Gêmeo.

— Conhece, sim — disse Simon. — Tenho provas de que vocês trabalharam juntos.

— É mesmo? — Iversen uniu a ponta dos dedos. — Se vocês têm provas, por que nunca abriram um caso contra mim?

— Porque fui impedido internamente. Mas eu *sei* que o Gêmeo utilizou o dinheiro sujo dele para comprar imóveis de vocês, que depois vendeu de volta por um preço mais alto. Pelo menos no papel. Isso lhe proporcionou lucro, que fez com que ele pudesse pôr seu dinheiro sujo na conta bancária sem que a Receita começasse a perguntar de onde vinham essas cifras. Ao mesmo tempo, isso deu a vocês um prejuízo aparente, que vocês puderam deduzir da declaração do imposto de renda, deixando, assim, de contribuir com a sociedade. Um acordo vantajoso tanto para vocês quanto para ele.

— Teoria interessante. — Iversen deu de ombros. — Mas agora eu já contei tudo que sei. Há algo mais?

— Sim. Quero me encontrar com o Gêmeo.

Iversen suspirou forte.

— Já falei que não conheço nenhum Gêmeo.

Simon assentiu para si mesmo.

— Sabe de uma coisa? Muitos dos meus colegas da Fraudes duvidavam que o Gêmeo existisse. Achavam que era só um mito.

— Pode ser que seja, Kefas.

Simon se levantou.

— Tudo bem. Mas mitos não controlam o mercado de drogas e de sexo de uma cidade inteira, ano após ano. Mitos não liquidam mulheres grávidas a pedido de seus parceiros de negócio. — Ele se inclinou, espalmou as mãos na escrivaninha e expirou, para que Iversen pudesse sentir seu hálito de velho. — Além disso, homens não ficam tão apavorados a ponto de querer pular de um precipício só por causa de um mito. Eu *sei* que ele existe.

Simon se endireitou e seguiu em direção à porta, balançando o celular no ar.

— Vou convocar uma coletiva de imprensa quando estiver no elevador, então talvez seja a hora de ter uma daquelas conversas de pai para filho.

— Espere!

Simon parou em frente à porta sem se virar.

— Eu vou... vou ver o que posso fazer.

Simon pegou um cartão de visita e o colocou no alto do armário de vidro com o arranha-céu de Coca-Cola.

— Vocês têm até as seis horas.

— Dentro da Staten? — repetiu Simon, incrédulo, no elevador. — Lofthus atacou Franck dentro da própria sala?

Kari assentiu.

— Por enquanto, é só isso que eu sei. O que Iversen disse?

Simon deu de ombros.

— Nada. Obviamente, queria falar primeiro com seu advogado. Amanhã o procuramos novamente.

Arild Franck estava sentado no canto da cama esperando ser levado à sala de cirurgia. Usava uma camisola hospitalar azul-clara e uma pulseira com seu nome no pulso. Não sentira nada na primeira hora, mas agora estava com muitas dores, e a injeção minúscula que tinha sido aplicada pelo anestesista já não estava ajudando muito. Mas prometeram-lhe uma injeção de verdade pouco antes da cirurgia, que deixaria o braço inteiro dormente. Um cirurgião que disse ser "cirurgião de mão" aparecera e lhe contara tudo que se podia fazer com uma microcirurgia hoje em dia, que o dedo já chegara ao hospital e que fora cortado tão bem que, uma vez que fosse devolvido ao dono, os nervos se reconstruiriam e em alguns meses ele poderia usar o dedo para "uma coisa ou outra". A tentativa de humor tinha sido bem-intencionada, mas

Franck não estava no clima para brincadeiras. Então o interrompera e perguntara quanto tempo demoraria para recolocar o dedo, para que ele pudesse voltar ao trabalho. E quando o cirurgião disse que a operação levaria horas, Franck olhou para o relógio e — para a surpresa do cirurgião — xingou baixinho, porém audivelmente.

A porta se abriu. Franck torcia para que fosse o anestesista, porque agora estava com muita dor, e não só no dedo, mas também no corpo e na cabeça.

Mas não era ninguém vestido de verde ou branco. Era um homem alto e magro, de paletó cinza.

— Pontius?

— Olá, Arild. Só passei para ver como você está.

Franck semicerrou um dos olhos, como se dessa forma pudesse ver melhor a razão da visita do comissário de polícia. Parr se sentou na cama, ao lado dele. Acenou para a mão enfaixada.

— Está doendo?

— Vai ficar boa. E vocês, estão fazendo as buscas?

O comissário deu de ombros.

— É como se Lofthus tivesse evaporado. Mas vamos encontrá-lo. O que você acha que ele queria?

— Queria? — Franck bufou. — Sei lá. Isso tudo é obviamente uma cruzada atrapalhada.

— Exatamente — disse Parr. — Então a pergunta é onde e quando ele vai agir novamente. Ele deu alguma pista?

— Pista? — Franck gemeu e dobrou o braço de leve. — Tipo o quê?

— Vocês conversaram sobre alguma coisa.

— Ele falou. Eu estava amordaçado. Ele queria saber quem era o informante.

— É. Eu vi.

— Você *viu*?

— Nos papéis que encontramos na sua sala. Os que não estavam cobertos de sangue.

— *Você* foi à minha sala?

— Esse caso tem prioridade máxima, Arild. O cara é um assassino em série. Uma coisa é lidar com a imprensa, mas agora até o governo está envolvido. Daqui para a frente, quero atuar diretamente no caso.

Franck deu de ombros.

— Entendi.

— Tenho uma pergunta...

— Estou aguardando ser operado e morrendo de dor, Pontius. Não dá para esperar?

— Não. Sonny Lofthus foi interrogado pelo homicídio de Eva Morsand, mas negou a autoria do crime. Alguém contou para ele que o marido era nosso suspeito principal antes de acharmos o cabelo de Lofthus na cena do crime? Que praticamente tínhamos provas de que Yngve Morsand a matara?

— Não sei, por quê?

— Só queria saber. — Parr colocou a mão no ombro de Franck, que sentiu a dor percorrer seu braço até chegar à mão. — Mas agora pense só na sua cirurgia.

— Obrigado, mas não há muito em que pensar.

— Não. — Parr tirou os óculos retangulares. — Acho que não. — Ele começou a limpar as lentes de um jeito distraído. — É só ficar deitado e deixar que as coisas aconteçam, não é?

— É.

— Deixar que costurem você. Que façam você voltar a ser completo.

Franck engoliu em seco.

— Então. — Parr recolocou os óculos. — Você contou para ele quem era o informante?

— Quer dizer, que era o próprio pai dele? *Ab Lofthus, ele confessou.* Se eu tivesse escrito isso, ele teria arrancado minha cabeça.

— O que você contou a ele, então?

— Nada! O que eu poderia contar?

— É exatamente isso que quero saber, Arild. Quero saber como é que ele tinha tanta certeza de que você tinha essa informação, a ponto de entrar na penitenciária para conseguir extrair isso de você.

— O cara é maluco, Pontius. Esses viciados ficam psicóticos, mais cedo ou mais tarde, você sabe disso. O informante? Meu Deus, essa história desapareceu junto com Ab Lofthus.

— Então o que você respondeu?

— Como assim?

— Ele só cortou seu dedo. Todas as outras pessoas foram mortas. Você foi poupado, deve ter dito alguma coisa a ele. Lembre-se de que eu conheço você bem, Arild.

A porta se abriu e entraram duas pessoas sorridentes, vestidas de verde.

— Alguém aí está animado? — Uma delas riu.

Parr ajeitou os óculos.

— Você é fraco, Arild.

Simon caminhava na rua enquanto inclinava a cabeça contra o vento que vinha do fiorde, passava por Aker Brygge e Munkedamsveien antes de ser comprimido pelos edifícios e seguir seu caminho rumo a Ruseløkkveien. Parou em frente à igreja que ficava espremida entre dois prédios residenciais. A Catedral de São Paulo era mais modesta do que suas homônimas em outras capitais. Um templo católico em um país protestante. Virada para o lado errado, para o oeste, e tinha somente uma sugestão de campanário no topo da fachada. Três degraus, só isso. Mas estava sempre aberta. Pois ele já havia estado ali antes, tarde da noite nos seus tempos de crise, e hesitara antes de subir os três degraus. Isso fora logo depois que perdera tudo, antes de encontrar a salvação em Else.

Simon subiu as escadas, agarrou a maçaneta de cobre, abriu a porta pesada e entrou. Queria fechar a porta rapidamente, mas as molas rígidas ofereceram resistência. Sempre fora dura assim? Não lembrava mais, estava bêbado na época. Soltou a porta, que continuou a se fechar atrás dele, pouco a pouco. Mas ele se lembrava do cheiro. Estranho. Exótico. A atmosfera de espiritualidade. Magia e misticismo, cartomante e circo itinerante. Else amava o catolicismo, não tanto a ética, mas a estética, e tinha explicado para ele como todos os elementos de uma igreja, até os mais práticos, como os tijolos, a argamassa e os vitrais, tinham um simbolismo religioso que beirava o cômico. E, apesar disso, esse simples simbolismo tinha uma seriedade, um subtexto, um contexto histórico e a fé de tantas pessoas pensantes que não podia ser descartado. O local estreito, caiado e de decoração sóbria tinha fileira de bancos que levavam ao altar, com Jesus pregado na cruz. Derrota como símbolo de vitória. Na parede esquerda, a meio caminho do altar, estava o confessionário. Tinha dois compartimentos, um deles com uma cortina na frente da entrada, como uma cabine de tirar fotos. Quando ele viera naquela noite, não entendera qual dos compartimentos era destinado ao pecador que se confessava, até que seu cérebro alcoolizado entendera que, se o padre não deveria ver o pecador, era o padre que tinha que se sentar na cabine de fotos. Então ele desabara no compartimento sem cortina e começara a falar para a tábua de madeira perfurada que separava os compartimentos. Tinha confessado seus pecados. Desnecessariamente alto. Ao mesmo tempo esperava e não esperava que alguém estivesse sentado do outro lado, ou que alguém, não importava quem, o escutasse e quisesse fazer o que precisava ser feito. Oferecer-lhe perdão. Ou condenação. Qualquer coisa, menos esse vácuo sufocante onde se encontrava sozinho, acompanhado apenas dos próprios atos. Mas nada aconteceu. E no dia seguinte ele acordou com uma estranha ausência de dor de cabeça, e entendeu que a vida apenas continuaria como se nada tivesse acontecido, e que ninguém se importava. Foi a última vez que esteve em uma igreja.

Agora, Martha Lian estava diante do altar, ao lado de uma mulher que gesticulava de forma autoritária, usando um terno elegante e o tipo de cabelo curto que mulheres acima dos 50 anos usam na esperança de parecerem mais jovens. Essa mulher apontava e explicava, e Simon escutou palavras como "flores", "cerimônia", "Anders" e "convidados". Já havia quase chegado até elas quando Martha se virou. A primeira coisa de que ele se deu conta foi como ela estava diferente desde a última vez que a vira. Vazia. Sozinha. Infeliz.

— Oi — cumprimentou ela, inexpressiva.

A outra mulher parou de falar.

— Perdão por interromper — disse Simon —, mas me disseram no Centro Ila que você estava aqui. Espero não estar atrapalhando nada importante.

— Não, não tem prob...

— Está, sim. Estamos planejando o casamento de meu filho com Martha. Então, se isso puder esperar, Sr....?

— Kefas. Não, não pode esperar. Sou da polícia.

A mulher olhou para Martha com as sobrancelhas erguidas.

— É exatamente isso que eu quero dizer, Martha, quando falo desta realidade na qual você vive, minha cara.

— Realidade da qual a senhora será poupada, Sra....?

— Perdão?

— A polícia e o Centro Ila vão falar disso sob sigilo. Confidencialidade, sabe como é.

A mulher se retirou pisando duro, e Simon e Martha sentaram-se na primeira fileira de bancos.

— Você foi vista no carro com Sonny Lofthus — falou Simon. — Por que não me contou isso?

— Ele queria aprender a dirigir. Eu o levei a um estacionamento para praticar um pouco.

— Ele agora é procurado em todo o país.

— Eu vi na televisão.

— Você o viu fazer alguma coisa, ou ele disse algo que possa nos dar um indício de onde ele possa estar agora? E eu quero que você pense bem antes de me dar uma resposta.

Martha pareceu pensar bem antes de balançar a cabeça.

— Ok. Algo sobre seus planos futuros?

— Ele disse que queria aprender a dirigir.

Simon suspirou e alisou o cabelo.

— Você sabe que corre o risco de ser acusada caso o ajude ou esconda alguma coisa da polícia, não sabe?

— E por que eu faria isso?

Simon olhou para ela sem dizer nada. Estava prestes a se casar. Por que parecia tão infeliz?

— Bem... — Ele se levantou.

Ela permaneceu sentada, olhando para o colo.

— Só uma coisa — disse ela.

— Sim?

— Você também acha que ele é um assassino louco, como todos dizem?

Simon hesitou.

— Não — respondeu ele.

— Não?

— Ele não é louco. Está punindo as pessoas. Uma espécie de vingança.

— Vingança pelo quê?

— Trata-se, provavelmente, do fato de que o pai dele morreu com a fama de policial corrupto.

— Você disse que ele pune... — Ela falou mais baixo. — Ele pune justamente?

Simon deu de ombros.

— Não sei, mas ele leva algumas coisas em consideração.

— Em consideração?

— Ele esteve com o diretor-adjunto da prisão, dentro da própria sala dele. Foi uma ação muito ousada, e teria sido muito mais fácil e menos arriscado se tivesse ido até a casa dele.

— Mas?

— Mas dessa forma também colocaria a esposa e os filhos na linha de fogo.

— Inocentes. Ele não faz nada com inocentes.

Simon assentiu lentamente. Viu que algo tinha acontecido nos olhos dela. Uma faísca. Esperança. Será que era tão simples assim? Estava apenas apaixonada? Simon endireitou as costas. Olhou para o retábulo com o Salvador na cruz. Fechou os olhos. Abriu-os novamente. Dane-se. Que se dane tudo.

— Sabe o que Ab, o pai dele, dizia? — Simon ajeitou a calça. — Que o tempo da misericórdia acabou e que o dia do juízo final chegou. Mas, já que o Messias está atrasado, somos nós que temos que fazer o trabalho dele. Sonny é o único que pode punir essas pessoas, Martha. A polícia de Oslo é corrupta e protege os bandidos. Acho que ele age assim porque acredita que deve isso ao pai, que foi por isso que o pai morreu. Por justiça. O tipo de justiça que está acima da lei.

Ele viu a outra mulher na frente do confessionário, falando em voz baixa com o padre.

— E você? — perguntou Martha.

— Eu? Eu sou a lei. Tenho obrigação de prendê-lo. Simples assim.

— E essa mulher, Agnete Iversen, qual foi o crime que ela cometeu?

— Não posso falar sobre isso.

— Li que as joias dela foram roubadas.

— E daí?

— Havia um par de brincos de pérolas entre as joias?

— Não sei. Isso é importante?

Ela balançou a cabeça.

— Não — respondeu ela. — Não é. Vou ver se consigo me lembrar de algo que possa ajudar vocês.

— Ótimo. — Simon abotoou o casaco. A senhora das solas pesadas se aproximou novamente. — Acho que você tem outras coisas em que pensar.

Martha olhou rapidamente para ele.

— Até mais, Martha.

Quando Simon saiu da igreja, seu telefone tocou. Ele olhou para a tela. Era um número de Drammen.

— Kefas.

— Aqui é Henrik Westad.

O policial que investigava o assassinato da esposa do armador.

— Estou no Setor de Cardiologia do Hospital de Buskerud.

Simon já sabia o que viria.

— Leif Krognæss, a testemunha com problemas de coração. Pensavam que ele estivesse fora de perigo, mas...

— Morreu de repente — completou Simon, e então suspirou e pressionou o dorso do nariz entre o polegar e o indicador. — Estava sozinho quando aconteceu. A autópsia não mostrará nada de anormal. E você está ligando porque não quer ser o único que não vai conseguir dormir hoje à noite.

Westad não respondeu.

Simon guardou o celular no bolso. O vento estava mais forte, e ele olhou para o céu entre os telhados das casas. Ainda não podia ver, mas já sentia uma dor de cabeça que lhe dizia que a baixa pressão atmosférica estava a caminho.

A motocicleta na frente de Rover estava ressurgindo do mundo dos mortos. Era uma Harley Davidson Heritage Softail, modelo 1989, com a roda dianteira grande, do jeito que Rover gostava. Quando ela chegara à oficina, era uma 1340 cilindradas decaída, que o dono tratara sem o cuidado, a paciência e a compreensão que uma HD — ao contrário de suas primas japonesas, mais maleáveis — exige. Rover tinha substituído os rolamentos, os anéis de pistão e recolocado as válvulas, e faltava pouco para virar uma 1700 cilindradas com 119 cavalos, medidos na roda traseira, onde antes só tinha 43. Rover estava limpando o óleo do braço que tinha a catedral tatuada quando notou uma mudança na luz. Seu primeiro pensamento foi que havia nuvens no céu, como anunciaram na previsão do tempo. Mas, quando olhou para cima, percebeu uma sombra e uma silhueta na entrada da oficina.

— Posso ajudar? — perguntou Rover, e continuou a limpar o braço.

O homem começou a caminhar em sua direção, sem fazer barulho. Como um predador. Rover sabia que a arma mais próxima estava longe demais, não teria tempo de pegá-la. E era assim mesmo que deveria ser. Deixara aquela vida para trás. Dizem que é muito difícil mudar depois que se sai da prisão, mas isso é conversa-fiada. É só uma questão de determinação. Simples assim. Se você quiser, consegue. Mas quem gosta de se enganar, volta para a mesma vida de antes já no dia seguinte.

O homem chegara tão perto que Rover agora via seus traços. Mas esse não era...?

— Oi, Rover.

Sim, era ele.

Segurava um cartão de visita desbotado que dizia "Oficina de motos do Rover".

— O endereço estava certo. Você disse que poderia conseguir uma Uzi para mim.

Rover começou a limpar as mãos enquanto olhava para ele. Lera nos jornais. Vira a foto dele na TV. Mas agora não estava olhando para o garoto da cela da Staten, e sim para o próprio futuro. O futuro que tinha imaginado para si.

— Você matou Nestor — disse Rover, passando o pano entre os dedos.

O garoto não respondeu.

Rover balançou a cabeça.

— Isso significa que não só a polícia está procurando por você, mas o Gêmeo também.

— Eu sei que estou encrencado — falou o garoto. — Posso ir embora agora mesmo, se você quiser.

Perdão. Esperança. Ficha limpa. Uma nova chance. A maioria arruína tudo isso, e continua a cometer os mesmos erros idiotas a vida inteira, sempre acha uma desculpa para estragar tudo. Não sabia, ou pelo menos fingia não saber, mas já havia perdido o jogo antes mesmo de começar. Porque não *queria*. Mas Rover queria. Não era isso que o derrotaria. Agora ele era mais forte. Mais esperto. Mas é claro que, quanto mais se sobe, maior é a queda.

— Vamos fechar o portão — disse Rover. — Parece que vai chover.

34

A chuva golpeava o para-brisa quando Simon tirou a chave da ignição e se preparou para correr do estacionamento até o prédio do hospital. Viu uma pessoa loura de casaco na frente do carro. A chuva estava tão forte que quicava no capô, e o homem era apenas um borrão. A porta do lado do motorista foi aberta, e outro homem, de cabelo escuro, pediu que Simon os acompanhasse. Ele olhou para o relógio no painel. Quatro horas. Duas antes do prazo.

Os dois homens o levaram a Aker Brygge, uma zona com lojas, escritórios, alguns dos apartamentos mais caros da cidade e uns cinquenta restaurantes, cafés e bares. Andaram pelo calçadão junto à agua e viram os barcos de Nesoddtangen aportarem quando dobraram em uma das muitas vielas, e continuaram andando até alcançar uma escada de ferro estreita, que descia e levava a uma porta com uma vigia, e o lugar parecia ter algo a ver com frutos do mar. Ao lado da porta havia uma pequena placa com o nome "Restaurante Nautilus" escrito em letras incomumente discretas. Um dos homens segurou a porta, e eles entraram em um corredor apertado onde sacudiram os casacos molhados e os penduraram no cabideiro. Não havia uma pessoa sequer, e a primeira coisa que Simon pensou foi que aquele parecia o típico restaurante usado para lavagem de dinheiro. Não era grande demais, mas tinha um aluguel e uma localização que podiam justificar os lucros, caso alguém perguntasse. Mas ninguém perguntaria, pois lucros sobre os quais impostos são pagos não costumam chamar atenção.

Simon estava molhado. Quando mexia os dedos dos pés dentro dos sapatos, ouvia um borbulho. Mas não era por isso que sentia frio.

A sala de jantar era dividida por um aquário retangular grande, a única fonte de luz do local. Na mesa à frente dele, havia uma figura enorme, sentada de costas para o aquário.

Era por isso, o frio.

Simon nunca o vira em carne e osso antes, mas não teve um segundo de dúvida sobre quem era.

O Gêmeo.

Ele parecia preencher o local inteiro. Simon não sabia se era só por causa do tamanho físico e sua presença evidente, ou por causa do peso do poder e da riqueza que davam àquele homem a possibilidade de decidir o destino de tantos. Ou eram todas as histórias sobre ele que o tornavam ainda maior? Todas as mortes, a crueldade desnecessária e toda a destruição?

O homem apontou de forma quase imperceptível para a cadeira que estava puxada à sua frente. Simon se sentou.

— Simon Kefas — disse o homem, passando o indicador no queixo.

Homens grandes às vezes têm vozes surpreendentemente agudas.

O Gêmeo, não.

O grave ronco de sua voz provocou ondulações na superfície do copo de água em frente a Simon.

— Eu sei o que você quer, Kefas.

Seus músculos incharam-se sob o terno, cuja costura parecia que poderia explodir a qualquer momento.

— E o que eu quero?

— Dinheiro para a cirurgia de Else.

Simon engoliu um nó na garganta quando ouviu o nome de sua amada sair da boca do homem.

— A pergunta é: o que você tem para me oferecer em troca?

Simon pegou o telefone, abriu a caixa de entrada do e-mail, colocou o aparelho na mesa e apertou o *play*. Ouviu-se o som metálico do arquivo de áudio que ele recebera: "...qual conta bancária, e no nome de quem, Nestor enviava os pagamentos pelos seus serviços? Se eu fosse você, pensaria bem antes de responder." Pausa, e em seguida outra voz: "A conta é de uma empresa. Dennis Limited, registrada nas Ilhas Cayman." "E o número, qual é?" Nova pausa. "Oito. Três. Zero." "Mais devagar, e com mais clareza." "Oito. Três. Zero. Oito..."

Simon apertou *stop*.

— Vou partir do princípio de que você sabe quem estava respondendo essas perguntas.

O grandalhão fez um pequeno gesto que podia significar qualquer coisa.

— É isso que você está oferecendo em troca?

— Recebi esta gravação de um endereço de Hotmail que não consegui rastrear, e na verdade nem tentei. Por enquanto, só eu sei deste arquivo. Uma prova de que o diretor...

— Diretor-adjunto.

— ... da Staten admite ter uma conta secreta, na qual recebe dinheiro de Hugo Nestor. Eu cheequei o número da conta, e a informação confere.

— E por que isso teria algum valor para mim?

— O que tem valor para você é que eu não informe à polícia da existência deste arquivo e você perca um aliado importante. — Simon pigarreou. — *Mais um* aliado importante.

O grandalhão deu de ombros.

— Um diretor-adjunto penitenciário pode ser substituído. Além do mais, parece que Franck já não me serve para mais nada mesmo. O que mais você tem, Kefas?

Simon projetou o maxilar.

— Tenho provas de que você lavou dinheiro para a Iversen Empreendimentos. Também tenho o DNA que faz a ligação entre Iver Iversen e uma garota vietnamita que vocês traficaram e mataram, e por cujo crime vocês fizeram Sonny Lofthus cumprir pena.

O grandalhão passou dois dedos no queixo.

— É, ouvi dizer. Continue.

— Posso dar um jeito para que nenhum desses casos seja investigado, se eu receber o dinheiro para a cirurgia.

— De quanto estamos falando?

— Dois milhões de coroas.

— Você podia chantagear Iversen para obter esse dinheiro. Por que veio até mim?

— Porque eu quero mais do que dinheiro.

— O que mais você quer?

— Quero que deixe o garoto em paz.

— O filho de Lofthus? Por quê?

— Porque Ab Lofthus era meu amigo.

O grandalhão olhou para Simon por um instante. Então inclinou a cadeira para trás e bateu com o dedo no vidro do aquário.

— Parece um aquário comum, não é? Mas você sabe quanto custa aquele peixe cinza, que parece uma espadilha, Kefas? Não, não sabe, porque não quero que o Departamento de Fraudes saiba que alguns colecionadores estão dispostos a pagar milhões de coroas por ele. Não é um peixe impressionante nem muito bonito, mas é incrivelmente raro. O preço é determinado por quanto ele vale para um indivíduo. Quem oferece mais.

Simon se ajeitou na cadeira.

— A questão — prosseguiu o grandalhão — é que eu quero o garoto Lofthus. Ele é um peixe raro e tem um valor para mim maior do que para outros compradores. Porque ele matou minhas pessoas e roubou meu dinheiro. Você acha que eu comandaria essa cidade por vinte anos se deixasse as pessoas se safarem por esse tipo de coisa? Ele se tornou um peixe que eu simplesmente *preciso* ter. Sinto muito, Kefas. Podemos lhe dar o dinheiro, mas o garoto é meu.

— O garoto só quer o informante que traiu o pai dele. Depois disso, ele desaparece.

— Por mim, ele pode pegar aquela toupeira. Não preciso mais do informante, e ele já deixou de operar há doze anos. Mas nem eu descobri quem era. Trocávamos dinheiro por informação em anonimato. E por mim estava tudo bem, pois recebia pelo que pagava. E você também pode receber, Kefas. A visão de sua esposa, não é?

— Como queira — retrucou Simon, e se levantou. — Se você continuar a perseguir o garoto, vou procurar meu dinheiro em outro lugar.

O grandalhão deu um suspiro pesado.

— Acho que você não entendeu muito bem esta negociação aqui, Kefas.

Simon viu que o homem louro também tinha se levantado.

— Como um apostador experiente, você deveria saber que primeiro se deve analisar as cartas cuidadosamente *antes* de decidir jogar — comentou o grandalhão. — E que depois é tarde demais.

Simon sentiu a mão do louro no seu ombro. Resistiu ao impulso de empurrá-la. Sentou-se novamente. O grandalhão inclinou-se sobre a mesa. Tinha cheiro de alfazema.

— Iversen me contou que você falou para ele do DNA. E agora você também tem esse arquivo de áudio. Isso significa que você tem contato com o garoto, não é? É você que vai nos ajudar a apanhá-lo. Ele, e o dinheiro que roubou de nós.

— E se eu me recusar?

O grandalhão suspirou novamente.

— Do que temos mais medo, Kefas? De morrer sozinho, não é? A verdadeira razão para você estar fazendo isso é sua mulher, é porque você quer que ela o *veja* morrer. Pois nos convencemos de que assim a morte é menos solitária, não é? Então imagine uma morte ainda mais solitária do que ao lado de uma mulher cega, mas que pelo menos está viva...

— O quê?

— Bo, mostre para ele.

O louro segurou o telefone na frente de Simon. Era uma foto. Ele reconheceu o quarto de hospital. A cama. A mulher dormindo na cama.

— O mais interessante não é que sabemos onde ela se encontra agora — observou o grandalhão —, mas que a encontramos, não é? Apenas uma hora depois que Iversen entrou em contato conosco. Isso significa que a encontraremos onde quer você tente escondê-la.

Simon pulou da cadeira com a mão direita a caminho do pescoço do grandalhão, mas terminou em um punho que a segurou com tanta facilidade como se fosse uma borboleta. E agora o punho se fechava lentamente ao redor da mão dele.

— Você vai ter que decidir quem valoriza mais, Simon. A mulher com quem divide sua vida ou esse vira-lata que você adotou.

Simon engoliu em seco. Tentou ignorar as dores, o som das juntas da mão sendo moídas, mas sabia que as lágrimas de dor o denunciavam. Piscou uma vez. Duas. Sentiu uma lágrima morna descer pelo rosto.

— Ela tem que ir para os Estados Unidos dentro de dois dias — sussurrou ele. — Preciso ter o dinheiro para pagar à vista antes de ela embarcar.

O Gêmeo soltou sua mão, e Simon ficou tonto quando o sangue voltou a circular, apenas intensificando a dor.

— Ela estará em um avião assim que você entregar o garoto e o que ele roubou — disse o grandalhão.

O louro acompanhou Simon até a saída. Havia parado de chover, mas o ar ainda estava pesado e úmido.

— O que vão fazer com ele? — perguntou Simon.

— Você não quer saber. — O louro sorriu. — Foi um prazer fazer negócios com você.

A porta foi fechada e trancada na frente de Simon.

Ele saiu da viela. Tinha começado a escurecer. Pôs-se a correr.

Martha estava sentada com o rosbife à sua frente. Seu olhar passou por cima das taças altas de vinho, das cabeças do outro lado da mesa, das fotos de família na mesa em frente à janela, das macieiras no jardim, molhadas de chuva, e em direção ao céu, para a escuridão que estava a caminho.

O discurso de Anders foi bonito, sem dúvida. Ela viu que uma das tias precisou enxugar uma lágrima.

— Martha e eu decidimos nos casar no inverno — disse ele —, pois sabemos que nosso amor derrete todo o gelo, que os corações de nossos amigos aquecem qualquer local e que o cuidado, orientação e sabedoria de sua... de nossa família será toda a luz de que precisamos para iluminar nosso caminho pela escuridão do inverno. E, é claro, tem também outra razão... — Anders apanhou a taça e se virou para ela, que somente no último momento conseguiu desprender-se do céu noturno para retribuir o sorriso. — Simplesmente não aguentamos esperar até o verão!

Risadas felizes e aplausos preencheram o local.

Anders pegou a mão de Martha. Apertou-a com força e sorriu, seus belos olhos brilhando como o mar, e ela sabia que ele estava ciente da impressão que causava. Em seguida, se inclinou como se estivesse comovido e lhe deu um rápido beijo na boca. A mesa celebrou. Ele ergueu a taça.

— Saúde!

Ele se sentou. Olhou para Martha e deu aquele sorriso particular. O sorriso que contava aos doze convidados à mesa que eles tinham algo especial, algo que era só deles. Mas só porque ele estava fazendo isso para os convidados na galeria, não queria dizer que não fosse verdade. Os dois realmente tinham algo especial, algo só deles. Estavam juntos fazia tanto tempo que era fácil esquecer todos os momentos bons que tiveram. Também tiveram problemas, mas lutaram para superá-los e saíram ainda mais fortes. Ela gostava de Anders, gostava *mesmo*. Claro que gostava, senão não teria aceitado se casar.

O sorriso dele ficou um pouco mais rígido e dizia que ela bem que poderia mostrar mais entusiasmo e ajudá-lo um pouco nessa ocasião em que tinham convidado suas famílias para anunciar os planos de casamento. Fora ideia de sua sogra, e Martha não tivera forças para protestar. Então a mãe de Anders se levantou e bateu de leve na taça. Foi como se alguém tivesse apertado o botão de silêncio. Não só porque os convidados estavam ansiosos para ouvir o que ela tinha a dizer, mas também porque ninguém queria ser queimado pelo olhar fulminante de uma sogra.

— Também estamos muito felizes porque Martha desejou que a cerimônia fosse realizada na Catedral de São Paulo.

Martha quase não conseguiu segurar a tosse. Como assim, *ela* desejou?

— Como vocês sabem, nossa família é católica. E, embora em outros países a renda e o nível de instrução dos protestantes sejam superiores, este não é o caso na Noruega. Aqui, os católicos é que são a elite. Bem-vinda ao time vencedor, Martha.

Martha sorriu da piada, que ela na verdade sabia muito bem que não era piada. Continuou a ouvir a voz de sua futura sogra, mas era como se não estivesse mais presente. Precisava escapar. Fugir para aquele outro lugar.

— Em que está pensando, Martha?

Ela sentiu os lábios de Anders no cabelo e no lóbulo da orelha. Conseguiu sorrir porque estava a ponto de começar a rir. Rir da cena que imaginara: que se levantava e contava para ele e para os convidados no que estava pensando, que se via deitada nos braços de um assassino, numa rocha sob o sol, enquanto uma tempestade vinha do fiorde em sua direção. Mas isso não significava que não amasse Anders. Ela dissera sim. Dissera sim porque o amava.

35

— **V**ocê se lembra da primeira vez que nos vimos? — perguntou Simon, e acariciou a mão de Else sobre o cobertor.

Os outros dois pacientes do quarto dormiam atrás de suas respectivas cortinas.

— Não. — Ela sorriu, e ele imaginou seus olhos azuis incrivelmente brilhantes cintilando sob o curativo. — Mas você lembra, então pode me contar como foi.

Em vez de sorrir, Simon riu baixinho para que ela ouvisse.

— Você trabalhava numa floricultura em Grønland. E eu entrei para comprar flores.

— Uma coroa — disse ela. — Você queria uma coroa de flores.

— Você era tão linda que eu prolonguei a conversa mais que o necessário. Mesmo você sendo jovem demais para mim. Mas, enquanto conversávamos, eu também fiquei mais jovem. No dia seguinte, voltei para comprar rosas.

— Você comprou lírios.

— Claro. Eu queria que você pensasse que eram para um amigo. Mas na terceira vez comprei rosas.

— E na quarta também.

— Meu apartamento estava tão cheio de rosas que eu quase não conseguia respirar.

— E eram todas para você.

— Não, eram todas para *você*. Eu só estava guardando as flores. Até que chamei você para sair. Nunca tive tanto medo em toda a minha vida.

— Você parecia tão nervoso que eu nem consegui dizer não.

— Esse truque funciona sempre.

— Não. — Ela riu. — Você *estava* nervoso. Mas eu também vi olhos tristes. Uma vida vivida. A melancolia da introspecção. Isso é irresistível para uma mulher jovem, sabia?

— Você sempre disse que se apaixonou pelo meu corpo atlético e minha capacidade de escutar.

— Mentira, eu nunca disse isso!

Else riu ainda mais alto, e Simon riu junto. Aliviado porque ela não podia vê-lo agora.

— A coroa de flores que você comprou na primeira vez — continuou ela, baixinho. — Você escreveu um cartão e ficou olhando para o papel, então o jogou fora e escreveu outro. Depois que você foi embora, eu o resgatei da lixeira e li. Estava escrito "Para o amor da minha vida." Foi por *isso* que me interessei.

— Foi mesmo? Você não preferia um homem que pensava que ainda conheceria o amor da sua vida?

— Eu queria um homem que fosse capaz de amar, amar *de verdade*.

Ele assentiu. Ao longo dos anos, eles tinham repetido essa história tantas vezes que todas as respostas eram ensaiadas, as reações e também a aparente surpresa. Um dia eles prometeram contar tudo um para o outro, absolutamente tudo, e depois que o fizeram, depois que testaram quantas verdades o outro aguentava ouvir, essas histórias tinham se tornado as paredes e o teto que sustentavam seu lar.

Ela apertou-lhe a mão.

— E você realmente podia, Simon. Você era capaz de amar.

— Porque você me curou.

— Você mesmo se curou. Foi você que parou de jogar, não eu.

— Você foi meu remédio, Else. Sem você...

Simon respirou fundo. Esperava que ela não notasse o tremor em sua voz. Porque hoje ele não conseguiria, hoje não. Não conseguiria repetir a história do seu vício por apostas e das conseguintes dívidas, nas quais também a envolvera. Ele fizera o imperdoável. Tinha penhorado a casa sem o conhecimento dela. E perdido. E ela o perdoou. Não ficou furiosa, não o largou, não deixou que ele sofresse as consequências sozinho nem lhe deu um ultimato. Apenas acariciou seu rosto e disse que o perdoava. E ele chorou feito uma criança, e naquele momento a vergonha acabou com sua fome por uma vida na interseção entre a esperança e o medo, onde tudo está em jogo e se pode ganhar ou perder a qualquer instante, onde a possibilidade de uma derrota catastrófica e definitiva é quase — quase — tão excitante quanto a de ganhar. Era verdade, ele tinha parado naquele dia. E nunca mais apostara outra vez, nem mesmo uma cerveja, e isso o salvara. Salvara ambos. Isso, mais o fato de que eles contavam absolutamente tudo um ao outro. Pois saber que ele tinha autocontrole e a coragem de ser totalmente honesto com outra pessoa o transformara, o reerguera como homem e ser humano, e talvez o tivesse feito crescer ainda mais do que se nunca tivesse estado à mercê de seus vícios. E talvez fosse por isso que, em seus últimos anos como policial, ele deixara de ver cada criminoso como irrecuperável e incorrigível e passara a estar disposto a dar uma segunda chance para todos — contrariamente ao que sua vasta experiência lhe dizia.

— Somos como Charles Chaplin e a florista em *Luzes da cidade* — disse Else. — Só que de trás para a frente.

Simon engoliu em seco. A florista cega que pensa que o vagabundo é um cavalheiro rico. Simon não se lembrava mais como, mas o vagabundo fazia com que a mulher recuperasse a visão, e depois disso ele não revela quem é porque tem certeza de que ela não vai querer nada com ele se souber. Mas, quando a florista descobre, ela o ama mesmo assim.

— Vou esticar as pernas um pouco — avisou ele, e se levantou.

Não havia mais ninguém no corredor. Ele olhou por um instante para a placa na parede, que mostrava um celular cortado por uma faixa vermelha. Mesmo assim pegou seu aparelho e achou o número. Muitas pessoas pensam que a polícia não consegue rastrear um número se enviarem um e-mail por um celular através de um endereço Hotmail. Errado. Foi fácil. Parecia que seu coração estava quase na garganta, era como se estivesse batendo atrás de sua clavícula. Não havia nenhum motivo para que ele atendesse.

— Alô?

Aquela voz. Estranha, mas também estranhamente familiar, como o eco de um passado distante; não, de um passado *próximo*. O Filho. Simon precisou pigarrear duas vezes antes de conseguir produzir um som com as cordas vocais.

— Precisamos nos encontrar, Sonny.

— Seria ótimo...

Ótimo? Mas não havia o menor sinal de ironia em sua voz.

— ... mas em breve não vou estar mais por aqui.

Aqui onde? Em Oslo? Na Noruega? Ou aqui entre nós, na terra?

— O que você vai fazer? — perguntou Simon.

— Acho que você sabe.

— Vai encontrar e punir os que estão por trás de tudo. Aqueles por cujos crimes você pagou. Os que mataram seu pai. E vai procurar o informante.

— Não me resta muito tempo.

— Mas eu posso ajudar você.

— Muito obrigado, Simon, mas o melhor que você pode fazer para me ajudar é continuar fazendo o que fez até agora.

— E o que seria isso?

— Não tentar me impedir.

Seguiu-se uma pausa. Simon tentou escutar sons de fundo que pudessem revelar onde o garoto se encontrava. Ouviu uma batida baixa e rítmica, acompanhada de gritos esporádicos.

— Acho que você quer a mesma coisa que eu, Simon.

Ele engoliu em seco.

— Você se lembra de mim?

— Tenho que ir agora.

— Seu pai e eu...

Mas ele já havia desligado.

* * *

— Obrigado por ter vindo.

— Imagina — disse Pelle, e olhou para o garoto no retrovisor. — Costumamos ficar com o taxímetro ligado durante menos de trinta por cento do dia, então foi bom, tanto para mim como para os negócios, que você tenha ligado. Para onde deseja ir hoje?

— Ullern.

O garoto lhe pedira seu cartão de visita depois da última corrida. Às vezes passageiros faziam isso, mas nunca ligavam. Era muito fácil conseguir outro táxi na rua ou por meio da central. Então Pelle não tinha a mínima ideia de por que o garoto queria que logo ele saísse de Gamlebyen para ir até Kvadraturen buscá-lo no duvidoso hotel Bismarck.

O garoto estava de terno, e Pelle a princípio nem o reconheceu. Algo estava diferente. Ele levava a mesma mochila vermelha de antes, assim como uma maleta. Pelle ouviu um barulho de metal quando o garoto jogou a mochila no banco de trás.

— Vocês parecem muito felizes na foto — disse o garoto. — É sua esposa?

— Ah, essa foto. — Pelle sentiu-se enrubescer.

Ninguém nunca tinha comentado a foto antes. Ele também a pusera em um lugar pouco visível, à esquerda e abaixo do volante, para que os passageiros não vissem. Mas ficou feliz porque o garoto vira na foto que eram felizes. Que *ela* era feliz. Ele não escolhera a melhor foto deles, mas a foto na qual ela parecia mais feliz. — Acho que ela vai fazer almôndegas hoje. Depois vamos dar uma volta no parque Kampen. Lá em cima tem uma brisa muito boa, que será muito bem-vinda num dia como esse.

— Parece uma excelente ideia — disse o garoto. — É uma sorte grande encontrar alguém com quem dividir a vida, não é?

— É, sim. — Pelle olhou pelo retrovisor. — Com certeza.

Geralmente ele deixava a conversa por conta dos passageiros. Gostava disso, de participar da vida de alguém durante a curta corrida. Filhos e matrimônio. Trabalho e aluguel. Pedir emprestadas as alegrias e preocupações de uma família por um instante. Não ter que falar sobre si mesmo, como ele sabia que muitos taxistas adoravam fazer. Mas, de alguma forma, havia surgido certa intimidade entre eles; simplesmente gostava de falar com aquele jovem.

— E você? — perguntou Pelle. — Já arranjou uma namorada?

O garoto balançou a cabeça, sorrindo.

— Não? Ninguém que faça seu coração bater mais forte?

O garoto assentiu.

— É mesmo? Que bom para você, companheiro. E para ela também.

Os movimentos da cabeça mudaram de direção.

— Não? Não me diga que ela não quer nada com você? É verdade que, naquele dia que você estava vomitando, você não parecia lá essas coisas todas, mas hoje, com terno e tudo mais...

— Obrigado — disse o garoto. — Mas acho que não posso ficar com ela.

— Por que não? Você não se declarou?

— Não. Deveria?

— Sempre. Várias vezes por dia. É como se fosse oxigênio; nunca deixa de ser bom. Eu te amo, eu te amo. Tente, e vai entender o que eu quero dizer.

Houve silêncio no banco de trás. Em seguida, uma tosse.

— E como... como você sabe que alguém ama você?

— A gente sabe. É a soma de todas as pequenas coisas cuja essência você não consegue identificar. O amor nos rodeia como o vapor no chuveiro. Não podemos ver cada gota, mas ficamos quentes. E molhados. E limpos.

Pelle riu, envergonhado e quase orgulhoso de suas palavras.

— E você continua a se banhar no amor dela e dizer todos os dias que a ama?

Pelle teve a impressão de que aquelas perguntas não eram espontâneas, que era um assunto sobre o qual ele queria falar com Pelle, que tinha a ver com a foto dele e de sua esposa, que o garoto devia tê-la visto em uma das outras duas corridas.

— Com certeza.

Pelle sentiu que tinha algo na garganta, migalhas ou algo assim. Tossiu com força e ligou o rádio.

A corrida até Ullern durou quinze minutos. O garoto lhe passou um endereço em um dos caminhos que subiam a colina, entre gigantescas construções de madeira, que mais pareciam fortes do que casas. O asfalto já havia secado depois da chuva que caíra mais cedo.

— Pode parar aqui por um instante, por favor?

— O portão é ali.

— Mas aqui está bom.

Pelle parou junto ao meio-fio. A propriedade era rodeada por um muro branco e alto, com cacos de vidro no topo. A enorme casa de tijolinhos, de dois andares, ficava empoleirada num jardim grande. Uma música vinha da varanda da frente, e todas as janelas estavam iluminadas. Havia holofotes no jardim. Na frente do portão havia dois homens largos, de terno preto. Um deles segurava um enorme cachorro branco na coleira.

— Você vai para uma festa? — perguntou Pelle, e esfregou seu pé ruim. Às vezes as dores voltavam de repente.

O garoto balançou a cabeça.

— Acho que não fui convidado.

— Você conhece as pessoas que moram aqui?

— Não. Me deram o endereço quando eu estava na prisão. O Gêmeo. Já ouviu falar dele?

— Não — respondeu Pelle —, mas já que você não conhece a pessoa, vou me dar a liberdade de dizer que não é certo alguém ter tanto. Olhe só para essa casa! Estamos na Noruega, não nos Estados Unidos ou na Arábia Saudita. Somos um monte de pedra congelada no norte, mas pelo menos sempre tivemos algo que outros países não tinham. Certa igualdade. E agora estamos destruindo isso.

Ouviu-se o latido de cães no jardim.

— Acho que você é um homem sábio, Pelle.

— Ah, não sei não. Por que você esteve na prisão?

— Para encontrar paz.

Pelle analisou o rosto do garoto no espelho. Era como se já o tivesse visto em outro lugar, não só no carro.

— Vamos sair daqui — sugeriu o garoto.

Quando Pelle voltou a olhar para a frente, viu que o homem com o cachorro vinha em sua direção. Ambos encaravam o carro, e ambos tinham tantos músculos que andavam gingando.

— Está bem. — Pelle ligou a seta. — Para onde vamos?

— Você teve a oportunidade de se despedir dela?

— De quem?

— De sua esposa.

Pelle ficou surpreso. Viu que o homem e o cachorro se aproximavam. A pergunta o atingiu como um soco no estômago. Ele olhou novamente para o garoto no retrovisor. Onde é que o vira antes? Ouviu o rosnado. O cachorro se preparava para atacar. O garoto já estivera no táxi antes. Devia ser por isso. A lembrança de uma lembrança. Assim como ela.

— Não — respondeu Pelle, e balançou a cabeça.

— Então não foi doença?

— Não.

— Foi um acidente?

Pelle engoliu em seco.

— Foi. Acidente de carro.

— Ela sabia que você a amava?

Pelle abriu a boca, mas se deu conta de que não conseguiria dizer nada, então apenas assentiu.

— Lamento que ela tenha sido tomada de você, Pelle.

Ele sentiu a mão do garoto no ombro. Foi como se uma corrente de calor se irradiasse até seu peito, barriga, braços e pernas.

— Acho que é melhor irmos agora, Pelle.

Só então ele percebeu que tinha fechado os olhos e, quando os abriu novamente, viu que o homem e o cachorro já estavam ao lado do carro. Acelerou e soltou a embreagem. Ouviu o cachorro latir furiosamente atrás deles.

— Para onde vamos?

— Vamos visitar um homem que é culpado de assassinato — disse o garoto, e puxou a mochila vermelha mais para perto de si. — Mas primeiro vamos fazer uma entrega.

— Para quem?

O garoto deu um sorriso estranho e triste.

— Para alguém que eu gostaria de ter numa foto no painel do carro.

Martha estava à bancada da cozinha enchendo a garrafa térmica de café. Tentava não escutar a voz da futura sogra. Tentava ouvir os outros convidados, na sala. Mas era impossível, a voz dela era muito insistente, muito *exigente*.

— Anders é um garoto sensível, entende? Muito mais sensível que você. Você é forte, e é por isso que tem que assumir o comando e...

Um carro apareceu e parou na frente do portão. Um táxi. Um homem com um terno elegante saiu, e trazia uma maleta.

Foi como se o coração dela parasse. Era ele.

Ele abriu o portão e pegou o curto caminho de cascalho que levava à porta.

— Com licença. — Martha bateu com força a garrafa térmica na pia da cozinha e saiu, tentando fazer parecer que não estava se apressando.

Eram poucos metros, mas mesmo assim ela estava esbaforida quando abriu a porta, antes que ele tocasse a campainha.

— Estamos dando uma festa agora. — Martha arquejou, a mão no peito. — E você é procurado pela polícia. O que está fazendo aqui?

Sonny a fitou com aqueles malditos olhos verdes límpidos. Tinha raspado as sobrancelhas.

— Quero pedir perdão — disse baixinho, tranquilo. — E lhe dar isto. É para o Centro Ila.

— O que é? — perguntou ela, olhando para a maleta.

— É para pagar a reforma do centro. Pelo menos uma parte...

— Não! — Ela olhou para trás e baixou a voz. — Qual é o seu problema? Você acha mesmo que vou aceitar esse dinheiro sujo? Você matou pessoas. E os brincos que me deu... — Martha engoliu em seco, balançou a cabeça com força e sentiu pequenas lágrimas de ódio caírem. — Eles pertenciam... a uma mulher que você *assassinou*!

— Mas...

— Vá embora!

Sonny assentiu. Deu um passo para trás e desceu um degrau.

— Por que você não me entregou à polícia?

— Quem disse que não fiz isso?

— Por que não, Martha?

Ela hesitou. Ouviu o ranger de uma cadeira na sala.

— Talvez porque eu queira que você me diga por que matou aquelas pessoas.

— Faria alguma diferença, se você soubesse por quê?

— Não sei. Faria?

Ele deu de ombros.

— Se quiser me entregar, vou estar na casa do meu pai hoje à noite. Depois, vou sumir.

— Por que está me contando isso?

— Porque quero que você venha comigo. Porque eu te amo.

Ela ficou paralisada por um instante. O que é que ele tinha dito?

— Eu te amo — repetiu Sonny lentamente, como se sentisse o gosto das próprias palavras, com surpresa.

— Meu Deus — grunhiu ela, perturbada. — Você é louco!

— Vou embora.

Ele se virou para o táxi que o aguardava com o motor ligado.

— Espere! Para onde você vai?

Sonny se virou apenas um pouco e esboçou um sorriso.

— Alguém me contou de uma cidade agradável mais ao sul do continente. É um caminho longo para dirigir sozinho, mas...

Ele parecia querer dizer mais, e ela esperou. Esperou, pois queria que ele dissesse. O quê, não sabia; só sabia que se Sonny dissesse a coisa certa, a palavra certa, seria libertada. Mas era ele que tinha que fazê-lo, ele que tinha que saber o que precisava dizer.

Mas Sonny se curvou ligeiramente, virou-se e seguiu em direção ao portão.

Martha queria chamá-lo, mas o que diria? Aquilo era loucura. Devaneios tolos. Algo que não existia. Algo que não *podia* existir na vida real. A vida real era lá dentro, do outro lado, na casa atrás dela. Fechou a porta e se virou. E deu de cara com o rosto furioso de Anders.

— Saia da frente.

— Anders, não...

Ele a empurrou para o lado, praticamente arrancou a porta e saiu como um louco.

Martha se levantou e saiu bem a tempo de ver Anders alcançá-lo e tentar dar um soco em sua cabeça, por trás, mas Sonny devia tê-lo ouvido, pois se agachou, girou em uma espécie de pirueta e imobilizou Anders.

— Vou matar você! — gritou Anders, furioso, enquanto tentava se soltar. Mas seus braços estavam presos, e ele não conseguia se mexer.

De repente, Sonny o soltou. Anders olhou estupefato para o homem à sua frente, passivo, os braços largados ao lado do corpo. Levantou a mão para lhe dar um soco. E o atingiu. Levantou a mão para um novo soco. E o atingiu de novo. Não fez muito barulho. Apenas o som oco de juntas contra carne e osso.

— Anders! — gritou Martha. — Anders, pare!

No quarto soco, a pele do malar de Sonny se abriu. No quinto, ele caiu de joelhos.

A porta do motorista do táxi se abriu, e o taxista fez menção de sair, mas Sonny fez um gesto para impedi-lo.

— Covarde maldito! — gritou Anders. — Fique longe da minha noiva!

Sonny levantou a cabeça como que para lhe dar um melhor ângulo para bater, oferecendo a outra face. Anders chutou. A cabeça dele saltou para trás, e Sonny caiu de joelhos, os braços para os lados, como um jogador de futebol que desliza no gramado depois de fazer um gol. A testa devia ter sido atingida pela sola afiada do sapato de Anders, pois o sangue jorrava de um corte longo bem abaixo da linha do cabelo. E quando os ombros de Sonny bateram no cascalho e seu casaco se abriu, Martha viu Anders parar quando estava tomando impulso para um novo chute. Notou que ele olhou para o cinto de Sonny e viu a mesma coisa que ela. Uma pistola. Uma pistola prateada, o cano enfiado no cós da calça, que estivera lá o tempo inteiro, sem que fosse tocada.

Ela colocou a mão no ombro de Anders, e ele deu um pulo, como se tivesse acabado de acordar.

— Entre — ordenou ela. — Agora!

Ele piscou várias vezes, confuso. Obedeceu. Passou por ela, em direção à escada, onde os outros convidados já estavam reunidos.

— Para dentro! — gritou Martha para eles. — É um morador do Centro, e sou eu que vou tratar disso. Entrem agora, todos vocês!

Martha se agachou ao lado de Sonny. O sangue escorria da testa, passando pelo nariz. Ele respirava de boca aberta.

Ouviu uma voz insistente e exigente, vindo da escada:

— Martha, querida, isso é mesmo necessário? Afinal, você vai pedir demissão depois que você e Anders...

Martha fechou os olhos e contraiu os músculos do abdômen.

— Cale a boca e entre você também!

Quando abriu os olhos novamente, viu que ele sorria. Com os lábios ensanguentados, Sonny sussurrou algo tão baixo que ela precisou se abaixar para ouvir.

— Ele tem razão, Martha. O amor pode mesmo nos limpar completamente.

Então se levantou e oscilou por um instante, antes de sair cambaleante, cruzar o portão e entrar no táxi.

— Espere! — gritou Martha, e pegou a maleta caída no cascalho.

Mas o táxi já seguia pela estrada, em direção à escuridão no fim da área residencial.

36

Iver Iversen oscilou para a frente e para trás e balançou a haste da taça vazia de martíni. Olhou para os convidados da festa, aglomerados na varanda branca e na sala de estar. A sala era tão grande quanto um salão de baile e mobiliada de acordo com o gosto de alguém que não precisava morar lá. "Decoradores com orçamento ilimitado e talento limitado", como Agnete costumava dizer. Os homens estavam todos de smoking, como constava no convite. O número de mulheres era bastante inferior, mas as que estavam presentes se destacavam ainda mais. Incrivelmente belas, tentadoramente jovens e de uma variação étnica interessante. Vestidos de fenda alta, costas nuas e decote profundo. Elegantes, exóticas e importadas. O tipo de beleza que é sempre raro. Iver Iversen não se impressionaria nem se alguém andasse pela sala com um leopardo-das-neves.

— Parece que todos os financistas de Oslo estão aqui.

— Só aqueles que não são muito minuciosos — disse Fredrik Ansgar, então ajeitou a gravata-borboleta e bebeu um gole do gim-tônica. — Ou que não estão em suas casas de veraneio.

Errado, pensou Iversen. Se alguém tem algum negócio não resolvido com o Gêmeo, esse alguém vem para a cidade. Porque não se atreve a não fazê-lo. O Gêmeo. Iversen olhou para o homem enorme ao lado do piano. Poderia ter sido modelo para pôster de propaganda soviética ou para as esculturas do parque Vigeland. Tudo nele era grande, sólido e bem esculpido: a cabeça, os braços, as mãos, as pernas. Testa alta, queixo consistente, lábios carnudos. A pessoa com quem ele falava era corpulenta e tinha mais de 1,80 metro, mas parecia um anão ao lado do Gêmeo. Iversen pensou reconhecê-lo vagamente. Usava um tapa-olho. Devia ser um financista importante que vira nos jornais.

Iversen pegou mais um martíni da bandeja de um dos garçons que andavam pelo local. Sabia que não deveria, que já estava bêbado, mas não se importava. Afinal, era um viúvo em luto. No entanto, sabia que beber era exatamente o que não deveria fazer, pois podia acabar dizendo algo do qual viria a se arrepender.

— Você sabe de onde veio esse apelido do Gêmeo?

— Conheço a história — respondeu Fredrik.

— Ouvi dizer que o irmão se afogou, mas que foi um acidente.

— Um acidente? Em um balde?

Fredrik riu e deixou que seu olhar acompanhasse uma beldade de pele negra que passou por eles.

— Olhe só — disse Iver —, tem até um bispo aqui. Como será que ele faz parte desta rede?

— É mesmo um grupo impressionante. É verdade que ele também tem um diretor de prisão entre os colaboradores?

— Digamos que a lista não para aí.

— A polícia também?

Iver não respondeu.

— Até o topo?

— Você ainda é jovem, Fredrik, e, mesmo já estando envolvido, ainda não é tarde demais para sair. Mas quanto mais vier a saber, mais preso vai ficar, acredite em mim. Se eu tivesse uma chance de fazer escolhas diferentes das que fiz...

— E Sonny Lofthus? E Simon Kefas? Isso vai ser resolvido?

— Ah, vai.

Iver olhava para uma garota pequena e delicada, sentada sozinha ao bar. Tailandesa? Vietnamita? Tão jovem, bonita e toda enfeitada. Tão bem instruída. Tão desprotegida e com medo. Assim como Mai. Ele quase tinha pena de Simon Kefas, pois também estava preso. Vendera sua alma pelo amor de uma mulher mais jovem e, assim como Iver, também sentiria humilhação. Iver esperava que ele pelo menos tivesse a oportunidade de sentir humilhação antes que o Gêmeo fizesse o que precisava ser feito. Um lago em Østmarka? Talvez ele e Lofthus acabassem cada qual com seu próprio lago.

Iver Iversen fechou os olhos. Pensou em Agnete. Teve vontade de jogar a taça de martíni na parede. Em vez disso, esvaziou-a de um gole só.

— Centro de operações da Telenor, assistência à polícia.

— Boa noite, quem fala é o inspetor-chefe Simon Kefas.

— Posso ver o número do qual você está ligando, e que se encontra no hospital Ullevål.

— Impressionante, mas preciso que rastreie outro número.

— Tem mandado?

— É um caso urgente.

— Tudo bem. Vou pôr no relatório, e amanhã você explica para a promotoria pública. Nome e número?

— Só tenho o número.

— E do que precisa?

— Saber onde o telefone se encontra neste momento.

— Só podemos dar uma localização aproximada. E se o telefone não estiver em uso, pode demorar até que nossas estações de base recebam um sinal. Isso acontece uma vez por hora.

— Eu vou ligar agora para que vocês recebam o sinal.

— Então não se trata de alguém que não pode saber que o telefone será rastreado?

— Estou ligando direto na última hora, mas não tive resposta.

— Está bem. Me diga o número, ligue, e veremos o que eu consigo.

Pelle parou o carro no caminho deserto de cascalhos. À esquerda, a paisagem inclinada descia em direção ao rio, que brilhava ao luar. Ali também estava a ponte estreita que levava do caminho de cascalhos até a estrada principal, de onde tinham vindo. À sua direita havia um milharal, que ondulava e adejava sob as nuvens negras no céu, que mais parecia um negativo do céu claro de verão, onde o sol brilhara apenas poucas horas antes. Ao fim do caminho, dentro da floresta à sua frente, estava o destino: uma casa grande rodeada por uma cerca branca.

— Eu deveria levar você para a emergência, você está precisando de uns pontos — disse Pelle.

— Estou bem. — O garoto colocou uma nota de grande valor no encosto para braços, entre os bancos da frente. — Obrigado pelo lenço.

Pelle olhou no espelho. O garoto amarrara o lenço na testa. Estava coberto de sangue.

— Sério, vamos lá. Levo você de graça. Aposto que tem emergência aqui em Drammen também.

— Talvez amanhã. — O garoto pegou a mochila vermelha. — Primeiro tenho que fazer uma visita a esse homem.

— Tem certeza de que é seguro? Você não disse que ele tinha matado alguém?

Pelle olhou para a garagem, que era acoplada à casa. Tanto espaço, e, mesmo assim, garagem acoplada. O dono devia gostar de arquitetura americana. A avó de Pelle morara em uma pequena cidade de noruegueses que um dia moraram nos Estados Unidos ou tinham familiares que moravam lá. Os mais fanáticos tinham não somente casa com alpendre, mastro com a bandeira do país e carro americano, como também instalação elétrica de 110 volts, para ligar *jukeboxes*, torradeiras ou geladeiras que compraram no Texas ou herdaram de um avô em Bay Ridge, no Brooklyn.

— Ele não vai matar ninguém hoje à noite — disse o garoto.

— Mesmo assim. Não é melhor que eu espere aqui? Leva meia hora para voltar para Oslo, e outro táxi vai custar muito, porque vão ter que vir até aqui primeiro. Eu posso desligar o taxímetro.

— Muito obrigado, Pelle, mas acho que é melhor para nós dois se você não for uma testemunha aqui, entendeu?

— Não.

— Ótimo.

O garoto saiu do carro e ficou parado olhando para Pelle, que então deu de ombros e partiu. Ouviu o cascalho ser triturado pelos pneus enquanto acompanhava o garoto pelo retrovisor. Viu-o ali, parado. De repente ele desapareceu, engolido pela escuridão da floresta.

Pelle parou. Ficou sentado olhando no espelho. O garoto sumira. Assim como sua esposa.

Era isso que achava tão difícil de entender. Que pessoas que estiveram por perto, que foram o alicerce de sua vida, simplesmente evaporavam e nunca mais eram vistas. A não ser em sonhos. Sonhos bons. Pois nos sonhos ruins ele não a via. Via apenas a estrada e os faróis do carro vindo de encontro a eles. Nos sonhos ruins, ele, Pelle Granerud, que um dia fora um piloto de rallys promissor, não conseguia reagir a tempo, não conseguia realizar as simples manobras que evitariam uma colisão com um motorista bêbado na contramão. Em vez de realizar as manobras que fazia todos os dias na pista de treinos, ele congelava. Congelava porque sabia que poderia perder a única coisa imperdível, que não era sua própria vida, mas a de duas pessoas que eram a vida dele. As duas pessoas que acabara de buscar no hospital e que seriam sua nova vida. Que começaria naquele momento. Ele seria pai. Foi pai por somente três dias. E, quando acordou, estava de volta ao mesmo hospital. Primeiro lhe contaram sobre os ferimentos nas suas pernas. Foi um mal-entendido — houve troca de plantão, e a nova equipe não foi informada de que a esposa e o bebê haviam morrido no acidente. Passaram-se duas horas até que ele soube. Era alérgico a morfina (devia ser uma condição genética), e ficou deitado, com dores insuportáveis, gritando o nome dela, dia após dia. Mas ela não apareceu. Depois de horas, dias, pouco a pouco, ele começou a entender que nunca, *jamais* a veria novamente. Então continuou a chamá-la. Apenas para ouvir o nome dela. Ainda não tinham decidido qual seria o nome do bebê. Pelle deu-se conta de que só nessa noite, depois de o garoto colocar a mão em seu ombro, foi que a dor desapareceu por completo pela primeira vez.

Podia ver a silhueta de um homem na casa branca. Estava sentado atrás da enorme janela panorâmica sem cortinas. A sala estava iluminada, e era como se o homem estivesse em exposição. Como se esperasse alguém.

Iver viu que o grandalhão vinha em direção a Fredrik e ele com o convidado com quem estivera conversando ao lado do piano.

— É com você que ele quer falar, não comigo — sussurrou Fredrik, e se afastou. Aparentemente, avistara uma russa ao lado do bar.

Iver engoliu em seco. Por quantos anos ele e o grandalhão fizeram negócios juntos, estiveram no mesmo barco, dividiram bons e maus momentos, como quando as ondas da crise financeira mundial atingiram levemente a costa norueguesa? E mesmo assim ele ficava nervoso, quase com medo, cada vez que o grandalhão se aproximava. Diziam que ele levantava mais do que o próprio peso no supino. E não uma só vez, mas uma série de dez. Mas uma coisa era seu físico intimidante, outra coisa totalmente diferente era saber que nada que você dissesse, nenhuma palavra ou qualquer nuance no seu tom de voz, nenhum detalhe involuntário — ou melhor, muito menos os involuntários —, nada passaria despercebido. Inclusive, é claro, o que se revelava pela linguagem corporal, pela cor da face e pelas alterações na pupila.

— E então, Iver? — Aquela voz retumbante, de frequência baixa. — Como está? Agnete. É difícil, não?

— É — respondeu Iver, procurando um garçom.

— Queria que você conhecesse um amigo meu, pois vocês têm algo em comum. Ambos ficaram viúvos recentemente...

O homem com o tapa-olho estendeu a mão.

— ... e o autor do crime é o mesmo — concluiu o grandalhão.

— Yngve Morsand — apresentou-se o homem, e apertou a mão de Iver. — Sinto muito pela sua perda.

— Igualmente — disse Iver Iversen.

Então por isso ele o reconhecera. Era o armador. O marido da mulher que tivera o topo da cabeça arrancada. Tinha sido ele o principal suspeito por um tempo, até que acharam DNA no local do crime. DNA de Sonny Lofthus.

— Yngve mora nos arredores de Drammen — disse o grandalhão. — E hoje à noite está nos emprestando sua casa.

— Ah, é?

— Será usada como armadilha. Vamos pegar o cara que matou Agnete, Iver.

— O Gêmeo acha que há uma boa chance de que Sonny Lofthus vá até lá hoje à noite para tentar me matar. — Yngve Morsand riu e olhou em volta, procurando algo. — Eu apostei com ele que não. Pode pedir para seus garçons servirem algo mais forte do que martíni, Gêmeo?

— Pela lógica, é a próxima jogada de Sonny Lofthus — disse o grandalhão. — Felizmente, ele é tão sistemático e previsível que acho que vou ganhar seu dinheiro. — O grandalhão deu um sorriso largo. Dentes brancos sob o bigode, olhos como duas fendas no rosto carnudo. Colocou a mão gigantesca nas costas do armador. — E eu gostaria que você não me chamasse mais disso, Yngve.

O armador olhou para ele, sorrindo.

— De quê? De Gêm... Aaaaaah.

Sua boca se abriu e seu rosto se contorceu em uma careta desconcertada, congelada. Iver viu os dedos do grandalhão soltarem a nuca do armador, que se curvou para tossir.

— Combinado, não é? — O grandalhão ergueu a mão em direção ao bar e estalou os dedos. — Bebida!

Martha enfiava a colher no pudim de creme, desinteressada, enquanto ouvia as palavras que eram arremessadas contra ela de todos os cantos da mesa. Ele já a importunara antes? Era perigoso? E, meu Deus, se morava no centro, ela o encontraria novamente! Ele poderia denunciar Anders por agressão por ele ter tentado defendê-la? Esses viciados eram tão imprevisíveis... Mas ele devia estar sob o efeito de drogas, então não se lembraria de nada. Um tio o vira na televisão, e achava que ele era procurado por assassinato. Como se chamava? Era estrangeiro? Por que você não quer responder? É por causa da confidencialidade?

— Estou comendo pudim — disse Martha. — Está gostoso. Vocês também deveriam provar. Vou buscar mais.

Na cozinha, Anders apareceu atrás dela.

— Eu ouvi o que ele disse. — Anders arquejou. — *Eu te amo?* Era aquele cara do corredor do Centro Ila. Aquele com quem você se comunicou. Que tipo de relação vocês têm?

— Anders, não...

— Vocês treparam?

— Pare!

— Ele pelo menos tem a consciência pesada, senão teria puxado a arma. O que ele queria aqui? Me matar? Vou ligar para a polícia.

— E vai dizer o quê? Que você chutou a cabeça de um homem que não ameaçou você?

— E quem é que vai dizer para a polícia que ele não me ameaçou? Você?

— Ou o taxista.

— *Você?* — Ele agarrou o braço dela. — É isso que você quis dizer, não é? Que você ficaria do lado dele ao invés de apoiar seu próprio noivo. Sua put...

Ela se desvencilhou dele. Um prato de sobremesa caiu no chão e se quebrou. A sala agora estava em silêncio.

Ela marchou para o corredor, pegou o casaco e foi rumo à porta. Parou. Ficou ali por um instante. Então se virou e voltou à sala. Pegou uma colher que estava branca de pudim e bateu-a num copo oleoso. Olhou para cima e percebeu que fora desnecessário, pois já tinha a atenção de todos.

— Caros amigos e familiares — disse ela —, só queria dizer que Anders tinha razão. Nós realmente não aguentamos esperar até o verão...

Simon xingou. Tinha estacionado no meio de Kvadraturen e estudava o mapa da cidade, a área onde a Telenor informara que o telefone celular se encontrava. O telefone que Sonny Lofthus usara para lhe enviar mensagens. Agora Simon sabia que era um pré-pago, registrado no nome de Helge Sørensen. O que fazia sentido, pois ele tinha usado a identidade do agente penitenciário, que estava de licença médica.

Mas onde ele poderia estar?

Apesar de ser formada por alguns poucos quarteirões, a região era a mais populosa de Oslo. Lojas, escritórios, hotéis, apartamentos. Ele deu um pulo quando bateram na janela lateral do carro. Deparou-se com uma garota gordinha, com muita maquiagem, calça apertada e os seios espremidos numa espécie de espartilho. Ele balançou a cabeça. Ela respondeu com uma careta e foi embora. Simon esquecera que aquela era a região da cidade com mais prostitutas, e que um homem sozinho dentro de um carro parado seria visto como possível cliente. Boquete no carro, uma rapidinha no hotel Bismarck, ou encostados na muralha do Forte Akershus. Ele sabia por experiência própria.

Não era algo do qual se orgulhava, mas houvera um tempo em que pagava por um pouco de contato humano e uma voz que dissesse que o amava. O último serviço era considerado especial, e custava duzentas coroas a mais.

Tentou ligar mais uma vez. Analisou as pessoas que andavam pela calçada, esperou que uma delas pegasse um telefone e se revelasse. Suspirou e desligou novamente. Olhou para o relógio. Pelo menos o telefone continuava no mesmo lugar, o que significava que Sonny estava quieto e não aprontaria nada de diabólico essa noite. Então por que é que Simon tinha o pressentimento de que havia alguma coisa errada?

Bo estava na sala desconhecida, olhando pela enorme janela panorâmica. Estava sentado em frente a uma lâmpada forte voltada para a janela, de modo que, se alguém lá fora olhasse para dentro, veria somente sua silhueta. Esperava que Sonny Lofthus não conhecesse o formato de Yngve Morsand. Lembrou que era exatamente assim que Sylvester se sentara. O bom Sylvester, tão burro, leal e espalhafatoso. E aquele maldito Sonny o matara. Como ele tinha feito isso, nunca saberiam. Pois provavelmente não haveria nenhum interrogatório, nenhuma sessão de tortura; Bo jamais teria a chance de sentir o gosto de vingança, de saboreá-la como um copo de Retsina, com aquele gosto típico de resina de pinheiro que ninguém suportava mas que para Bo era o sabor de sua infância na ilha Telendos: amigos, o balanço de um barco, e ele deitado no piso do barco olhando para o céu azul da Grécia, enquanto as ondas e o vento cantavam em dueto. Ele ouviu um clique no ouvido direito.

— Um carro entrou na rua e deu a volta.

— Alguém saiu? — perguntou Bo.

O plugue de orelha, o fio e o microfone eram tão pequenos que não podiam ser vistos na contraluz do lado de fora.

— Não conseguimos ver, mas o carro está se afastando. Pode ter sido alguém que errou o caminho.

— Ok, mas estejam preparados.

Bo ajeitou o colete à prova de balas. Não que Lofthus fosse ter a chance de atirar, mas era melhor estar prevenido. Havia posicionado dois homens no jardim para pegá-lo quando ele passasse pelo portão ou pulasse a cerca, e mais um no corredor, logo após a porta da casa, que estava destrancada. Todos os outros acessos tinham sido fechados e trancados. Estavam lá desde as cinco da tarde e já não aguentavam mais. A noite mal tinha começado, mas os pensamentos de Bo sobre Sylvester o manteriam acordado. E a vontade de pegar aquele maldito. Pois ele viria. Se não viesse hoje, viria no dia seguinte ou depois, mas com certeza viria. Às vezes Bo pensava como era estranho que o grandalhão, um homem tão desprovido de humanidade, entendesse tão bem as pessoas. Suas vontades, fraquezas e motivações. Como reagem a pressão e medo, e como ele, com certa informação sobre temperamento, inclinações e inteligência, previa seus passos com uma exatidão impressionante — ou decepcionante, como ele mesmo dizia. Infelizmente, suas ordens eram que o garoto não deveria ser capturado, mas morto de imediato — ou seja, uma morte rápida e indolor.

Bo se empertigou na cadeira quando ouviu algo. E, antes mesmo de se virar, passou-lhe um pensamento pela cabeça. Que não tinha o mesmo talento do grandalhão para prever o próximo passo daquele cara. Não tivera ao deixar Sylvester só, tampouco tinha agora.

O garoto usava um pano amarrado na cabeça. Estava na porta lateral, a que levava da sala direto à garagem.

Mas como é que ele tinha entrado por ali se haviam trancado a garagem? Devia ter vindo por trás, da floresta. Abrir uma garagem trancada devia ser uma das primeiras coisas que um viciado aprende. Mas esse não era o maior problema. O maior problema era que o garoto segurava uma Uzi, a pistola-metralhadora israelense que cospe nove balas de 19mm mais depressa que um pelotão de fuzilamento.

— Você não é Yngve Morsand — disse Sonny Lofthus. — Onde ele está?

— Ele está aqui — disse Bo ao microfone.

— Onde?

— Ele está aqui — repetiu Bo, um pouco mais alto. — Na sala.

Sonny Lofthus olhou ao redor enquanto seguia na direção de Bo com a metralhadora na mão, o dedo no gatilho. Parecia ter um pente para 36 balas. Parou. Devia ter visto o plugue e o fio com o microfone.

— Você está falando com outras pessoas — disse o garoto, e teve tempo de dar um passo para trás antes de a porta do corredor se abrir de uma vez e Stan entrar com uma pistola.

Bo pegou sua Ruger ao ouvir a tosse seca da Uzi e o barulho da cascata de vidro quando a janela panorâmica atrás dele se quebrou. O revestimento dos estofados e pedaços do assoalho voaram. O garoto distribuía balas generosamente, sem um alvo específico. Mesmo assim, uma Uzi sempre vencerá de duas pistolas, então tanto Bo quanto Stan se jogaram ao chão, atrás do sofá mais próximo. De repente, tudo ficou em silêncio. Bo estava deitado de costas, segurando a pistola com as duas mãos, para o caso de a cara de Sonny aparecer sobre a borda do sofá.

— Stan! — gritou Bo. — Pegue ele!

Nenhuma resposta.

— Stan!

— Vá você! — berrou Stan, de trás do sofá no outro canto da parede. — Ele tem uma porra de uma Uzi, caralho!

Bo ouviu um clique no plugue.

— O que está acontecendo aí, chefe?

No mesmo instante, Bo ouviu um carro ser ligado e acelerar. Morsand tinha ido à festa do Gêmeo, em Oslo, com seu imponente Mercedes 280CE Cupê, modelo 1982, mas o carro da esposa, um Honda Civic pequeno, ainda estava lá. Sem a esposa, claro, pois Morsand a matara, mas as chaves continuavam na ignição. Devia ser assim que tratavam mulheres e carros ali no campo. Bo ouviu os rapazes lá fora:

— Ele está tentando fugir!

— A porta da garagem é por aqui.

Bo ouviu um rangido quando a marcha do Honda foi engatada e um gemido quando o motor engasgou. Será que o cara era mesmo um completo amador? Não sabia atirar nem dirigir.

— Peguem ele!

O carro foi ligado novamente.

— Ouvimos dizer que ele tinha uma Uzi...

— Ou é a Uzi ou o Gêmeo. Escolham!

Bo se levantou e correu para a janela panorâmica quebrada, ainda a tempo de ver o carro saltar da garagem. Nubbe e Evgeni haviam se posicionado na frente do portão. Nubbe atirava com a Beretta, tiro após tiro. Evgeni tinha uma Remington 870 de cano serrado com o pente na altura do queixo. Estremeceu quando puxou o gatilho. Bo viu o para-brisa explodir, mas o carro continuou a acelerar, e o para--choque atingiu Evgeni logo acima do joelho, jogou-o para cima, e o fez dar um salto mortal no ar antes de ser engolido pelo Civic sem o vidro da frente como uma orca engolindo focas. O Civic levou junto o portão e partes da cerca, atravessou o estreito caminho de cascalhos e entrou no milharal do outro lado. E continuou avançando sem reduzir a velocidade, gritando em primeira marcha, abrindo um caminho através dos eixos dourados, banhados à luz da lua, antes de fazer uma curva larga e continuar pelo caminho de cascalho mais abaixo. O motor gritava ainda mais alto; o motorista obviamente estava com um pé na embreagem, sem tirar o outro pé do acelerador. Então passou a segunda marcha e o motor ameaçou engasgar outra vez, mas ele se recuperou, e o carro continuou a descer o caminho de cascalho, onde rapidamente sumiu de vista, uma vez que o motorista não tinha ligado os faróis.

— Todos para o carro! — gritou Bo. — Temos que alcançá-lo antes que ele chegue à cidade.

Pelle olhou para o Honda sem acreditar no que via. Tinha ouvido disparos e visto no espelho que o Honda Civic atravessara o portão, lançando pelos ares pedaços da cerca branca. Vira o carro abrir caminho pelo campo onde cresciam produtos altamente subsidiados e continuar sua jornada duvidosa. O garoto não era um motorista experiente — isso estava claro —, mas Pelle suspirou aliviado quando viu, à luz da lua, um lenço ensanguentado ao volante, atrás dos restos do para-brisa estilhaçado. Pelo menos o garoto estava vivo.

Ouviu gritos na casa.

Armas sendo carregadas na tranquila noite de verão.

Um carro sendo ligado.

Pelle não tinha ideia de quem eram. O garoto lhe contara — verdade ou não — que o homem lá dentro tinha matado alguém. Talvez tivesse dirigido embriagado e provocado a morte de alguém, e agora saíra da prisão. Pelle não sabia. Só sabia que, após meses e anos nos quais se certificara de passar a maior parte do dia ao volante, estava lá novamente. Naquele lugar, onde podia reagir ou congelar. Alterar a órbita dos corpos celestes — ou não. Um jovem que não podia ter a mulher que amava. Passou o dedo na foto ao lado do volante. Depois, engatou a marcha e seguiu o Honda. Dirigiu colina abaixo, até uma ponte estreita. No topo da colina viu um par de faróis cortar a escuridão. Acelerou, ganhou velocidade, virou o volante um pouco para a direita, agarrou o freio de mão, pisando e soltando os pedais de forma rápida e musical, como um organista de igreja, ao passo que girava o volante bruscamente para a esquerda. A traseira do carro se moveu como ele queria quando puxou o freio de mão. Quando o carro parou, estava posicionado perfeitamente na diagonal da ponte. Ficou satisfeito. Ainda não tinha perdido o jeito. Então desligou o motor, engatou a primeira, foi para o lado do passageiro e saiu do carro. Havia, no máximo, vinte centímetros entre a balaustrada da ponte e o carro, nos dois lados. Trancou todas as portas com um simples toque na chave e começou a caminhar em direção à rodovia. Pensou nela; só pensava nela, o tempo inteiro. Se ela pudesse vê-lo agora. Vê-lo andar. Quase não sentia dores no pé, só mancava um pouco. Talvez os médicos tivessem razão. Talvez estivesse na hora de abandonar as muletas.

37

Eram duas da manhã, e a noite de verão estava no auge da escuridão. Do miradouro abandonado na extremidade da floresta que se erguia acima de Oslo, Simon podia ver o brilho opaco do fiorde sob a grande lua amarela.

— E então?

Puxou o casaco, como se estivesse com frio.

— Eu costumava trazer minha primeira grande paixão exatamente para este lugar. Para apreciar a vista, beijar... Você sabe.

Viu que Kari pareceu desconfortável.

— Não tínhamos outro lugar para fazer isso. E muitos anos depois, quando Else e eu ficamos juntos, eu também a trouxe para cá. Embora tivéssemos apartamento e cama de casal. Parecia tão... romântico e inocente. Era como estar tão apaixonado quanto da primeira vez.

— Simon...

Ele se virou para a cena mais uma vez. Os carros de polícia com as luzes azuis piscando, as faixas de proteção e o Honda Civic azul com o para-brisa quebrado e um homem morto deitado no banco de passageiro em um ângulo pouco natural — para não dizer pior. Havia muitos policiais ali. Policiais demais. Uma quantidade que indicava pânico por parte da polícia.

Pela primeira vez o médico-legista chegara antes de Simon. Disse que a vítima quebrou ambas as pernas na colisão e foi arremessada por cima do capô e para dentro do carro, onde quebrou o pescoço quando atingiu o banco. Contudo, o perito também disse que era estranho que a vítima não tivesse nenhuma ferida no rosto ou na cabeça depois de colidir com o para-brisa, até que Simon encontrou uma bala no estofamento do assento. Simon também pedira uma análise do sangue no banco do condutor, pois a maneira como tinha se aglomerado não condizia com os cortes na perna da vítima.

— Então foi ele que pediu que viéssemos? — perguntou Simon, indicando Åsmund Bjørnstad, que falava com um dos peritos balançando as mãos.

— Foi — confirmou Kari. — Como o carro está registrado no nome de Eva Morsand, uma das vítimas de Lofthus, ele queria...

— Suspeito.

— Perdão?

— Lofthus é apenas suspeito do homicídio de Eva Morsand. Alguém falou com Yngve Morsand sobre isso?

— Ele disse que não sabe de nada. Vai dormir em um hotel em Oslo hoje à noite, e a última vez que viu o carro foi na garagem de casa. A polícia de Drammen diz que parece ter havido um tiroteio na residência. Infelizmente, o vizinho mais próximo fica muito longe, então não há testemunhas.

Åsmund Bjørnstad se aproximou.

— Sabemos quem é o cara no banco do passageiro. Evgeni Zubov, um velho conhecido da polícia. A polícia de Drammen disse que há nove balas Luger calibre 19mm no chão, espalhadas em formato de ventilador.

— Uma Uzi? — perguntou Simon, levantando as sobrancelhas.

— O que você acha que devo dizer à imprensa? — perguntou Bjørnstad, e apontou para trás. — Os primeiros repórteres já estão colados na faixa de proteção, na estrada.

— O de costume — respondeu Simon. — Alguma coisa e nada ao mesmo tempo.

Bjørnstad suspirou com força.

— Eles ficam na nossa cola o tempo inteiro. Desse jeito não dá para trabalhar. *Odeio* jornalistas.

— Eles também têm que trabalhar — disse Simon.

— Ele está virando uma celebridade nos jornais, sabia? — comentou Kari, enquanto viam o jovem inspetor a caminho da chuva de flashes.

— Bjørnstad tem estilo.

— Estou falando de Sonny Lofthus.

Simon se virou para ela, surpreso.

— Sério?

— Dizem que é um terrorista moderno. Que declarou guerra contra o crime organizado e o capitalismo. Que ataca os podres da sociedade.

— Mas ele também é um criminoso.

— O que só torna a história mais interessante. Você não lê jornais?

— Não.

— E pelo jeito também não atende ao telefone. Eu te liguei.

— Eu estava ocupado.

— Ocupado? A cidade inteira está de ponta-cabeça por causa desses assassinatos e você não está no escritório nem trabalhando na rua. Você deveria ser meu chefe, Simon.

— Registrado. De que se tratava?

Kari respirou fundo.

— Estive pensando. Lofthus é um dos poucos adultos deste país que não tem conta bancária, cartão de crédito nem endereço fixo. Mas sabemos que ele tem dinheiro suficiente para dormir em hotel, depois que matou Kalle Farrisen.

— Ele pagou o Plaza à vista.

— Exatamente. Então chequei com alguns hotéis. Das vinte mil pessoas que dormem toda noite em hotéis de Oslo, somente seiscentas delas pagam em dinheiro vivo.

Simon fitou sua parceira.

— Você pode descobrir quantos desses seiscentos dormem em Kvadraturen?

— Hmm... posso. A lista dos hotéis está aqui. — Ela puxou uma página impressa do bolso do casaco. — Por quê?

Simon pegou o papel com uma das mãos enquanto colocava os óculos com a outra. Desdobrou-a e deixou que o olhar passasse pela lista de endereços. Um hotel. Dois. Três. Seis. Vários deles tinham hóspedes que pagaram em dinheiro, principalmente os mais baratos. Ainda havia muitos nomes. E alguns dos mais baratos nem constavam na lista.

De repente, Simon parou de ler.

Hotéis baratos.

A mulher que batera na janela de seu carro. Uma transa no carro, na muralha ou... no Bismarck. O hotel das prostitutas da cidade. Bem no meio de Kvadraturen.

— Eu perguntei por quê, Simon.

— Continue a seguir essa pista. Tenho que ir.

Simon começou a caminhar em direção ao carro.

— Espere! — gritou Kari, e se colocou na frente dele. — Não vá embora agora. O que está acontecendo?

— Como assim?

— Você vai investigar alguma coisa sozinho. Não pode fazer isso. — Kari tirou alguns fios de cabelo do rosto.

Agora Simon podia ver que ela também estava exausta.

— Não sei por que você está fazendo isso — disse ela. — Se quer atingir status de herói no fim da carreira e provar que é melhor que Bjørnstad e que a Polícia Federal. Mas isso não está certo, Simon. Esse caso é grande demais para que vocês, adultos, fiquem competindo quem mija mais longe.

Simon ficou olhando para ela por um bom tempo. Por fim, assentiu lentamente.

— Você pode até ter razão. Mas meus motivos não são os que você está pensando.

— Então você tem que me dizer quais são.

— Infelizmente não posso, Kari. Você vai ter que confiar em mim. — Quando estávamos na empresa de Iversen, você disse que eu deveria esperar do lado de fora porque estava pensando em quebrar as regras. Eu não quero quebrar as regras, Simon. Só quero fazer meu trabalho. Então se você não me contar do que se trata... — Simon percebeu que a voz dela tremia. Estava definitivamente cansada. — Então vou ter que procurar algum superior e contar o que está acontecendo.

Simon balançou a cabeça.

— Não faça isso, Kari.

— Por que não?

— Porque — disse Simon, olhando em seus olhos — o informante ainda está lá. Você pode me dar mais 24 horas? Por favor.

Ele não esperou pela resposta. Não faria diferença. Então passou por ela e foi até o carro. Sentia o olhar dela nas costas.

Enquanto descia as colinas de Holmenkollåsen, Simon repassou a trilha sonora da breve conversa que tivera com Sonny. Os batimentos rítmicos. Os gemidos exagerados. As paredes finas do Bismarck. Como ele não reconhecera aqueles sons antes?

Simon olhou para o garoto da recepção que analisava sua carteira de identidade. Tantos anos depois e, mesmo assim, nada havia mudado no Bismarck. Com exceção do garoto. Não era ele naquele tempo. Não fazia mal.

— Sim, estou vendo que você é da polícia, mas não tenho nenhum livro de registro de hóspedes para lhe mostrar.

— Ele é assim. — Simon colocou a foto no balcão.

O garoto analisou a foto. Hesitou.

— A alternativa é invadir o prédio e fechar esse ninho de ratos — disse Simon. — O que seu pai diria se fechássemos o seu bordel, hein?

As aparências não enganavam. Simon percebeu que tinha acertado na mosca.

— Ele está ficando no segundo andar. Quarto 216. É só seguir...

— Eu acho o caminho. Me dê uma chave.

O garoto hesitou mais uma vez. Então abriu uma gaveta, tirou uma chave de um grande molho e a entregou a Simon.

— Mas sem confusão.

Simon passou pelo elevador e subiu as escadas de dois em dois degraus. Seguiu pelo corredor atento aos sons. Estava tudo silencioso. Em frente à porta do 216, pegou a Glock. Pôs o dedo no gatilho de ação dupla. Enfiou a chave na fechadura o mais silenciosamente que podia e a girou. Posicionou-se ao lado do vão da porta com a pistola na mão direita e abriu a porta com a esquerda. Contou até quatro e espiou lá dentro rapidamente. Expirou.

Estava escuro no quarto, mas com as cortinas abertas havia luz suficiente para ver a cama.

Feita e vazia.

Ele entrou, verificou o banheiro. Uma escova e uma pasta de dentes.

Voltou, não acendeu nenhuma luz e se sentou na cadeira totalmente desnecessária que ficava junto à parede.

Pegou o celular e apertou alguns botões. Ouviu um bipe em algum lugar do quarto. Abriu o guarda-roupa. Em cima de uma maleta, um aparelho brilhava, exibindo seu número.

Desligou e se sentou novamente.

O garoto deixara o telefone lá de propósito, para não ser rastreado. Mas provavelmente não esperava que alguém o encontrasse em uma área tão populosa quanto aquela. Simon escutou a escuridão. Escutou uma contagem regressiva que se aproximava do final.

Markus ainda estava acordado quando viu o Filho vindo pela rua.

Estava vigiando a casa amarela desde que aquela outra pessoa chegara, algumas horas antes; ainda nem tinha vestido o pijama, pois não queria correr o risco de perder nada.

Reconheceu o Filho pelo modo de caminhar quando o viu andando no meio da rua, que estava em completo silêncio naquela noite; as luzes o banharam quando ele passou por baixo dos postes. Parecia cansado; devia estar andando havia muito tempo, pois cambaleava. Markus focou o binóculo nele. Estava de paletó, andava segurando a lateral do corpo e tinha um pano vermelho em volta da cabeça. Aquilo no rosto dele era sangue? De qualquer maneira, precisava avisá-lo. Markus abriu cuidadosamente a porta do quarto, desceu a escada na ponta dos pés, calçou os sapatos e correu pela grama desgastada até o portão.

O Filho o viu e parou bem em frente ao portão da própria casa.

— Boa noite, Markus. Você não deveria estar dormindo?

A voz era tranquila e suave. Ele parecia ter vindo da guerra, mas mesmo assim falava como se contasse uma história para dormir. Markus pensou que também queria falar assim quando fosse grande e não tivesse mais medo de nada.

— Você se machucou?

— Algo me atingiu quando eu estava dirigindo. — O Filho sorriu.
— Não é nada.

— Tem gente na sua casa.

— É mesmo? — O Filho se virou para as janelas pretas e brilhosas.
— Gente do mal ou gente do bem?

Markus engoliu em seco. Tinha visto a foto dele na TV, mas a mãe
dissera que não havia motivo para medo, que ele só pegava bandidos.
E no Twitter havia muitos o elogiando, dizendo que a polícia deveria
deixar um bandido matar outros bandidos, era o mesmo que usar
insetos para matar insetos piores.

— Acho que nenhum dos dois.

— Hmm.

Martha acordou quando alguém entrou no quarto.

Tinha sonhado. Sonhado com a mulher no sótão. Com o bebê.
Sonhara que via o bebê, e que estava vivo, e que estivera vivo o tempo
inteiro, trancado no porão, onde chorava e chorava ainda mais enquanto esperava que o deixassem sair. E agora tinha saído. E estava ali.

— Martha?

A voz dele, amável e tranquila, soava descrente.

Ela se virou na cama. Olhou para ele.

— Você disse que eu podia vir — disse ela. — Ninguém abriu a
porta, mas eu sabia onde a chave estava, então...

— Você veio.

Ela assentiu.

— Escolhi este quarto. Espero que não tenha problema.

Ele apenas assentiu e se sentou no canto da cama.

— O colchão estava no chão. — Ela se espreguiçou. — A propósito,
um livro caiu das tábuas da cama quando fui colocar o colchão de
volta no lugar. Deixei naquela mesa ali.

— Tudo bem.

— O que o colchão estava fazendo no...

— Eu me escondi debaixo dele — respondeu ele, sem desviar o
olhar. — Quando saí, só o joguei no chão e deixei. O que você tem aí?

Ele levantou a mão com a qual segurara o lado do corpo e tocou
uma das orelhas dela. Martha não respondeu. Deixou que ele sentisse

o brinco. Uma brisa soprou as cortinas que ela havia pendurado depois de achá-las na caixa. Um feixe de luar entrou e iluminou a mão e o rosto dele. Ela congelou.

— Não é tão grave quanto parece — disse ele.

— A ferida na testa, não. Mas você também está sangrando em outro lugar. Onde?

Ele puxou o casaco e mostrou. O lado direito da camisa estava encharcado de sangue.

— O que foi isso?

— Uma bala. Me atingiu de raspão e atravessou. Não é grave, só um pouco de sangue, mas já vai passar.

— Shh.

Ela chutou o edredom, pegou-lhe a mão e o levou ao banheiro. Ignorou o fato de que ele podia vê-la apenas com as roupas de baixo enquanto ela remexia o armário de remédios. Achou antisséptico de doze anos, dois rolos de gaze, algodão e uma tesoura pequena. Mandou que ele tirasse a camisa.

— Como você pode ver, perdi só um pouquinho de gordura aqui do lado. — Ele sorriu.

Ela já havia visto feridas piores. Já havia visto melhores. Limpou-as e colocou algodão nos buracos onde o projétil entrara e saíra. Enrolou uma atadura na cintura. Em seguida, tirou o pano da cabeça, e sangue fresco começou a descer da crosta da ferida.

— Sua mãe tinha algum kit de costura por aqui?

— Eu não preciso de...

— Shh, já falei.

Ela precisou de quatro minutos e quatro furos para costurar a testa.

— Eu vi a maleta no corredor — comentou ele enquanto ela lhe enfaixava a cabeça.

— Esse dinheiro não é meu. E o município liberou verba suficiente para a reforma, então obrigada, mas não vamos precisar. — Ela pregou o canto da gaze com fita e passou a mão no rosto dele. — Pronto, acho que assim já...

Ele deu um beijo nela. Na boca. Depois a soltou.

— Eu te amo.

E a beijou novamente.

— Não acredito em você — disse ela.

— Não acredita que eu te amo?

— Não acredito que tenha beijado outras garotas. Você beija muito mal.

A risada fez com que os olhos dele brilhassem.

— Faz tempo que não beijo ninguém. Como é que se faz mesmo?

— Não se preocupe em fazer direito. Apenas deixe acontecer. Beije com *preguiça*.

— Com preguiça?

— É. Como uma cobra sonolenta, suave. Assim.

Ela pegou o rosto dele com cuidado e levou a boca de encontro à dele. E se deu conta de como era tão estranhamente natural. Pareciam duas crianças brincando de um jogo emocionante, mas inocente. Ele confiava nela. Ela confiava nele.

— Entendeu? — sussurrou ela. — Mais lábios, menos língua.

— Mais embreagem, menos acelerador?

Ela riu.

— Exatamente. Vamos para a cama?

— O que vai acontecer lá?

— Veremos. Como está isso? — perguntou ela, tocando-o na cintura. — Vai aguentar?

— Aguentar o quê?

— Não se faça de bobo.

Ele a beijou de novo.

— Tem certeza? — sussurrou ele.

— Não, então se demorarmos demais...

— Vamos para a cama.

Rover se levantou e endireitou as costas, gemendo. Na ânsia de consertar a moto, não havia reparado que as costas tinham ficado rígidas; era como quando fazia amor com Janne, que às vezes vinha — e às vezes não — para "ver o que ele estava fazendo". Tentara explicar a ela que dar uns ajustes na moto e dar uns ajustes nela eram tarefas parecidas. Que podia ficar na mesma posição sem se dar conta dos músculos que doíam nem do tempo que passava. Mas quando ele terminava, o corpo se vingava. Janne gostou da comparação. Só ela mesma.

Ele limpou as mãos. O trabalho estava terminado. A última coisa que tinha feito fora colocar o novo escapamento na Harley Davidson. O toque final. Como quando o fabricante de piano afina o instrumento que acabou de produzir. Pode-se conseguir mais vinte HP, dependendo do escapamento e do filtro de ar, mas todo mundo sabe que o mais importante no escapamento é o *som* que ele faz. Aquele som grave que era diferente de tudo que Rover conhecia. Podia ligar a ignição agora só para confirmar o que já sabia. Ou então podia esperar até o dia seguinte e presentear-se com isso. Janne costumava dizer que nunca se deve deixar para amanhã o que se pode fazer hoje, pois não temos nenhuma garantia de que estaremos vivos. Isso também era apenas Janne sendo Janne.

Rover limpou os dedos sujos de óleo com o pano enquanto ia ao banheiro para lavar as mãos. Viu-se no espelho. Manchas de óleo que pareciam camuflagem de guerra, e dente de ouro. Como de costume, só agora percebeu que outras necessidades também careciam de atenção: comer, beber, descansar. Isso era o melhor de tudo. Mas também havia um estranho sentimento de vazio depois de projetos como esse. Um sentimento de "e agora?", de "qual é o sentido de tudo isso?". Deixou esses pensamentos para lá. Olhou para a água morna que saía da torneira. Então se deteve. Fechou a torneira. O barulho viera da garagem. Seria Janne? Àquela hora?

— Eu também te amo — confessou Martha.

Em determinado momento, ele tinha parado (ambos sem fôlego, suados e vermelhos), enxugado o suor entre os seios dela com o lençol que arrancara do colchão, e dito que era perigoso ela estar ali, que eles poderiam vir. Ela respondera que não se amedrontava com facilidade depois que tomava uma decisão. E que, a propósito (visto que ele tinha feito uma pausa para conversar), o amava.

— Eu te amo.

Então continuaram.

— Uma coisa é parar de me fornecer armas — disse o homem, e tirou uma luva fina da mão. Era a maior mão que Rover já vira. — Outra coisa totalmente diferente é fornecer armas para meu inimigo, não é?

Rover nem tentou se soltar. Dois homens o seguravam, e o terceiro estava ao lado do grandalhão, com uma pistola apontada para a testa dele. Uma pistola que Rover conhecia bem, pois ele mesmo a modificara.

— Dar uma Uzi para o garoto é a mesma coisa que me enviar um cartão me mandando para o inferno. Era isso que você queria? Me mandar para o inferno?

Rover poderia ter respondido. Poderia ter dito que, até onde ele sabia, era de lá mesmo que o Gêmeo vinha.

Mas não fez isso. Queria viver mais. Pelo menos uns segundos a mais.

Olhou para a moto atrás do grandalhão.

Janne tinha razão. Deveria ter ligado a ignição. Deveria ter fechado os olhos e escutado. Deveria ter se presenteado mais vezes. É uma coisa tão óbvia que chega a ser banal, e mesmo assim incompreensível, que só no momento em que estamos no limiar é que entendemos o *quão* banal é: que a única garantia que temos é que um dia vamos morrer.

O homem colocou as luvas na bancada. Pareciam camisinhas usadas.

— Vejamos... — Ele avaliou as ferramentas penduradas nas paredes. Apontou e começou a cantar baixinho; — Uni-duni-tê...

38

Tinha começado a amanhecer.

Martha estava deitada junto a Sonny com os pés enroscados nos dele. Ouviu o ritmo estável de sua respiração mudar. Mas os olhos permaneciam fechados. Acariciou-lhe a barriga e viu um pequeno sorriso em seus lábios.

— Bom dia, *lover boy* — sussurrou ela.

Ele abriu um sorriso largo, mas fez uma careta quando tentou se virar para ela.

— Está doendo?

— Só do lado — gemeu ele.

— Não está mais sangrando. Chequei algumas vezes durante a noite.

— O quê? Você tomou essas liberdades enquanto eu estava dormindo? — Ele beijou-lhe a testa.

— Acho que você também tomou algumas liberdades à noite, Sr. Lofthus.

— É, mas foi minha primeira vez — disse ele. — Ainda não sei o que pode ser considerado tomar liberdade.

— Você mente tão bem.

Ele riu.

— Eu estava pensando... — começou ela.

— Em quê?

— Vamos embora. Agora.

Ele não respondeu, mas ela notou que seu corpo se enrijeceu. E sentiu o choro a caminho, de maneira repentina e violenta, como uma represa que simplesmente tivesse estourado. Ele se virou para abraçá-la.

Esperou até que o choro se abrandasse.

— O que você disse a eles?

— Que Anders e eu não aguentávamos mais esperar até o verão. — Ela fungou. — Que queríamos nos separar *agora*. Que pelo menos eu queria. E saí. Fui para a rua. Peguei um táxi. Ele foi correndo atrás de mim com aquela maldita mãe atrás. — Ela riu alto, depois começou a chorar de novo. — Desculpa. — Soluçou. — Eu sou tão... tão *idiota*! Meu Deus, o que estou fazendo aqui?

— Você me ama — disse ele, baixinho, contra o cabelo dela. — É por isso que está aqui.

— E o que é que tem? Que tipo de pessoa ama alguém que mata outras pessoas, que está fazendo de tudo para ser morto, que provavelmente *vai* ser morto? Você sabe como chamam você na internet? De Buda com a Espada. Entrevistaram ex-detentos que retratam você como uma espécie de santo. Mas quer saber? — Ela enxugou as lágrimas. — Acho que você é tão mortal quanto todos os outros que já vi passar pelo Centro Ila.

— Nós vamos embora.

— Se você quer ir, tem que ser agora.

— Ainda faltam dois, Martha.

Ela balançou a cabeça; as lágrimas começaram a cair novamente, e ela socou o peito dele, sem força.

— Já é tarde demais, será que você não consegue entender? Estão atrás de você, *todos* estão.

— Mas faltam só mais dois. Aquele que decidiu que meu pai tinha que morrer e fez com que parecesse que ele era o informante. E o próprio informante. Depois podemos ir.

— Faltam *só* mais dois? Você vai matar *só* mais duas pessoas antes de fugir? É simples assim?

— Não, Martha. Não é fácil para mim. Nenhum deles foi fácil. E também não é como dizem, que fica cada vez mais fácil. Mas eu tenho que fazer isso, não tenho alternativa.

— Você acha mesmo que vai sobreviver a tudo isso?

— Não.

— Não?

— Não.

— Não! Mas, em nome de Jesus, então por que está falando em...

— Porque sobrevivência é a única coisa que se pode planejar.

Martha ficou em silêncio.

Ele acariciou sua testa, sua bochecha e seu pescoço. E começou a contar. Baixo e devagar, como se precisasse ter certeza de que cada palavra que escolhesse fosse a certa.

Ela escutou. Ele contou sobre a infância. Sobre o pai. Sobre quando ele morrera e tudo que acontecera desde então.

Ela escutou e entendeu. Escutou e não entendeu.

Um raio de sol penetrava por entre as cortinas quando ele terminou.

— Você está ouvindo a si mesmo? — sussurrou ela. — Você percebe que isso é loucura?

— Sim — disse ele —, mas é a única coisa que posso fazer.

— A *única coisa* que você pode fazer é matar um monte de gente?

Ele respirou fundo.

— Tudo o que eu queria era ser como meu pai. Quando li a carta de suicídio, ele desapareceu. E eu desapareci também. Mas depois, na prisão, quando ouvi a história verdadeira, que ele sacrificou a própria vida por mim e pela minha mãe, eu nasci de novo.

— Nasceu para quê? Para fazer... isso?

— Bem que eu queria que houvesse outra maneira.

— Mas por quê? Para assumir o lugar do seu pai? Para que o filho... — ela cerrou os olhos e espremeu as últimas lágrimas, prometendo a si mesma que seriam as últimas — ... possa terminar aquilo que o pai começou?

— Ele fez o que tinha que fazer. E eu vou fazer o que tenho que fazer. Ele morreu com o nome sujo para nos poupar. Quando eu terminar isso, termino de vez. Prometo. Vai dar tudo certo.

Ela olhou para ele por bastante tempo.

— Preciso pensar — declarou por fim. — Pode voltar a dormir.

Ele adormeceu, e ela permaneceu deitada, acordada. Só pegou no sono quando os primeiros pássaros começaram a cantar lá fora. E agora ela sabia com certeza.

Que era louca.

Tinha ficado louca desde que o vira pela primeira vez.

Mas só percebeu que tinha ficado tão louca quanto ele quando entrou na casa, encontrou os brincos de Agnete Iversen na bancada da cozinha e os colocou.

Martha acordou com o barulho de crianças brincando na rua. Gritos de alegria. Pequenos pés a correr. Pensou na inocência que anda lado a lado com a ignorância. O conhecimento nunca esclarece, apenas complica. Ele dormia tão quieto ao seu lado que por um momento ela pensou que já estivesse morto. Acariciou seu rosto. Ele balbuciou algo, mas não acordou. Como é que um homem que estava sendo caçado conseguia dormir tão tranquilo? O sono dos justos. Dizem que é bom.

Ela se levantou, vestiu-se e desceu para a cozinha. Achou pão, um pouco de suco e café. Nada mais. Pensou no freezer no porão, no qual tinha se sentado. Talvez ali tivesse pizza congelada ou alguma coisa do tipo. Desceu as escadas e puxou a alavanca do freezer. Trancado. Olhou ao redor. Seu olhar recaiu sobre o prego na parede onde estava pendurada a chave com o adesivo ilegível. Pegou a chave e a enfiou na fechadura. Girou. *Voilà.* Levantou a tampa, inclinou-se, sentiu o frio no peito e no pescoço, deu um grito forte e curto e baixou a tampa novamente. Virou-se e deslizou para o chão, as costas no freezer.

Permaneceu sentada de cócoras, respirando forte pelo nariz. Tentou esquecer a visão do defunto que olhara para ela com a boca branca aberta, cristais de gelo nos cílios. Seu coração batia tão rápido que ela estava tonta. Escutou o coração. E as vozes.

Havia duas.

Uma delas gritava em sua orelha que ela era louca, que *ele* era louco, um assassino, e que ela devia subir correndo e fugir imediatamente!

A outra voz dizia que aquele defunto era apenas uma manifestação física daquilo que ela já sabia e aceitara. Que ele matava pessoas. Pessoas que mereciam morrer.

A voz gritante ordenou que ela se levantasse. Afogou a outra voz, que dizia que aquilo era somente pânico que de qualquer maneira viria em determinado momento. Ela tinha tomado uma decisão à noite, não tinha?

Não, não tinha.

E agora sabia. A escolha entre pular no buraco do coelho e adentrar o mundo dele ou permanecer no mundo normal teria que ser feita agora. Era a última chance de bater em retirada. Os próximos segundos eram os mais importantes de sua vida.

A última oportunidade para...

Ela se levantou. Ainda estava tonta, mas sabia que podia correr depressa. Ele nunca conseguiria alcançá-la. Sugou oxigênio para os pulmões, o sangue o transportou para o cérebro. Apoiou-se na tampa do freezer, viu o próprio reflexo na superfície branca. Os brincos.

Eu o amo. É por isso que estou aqui.

Então abriu a tampa novamente.

O sangue havia escorrido para quase toda a comida ali dentro. Além disso, o design das caixas de peixe Frionor parecia bastante ultrapassado. Deviam estar ali havia pelo menos doze anos.

Ela se concentrou na respiração, nos pensamentos, excluindo tudo que não fosse importante. Precisavam comer, então ela teria que fazer compras. Poderia perguntar a uma das crianças onde ficava o supermercado mais próximo. É isso aí. Ovos e bacon. Pão fresco. Morangos. Iogurte.

Fechou a tampa do freezer. Cerrou os olhos. Pensou que fosse chorar. Mas, ao invés disso, começou a rir. A risada histérica de uma pessoa em queda livre através do buraco do coelho, pensou. Então abriu os olhos e foi em direção à escada. Ao chegar ao topo, deu-se conta de que estava cantarolando:

That you've always been her lover and you want to travel with her.
Louca.

... and you want to travel blind, and you know that she will trust you.
Louca, louca.

... cause you've touched her perfect body with your mind.

* * *

Markus estava sentado jogando Super Mario com a janela aberta quando ouviu uma porta bater lá fora. Olhou pela janela. Era aquela moça bonita. Pelo menos hoje estava bonita. Ela caminhou da casa amarela até o portão. O Filho tinha se alegrado muito quando Markus lhe contara que era ela que tinha visto entrar na casa. Não que Markus entendesse muito disso, mas tinha a impressão de que ele estava apaixonado por ela.

A moça se aproximou das garotinhas que pulavam elástico e perguntou algo. Elas apontaram, e ela sorriu, respondeu e caminhou rapidamente na direção que elas tinham apontado.

Markus já ia voltar a se concentrar no Super Mario quando viu as cortinas do quarto se abrirem. Apanhou o binóculo.

Era o Filho. Estava na frente da janela, de olhos fechados e a mão na lateral do corpo, sobre um curativo. Estava nu. E sorria, parecia feliz. Como Markus, na véspera de Natal, pouco antes de abrir os presentes. Não, na verdade, como no dia seguinte, quando ele acordava e se lembrava dos presentes que ganhara.

O Filho pegou uma toalha no armário, abriu a porta e já ia sair do quarto, mas parou. Olhou para o lado, para a mesa. Pegou algo que estava sobre ela. Markus ajustou o foco.

Era um livro. Encadernado em couro preto. O Filho abriu o livro e começou a ler. Deixou a toalha cair. Sentou-se na cama e continuou a ler. Folheou. Ficou ali sentado por vários minutos. Markus pôde ver que sua expressão fácil mudava gradualmente e seu corpo se enrijecia, até congelar em um tipo de posição disforme.

Ele se levantou repentinamente e jogou o livro na parede.

Apanhou a luminária de mesa e arremessou-a no mesmo lugar.

Depois agarrou a lateral do corpo, gritou alguma coisa e se sentou na cama. Cruzou as mãos na nuca, inclinou a cabeça e forçou-a para baixo. Permaneceu sentado assim, seu corpo tremendo como se tivesse espasmos.

Markus sabia que algo horrível acontecera, mas não sabia o quê. Queria correr até lá e dizer ou fazer alguma coisa que pudesse consolá--lo. Ele sabia fazer isso, pois consolava a mãe frequentemente. Era só dizer algo, perguntar se ela se lembrava de uma coisa divertida que tinham feito juntos. Não havia muitas coisas para escolher, apenas as mesmas três ou quatro, então ela sempre lembrava. Dava um sorriso triste e bagunçava o cabelo dele. E depois disso, tudo ficava melhor. Mas nunca tinha feito coisas divertidas com o Filho. E talvez ele preferisse ficar sozinho, algo que Markus entendia muito bem, pois também era assim. Quando a mãe tentava consolá-lo porque alguém o tratara mal, ele apenas se irritava; era como se o consolo o tornasse ainda mais fraco e desse razão aos valentões. Era como se Markus realmente fosse um fracote.

Mas o Filho não era nenhum fracote.

Ou será que era?

Ele acabara de se levantar e se virar para a janela, estava chorando. Seus olhos estavam vermelhos, o rosto molhado de lágrimas.

E se Markus tivesse se enganado e o Filho fosse exatamente como ele próprio? Fraco, covarde, alguém que fugia, corria e se escondia para não levar porrada? Não, não podia ser verdade, o Filho, não! Ele era grande e forte, e ajudava aqueles que não eram assim. Ou os que ainda não eram.

O Filho pegou o livro, sentou-se e começou a escrever.

Depois de um tempo, arrancou uma folha, amassou-a e a jogou na cesta de lixo ao lado da porta. Começou a escrever em uma nova folha. Dessa vez, por menos tempo. Arrancou a página e leu o que escrevera. Depois fechou os olhos e pressionou os lábios no papel.

Martha colocou a sacola de compras na bancada da cozinha. Enxugou o suor da testa. O supermercado era mais longe do que ela achara, e tinha voltado praticamente correndo. Lavou os morangos na pia, pegou os dois maiores e mais vermelhos, e apanhou o buquê de botões--de-ouro que colhera na beira do caminho. Sentiu novamente a doce fisgada que era pensar na pele quente dele sob os cobertores. Agora ele era sua droga. Já estava viciada à primeira dose. Estava perdida, e amava a sensação!

Nas escadas, quando viu a porta do quarto aberta, foi que percebeu. Que havia algo errado. Estava silencioso demais.

A cama estava vazia. A luminária, no chão, quebrada. As roupas dele haviam sumido. Sob os cacos da lâmpada ela viu o livro preto que encontrara no estrado da cama.

Gritou o nome dele, mesmo sabendo que não ouviria resposta alguma. Encontrara o portão aberto na volta, e sabia que o fechara ao sair. Eles tinham vindo e o capturado, como ele mesmo dissera que aconteceria. Pelo visto, ele tentara resistir, mas em vão. Ela o deixara dormindo, não cuidara dele, não...

Então se virou e viu a folha de papel no travesseiro. Era amarela, e parecia ter sido arrancada de um bloco de notas. Fora escrita com uma caneta velha que estava ao lado do travesseiro. A primeira coisa que lhe ocorreu foi que devia ser a caneta do pai dele. E antes mesmo de ler o bilhete, pensou que a história havia se repetido. Ela leu, deixou as flores caírem e levou a mão à boca, um movimento automático para esconder a careta feia de quando o rosto se contorce e os olhos se enchem de lágrimas.

Querida Martha,

Peço que me perdoe, mas vou sumir agora. Amo você para sempre.

Sonny.

39

Markus estava sentado na cama da casa amarela.

Depois que a mulher saíra de lá a toda, apenas vinte minutos depois de o Filho também sair com pressa, Markus esperou dez minutos para se certificar de que ninguém voltaria.

Então atravessou a rua. A chave continuava no mesmo lugar de sempre.

A cama estava arrumada, e os cacos da lâmpada, na cesta de lixo. Encontrou a folha de papel amassada sob os cacos.

A caligrafia era bonita, quase feminina.

Querida Martha,

Uma vez meu pai me contou sobre um homem que ele viu se afogar. Estava em patrulha, era de madrugada, e um garoto tinha telefonado do cais em Kongen. O pai do garoto caiu na água quando eles foram atracar o barco. Como não sabia nadar, ele se agarrou à borda do barco, mas o filho não conseguiu puxá-lo. Quando o carro da polícia chegou, o pai do garoto já havia desistido, soltado o barco e afundado. Já haviam se passado vários minutos, e meu pai ligou para os mergulhadores enquanto o garoto chorava, desesperado. E enquanto estavam lá, o homem voltou de repente, o rosto pálido, ofegando por ar. O filho deu um grito de alegria. Então o pai afundou de novo. Meu pai pulou na água, mas estava muito escuro. E quando meu pai voltou à superfície, olhou direto para o rosto sorridente do filho, que achava que ficaria tudo bem, que seu pai tinha conseguido respirar e a polícia estava ali. Meu pai me contou que parecia que alguém tinha arrancado o coração do peito do garoto quando percebeu que Deus só estava brincando com ele, quando permitiu que pensasse que teria de volta aquilo que lhe fora tirado. Meu pai disse que, se Deus existir, ele é cruel. Agora eu acho que entendo o que ele quis dizer, pois finalmente encontrei o diário do meu pai. Talvez ele quisesse que soubéssemos. Ou talvez ele simplesmente fosse cruel. Se não, por que escreveria um diário e o esconderia num lugar tão óbvio como debaixo do colchão?

Você tem a vida inteira pela frente, Martha. Acho que pode fazer algo de bom com ela. Eu não pude.

Peço que me perdoe, mas vou sumir agora.

Amo você para sempre.

Sonny.

Markus olhou para a mesa. Ali estava o livro que ele vira Sonny lendo.

Capa de couro, páginas amarelas. Folheou o livro.

Logo percebeu que se tratava de um diário, mas não era todo dia que havia algo escrito. Às vezes havia meses entre um registro e outro. Outras, havia apenas uma data e uma ou duas frases. Ali constava, por exemplo, que a "troica" se separaria, que tinha acontecido alguma coisa entre eles. Uma semana depois, Helene estava grávida e eles tinham comprado uma casa própria, mas que era difícil viver com o salário de policial e que era uma pena que os pais dele e de Helene não tivessem condições de ajudá-los. Depois ele escrevia sobre como estava feliz que Sonny tivesse começado a praticar luta greco-romana. Depois, que o banco aumentara os juros e que eles simplesmente não conseguiam mais pagar o financiamento, e que ele precisava fazer algo rápido, senão o banco tomaria sua casa. Precisava pensar em algo, pois prometera a Helene que ficaria tudo bem. Felizmente, o garoto parecia não perceber os problemas.

19 de março

Sonny diz que quer seguir meus passos e se tornar policial. Helene diz que ele é obcecado por mim, que me endeusa. Eu disse que é normal que filhos façam isso, que eu também era assim. Sonny é um bom garoto. Talvez bom até demais, pois o mundo lá fora não é fácil. Mesmo assim, um filho como ele será sempre uma bênção para o pai.

Depois disso vinham algumas páginas que Markus não entendeu direito. Havia coisas como "falência pessoal iminente" e "vender a alma ao diabo". E o nome "Gêmeo".

Markus continuou a folhear.

04 de agosto

Hoje falei novamente com meus colegas de departamento sobre o Gêmeo. Disse que ele deve ter um cúmplice na polícia. É tão estranho como as pessoas, até mesmo os policiais, são acostumadas a pensar de uma só forma. Sempre pensam que só existe um assassino, só um traidor. Será que eles não entendem a dinâmica genial de se trabalhar em dupla? Que um sempre terá um álibi quando o outro estiver na ativa, que dessa forma sempre estaremos acima de qualquer suspeita em muitas ocasiões em que automaticamente seremos eliminados como possíveis suspeitos? É, esse esquema é bom. É perfeito. Somos policiais podres e corruptos, renunciamos a tudo em que acreditávamos por algumas moedas de prata. Fechamos os olhos para drogas, tráfico de mulheres e até assassinatos. Nada mais importa. Será que há um caminho de volta? Será que existe alguma possibili-

dade de confissão, sanção e perdão, sem que eu destrua tudo e todos ao meu redor? Não sei. Só sei que tenho que sair.

Markus bocejou. Sempre ficava com sono quando lia, principalmente quando havia tantas palavras que ele não entendia. Avançou mais algumas páginas.

15 de setembro

Quanto tempo será que conseguimos continuar sem que o Gêmeo se dê conta de quem somos? Nos comunicamos através de endereços do Hotmail, cada um de nós utiliza computadores roubados que pegamos "emprestado" do lugar onde as provas são armazenadas, mas não é um sistema infalível. Se bem que, se ele quisesse, poderia monitorar os lugares onde recebemos o pagamento. Na semana passada, quando peguei o envelope que estava pregado debaixo de um banco no restaurante Broker, em Bogstadveien, tive certeza de que havia sido descoberto. Um cara estava sentado ao balcão do bar, olhando para mim. Ele tinha "criminoso" escrito na testa. E eu não me enganei. Ele foi até mim e disse que eu o tinha prendido por receptação há dez anos. Que tinha sido a melhor coisa que já acontecera na vida dele. Que ele deixara de fazer besteira e que agora ele e o irmão tinham uma piscicultura. Depois me agradeceu, apertou minha mão e foi embora. Uma história com final feliz. No envelope havia uma carta na qual o Gêmeo dizia que queria que eu (aparentemente ele não sabe que somos dois) subisse na minha carreira como policial e alcançasse o topo, onde pudesse ser ainda mais útil. Tanto para ele quanto para mim mesmo. Quanto mais importante a informação, mais dinheiro ela vale. Ele dizia que poderia usar seus contatos e me ajudar a subir. Eu ri alto. O cara é completamente louco, um desses que não para até dominar o mundo. Não para, mas precisa ser parado. Mostrei a carta para Z. Não sei por quê, mas ele não riu.

Pela janela aberta, Markus ouviu a mãe chamá-lo. Devia estar precisando que fizesse alguma coisa. Ele odiava quando ela fazia isso, simplesmente abria a janela e gritava o nome dele para a vizinhança inteira ouvir, como se ele fosse um cachorro. Continuou folheando.

06 de outubro

Algo aconteceu. Z está dizendo que é melhor pararmos enquanto o jogo ainda está bom. E o Gêmeo não responde meus e-mails há muitos dias. Isso nunca aconteceu antes. Será que os dois andaram conversando? Não sei, só sei que isso não é o tipo de coisa que se pode parar assim, sem mais nem menos. Sei que Z não confia mais em mim. Pelo mesmo motivo que eu também não confio nele. Agora cada um mostrou sua verdadeira cara.

07 de outubro

Essa noite, de repente, eu entendi tudo. O Gêmeo só precisa de um de nós, e é exatamente isso que ele quer, só um. O outro é o amante desprezado, uma testemunha amarga que precisa ser eliminada. Z entendeu isso antes de mim. Agora tenho pouco tempo. Preciso pegá-lo antes que ele me pegue. Sugeri a Helene que ela fosse com Sonny ao campeonato de luta amanhã, pois preciso terminar algumas coisas. Perguntei a Z se podemos nos encontrar à meia-noite nas ruínas medievais de Maridalen, pois precisamos conversar. Ele pareceu um pouco surpreso com o horário e o local do encontro, tão tarde e num lugar tão deserto, mas topou.

08 de outubro

Tudo está em silêncio. Carreguei a pistola. É muito estranho saber que daqui a pouco vou tirar a vida de alguém. Fico me perguntando como cheguei a este ponto. Foi por minha família? Por mim mesmo? Ou será que foi a tentação de alcançar algo que meus pais nunca conseguiram? Uma posição alta, uma vida

que muitos idiotas recebiam de mão beijada sem merecer. Trata-
-se de vigor e ousadia, ou fraqueza e falta de caráter? Será que
sou uma pessoa má? Também me perguntei o seguinte: se meu
filho se encontrasse na mesma situação, será que eu gostaria de
vê-lo fazer o mesmo? Então a resposta ficou evidente.

Logo irei para Maridalen, e veremos se eu voltarei um homem
mudado. Um assassino.

Talvez pareça estranho, mas às vezes — vai ver faz parte da
natureza humana — rezo para que alguém encontre este diário.

Não havia mais nada depois disso. Markus passou as folhas em
branco até chegar à última, que estava rasgada. Então colocou o livro
de volta na mesa e desceu as escadas devagar, enquanto ouvia a mãe
gritar seu nome vez após outra.

40

Betty entrou na farmácia lotada, arrancou uma senha que dizia "medicamentos com receita" e achou uma cadeira vaga junto à parede, entre clientes que olhavam para o nada ou mexiam no celular, apesar de ser proibido. Ela havia convencido o médico a receitar-lhe uns remédios mais fortes para dormir.

— Estas são benzodiazepinas muito fortes, e é só para uso temporário — dissera o médico, e repetira o que ela já sabia: que era um círculo vicioso, que podia levar à dependência e que não cortava o mal pela raiz.

Betty respondera que a raiz de todo o mal era exatamente o fato de não conseguir dormir. Principalmente depois que havia estado sozinha no mesmo quarto com o assassino mais procurado pela polícia. Um homem que baleara uma mulher na própria casa dela, em Holmenkollåsen. E hoje os jornais diziam que ele também era suspeito do assassinato da esposa daquele armador, que ele tinha ido a uma casa em Drammen e praticamente lhe serrara o topo da cabeça. Betty passara os últimos dias como um zumbi, meio dormindo, meio acordada, alucinando. Via o rosto dele em todos os lugares, não somente nos jornais e na televisão, mas em outdoors, no bonde e em reflexos nas vitrines. Ele era o carteiro, o vizinho e o garçom.

E agora ela o via ali na farmácia.

Estava ao lado do balcão, de turbante branco, ou talvez fosse um simples pano, uma atadura. Colocara uma pilha de agulhas descartáveis e seringas no balcão e pagara em dinheiro. As fotos nos jornais e o retrato falado não eram de qualidade muito boa, mas Betty percebeu que a mulher na cadeira ao seu lado sussurrou algo para a pessoa que a acompanhava, então podia ser que ela também o tivesse reconhecido. Mas, quando o homem de turbante se virou e se dirigiu à saída, Betty percebeu que estava vendo coisas de novo.

O rosto cinzento e fechado não parecia nem um pouco aquele que ela havia visto na suíte 4.

Kari dirigia inclinada para a frente, tentando enxergar os números, enquanto passava lentamente pelas grandes casas. Tomara a decisão após uma noite acordada. Sam — que também não conseguira dormir — dissera que ela não deveria levar tão a sério um trabalho no qual não permaneceria. Isso era verdade, mas Kari simplesmente gostava de fazer a coisa certa. E aquilo poderia prejudicar seu futuro, poderia fechar algumas portas para ela. Então tomou a decisão de buscar contato direto.

Parou. Ali estava o número que procurava.

Considerou a hipótese de entrar com o carro pelo portão, que estava aberto, mas estacionou na rua. Subiu o íngreme caminho asfaltado. Um regador automático sibilava no jardim; afora isso, tudo estava em completo silêncio.

Subiu os degraus e tocou a campainha. Ouviu latidos ferozes lá dentro. Aguardou. Ninguém apareceu. Virou-se para descer, e lá estava ele. O sol brilhava em seus óculos retangulares. Devia ter vindo dos fundos da casa, da garagem. Depressa e em silêncio.

— Do que se trata?

Ele estava com as mãos às costas.

— Sou a inspetora Kari Adel. Gostaria de falar com o senhor.

— Sobre o quê?

Ele colocou as mãos por dentro do cinto, na parte de trás, como que para levantar a calça cáqui e, ao mesmo tempo, tirar a camisa de dentro

Afinal, fazia um dia bastante quente de verão. Ou para encaixar uma pistola no cinto e puxar a camisa para que ninguém a visse.

— Simon Kefas.

— E por que veio falar *comigo* sobre ele?

Kari gingou um pouco com a cabeça de um lado para o outro.

— Simon me fez acreditar que eu corria o risco de que a informação vazasse caso seguisse o caminho habitual. Ele acredita que o informante ainda está na ativa.

— É mesmo?

— E por isso decidi ir diretamente ao topo e falar com o senhor, comissário.

— Hmm — fez Pontius Parr, passando a mão no queixo fino. — Entre, inspetora Adel.

Um airedale terrier feliz pulou em Kari, no corredor.

— Willoch! Já falamos sobre isso...

O cachorro colocou as quatro patas no chão e contentou-se em lamber a mão de Kari enquanto seu rabo balançava como uma hélice. A caminho da sala, Kari contou que fora informada de que o comissário de polícia estava trabalhando de casa.

— Estou cabulando. — Ele sorriu e estendeu a mão, indicando um sofá grande e aconchegante coberto de almofadas. — Na verdade, minhas férias de verão deveriam ter começado nesta semana, mas com esse assassino à solta... — Ele suspirou e se sentou em uma das poltronas, que combinavam. — Então, qual é o problema com Simon?

Kari pigarreou. Preparara o que tinha a dizer com todos os tipos possíveis de restrições e garantias de que não viera para fofocar sobre o colega, mas apenas para certificar-se da qualidade do trabalho que faziam. No entanto, agora que estava ali, sentada com um comissário de polícia que parecia tão relaxado e acolhedor, que inclusive até assumia que estava cabulando, achou que seria mais natural ir direto ao ponto.

— Simon está em uma missão própria.

O comissário de polícia levantou a sobrancelha.

— Continue.

— Investigamos o caso ao lado da Polícia Federal, mas não trabalhamos *juntos*, e agora Simon não trabalha mais nem junto de mim.

Até aí tudo bem, mas o problema é que ele parece ter alguma agenda oculta. Não quero afundar com ele caso esteja fazendo algo ilegal. Ele mesmo até já me pediu uma vez que eu não me envolvesse, porque estava pensando em não seguir o manual.

— É mesmo? Quando foi isso?

Kari deu um pequeno resumo do encontro com Iver Iversen.

— Hmmmmm — fez Parr, arrastando o M. — Isso não é bom. Conheço Simon bem, e queria poder dizer que isso não é típico dele. Mas, infelizmente, é. Que tipo de agenda oculta você acha que ele tem?

— Ele quer capturar Sonny Lofthus sozinho.

Parr cofiou o queixo.

— Entendo. Quem mais sabe sobre isso?

— Ninguém mais. Vim direto ao senhor.

— Muito bem. Prometa que não vai falar sobre isso com mais ninguém. Como você sabe, este é um caso bastante sensível. Todos os olhos estão voltados para a polícia, e não podemos nos permitir agir de forma não profissional.

— É claro. Eu entendo.

— Deixe isso comigo. Digamos que este encontro nunca ocorreu. Você pode achar que parece um pouco dramático, mas assim não corre o risco de ter a fama de dedo-duro, pois isso é difícil de se perder.

Difícil de se perder. Kari não tinha pensado nisso. Engoliu em seco e assentiu rapidamente.

— Muito obrigada.

— Imagine. Sou eu que agradeço, Adel. Você fez a coisa certa. Agora volte ao trabalho e continue como se nada tivesse acontecido. — O comissário se levantou. — E agora eu vou continuar a não fazer nada. Amanhã já tenho que voltar ao trabalho.

Kari se levantou, feliz e aliviada, pois tudo fora menos doloroso do que se atreveria a crer.

O comissário parou na soleira da porta.

— Onde Simon está agora?

— Não sei, ele simplesmente sumiu da cena do crime ontem à noite, quando achamos o carro com um corpo dentro. Desde então, ninguém mais o viu.

— Hmm. Então você não tem nem ideia?

— A última coisa que fiz foi dar a ele uma lista de hotéis onde Lofthus poderia ter se hospedado.

— Baseada em quê?

— No fato de que ele paga em dinheiro. Não há quase mais ninguém que faça isso hoje em dia.

— Que perspicaz. Boa sorte.

— Obrigada.

Kari desceu os degraus, e já estava perto do regador quando ouviu passos atrás de si. Era Parr.

— Queria só acrescentar uma coisa — disse ele. — Segundo o que ouvi, não podemos excluir a possibilidade de que seja você que consiga, finalmente, capturar Lofthus para nós.

— Sim. — Kari sabia que soara tão segura de si quanto pretendera.

— E caso isso aconteça, lembre-se de que ele está armado e é perigoso. Vamos entender se você ou vocês forem forçados a se defender.

Kari tirou os cabelos rebeldes da frente do rosto, como de costume.

— O que exatamente isso quer dizer?

— Apenas que a restrição do uso de força letal para detê-lo é pequena. Lembre-se de que ele já torturou outro servidor da justiça.

Kari sentiu o vento trazer um agradável borrifo de água.

— Está bem — assentiu ela.

— Vou falar com o diretor da Polícia Federal — disse Parr. — Pode ser que seja uma boa ideia que você e Åsmund Bjørnstad trabalhem juntos neste caso. Acredito que vocês tenham o mesmo entendimento da situação.

Simon encarou o espelho. Os anos se passavam. As horas se passavam. Não era mais o mesmo homem de quinze anos antes. Não era nem o mesmo homem de 72 horas antes. Um dia, julgara-se invencível. Um dia, julgara-se escória. Até chegar à conclusão de que não era nenhum dos dois, que era apenas uma pessoa de carne e osso, que tinha a possibilidade de escolha entre fazer a coisa certa ou se deixar levar por seus instintos mais baixos. Mas será que isso significava que ele, ou outras pessoas, tinha livre-arbítrio? Ou será que todos nós, dadas as mesmas equações e as mesmas probabilidades, faríamos sempre as mesmas escolhas, vez após vez? Alguns dizem que você pode mudar a maneira como vê as coisas, que uma mulher pode aparecer em sua vida, por exemplo, ou você pode ficar mais inteligente e chegar a uma nova compreensão daquilo que é importante ou não. Tudo bem, mas se outras coisas passaram a ser mais importantes, então foram os números da equação que mudaram, mas você continua a fazer o cálculo da mesma maneira. E você acaba fazendo sempre essa nova escolha, vez após outra, determinado pela composição de substâncias químicas no cérebro, informações disponíveis, instinto de sobrevivência, libido, medo da morte, bons costumes aprendidos e instinto de rebanho. Não punimos as pessoas por serem más, mas por escolhas más, escolhas que são ruins para o grupo. Moral não é algo que cai do céu nem dura para sempre, mas apenas regras funcionais para o bem-estar e o progresso da sociedade. E aqueles que não são capazes de seguir essas regras, o padrão de comportamento aprovado por todos, nunca se adequarão, pois não têm livre-arbítrio; é uma ilusão. Tal como todos nós, os transgressores da lei fazem apenas aquilo que fazem, e nada mais. Então devem ser eliminados, de modo que não envenenem o rebanho com seus genes de comportamento não funcionais.

Simon Kefas pensou que aquilo que via no espelho era um robô. Complexo, complicado e cheio de possibilidades, mas um mero robô.

Então o que aquele garoto estava punindo? O que queria com isso? Salvar um mundo que não quer ser salvo? Exterminar aqueles que não queremos admitir que nos são necessários? Pois quem é que aguentaria viver em um mundo sem criminalidade, sem as rebeliões estúpidas dos idiotas, sem os irracionais, que trazem movimento e mudança? Sem esperança de um mundo melhor — ou pior. Essa inquietação infernal, a necessidade constante do tubarão de se mover para obter oxigênio.

"Assim está bom. Vamos deixar tudo como está. Pronto." Esse tipo de coisa não acontece.

Ouviu passos. Verificou se a pistola estava mesmo destravada.

A chave foi virada na fechadura.

Ouviu os passos rápidos. Alguém estava apressado. Contou os segundos sem tirar os olhos do próprio rosto no espelho sobre a pia do banheiro. Quando o garoto visse que tudo estava do jeito que tinha deixado ao sair do quarto, relaxaria e baixaria a guarda. Poderia entrar ali, mas já teria soltado a arma. Simon continuou contando.

Quando chegou a vinte, abriu a porta e saiu do banheiro com a pistola em punho.

O garoto estava sentado na cama.

Tinha uma atadura em volta da cabeça. Na frente dele, no chão, estava a maleta que Simon vira no guarda-roupa. Estava aberta, cheia de sacolas com uma substância branca que Simon não precisava perguntar o que era. O garoto fizera um buraco em uma delas. Na mão esquerda, ele segurava uma colher com pó, e na direita, um isqueiro aceso. Sobre a cama havia uma pilha de seringas descartáveis e uma bandeja de agulhas.

— Quem atira primeiro? — perguntou o garoto.

41

Simon se sentou na cadeira, de frente para o garoto. Viu-o segurar o isqueiro sob a colher.

— Como você me encontrou?

— Seu telefone — respondeu Simon, sem tirar os olhos da chama. — E os sons de fundo quando você me ligou. Prostitutas trabalhando. Sabe quem eu sou?

— Simon Kefas. Reconheço das fotos. — O pó começou a se dissolver. Pequenas bolhas subiram à superfície. — Não vou resistir à prisão. Já ia mesmo me entregar mais tarde.

— É? Por quê? Sua cruzada já terminou?

— Não existe nenhuma cruzada — disse o garoto, pousando a colher com cuidado. Simon sabia que era para esperar que a heroína esfriasse. — Só o que existe é uma fé cega, aquela que nos ensinam quando somos crianças. Até o dia em que descobrimos que não é assim que o mundo funciona. Que somos lixo. Que todos são lixo.

Simon colocou a pistola na palma da mão e olhou para ela.

— Não vou levar você para a prisão, Sonny. Vou levar você para o Gêmeo. Você, a droga e o dinheiro que roubou dele.

O garoto o encarou enquanto abria a embalagem de uma seringa.

— Tudo bem. Tanto faz. Ele quer me matar?

— Sim.

— Quer jogar fora o lixo. Só me deixe primeiro injetar essa dose. — Ele colocou um pedaço de algodão na colher, enfiou a ponta da agulha e puxou o êmbolo. — Não conheço esse pó. Não sei se é puro — disse ele, explicando o uso do algodão.

E olhou para Simon para ver se ele entendia a ironia.

— Essa droga é do depósito de Kalle Farrisen — falou Simon. — Você estava com ela esse tempo inteiro e não se sentiu tentado a experimentar?

O garoto deu uma risada curta e áspera.

— Eu me expressei mal — Simon se corrigiu. — Esqueça a parte da tentação. O fato é que você resistiu. Como conseguiu?

O garoto deu de ombros.

— Eu sei como vícios funcionam — observou Simon. — A lista de coisas que nos fazem parar não é longa. Ou encontramos Jesus, ou o amor, ou filhos ou o Ceifador. No meu caso, foi o amor. E no seu?

O garoto não respondeu.

— Seu pai?

O garoto apenas examinou Simon como se tivesse descoberto alguma coisa.

Simon balançou a cabeça.

— Vocês são tão parecidos. Agora vejo isso ainda mais nitidamente do que nas fotos.

— Todos sempre disseram que não éramos nem um pouco parecidos.

— Seu pai, não. Você e sua mãe. Você tem os olhos dela. Ela se levantava assim que o sol nascia, antes de todos nós, tomava café e corria para o trabalho. Às vezes eu acordava cedo só para vê-la ali sentada, desarrumada, cansada, mas com aqueles olhos incrivelmente lindos.

O garoto estava completamente imóvel agora.

Simon virou a pistola de um lado para o outro, como se procurasse alguma coisa.

— Éramos quatro pessoas pobres dividindo um apartamento em Oslo, para ficar mais barato. Três garotos que frequentavam a academia de polícia, e sua mãe. Os três garotos se chamavam de troica, e eram melhores amigos. Seu pai, eu e Pontius Parr. Sua mãe estava procurando apartamento no jornal, achou nosso anúncio e ficou com o quarto livre. Acho que nos apaixonamos por ela assim que a vimos, todos os três. — Simon sorriu. — Ficávamos atrás dela, tentando conquistá-la em segredo. E éramos três caras bonitos, acho que ela não sabia bem quem escolher.

— Eu não sabia disso — disse o garoto. — Mas sei que ela escolheu mal.

— Verdade. Ela me escolheu.

Simon tirou os olhos da pistola e encontrou o olhar de Sonny.

— Sua mãe foi o amor da minha vida, Sonny. Eu quase afundei por completo quando ela me deixou para ficar com seu pai. Principalmente porque logo depois descobri que ela estava grávida. Os dois compraram uma casa em Berg. Ela estava grávida, ele era estudante e os dois não tinham onde cair mortos. Mas os juros eram baixos, e naquele tempo os bancos praticamente jogavam dinheiro em você.

Sonny não tinha piscado uma só vez. Simon pigarreou.

— Foi mais ou menos nessa época que comecei a apostar. Eu já devia dinheiro, e comecei a apostar em cavalos. Muito dinheiro. Era quase libertador, estar à beira do abismo e saber que, não importando o que acontecesse, eu sairia de onde me encontrava. Para cima ou para baixo, quase não importava. Naquele tempo, seu pai e eu tínhamos nos afastado. Acho que eu não suportava ver a felicidade dele. Pontius e ele tinham ficado bastante próximos, e a troica estava dissolvida. Inventei uma desculpa quando seu pai perguntou se eu queria ser seu padrinho, mas entrei de fininho na igreja quando você foi batizado. Você foi o único bebê que não chorou. Apenas olhou para cima e sorriu tranquilo para o capelão, que era novo e estava um pouco nervoso, como se fosse você que o estivesse batizando, e não o contrário. Então saí da igreja e apostei treze mil num cavalo que se chamava Sonny.

— E...?

— E você me deve treze mil.

O garoto sorriu.

— Por que você está me contando tudo isso?

— Porque às vezes eu pensava se tudo poderia ter sido diferente. Se eu poderia ter feito escolhas diferentes. Ou Ab. Você. Einstein uma vez disse que insanidade é continuar fazendo sempre a mesma coisa e esperar resultados diferentes. Mas será que é possível que exista outra coisa, uma inspiração divina que nos leve a fazer escolhas diferentes na próxima vez?

O garoto amarrou a tira de borracha no braço.

— Você fala como uma pessoa religiosa, Simon Kefas.

— Não sei, só fico me perguntando. O que eu *sei* é que seu pai tinha boas intenções, por mais severamente que você o julgue. Sei que ele queria uma vida melhor, não para ele, mas para vocês três. O amor foi sua ruína. E agora você também está se julgando da mesma forma porque acha que são iguais. Mas você não é seu pai. Só porque ele falhou moralmente, não significa que você também vá falhar. A responsabilidade dos filhos não é ser exatamente como os pais, mas ser melhor que eles.

O garoto mordeu a ponta da tira de borracha.

— Pode ser, mas que importa isso agora? — perguntou ele com o canto da boca, e puxou a cabeça de modo que a tira se apertou e as veias do antebraço apareceram.

Segurou a seringa com a mão, com o polegar sobre o êmbolo e a agulha descansando na parte interna do dedo médio. Como um jogador chinês de tênis de mesa, pensou Simon. Segurava a seringa com a mão direita, apesar de ser canhoto. Mas Simon sabia que viciados aprendiam a injetar com ambas as mãos.

— Importa porque agora é a sua vez de escolher, Sonny. Quer injetar a agulha? Ou quer me ajudar a pegar o Gêmeo? E o verdadeiro informante?

Uma gota brilhou na ponta da agulha. Da rua vinham risadas e o barulho do tráfego; do quarto vizinho, uma conversa pós-sexo. A cidade com seu ritmo tranquilo de verão.

— Quero arranjar um encontro em que tanto o Gêmeo quanto o informante estejam presentes. Mas só posso fazer isso se você estiver vivo, porque você vai ser a isca.

O garoto não parecia ouvir; estava se preparando para ficar chapado, a cabeça inclinada, praticamente todo curvado em volta da seringa. Simon se preparou para o que estava por vir. E se surpreendeu quando ouviu a voz dele:

— Quem é o informante?

— Você vai saber se vier. Antes, não. Sei pelo que você está passando, Sonny. Mas um dia sempre chegamos a um ponto na vida em que não podemos mais adiar as coisas, não podemos ser fracos por mais um dia e dizer que a partir de amanhã começaremos uma vida nova.

Sonny balançou a cabeça.

— Não vai haver uma vida nova.

Simon olhou para a seringa e se deu conta de que era uma overdose.

— Você quer mesmo morrer sem saber, Sonny?

O garoto ergueu o olhar para Simon.

— Veja aonde cheguei por querer saber a verdade, Kefas.

— É aqui? — perguntou Åsmund Bjørnstad, inclinando-se sobre o volante, e leu a placa na entrada: — Hotel Bismarck.

— É — confirmou Kari, e tirou o cinto de segurança.

— Tem certeza de que ele está aqui?

— Simon queria saber quais hotéis em Kvadraturen tinham hóspedes que pagavam em dinheiro. Imaginei que ele devia saber de alguma coisa, então liguei para os seis hotéis e enviei fotos de Sonny Lofthus para eles.

— E teve sorte com o Bismarck?

— O recepcionista confirmou que o homem da foto está hospedado no quarto 216. Disse que um policial já havia estado aqui e obtido acesso ao quarto. Que o hotel já havia feito um acordo com esse policial e que eles esperam que respeitemos esse acordo.

— Simon Kefas?

— Temo que sim.

— Ok, vamos dar início à ação. — Åsmund Bjørnstad pegou o rádio. — Delta, responda.

O alto-falante do carro estalou.

— Aqui fala Delta. Câmbio.

— Podem entrar. O quarto é o 216.

— Positivo. Vamos entrar. Câmbio e desligo.

— Quais são as instruções? — perguntou Kari, sentindo a blusa apertada.

— Priorizar a própria segurança e atirar para matar, caso seja necessário. Aonde você vai?

— Preciso de um pouco de ar.

Kari atravessou a rua. Na frente dela, policiais de preto corriam com metralhadoras MP5. Alguns entraram pela recepção, outros, pelo quintal, onde as escadas dos fundos e a saída de incêndio estavam localizadas.

Ela passou pela recepção, e estava no meio das escadas quando ouviu a porta ser arrombada e o estrondo oco das granadas de atordoamento. Seguiu pelo corredor e ouviu um rádio estalar.

— A área está revistada e segura.

Ela abriu a porta do quarto

Quatro policiais: um no banheiro, três no quarto. Todas as janelas e as portas do guarda-roupa estavam abertas.

Ninguém mais. Nenhum pertence deixado para trás. O hóspede tinha feito checkout.

Markus estava agachado procurando sapos na grama quando viu o Filho sair da casa amarela e ir em sua direção. O sol da tarde, sobre o teto da casa, estava tão baixo que, quando o Filho parou na frente de Markus, parecia brilhar na sua cabeça. O Filho sorriu, e Markus ficou feliz em ver que não parecia mais tão triste como pela manhã.

— Adeus, Markus.

— Você já vai?

— Sim, tenho que ir.

— Por que vocês sempre têm que ir embora? — As palavras simplesmente escaparam.

O Filho se agachou e colocou a mão no ombro de Markus.

— Eu me lembro do seu pai, Markus.

— Sério? — perguntou Markus, que parecia não acreditar.

— Sim. E, independentemente do que sua mãe diga ou pense, ele sempre foi gentil comigo. Uma vez ele afugentou um alce macho enorme que tinha se perdido e andava por aqui.

— Foi mesmo?

— Sozinho.

Markus viu algo estranho. Atrás da cabeça do Filho, nas janelas abertas do quarto, as cortinas brancas e finas tremulavam com força, embora não ventasse nem um pouco.

O Filho se levantou, passou a mão no cabelo de Markus e começou a andar pelo caminho. Balançava uma maleta, assobiava. Algo chamou a atenção de Markus, que se virou para a casa amarela novamente. As cortinas estavam em chamas. E agora ele via que as outras janelas também estavam abertas. Todas.

Um alce macho, pensou Markus. Meu pai afugentou um alce macho.

A casa fez um barulho, como se estivesse sugando ar. O som adquiriu tons estrondosos, e em seguida vieram sons de canto, que logo ficaram mais fortes e se tornaram uma música triunfante e ameaçadora. Agora elas pulavam e giravam por trás das cortinas pretas, as bailarinas amarelas, que já festejavam a perdição, o Dia do Juízo Final.

Simon colocou o carro em ponto morto e deixou o motor ocioso.

Mais à frente, diante da casa dele, havia um carro. Um Ford Mondeo novo, azul. Com vidros fumê. Igual ao que ele vira perto da entrada da ala de oftalmologia do hospital. Claro que podia ser uma coincidência, mas a polícia de Oslo comprara oito Ford Mondeos no ano anterior. Com os vidros traseiros fumê, para que não se pudesse ver a luz azul, que ficava atrás do encosto para pescoço.

Simon pegou o celular no banco de passageiro.

A chamada foi atendida antes do segundo toque.

— O que você quer?

— Oi, Pontius. Não é frustrante que meu telefone esteja em constante movimento?

— Pare com essa idiotice agora, Simon, e eu prometo que não haverá consequências.

— Nenhuma?

— Se você parar imediatamente, não. Nenhuma. Estamos de acordo?

— Você sempre quis fazer acordos, Pontius. Pois bem, tenho um acordo para você: amanhã de manhã, num restaurante.

— Ah, é? O que é que vai ser servido?

— Um par de criminosos, cuja captura será marcante para sua carreira.

— Pode me dar mais detalhes?

— Não, mas posso lhe dar um horário e um endereço, caso você me prometa que levará somente uma pessoa. Minha colega Kari Adel

Fez-se silêncio por um instante.

— Você está planejando uma cilada, Simon?

— Por acaso eu já fiz isso? Lembre-se de que você tem muito a ganhar. Ou melhor, tem muito a perder, caso deixe que eles escapem.

— Tenho sua palavra de que não é nenhum tipo de armadilha?

— Tem. Você acha que eu deixaria que alguma coisa acontecesse a Kari?

Pausa.

— Não. Você nunca foi assim, Simon.

— Talvez seja por isso que nunca me tornei comissário.

— Muito engraçado. Onde e quando?

— Sete e quinze. Aker Brygge, número 86. Até lá.

Simon abriu a janela do carro e jogou o telefone fora. Viu que ele passou por cima da cerca do vizinho e desapareceu no jardim. Ouviu as sirenes distantes do Corpo de Bombeiros.

Passou a marcha e acelerou.

Dirigiu para oeste. Em Smestad, pegou a saída para Holmenkollåsen. Subiu em zigue-zague até o mirante, onde sempre ia para organizar os pensamentos.

O Honda já havia sido retirado havia muito tempo e o trabalho dos peritos tinha terminado. Afinal, não era mais uma cena de crime.

Pelo menos não de homicídio.

Simon estacionou em um lugar com vista para o fiorde e para o pôr do sol.

Conforme escurecia, Oslo começava a se parecer cada vez mais com uma fogueira que se apagava, com brasas vermelhas e amarelas a arder. Simon puxou a gola do casaco e inclinou o banco para trás. Precisava tentar dormir. Amanhã seria um grande dia.

O maior de todos.

Se a sorte estivesse ao lado deles.

— Experimente esta — disse Martha, oferecendo uma jaqueta para o jovem rapaz.

Era relativamente novo, ela o vira ali apenas uma vez. Talvez tivesse apenas 20 anos, e com sorte chegaria aos 25. Pelo menos era isso que os outros funcionários do Centro Ila achavam.

— Ficou ótima! — Ela sorriu. — Talvez fique boa com essa aqui.

Ela lhe deu uma calça jeans quase nova. Percebendo que havia alguém às suas costas, se virou. Ele devia ter entrado pelo refeitório, e talvez já estivesse ali à porta havia algum tempo, olhando para ela. O paletó e a atadura na cabeça eram bastante evidentes, mas era como se Martha nem visse isso.

Só via seu olhar intenso e faminto.

Era tudo que ela não queria. E tudo que queria.

Lars Gilberg virou-se em seu saco de dormir novinho em folha. O vendedor da loja de artigos esportivos olhara descrente para a nota de mil antes de aceitá-la e lhe entregar aquela maravilha de produto. Ele piscou.

— Você voltou. Meu Deus, virou hinduísta? — Sua voz ecoou forte sob a arcada da ponte.

— Talvez. — O garoto, que estava sentado ao lado dele, trêmulo, sorriu. — Preciso de um lugar para dormir hoje.

— Fique à vontade. Apesar de parecer que você tem dinheiro para dormir em um hotel.

— Em um hotel vão me encontrar.

— Aqui tem espaço suficiente e ninguém vigiando.

— Pode me emprestar alguns jornais? Mas só se já tiver terminado de ler.

Gilberg riu.

— Você pode ficar com o meu bom e velho saco de dormir. Eu uso como colchão agora. — Ele tirou o saco sujo e esburacado de baixo de si. — Quer saber? Pode dormir no novo. Hoje à noite eu durmo no velho. É como se tivesse uma parte de mim nele.

— Tem certeza?

— Tenho. E o velho está com saudade de mim.

— Muito obrigado, Lars.

Gilberg apenas sorriu como resposta.

E quando se deitou, sentiu um calor gostoso que não vinha do saco de dormir. Vinha de dentro de si.

Foi como se os corredores dessem um suspiro coletivo quando todas as celas da Staten foram trancadas simultaneamente à noite.

Johannes Halden se sentou na cama. Não importava como estivesse. Sentado, deitado ou em pé, as dores eram as mesmas. E ele sabia que não iriam embora, pelo contrário, ficariam cada vez piores a cada dia. Agora a doença também era visível. Além de câncer no pulmão, ele tinha um tumor na virilha, do tamanho de uma bola de golfe.

Arild Franck mantivera sua promessa. Como sanção por ter ajudado o garoto a fugir, Johannes seria devorado pelo câncer sem supervisão médica nem analgésicos. Talvez Arild o enviasse para a enfermaria quando achasse que já havia sofrido demais e poderia morrer a qualquer momento, somente para evitar a estatística de um detento morto na cela.

Tudo estava em silêncio. Em silêncio e vigiado por câmeras. Antes os agentes andavam pelos corredores depois de as celas serem todas trancadas, e era bastante tranquilizante ouvir seus passos. Em Ullersmo, havia um agente velho e religioso, chamado Håvelsmo, que costumava cantar enquanto andava. Salmos antigos com uma voz grave de barítono. Era a melhor canção de ninar que um prisioneiro veterano poderia ter, e até os mais psicóticos paravam de gritar quando ouviam Håvelsmo passar pelos corredores. Johannes Halden queria que Håvelsmo estivesse ali agora. Queria que o garoto também estivesse ali. Mas não podia reclamar. O garoto lhe dera o que Johannes queria. Perdão. E uma canção de ninar, para completar.

Ele levantou a seringa contra a luz.

A canção de ninar.

O garoto lhe contara que a recebera dentro da Bíblia, do capelão da prisão, o falecido Per Vollan — que sua alma atormentada descansasse em paz —, e que era a heroína mais pura que se podia conseguir em Oslo. Depois, ele lhe mostrara o que fazer quando chegasse a hora.

Johannes encostou a agulha no braço, sobre uma veia grossa e azul. Respirou fundo, tremendo.

Então isso era tudo, era a vida. Uma vida que poderia ter sido tão diferente se ele não tivesse dito sim para levar as duas sacolas grandes do porto de Songkhla. Que estranho. Será que diria sim hoje em dia? Não. Mas o homem que ele era à época disse. Vez após outra. Então não poderia ter sido diferente.

Pressionou a agulha no braço e estremeceu de leve quando viu a pele se render à entrada dela. Depois, empurrou o êmbolo. Uniformemente e com calma. Tinha que injetar tudo. Isso era importante.

A primeira coisa que aconteceu foi que as dores desapareceram. Como num passe de mágica.

Depois aconteceu a segunda coisa.

Ele finalmente entendeu aquilo de que os usuários sempre falavam. A viagem. A queda livre. O abraço. Será que era mesmo tão simples que, durante todo aquele tempo, tudo isso estivesse a uma mera injeção de distância? Que ela estava a uma injeção de distância? Sim, pois ela estava ali agora, o vestido de seda, o cabelo preto, brilhoso, os olhos amendoados. A voz meiga que sussurrava as difíceis palavras inglesas com suaves lábios de framboesa. Johannes Halden fechou os olhos e desabou na cama.

Seu beijo.

Era tudo o que ele sempre quisera.

Markus olhou para a televisão.

Falavam de todos que tinham sido mortos nas últimas semanas. Estava na TV e no rádio o tempo inteiro. Sua mãe dissera que ele não deveria ver muito aquele tipo de coisa, que lhe daria pesadelos. Mas ele não tinha mais pesadelos. E agora ele estava na TV, e Markus o reconhecera. Estava sentado a uma mesa repleta de microfones, respondendo perguntas, e Markus o reconhecera pelos óculos retangulares. Não sabia o que significava aquele evento nem qual era o contexto. Só sabia que, agora que a casa tinha se incendiado, aquele homem não precisava mais vir para ligar a calefação na casa amarela.

QUINTA PARTE

QUINTA PARTE

42

Às 6h35, Beatrice Jonasen, recepcionista do escritório de advocacia Tomte & Øhre, conteve um bocejo enquanto tentava lembrar o nome do filme em que o *trench coat* da mulher à sua frente a fazia pensar. Algum com Audrey Hepburn. *Bonequinha de luxo*? Ela também usava echarpe de seda e óculos de sol que lhe davam um visual dos anos 1960. A mulher colocou uma sacola no balcão, disse que era para Jan Øhre e se foi.

Meia hora depois, o sol refletia nas janelas da fachada de tijolos vermelhos da prefeitura de Oslo, e os primeiros barcos desembarcavam no cais de Aker Brygge, onde os viajantes habituais vindos de Nesoddtangen, Son e Drøbak chegavam à terra firme e iam para seus trabalhos. Seria mais um dia de céu limpo, mas havia certa aspereza no ar, algo que dizia que esse verão tampouco duraria para sempre. Dois homens andavam lado a lado ao longo do calçadão entre os píeres, passando por restaurantes cujas cadeiras ainda se encontravam sobre as mesas, lojas de roupa que só abririam dali a algumas horas e vendedores de rua abrindo suas bolsas e se preparando para as últimas arremetidas contra os turistas da capital. O homem mais jovem vestia um elegante paletó cinza, porém amarrotado e com algumas manchas; o mais velho, um blazer xadrez, comprado em liquidação na Dressmann, e calça que só combinava em preço. Usavam óculos de sol idênticos, comprados numa loja de conveniência vinte minutos antes, assim como levavam maletas idênticas.

Os dois dobraram em uma viela vazia. Depois de cinquenta metros, desceram por uma escada de ferro estreita que levava à porta modesta do restaurante, que, a julgar pelo nome (escrito em letras discretas), devia servir frutos do mar. O mais velho puxou a porta, mas estava trancada. Bateu. Um rosto distorcido como o reflexo de um espelho de um parque de diversões apareceu do outro lado, através da vigia. Sua boca se mexeu, e as palavras soavam como se viessem de baixo da água:

— Mãos para cima, para que eu possa vê-las.

Eles assim fizeram, e a porta se abriu.

O homem era louro e atarracado. Notaram a pistola que ele apontava para os dois.

— É um prazer revê-lo — disse o mais velho, o de blazer xadrez, e levantou os óculos na cabeça.

— Entrem — falou o louro.

Eles entraram, e dois homens de terno preto logo começaram a revistá-los, enquanto o louro recostava-se, relaxado, no balcão do bengaleiro, mas sem abaixar a arma. Pegaram uma pistola do coldre de ombro do homem mais velho e a entregaram ao louro.

— Esse outro está limpo. — O outro sujeito de terno preto indicou o jovem. — Mas tem umas ataduras pelo corpo.

O louro olhou para o jovem.

— Ah, então é você o tal do Buda com a Espada? O Anjo do Inferno? Não é? — O jovem não respondeu. O louro cuspiu no chão, na frente dos seus sapatos pretos e brilhantes. — É um bom apelido, porque parece que alguém costurou uma maldita cruz na sua testa.

— Na sua também.

O louro franziu a testa.

— Como é que é, Buda?

— Não está sentindo?

O louro deu um passo para a frente e se ergueu na ponta dos pés, de modo que ficaram quase nariz com nariz.

— Calma aí, pessoal — pediu o mais velho.

— Cala a boca, vovô. — O louro puxou o paletó do mais jovem para o lado e ergueu a camisa. Passou os dedos lentamente na atadura em volta da cintura dele. — É aqui? — perguntou quando sua mão chegou à lateral do corpo.

Duas pérolas de suor apareceram na testa do mais jovem, acima dos óculos de sol. O louro cutucou a atadura. O jovem abriu a boca, mas não saiu nenhum som.

O louro mostrou os dentes.

— Ah, muito obrigado. É aqui mesmo.

Ele enfiou os dedos, espremeu a carne e puxou-a.

Um barulho rouco veio do jovem.

— Bo, ele está esperando — lembrou um deles.

— Tudo bem, tudo bem — disse o louro, sem tirar o olhar do jovem, que respirava forte.

O louro apertou com mais força. Uma lágrima solitária desceu pelas bochechas pálidas do jovem, sob os óculos de sol.

— Com os cumprimentos de Sylvester e Evgeni — sussurrou o louro. Então ele soltou a cintura do mais jovem e se virou para os outros. — Peguem as maletas deles e levem os dois para dentro.

Eles entregaram suas maletas e foram para o salão.

O mais velho diminuiu a velocidade automaticamente.

A silhueta de um homem, um homem grande, desenhou-se contra a luz verde de um aquário, onde peixes coloridos nadavam de um lado para o outro e um cristal brilhava sobre uma grande pedra branca, com longos fios de grama que se agitavam na correnteza das bolhas. No fundo havia lagostas cujas garras estavam amarradas com arame.

— Como prometido — sussurrou o mais velho —, aqui está ele.

— Mas não estou vendo o informante — disse o mais jovem.

— Confie em mim, ele virá.

— Inspetor-chefe Kefas — trovejou o grandalhão. — E Sonny Lofthus. Esperei muito tempo por isso. Venham, sentem-se.

O jovem se movimentava com menos flexibilidade do que o velho quando seguiram adiante e sentaram-se nas cadeiras em frente ao grandalhão.

Outro homem veio silenciosamente da porta vaivém da cozinha. Tinha os ombros largos e o pescoço grosso, assim como os outros três.

— Vieram sozinhos — informou ele, e se juntou ao comitê de boas-
-vindas, de maneira que estavam em formato de meio círculo atrás do
jovem e do velho.

— Está muito claro aqui dentro? — perguntou o grandalhão para
o jovem, que ainda usava os óculos escuros.

— Consigo ver o que eu quero — disse o jovem, sem emoção.

— Boa resposta, queria eu ter seus olhos jovens e saudáveis. — O
grandalhão apontou para os próprios olhos. — Sabia que a nossa capacidade de receber a luz é reduzida em trinta por cento antes mesmo
dos 50 anos? Dessa forma, podemos dizer que a vida é uma caminhada
rumo à escuridão, e não à luz. Não é nenhum trocadilho no que diz
respeito à sua esposa, inspetor Kefas, mas é por isso que precisamos, o
quanto antes, aprender a transitar pela vida sem enxergar. Precisamos
adquirir a habilidade das toupeiras de utilizar outros sentidos para ver
quais obstáculos e ameaças temos pela frente, não é?

Ele estendeu os braços. Era a mesma coisa que olhar para uma
máquina escavadeira com duas caçambas.

— Ou, é claro, comprar uma toupeira que possa ver por nós. O
problema com as toupeiras é que elas passam a maior parte do tempo
debaixo da terra, então são fáceis de perder. Assim como eu perdi a
minha, o meu informante. Não sei o que aconteceu com ele. Pelo que
eu soube, você também está atrás dele, não é?

O mais jovem deu de ombros.

— Deixe-me adivinhar. Kefas disse que você conheceria o informante se viesse com ele, não é?

O mais velho pigarreou:

— Sonny veio voluntariamente. Quer fazer um trato. Ele acha que
o pai já está vingado e que agora cada um pode cuidar da própria
vida. Para provar que está falando sério, ele devolverá o dinheiro e a
droga que roubou. E, em troca, vocês o deixam em paz. Podem trazer
as maletas, por favor?

O grandalhão acenou para o louro, que colocou as duas maletas
sobre a mesa. O mais velho ia abrir uma delas, mas o louro empurrou
sua mão.

— Fique à vontade. — O mais velho levantou os braços. — Só
queria mostrar que o Sr. Lofthus trouxe um terço da droga e do

dinheiro. O resto vocês receberão quando nos prometerem trégua e sairmos vivos daqui.

Kari desligou o carro. Olhou para o sinal de neon do antigo estaleiro, que continha letras vermelhas formando A-k-e-r B-r-y-g-g-e. Pessoas desembarcavam da barca que acabara de chegar.

— Tem certeza de que é seguro o comissário de polícia se encontrar com criminosos sem reforços?

— Como um amigo meu costumava dizer — Pontius Parr checou sua pistola, antes de recolocá-la no coldre no ombro —, *quem não arrisca, não petisca.*

— Isso parece algo que Simon diria — comentou Kari, e olhou para o relógio na torre da Prefeitura: 7h10.

— Correto — disse Parr, sorrindo. — E quer saber, Adel? Tenho o pressentimento de que este dia nos trará muitos louros. Quero que você me acompanhe à coletiva de imprensa mais tarde. O comissário e a jovem inspetora. — Ele estalou os lábios como que para sentir o sabor das palavras que acabara de dizer. — É, acho que eles vão gostar.

Ele abriu a porta do passageiro e saiu.

Kari quase tinha que correr para poder acompanhá-lo enquanto caminhavam pelo calçadão.

— E então? O que acham do acordo? Vocês recebem de volta o que lhes foi tomado, e Lofthus recebe passe livre para desaparecer do país.

— E você recebe uma pequena comissão pela mediação de paz, não é? — O grandalhão sorriu.

— Exatamente.

— Hum. — O grandalhão olhou para Simon como se estivesse procurando por algo. — Bo, abra as maletas.

O louro deu um passo à frente e tentou abrir a primeira.

— Está trancada, chefe.

— Um — disse o mais jovem, com uma voz suave, quase sussurrante —, nove, nove, nove.

O louro girou os cilindros de metal. Levantou a tampa. Virou a maleta para o chefe.

— Olha só. — O grandalhão ergueu uma das sacolas brancas. — Um terço. Onde está o resto?

— Em um lugar secreto — disse o mais velho.

— Claro. E o código da maleta do dinheiro, qual é?

— O mesmo — respondeu o mais jovem.

— 1999. É o ano que seu pai se foi, não é?

O mais jovem não respondeu.

— Então, tudo certo? — perguntou o mais velho, com um sorriso forçado, e bateu com as palmas das mãos. — Podemos ir agora?

— Achei que pudéssemos comer juntos — disse o grandalhão. — Vocês gostam de lagosta, não gostam?

Nenhuma reação.

Ele suspirou pesado.

— Para falar a verdade, eu também não. Mas quer saber? Como mesmo assim. Sabem por quê? Porque é o que se espera de alguém na minha posição. — Seu paletó se afastou de seu imenso tórax quando ele esticou os braços. — Lagostas, caviar, champanhe. Ferraris sem peças de reposição, ex-modelos que exigem acordos de divórcio. A solidão de um iate, o calor em Seychelles. Fazemos muitas coisas que não queremos, não é? Mas tudo isso é necessário para manter a motivação em alta. Não a minha, mas a dos meus homens. Eles gostam de ver esses símbolos de sucesso. De tudo que conquistei. Daquilo que eles próprios podem conquistar se trabalharem direito, não é? — O grandalhão colocou um cigarro, que parecia incrivelmente pequeno em relação à cabeça, entre os lábios carnudos. — Mas esses símbolos de status também são importantes para mostrar meu poder a possíveis rivais e concorrentes. Com violência e brutalidade, é a mesma coisa. Não é algo que me dê prazer, mas às vezes também é necessário para manter a motivação em alta. Para motivar os devedores a me pagarem o que devem. Motivá-los a não trabalharem contra mim... — Ele acendeu o cigarro com um isqueiro em formato de pistola. — Por exemplo, havia uma pessoa que modificava armas para mim. Ele se aposentou. Eu até aceito que alguém prefira consertar motos a fazer armas. O que eu *não* aceito é que ele dê uma Uzi para quem já matou muitos dos que trabalham para mim.

O grandalhão bateu levemente no vidro do aquário com o dedo.

Os olhares do jovem e do velho seguiram seu dedo. O mais jovem deu um pulo na cadeira. O mais velho apenas olhou.

A pedra branca com longos fios de grama que se agitavam na correnteza. Não era uma pedra. E não era um cristal que brilhava na pedra: era um dente de ouro.

— Alguns podem até achar que seja um exagero decapitar alguém, mas às vezes é preciso utilizar alguns meios extremos para incentivar a lealdade. Tenho certeza de que concorda comigo, inspetor.

— Como é? — indagou o mais velho.

O grandalhão inclinou a cabeça de lado para analisá-lo.

— Problemas de audição, inspetor?

O mais velho olhou do aquário de volta ao grandalhão.

— Temo que seja a velhice. Então se você pudesse falar um pouquinho mais alto, seria melhor.

O Gêmeo riu, surpreso.

— Mais alto? — Ele deu um trago no cigarro e olhou para o louro. — Vocês checaram se eles estão usando grampo?

— Sim, chefe. Tanto eles como o restaurante.

— Então você está ficando surdo, Kefas? Como é que vai ser agora, com você e sua mulher, agora que ela... como é mesmo que dizem? O cego vai conduzir o surdo?

Ele olhou ao redor com as sobrancelhas levantadas, e os quatro homens começaram imediatamente a rir.

— Eles riem porque têm medo de mim — comentou o grandalhão para o jovem. — Você não tem medo, garoto?

O jovem não respondeu.

O mais velho olhou para o relógio.

Kari olhou para o relógio: 7h14. Parr dissera que tinham sido avisados para serem pontuais.

— É aqui — indicou ele, e apontou para o nome na fachada.

Ele foi em direção à porta do restaurante e segurou-a para que Kari entrasse.

Estava escuro e silencioso no vestíbulo, mas ela ouviu uma voz mais para o interior do local.

Parr tirou a pistola do coldre e sinalizou para Kari que fizesse o mesmo. Ela sabia que corriam histórias sobre sua ação com a espingarda em Enerhaugen e, por isso, esclarecera para o comissário que, apesar disso, ainda era novata no que diz respeito a ações com armas de fogo. Mas explicara que Simon insistira que ela — e somente ela — deveria acompanhá-lo, e que ele também dissera que, em nove de cada dez ações, era suficiente mostrar o distintivo da polícia. E que em 99 de cada cem casos era suficiente mostrar o distintivo e a arma juntos. Mesmo assim, o coração de Kari batia descompassado quando entraram no restaurante.

A voz caiu em silêncio quando eles surgiram no salão.

— Polícia! — disse Parr, e apontou a pistola para os homens sentados à única mesa ocupada do local.

Kari tinha dado dois passos para o lado e mantinha a mira no maior deles. Por um momento, tudo ficou em silêncio, com exceção da voz de Johnny Cash cantando "Give my Love to Rose" no pequeno alto-falante preso na parede, entre o buffet e a cabeça empalhada de um touro de chifres longos. Tratava-se de um restaurante de carnes que também servia café da manhã. Os dois homens à mesa, ambos de terno cinza-claro, olharam surpresos para eles. Kari percebeu que, afinal, não eram os únicos clientes naquele ambiente iluminado; havia também um casal de idosos à mesa em frente à janela, com vista para o cais, que aparentava estar sofrendo de um infarto simultâneo. Tinham vindo ao lugar errado, pensou Kari. Este não podia ser o restaurante ao qual Simon queria que eles fossem. Mas logo depois o mais baixo dos dois homens limpou a boca com o guardanapo e disse:

— Obrigado por vir pessoalmente, comissário Parr. Garanto que não estamos armados nem temos más intenções.

— Quem são vocês? — trovejou Parr.

— Meu nome é Jan Øhre, sou advogado e represento o senhor Iver Iversen.

Øhre estendeu a mão na direção do homem ao seu lado, o mais alto dos dois, e Kari viu imediatamente a semelhança de Iversen com o filho.

— O que estão fazendo aqui? — perguntou Parr.

— A mesma coisa que o senhor, presumo.

— É mesmo? Vim porque me prometeram servir criminosos para o café da manhã.

— Uma promessa que pretendemos cumprir.

* * *

— Bem — disse o grandalhão —, você *deveria* estar com medo.

Ele acenou para o louro, que puxou do cinto uma faca estreita, com a lâmina longa, deu um passo à frente, colocou o braço em volta da testa do jovem e pressionou a faca em sua garganta.

— Você pensava mesmo que eu me importaria com essa mixaria que você roubou, Lofthus? Por mim, o resto pode ficar lá, onde quer que esteja. Prometi para Bo que ele teria a oportunidade de cortar você em pedacinhos, e o dinheiro e a droga que não receberei, considero um investimento bom e barato. Um investimento em motivação, não é? Obviamente, há várias maneiras de matar, mas a maneira menos dolorosa será se você me contar o que fez com Sylvester, para que possamos lhe dar um velório cristão. E então, o que me diz?

O jovem engoliu em seco, mas não respondeu.

O grandalhão deu um soco na mesa, fazendo os copos pularem.

— Você também ouve mal?

— Acho que sim — disse o louro, cujo rosto estava bem ao lado da orelha do jovem, debaixo do antebraço que colocara em volta da sua testa. — Acho que o Buda está usando tampão de ouvido.

Os outros riram.

O grandalhão balançou a cabeça, desalentado, enquanto colocava a senha da outra maleta.

— Fique à vontade, Bo. Pode cortá-lo todo.

Quando o grandalhão abriu a maleta, soou um som metálico, mas os homens estavam todos atentos à faca de Bo e não perceberam o pequeno pino de metal que caiu de dentro da maleta e saltou pelo chão de pedra.

— Sua mãezinha, tão pequena e esperta, tem razão sobre muitas coisas, mas está errada no que diz respeito a você — falou Simon. — Ela nunca deveria ter deixado o filho do diabo mamar em seus seios.

— Que mer... — disse o grandalhão.

Os homens do seu bando se viraram. Na maleta, ao lado de uma pistola e de uma Uzi, havia um objeto cor de azeitona que parecia o manete do guidão de uma bicicleta.

O grandalhão olhou para cima novamente, ainda a tempo de ver o mais velho abaixar os óculos de sol da testa.

* * *

— É verdade que eu combinei com o inspetor-chefe Kefas que eu e meu cliente nos encontraríamos com vocês aqui — disse Jan Øhre após ter mostrado para Pontius Parr um documento comprovando ser advogado. — Ele não falou nada para vocês?

— Não — respondeu Parr.

Kari podia ver confusão e raiva no rosto dele.

Øhre trocou olhares com seu cliente.

— Quer dizer que vocês tampouco sabem do acordo?

— Que acordo?

— Acordo de pena reduzida.

Parr balançou a cabeça.

— Tudo que Kefas me contou foi que me serviriam um par de criminosos de bandeja. Do que se trata isso?

Øhre abriu a boca para responder, mas Iver Iversen inclinou-se e sussurrou algo em seu ouvido. Øhre assentiu, e Iversen fechou os olhos. Kari olhou para ele. Parecia um homem acabado. Exausto, resignado.

Øhre pigarreou.

— O inspetor Kefas disse que tem algumas... hmm... provas contra meu cliente e sua falecida esposa. Trata-se de uma série de transações imobiliárias que fizeram com uma pessoa chamada Levi Thou. Talvez mais conhecido pelo seu apelido, o Gêmeo.

Thou, pensou Kari. Não era um nome comum, mas ela o ouvira nos últimos dias. Alguém que cumprimentara. Alguém na sede da polícia. Não devia ser nada importante.

— Kefas também afirma ter provas quanto a um homicídio encomendado, segundo ele, por Agnete Iversen. Kefas disse que, em consideração ao filho de Iversen, deixaria de apresentar as provas deste último caso e, no que se trata das transações imobiliárias, meu cliente teria a pena reduzida se confessasse e testemunhasse contra Thou, codinome Gêmeo, em um tribunal.

Pontius Parr tirou os óculos retangulares e limpou-os com o lenço. Kari ficou surpresa com os olhos dele, azuis e cheios de vida.

— Parece razoável.

— Muito bem. — Øhre então abriu a maleta que estava na cadeira ao seu lado, tirou um envelope de dentro e empurrou-o sobre a mesa, na direção de Parr.

— Aqui estão todos os detalhes das transações que foram feitas para lavar dinheiro para Levi Thou. Iversen também está disposto a testemunhar contra Fredrik Ansgar, que trabalhava no Departamento de Fraudes e se encarregava de que as transações não fossem investigadas.

Parr pegou o envelope. Apalpou-o.

— Tem algo duro aqui dentro — disse ele.

— É um cartão de memória. Contém um arquivo de áudio que Kefas enviou de um telefone ao meu cliente. Ele pediu que também o entregássemos a vocês.

— Vocês sabem o que é?

Øhre trocou olhares com Iversen novamente. Iversen pigarreou:

— É uma gravação. Kefas disse que vocês saberiam de quem é.

— Trouxe um laptop, caso queiram escutar imediatamente — disse Øhre.

A maleta aberta. As armas. A granada cor de azeitona.

O inspetor Simon Kefas conseguiu fechar os olhos e tapar os ouvidos a tempo. O clarão foi como uma língua de fogo no rosto, e o estrondo, como um soco na barriga.

Então voltou a abrir os olhos, inclinou-se rapidamente, apanhou a pistola de dentro da maleta e se virou. O louro estava petrificado, como se tivesse acabado de olhar para a Medusa, ainda com o braço envolvendo a cabeça de Sonny e a faca na mão. E agora Simon via que Sonny tinha razão. O cara tinha mesmo uma cruz na testa. A mira da pistola. Simon disparou e viu o buraco que a bala fez sob a franja loura. Enquanto ele caía, Sonny apanhou a Uzi. Simon explicara que eles teriam no máximo dois segundos antes que a paralisia temporária causada pela granada passasse. Tinham treinado exatamente isso no quarto do hotel Bismarck: pegar as armas e disparar. É claro que não podiam prever todos os detalhes dos acontecimentos, e pouco antes de o Gêmeo abrir a maleta e ativar a granada, Simon pensara que tudo iria por água abaixo. Mas, quando viu Sonny puxar o gatilho e dar uma pirueta com um pé só, soube que o Gêmeo não voltaria para casa feliz depois daquele dia de trabalho. As balas voavam da arma gaga, que nunca conseguia passar da primeira sílaba. Dois dos homens já haviam caído, e o terceiro só teve tempo de colocar a mão no bolso, antes que um jato de balas fizesse uma linha pontilhada em seu peito. Ele se manteve em pé por um momento, até que os joelhos receberam o recado de que estava morto. Simon já havia se virado em direção ao Gêmeo, e olhou espantado para a cadeira vazia. Como é que um homem tão grande conseguia se movimentar tão...

Viu-o na ponta do aquário, logo ao lado da porta para a cozinha.

Simon mirou e apertou o gatilho três vezes, em rápida sucessão. Viu que uma bala passou de raspão no paletó dele, mas logo depois o vidro do aquário quebrou. Por um momento, parecia que a água permaneceria em sua forma cúbica, fosse por costume ou por alguma força desconhecida, antes de desabar na direção de Simon como uma parede verde. Ele tentou pular para o lado, mas foi lento demais. Pisou em uma lagosta crocante, sentiu os joelhos cederem e caiu deitado na maré. Quando olhou para cima novamente, não viu mais o Gêmeo, apenas a porta da cozinha balançando.

— Você está bem? — perguntou Sonny, oferecendo a mão para ajudá-lo a se levantar.

— Nunca estive melhor — gemeu Simon, empurrando a mão de Sonny. — Mas, se o Gêmeo escapar agora, ele vai desaparecer para sempre.

Simon correu até a porta da cozinha, empurrou-a com o pé, e entrou segurando a pistola na frente do corpo. O cheiro rançoso de uma cozinha comercial. Seu olhar passou rapidamente pelas bancadas e fogões de metal fosco, pelas fileiras de panelas, conchas e espátulas penduradas no teto baixo, obstruindo sua visão. Simon agachou-se para procurar sombras ou algum movimento.

— No chão — avisou Sonny.

Simon olhou para baixo. Manchas vermelhas em azulejos azuis, meio cinzentos. Ele tinha visto bem, realmente atingira o Gêmeo.

Ouviu uma porta se fechar ao longe.

— Venha comigo.

As manchas de sangue os conduziram para fora da cozinha, através de um corredor escuro, onde Simon arrancou os óculos de sol, e dali para uma escada e por outro corredor que terminava em uma porta de metal. Exatamente o tipo de porta que faria o barulho que eles tinham acabado de ouvir. Mesmo assim, Simon abriu todas as portas laterais que estavam no caminho, sempre olhando para dentro. Nove de cada dez homens que fugiam de dois homens e uma Uzi escolheriam a saída mais próxima e óbvia, mas o Gêmeo era o décimo. Sempre frio, sempre racional e calculista. O tipo de cara que sobrevive a um naufrágio. Ele podia ter aberto e fechado aquela porta só para despistá-los.

— Vamos perdê-lo — disse Sonny.

— Calma. — Simon abriu a última porta lateral.

Nada. Agora as manchas de sangue eram inequívocas. O Gêmeo estava atrás da porta de metal.

— Pronto? — perguntou Simon.

Sonny assentiu e apontou a Uzi para a porta.

Simon pressionou as costas contra a parede ao lado da porta e abriu a porta de metal.

Viu Sonny ser atingido pela luz do sol.

Passou pela porta. Sentiu o vento no rosto.

— Merda...

Olhavam para uma rua vazia e banhada pelo sol. A Ruseløkkveien, que fazia interseção com a Munkedamsveien e subia em direção ao parque do Palácio Real. Nenhum carro. Nenhuma pessoa.

Nenhum Gêmeo.

43

—O sangue para aqui. — Simon apontou para o asfalto.

O Gêmeo devia ter percebido que estava deixando um rastro de sangue e impediu que continuasse pingando no chão. O tipo de gente que sobrevive a um naufrágio.

Ele fitou a deserta Ruseløkkveien. Deixou que seu olhar passasse pela Catedral de São Paulo e pela pequena ponte, onde o caminho fazia uma curva e desaparecia de vista. Olhou para a esquerda e para a direita da Munkedamsveien. Nada.

Sonny bateu a Uzi na coxa, frustrado.

— Que infer...!

— Se ele tivesse seguido pela rua, poderíamos vê-lo — disse Simon. — Deve ter entrado em algum lugar.

— Mas onde?

— Não sei.

— Talvez ele tivesse um carro estacionado aqui.

— Talvez. Ei! — Simon apontou para o chão, entre os sapatos de Sonny. — Aqui tem outra mancha de sangue. Talvez ele...

Sonny balançou a cabeça e puxou o paletó. O lado da camisa limpa que Simon lhe dera estava vermelho.

Simon xingou mentalmente.

— Aquele maldito conseguiu reabrir a ferida?

Sonny deu de ombros.

Simon olhou novamente para cima. Não havia nenhum estacionamento. Nenhuma loja aberta. Apenas portões de quintais fechados. Para onde é que ele poderia ter ido? Tente ver as coisas por outra perspectiva, pensou. Compense os pontos cegos. Moveu o olhar. Suas pupilas reagiram a algo. O brilho incandescente dos raios de sol foi refletido em um pequeno pedaço de vidro que se moveu. Ou de metal. Cobre.

— Venha — chamou Sonny —, vamos tentar achá-lo no restaurante outra vez. Talvez ele tenha...

— Não — negou Simon, em voz baixa.

Maçaneta de cobre. Molas rígidas que ofereciam resistência e faziam com que a porta se fechasse devagar. Sempre aberta.

— Estou vendo ele.

— Mesmo?

— A porta daquela igreja lá em cima, está vendo?

Sonny olhou.

— Não.

— Ainda está se fechando. Ele entrou na igreja. Venha comigo.

Simon correu. Colocou um pé na frente do outro e correu. Era um movimento simples, um movimento que fizera desde criança. Correra mais e mais, um pouco mais rápido a cada ano que passava. E depois, cada vez mais devagar. Nem os joelhos nem o fôlego cooperavam como antes. Conseguiu acompanhar Sonny pelos primeiros vinte metros, depois o garoto tomou distância. Já estava pelo menos cinquenta metros à sua frente quando Simon o viu pular os três degraus, abrir a porta pesada e desaparecer lá dentro.

Simon reduziu o ritmo. Esperou o som. O estalo quase infantil que tiros de pistola fazem quando escutamos através de uma parede. Não ouviu nada.

Subiu as escadas. Abriu a porta pesada e entrou.

O cheiro. O silêncio. O peso da fé de tantas pessoas pensantes. As fileiras de bancos estavam vazias, mas Simon percebeu as velas acesas mais à frente, no altar, e lembrou que a missa matinal começaria em meia hora. As velas cintilavam sobre o Salvador na cruz. Então ouviu a voz baixa, como se entoasse um cântico, e virou-se para a esquerda.

Sonny estava sentado no compartimento aberto do confessionário, com a Uzi apontada para a tábua de madeira perfurada do outro compartimento, cuja cortina cobria quase toda a entrada. Havia apenas uma pequena fresta, mas através dela Simon podia ver a mão de alguém. E no chão de pedra, debaixo da cortina, uma poça de sangue crescia lentamente.

Simon se aproximou na ponta dos pés e ouviu o sussurro de Sonny:

— Todos os deuses da terra e do céu têm misericórdia de você e perdoam seus pecados. Você vai morrer, mas a alma do pecador penitente será levada ao paraíso. Amém.

Silêncio.

Simon o viu colocar o dedo no gatilho.

Simon guardou a pistola no coldre. Ela não faria nada, nem um ato sequer. O veredito do garoto seria pronunciado e executado. Seu próprio julgamento viria depois.

— É verdade, matamos seu pai. — A voz do Gêmeo parecia debilitada atrás da cortina. — Tivemos que matar. O informante nos disse que seu pai estava planejando matá-lo. Está ouvindo?

Sonny não respondeu. Simon prendeu a respiração.

— Ele ia matar o informante naquela noite, nas ruínas medievais de Maridalen — contou o Gêmeo. — O informante nos disse que, de qualquer maneira, a polícia estava em seu encalço e que era apenas uma questão de tempo para que descobrissem quem era. Então queria que parecesse suicídio. Queria que parecesse que seu pai era o informante, para que assim a polícia parasse de procurar. Eu concordei. Tinha que proteger meu informante, não é?

Simon viu Sonny umedecer os lábios.

— E quem era ele?

— Não sei. Eu juro. Nos comunicávamos somente por e-mail.

— Então você nunca vai saber. — Sonny levantou a Uzi novamente e colocou o dedo no gatilho. — Está pronto?

— Espere! Você não precisa me matar, Sonny, vou sangrar até a morte aqui. Tudo o que eu peço é que eu tenha a chance de me despedir das pessoas que amo antes de morrer. Eu deixei seu pai escrever um bilhete dizendo que amava você e sua mãe. Não pode dar a mesma clemência para este pecador?

Simon viu o peito de Sonny subir e descer. Os músculos ondulavam ao longo da mandíbula.

— Não — disse Simon. — Não permita isso, Sonny. Ele...

Sonny se virou para ele. Havia uma brandura em seu olhar. A brandura de Helene. Ele já havia abaixado a Uzi.

— Simon, ele está apenas pedindo para...

Simon viu um movimento pela fresta da cortina, uma mão que se moveu. Uma pistola dourada, em formato de isqueiro. Naquele momento, Simon já sabia que era tarde demais. Tarde demais para alertar Sonny e para ele reagir, tarde demais para puxar a própria arma, tarde demais para dar a Else o que ela merecia. Estava sobre a grade de proteção da ponte do rio Aker, e a correnteza passava violentamente embaixo.

Mergulhou.

Mergulhou para fora da vida, para dentro da maravilhosa roleta de cassino. Não exigia intelecto ou coragem, apenas a imprudência do desgraçado que está disposto a apostar um futuro que não valoriza muito, porque sabe que tem menos a perder do que outras pessoas. Mergulhou no compartimento entre Sonny e a tábua de madeira perfurada. Ouviu o estrondo. Sentiu a mordida, a picada paralisante de frio ou de calor que rasgou seu corpo em dois, cortando as conexões.

Então veio o outro som. A Uzi. A cabeça de Simon estava no chão do compartimento, e ele sentiu lascas da tábua de madeira choverem no rosto. Ouviu o Gêmeo gritar; levantou a cabeça e o viu cambalear para fora do confessionário e desabar entre os bancos da igreja, viu as balas picarem as costas do seu terno como um enxame de abelhas iradas. Os cartuchos das balas da Uzi — ainda escaldantes — caíram sobre Simon, queimando-lhe a testa. O Gêmeo derrubou bancos em ambos os lados, caiu de joelhos, mas ainda se movia. Recusava-se a morrer. Isso não era normal. Quando Simon, muitos anos antes, descobrira que a mãe de um dos maiores procurados da polícia trabalhava lá como faxineira, isso foi a primeira coisa que ela disse:

que Levi não era normal. Que ela, como mãe, obviamente o amava, mas que ele a aterrorizara desde o momento em que nascera, e não só pelo tamanho.

Ela lhe contou sobre quando seu pequeno grande filho foi ao trabalho com ela, porque não havia ninguém que pudesse cuidar dele em casa, e que ele fixou o olhar em seu reflexo em um balde de água no carrinho de limpeza e disse que tinha alguém lá dentro igual a ele. Sissel disse que eles podiam brincar juntos e foi esvaziar cestos de papel. Quando ela voltou, Levi tinha metido a cabeça no balde e batia as pernas no ar desesperadamente. Seus ombros ficaram presos dentro do balde, e ela teve que usar toda a força para conseguir puxá-lo. Ele estava encharcado e com o rosto todo azul. Mas ao invés de chorar, como a maioria das crianças teria feito, começou a rir. E disse que o Gêmeo tinha sido travesso e tentado matá-lo. Desde então, ela às vezes se perguntava de onde ele vinha, e disse que só se sentiu livre no dia em que ele foi embora de casa.

O Gêmeo.

Dois furos apareceram na dobra de gordura entre seu pescoço largo e a parte de trás de sua enorme cabeça, e os movimentos pararam abruptamente.

Lógico, pensou Simon. Um filho único, perfeitamente normal.

E sabia que o grandalhão estava morto antes de ele cair para a frente e sua testa atingir o chão de pedra com uma pancada suave.

Simon fechou os olhos.

— Simon, onde...

— No peito.

Simon tossiu. Pela consistência, era sangue.

— Vou chamar uma ambulância.

Simon abriu os olhos. Olhou para baixo. Viu a mancha de cor vinho se espalhar na camisa.

— Não vou sobreviver, deixe estar.

— Vai, sim.

— Escute. — Simon pôs a mão sobre o celular que Sonny pegara.

— Eu conheço ferimentos a bala bem até demais, ok?

Sonny colocou a mão no peito de Simon.

— Não adianta — disse ele. — Agora você tem que fugir. Está livre, já fez o que tinha que fazer.

— Não, não fiz.

— Fuja por mim. — Simon agarrou a mão do garoto. Parecia tão morna e familiar, como se fosse sua própria. — Seu trabalho está terminado.

— Fique deitado, quieto.

— Eu disse que o informante estaria aqui hoje, e ele estava. E agora ele está morto. Fuja.

— A ambulância já está a caminho.

— Por que você não escuta...

— Se você parasse de falar...

— Era eu, Sonny. — Simon olhou nos olhos claros e suaves do garoto. — Eu era o informante.

Simon esperava que o choque fizesse com que as pupilas do garoto se dilatassem, que o preto deslocasse a íris verde e reluzente. Mas isso não aconteceu. E ele entendeu por quê.

— Você já sabia. — Simon tentou engolir, mas teve que tossir novamente. — Você sabia que era eu. Como?

Sonny limpou o sangue da boca de Simon com a manga da camisa.

— Arild Franck.

— Franck?

— Depois que eu cortei o dedo dele, ele começou a falar.

— Falar? Mas ele não sabia quem eu era. Ninguém sabia que Ab e eu éramos os informantes. Ninguém.

— Não, mas Franck contou o que sabia. Que o informante tinha um codinome.

— Ele disse isso?

— Disse. Era Mergulhador.

— Ah, o Mergulhador. Esse era o nome que eu usava quando entrava em contato com o Gêmeo. Havia uma pessoa que me chamava assim naquele tempo. Só uma. Então como é que você sabia que...?

Sonny buscou uma coisa no bolso da jaqueta. Mostrou-a para Simon. Era uma fotografia. Tinha manchas de sangue coagulado e mostrava dois homens e uma mulher, todos jovens e sorridentes, na frente de um montinho de pedras.

— Quando eu era pequeno, folheava nosso álbum de fotos muitas vezes, e lá achei esta foto tirada nas montanhas. Perguntei para minha mãe quem ele era, o fotógrafo misterioso com o nome emocionante, o Mergulhador. E ela me contou. Disse que era Simon, o terceiro de um grupo de melhores amigos. Disse que o chamava de Mergulhador porque ele mergulhava onde ninguém mais se atrevia.

— É, dois mais dois...

— Franck não sabia que havia dois informantes. Mas o que ele contou fez as peças se encaixarem. Meu pai ia expor você, então você o matou antes.

Simon piscou, mas a escuridão continuou a rastejar para dentro das bordas do seu campo de visão. No entanto, ele nunca vira com mais clareza.

— Então você planejou uma armadilha para me matar. Foi por isso que entrou em contato comigo. Queria ter certeza de que eu o encontraria, e estava só esperando por mim.

— Sim — assentiu Sonny —, até que eu descobri o diário do meu pai, e me dei conta de que ele era cúmplice. Que vocês dois eram traidores.

— Então tudo desabou e você abandonou o projeto. Não havia mais nenhuma razão para matar.

Sonny assentiu.

— Então o que fez você mudar de ideia?

Sonny olhou para ele por bastante tempo.

— Algo que você disse. Que a tarefa do filho não é ser como o pai, mas...

— ... ser melhor que ele. — Simon ouviu sirenes à distância. Sentiu a mão de Sonny em sua testa. — Seja melhor que seu pai, Sonny.

— Simon?

— Sim?

— Você está morrendo. Tem alguma coisa que deseja?

— Desejo que ela receba minha visão.

— E perdão, você quer?

Simon fechou os olhos novamente, com força, e balançou a cabeça.

— Não posso... não mereço.

— Ninguém merece. Errar é humano, mas perdoar é divino.

— Mas não sou ninguém para você. Sou apenas um estranho que lhe tirou quem você amava.

— Você é alguém. É o Mergulhador, aquele que sempre esteve com eles, mas não estava na foto. — O garoto levantou o blazer de Simon e colocou a foto no bolso interno. — Leve com você na sua jornada. São seus amigos.

Simon fechou os olhos. Pensou: tudo bem. Não faz mal.

As palavras do Filho ecoaram no espaço vazio da igreja:

— Todos os deuses da terra e do céu têm misericórdia de você e perdoam...

Simon olhou para uma gota de sangue que acabara de cair de dentro do paletó do garoto, no chão da igreja. Moveu o dedo até a superfície vermelha e dourada. Viu que a gota parecia prender-se a seu dedo indicador, levou o dedo aos lábios e fechou os olhos. Olhou para a cachoeira branca. Água. Um abraço gélido. Silêncio, solitude. E paz. E dessa vez ele não voltaria à superfície.

No silêncio que seguiu a segunda vez que a gravação foi reproduzida, Kari ouviu os pássaros que cantavam tranquilos do lado de fora da janela entreaberta do restaurante especializado em carne.

O comissário de polícia olhava para a tela do computador, ainda sem acreditar.

— Tudo certo? — perguntou Øhre.

— Sim — disse Parr.

O advogado Jan Øhre retirou o cartão de memória e deu-o para Parr.

— Você reconheceu a voz?

— Sim — respondeu Parr. — É Arild Franck. É quem, na prática, comanda a Prisão de Segurança Máxima Staten. Adel, você pode checar se essa conta nas Ilhas Cayman existe mesmo? Se o que ele diz for verdade, estamos diante de um escândalo enorme.

— Sinto muito — disse Øhre.

— Imagine. Desconfio disso há muitos anos — confessou Parr. — Recentemente, um policial corajoso de Drammen nos informou que tudo indica que Lofthus obteve saída temporária para que pudesse ser utilizado como bode expiatório no homicídio da Sra. Morsand.

Até agora, mantivemos essa informação em sigilo até estarmos seguros de que tínhamos provas sólidas contra Franck, mas com essa gravação temos munição mais do que suficiente. Só mais uma coisa antes de irmos...

— Sim?

— O inspetor Kefas disse por que queria que vocês se encontrassem conosco? Por que não com ele mesmo?

Iversen trocou olhares com Øhre, depois deu de ombros.

— Ele disse que estava ocupado com outras coisas. E que vocês eram os únicos em quem confiava cem por cento.

— Entendo. — Parr se levantou.

— Tem mais uma coisa... — Øhre pegou seu telefone. — Meu cliente deu meu nome para o inspetor Kefas, que entrou em contato comigo para perguntar se eu poderia organizar o transporte e o pagamento de uma cirurgia ocular que ele agendou na Clínica Howell, em Baltimore, amanhã. Eu concordei. E acabei de receber uma mensagem da minha recepcionista informando que, há uma hora, uma mulher chegou ao nosso escritório e entregou uma mochila vermelha. A mochila contém uma quantia considerável de dinheiro. Só queria saber se isso é algo que a polícia gostaria de investigar.

Kari ouviu que o canto dos pássaros havia se silenciado e fora substituído por sirenes distantes. Várias sirenes. Carros de polícia, no plural.

Parr pigarreou.

— Não vejo qual seria a relevância dessa informação para a polícia. E, visto que essa pessoa pode ser considerada seu cliente, vocês têm, até onde sei, uma relação de confidencialidade, que não poderia ser quebrada nem que eu pedisse.

— Muito bem, então temos o mesmo entendimento quanto a isso. — Øhre fechou a pasta.

Kari sentiu o telefone vibrar no bolso. Levantou-se rapidamente, afastou-se da mesa e o pegou. Ouviu a bola de gude, que veio junto com o celular, cair no chão com uma pancada suave.

— Adel.

Ela fixou o olhar na bola de gude, que parecia hesitar, sem saber se deveria se mover ou ficar parada. Então, após certa indecisão, cambaleou lentamente, ainda um pouco indecisa, para o sul.

— Obrigada — disse ela, e guardou o celular de volta no bolso. Virou-se para Parr, que estava se levantando. — Há quatro mortos em um restaurante de frutos do mar chamado Nautilus.

O comissário de polícia piscou quatro vezes atrás das lentes dos óculos, e Kari se perguntou se isso era algum tipo de ação compulsiva, piscar uma vez para cada morto que aparecia no seu distrito policial.

— Onde fica isso?

— Aqui.

— Aqui?

— Aqui em Aker Brygge. A pouco mais de cem metros.

Seu olhar encontrou a bola de gude novamente.

— Vamos.

Ela queria correr para pegá-la.

— O que está esperando, Adel? Vamos logo!

A bola de gude adquirira um rumo firme e uma velocidade maior. Se Kari não se decidisse logo, a perderia.

— Ok — concordou ela, e seguiu Parr apressadamente.

As sirenes estavam mais altas agora, o barulho crescendo e diminuindo, cortando o ar como uma foice.

Eles saíram correndo para a luz branca do sol, para uma manhã cheia de promessas, para a cidade azul. Continuaram a correr, e o rush matinal de pessoas se dividia à sua frente. Rostos resplandeciam dentro e fora do campo de visão de Kari. E alguma parte de seu cérebro reagiu à presença de um deles. Óculos escuros e terno cinza. Parr corria direto para a viela, onde viram vários policiais de uniforme entrarem correndo. Kari parou, virou-se e viu o homem de terno cinza subir na barca para Nesoddtangen, que estava prestes a partir. Então se virou novamente e continuou a correr.

Martha baixara a capota do conversível e estava com a cabeça encostada no banco. Olhou para uma gaivota que pairava no ar entre o céu azul e o fiorde azul, equilibrando as forças, as próprias e as externas, enquanto procurava comida. Martha respirava fundo, calmamente, mas seu coração batia forte. Pois a barca estava prestes a atracar. Não eram muitos os que viajavam de Oslo para Nesoddtangen de manhã cedo, então não seria difícil vê-lo. Se ele tivesse conseguido. *Se.* Ela murmurava a prece que havia repetido desde que saíra do escritório da Tomte & Øhre, uma hora e meia antes. Ele não aparecera na última barca, que chegara havia meia hora, mas ela havia dito a si mesma que isso não era mesmo de se esperar. Mas se ele não estivesse nessa... E aí? Ela não tinha nenhum plano B. Nem queria ter.

Os passageiros apareceram. Não havia muitos. As pessoas estavam indo para a cidade, não voltando. Ela tirou os óculos Ray Ban Wayfarer. Sentiu o coração bater forte quando viu um terno cinza. Mas não era ele. Seu coração ficou pequeno.

Mas depois apareceu outro terno cinza.

Ele andava meio enviesado, como um barco em que a água entrou e o fez emborcar.

Sentiu o coração crescer no peito e o choro subir à garganta. Talvez fosse só por causa da luz da manhã contra o terno claro, mas era como se ele estivesse brilhando.

— Obrigada — sussurrou ela. — Obrigada, obrigada.

Ela se olhou no retrovisor, enxugou as lágrimas e ajustou o lenço na cabeça. Então acenou. E ele acenou de volta.

E enquanto ele caminhava até o carro, ocorreu-lhe que era bom demais para ser verdade. Que ela estava vendo uma miragem, um fantasma, que ele estava morto, baleado, que ele agora mesmo estava pendurado em um farol, crucificado, e que era sua alma que ela estava vendo.

Ele entrou com dificuldade no carro e tirou os óculos de sol. Estava pálido. E ela notou, pelos olhos vermelhos, que ele também tinha chorado. Então ele a abraçou e a puxou para si. Primeiro pensou que fosse ela mesma, mas depois percebeu que era ele quem tremia.

— Como...

— Bem — respondeu ele, sem soltá-la. — Tudo correu bem.

Eles ficaram sentados assim, em silêncio, agarrados como duas pessoas cujos únicos pontos de apoio são elas mesmas. Ela queria fazer perguntas, mas não agora. Teriam bastante tempo para isso mais tarde.

— E agora? — sussurrou ela.

— Agora... — disse ele, soltando-a cuidadosamente e ajeitando-se no assento com um gemido baixo. — Agora é que tudo começa. Que mala grande.

Ele apontou com o queixo para o banco de trás.

— Trouxe só o necessário. — Ela sorriu, empurrou o CD no player e entregou-lhe o celular. — Vou dirigir o primeiro pedaço. Você acompanha pelo mapa?

Ele olhou para o display do celular enquanto a voz robótica entoava: *"Seu... trajeto..."*

— Mil e trinta quilômetros — disse ele. — Tempo estimado: doze horas e 51 minutos.

Epílogo

Os flocos de neve pareciam ascender de um céu sem cor nem fundo, e colavam-se em um teto de asfalto, calçada, carros e casas.

Kari estava curvada nas escadas e acabara de amarrar os cadarços das botas, enquanto olhava para a rua de cabeça para baixo, por entre as pernas. Simon tinha razão. É possível ver coisas novas quando se muda a perspectiva e o lugar onde se está. Os pontos cegos podem ser compensados. Ela precisara de muito tempo para compreender isso. Compreender que Kefas tinha razão sobre muitas coisas. Não tudo, mas sobre tantas coisas que chegava a ser irritante.

Ergueu-se.

— Tenha um bom-dia, querida — disse a garota à porta, e deu um beijo na boca de Kari.

— Você também.

— Polir o piso não é bem minha definição de um *bom* dia, mas vou tentar. Que horas você volta?

— Na hora do jantar, a não ser que algo aconteça.

— Bom, mas parece que algo acabou de acontecer.

Kari se virou na direção em que Sam apontou. O carro que estacionou em frente ao portão era conhecido, e o rosto na janela lateral abaixada, mais ainda.

— O que foi, Åsmund? — gritou Sam, de dentro da casa.

— Desculpe por interromper a reforma, mas preciso pegar sua garota emprestada — rebateu o inspetor. — Aconteceu uma coisa.

Kari olhou para Sam, que lhe deu um tapa onde ficava o bolso traseiro da calça jeans. Kari pendurara a saia e o blazer no armário durante o outono e, por algum motivo, eles permaneceram lá.

— Vá lá trabalhar para o povo, querida.

Enquanto os dois dirigiam seguindo para o leste na E18, Kari olhava para a paisagem coberta de neve. Pensou em como a primeira neve era sempre uma linha divisória, escondendo tudo o que estivera lá antes, mudando o mundo que se via. Os primeiros meses após os tiroteios em Aker Brygge e na igreja foram caóticos. Houvera, obviamente, muitas críticas à polícia, à brutalidade e à missão raivosa de um homem só. Mas mesmo assim Simon tivera um velório digno; ele era o tipo de policial de que o povo gosta, alguém que lutara contra os criminosos da cidade e oferecera sua vida a serviço da justiça. Por isso, Parr disse que fariam vista grossa para o fato de não ter seguido o manual à risca. Aliás, nem as leis. De qualquer forma, Parr tinha motivos para mostrar certa tolerância, pois ele mesmo atuara no limite da legislação fiscal norueguesa, pois colocara parte do próprio dinheiro em fundos anônimos nas Ilhas Cayman. Kari o confrontara com essa informação durante o velório, pois sua investigação do pagamento das contas de gás e de luz da casa dos Lofthus levara ao nome dele. Parr confessou de forma incondicional; apenas acrescentou que não infringira nenhuma lei, e que seu motivo tinha sido nobre: aliviar um pouco da própria consciência pesada por não ter cuidado de Sonny nem de sua mãe após o suicídio de Ab. Disse que tinha custado caro, mas que isso pelo menos significaria que o garoto teria uma casa habitável quando terminasse de cumprir sua pena.

Aos poucos, a população também se conformou com o fato de que a polícia não tinha nenhuma pista quanto ao paradeiro do Buda com a Espada. Afinal, sua cruzada parecia ter terminado após a morte de Levi Thou, codinome Gêmeo.

A visão de Else estava muito melhor agora. Quando Kari a visitou, algumas semanas após o velório, ela lhe contou que a operação nos Estados Unidos fora oitenta por cento bem-sucedida. Que nada é perfeito. Nem a vida, nem as pessoas, nem Simon. Apenas o amor.

— Ele nunca esqueceu Helene. Foi o grande amor da vida dele. — Era verão, e elas estavam sentadas em cadeiras reclináveis no jardim em Disen, bebendo vinho do Porto e vendo o sol se pôr. Kari percebera que havia algo que Else tinha decidido contar. — Ele me contou que os outros dois que tentavam conquistá-la, Ab e Pontius, eram mais inteligentes, mais fortes e mais espertos, mas que era somente ele que a *enxergava* como ela realmente era. É isso que era estranho em Simon. Ele enxergava as pessoas, com seus anjos e demônios. E, ao mesmo tempo, lutava contra o próprio demônio. Simon era viciado em jogos de azar.

— Ele me contou.

— Ele e Helene começaram a namorar quando a vida dele estava um caos, por causa das dívidas de jogos. O relacionamento não durou muito, mas Simon disse que ele já a estava arrastando para baixo, junto dele, quando Ab Lofthus apareceu e a salvou. Ab e Helene foram morar juntos. Simon ficou devastado. E logo depois ele soube que ela estava grávida. Ele começou a apostar feito desesperado, já havia perdido tudo e estava na beira do abismo, então foi ao Diabo e ofereceu a única coisa que ainda tinha. Sua alma.

— O Gêmeo.

— Sim. Simon era um dos poucos que sabiam quem ele era. Mas o Gêmeo nunca soube quem eram Simon e Ab, eles o informavam apenas por telefone e cartas. E, depois, por e-mail.

No silêncio que se seguiu, o zumbido do tráfego vindo da Trondheimsveien e da Sinsenkrysset as alcançara.

— Simon e eu falávamos sobre tudo, sabe? Mas, para ele, era muito difícil falar sobre isso. Sobre como vendeu sua alma. Ele dizia que talvez, no fundo, até *desejasse* essa vergonha, essa humilhação, o autodesprezo, que tudo isso lhe dava um torpor que amortecia a outra dor. Que era uma espécie de automutilação mental.

Ela passou a mão no vestido. Kari pensou que ela parecia muito frágil e, ao mesmo tempo, muito forte.

— Mas o pior para Simon era o que ele tinha feito a Ab. Ele o odiava, porque Ab tomara dele a única coisa valiosa que tinha. Então o levou junto para o mesmo abismo. Ab e Helene estavam com muitas dívidas quando a crise bancária começou e os juros subiram, e a única coisa que os impediria de ser despejados era dinheiro rápido. Então, depois que Simon fez o acordo com o Gêmeo, foi até Ab e lhe fez uma oferta por sua alma. De início, Ab recusou, e ameaçou denunciá-lo. Então Simon se aproveitou do calcanhar de aquiles de Ab: seu filho. Disse que era assim que o mundo real era e que seu filho é que teria que pagar o preço pelo comportamento honrado do pai, e cresceria na pobreza. Simon contou que isso tinha sido o pior de tudo, ver Ab também ser corroído por dentro e perder sua alma. Mas que isso, ao mesmo tempo, também o fizera se sentir menos solitário. Até a hora em que o Gêmeo quis o informante no topo da hierarquia policial, e não havia mais lugar para dois.

— Por que você está me contando isso, Else?

— Porque ele me pediu. Disse que isso poderia ser útil quando você fosse fazer suas escolhas.

— Ele pediu que você me contasse? Isso quer dizer que ele sabia que...

— Não sei, Kari. Ele disse apenas que via muito de si mesmo em você. Queria que você aprendesse com os erros dele como policial.

— Mas ele sabia que eu não continuaria na polícia.

— Você não vai continuar?

Os raios de sol brilharam opacos no vinho quando Else levou o copo aos lábios, bebeu cuidadosamente e o colocou de volta.

— Quando Simon se deu conta de que Ab Lofthus estava disposto a matá-lo para ser o informante, ele entrou em contato com o Gêmeo e disse que Ab precisava ser eliminado, que estava prestes a descobri-los e que era urgente. Disse que Ab e ele eram como gêmeos univitelinos que tiveram o mesmo pesadelo, que um queria matar o outro. Então Simon o matou antes que ele o matasse. Ele matou o melhor amigo.

Kari engoliu em seco. Lutou contra as lágrimas.

— Mas se arrependeu — sussurrou ela.

— É verdade, ele se arrependeu. Deixou de atuar como informante, quando poderia ter continuado. Mas depois Helene morreu também. Simon já estava no fim do caminho, perdera tudo que podia perder. Por isso não tinha mais nada a temer. Dedicou o resto da vida a fazer penitência. A fazer o bem. Começou uma caça incansável a todos que eram corruptos, assim como ele mesmo tinha sido, e dessa forma não se faz muitas amizades na polícia. Ele ficou solitário. Mas sem autopiedade, pois achava que merecia a solidão. Lembro que ele dizia que o ódio a si próprio é o tipo que se sente a cada manhã, quando você acorda e se olha no espelho.

— Foi você quem o salvou, não foi?

— Ele dizia que eu era seu anjo. Mas não foi meu amor por ele que o salvou. Ao contrário do que as pessoas que se acham espertas costumam dizer, acredito que ser amado nunca salvou ninguém. Foi o amor que ele sentia por mim que o salvou. Foi ele que salvou a si próprio.

— Porque retribuiu seu amor.

— Amém.

Elas ficaram ali até meia-noite, até Kari ir embora.

Na saída, Else mostrou-lhe uma foto. Três pessoas na frente de um montinho de pedras.

— Simon estava com essa foto no dia em que morreu. Essa aqui é ela, Helene.

— Eu vi uma foto dela na casa amarela, antes do incêndio. Eu disse para Simon que ela parecia uma cantora ou uma atriz.

— Mia Farrow. Ele me levou para ver *O bebê de Rosemary* só para vê-la. Embora dissesse que não via a semelhança.

A foto tocava Kari de uma maneira estranha. Era algo nos sorrisos. O otimismo. A *fé*.

— Vocês nunca pensaram em ter filhos?

Else balançou a cabeça.

— Ele tinha medo.

— Medo de quê?

— De que suas fraquezas fossem passadas para a frente. O gene da dependência. O apetite destrutivo pelo risco. A falta de limites. A depressão. Acho que ele tinha medo de que a criança fosse o filho do diabo. Eu o provocava, dizendo que ele tinha um filho ilegítimo em algum lugar, e que era por isso que ele tinha medo.

Kari assentiu. *O bebê de Rosemary*. Pensou na pequena velhinha que fazia a faxina na sede da polícia, de cujo nome Kari finalmente se lembrara.

Então Kari se despediu e saiu na noite de verão, na qual uma brisa leve — e depois o tempo — a rodopiou até pousá-la ali onde estava agora, dentro de um carro, olhando para a neve virgem e pensando em como ela modificava toda a paisagem. E em como as coisas frequentemente acontecem de forma diferente daquilo que se planeja. Como Sam e ela, que já estavam prestes a ter o primeiro filho. Como ela, para a própria surpresa, recusara uma oferta de trabalho interessante no Departamento de Justiça e, mais recentemente, um salário gordo em uma companhia de seguros.

Só quando já haviam saído da cidade e passavam pela ponte estreita e pelo caminho de cascalhos foi que ela pensou em perguntar a Åsmund do que se tratava.

— A polícia de Drammen telefonou e pediu para que viéssemos ajudá-los — contou Åsmund. — A vítima é um armador. Yngve Morsand.

— Meu Deus, é o marido.

— Sim.

— Homicídio? Suicídio?

— Não tenho nenhum detalhe.

Estacionaram atrás dos carros de polícia, passaram pelo portão da cerca de estacas e depois pela porta da grande casa. Um inspetor do distrito policial de Buskerud os recebeu, abraçou Kari e apresentou-se para Bjørnstad como Henrik Westad.

— Pode ser suicídio? — perguntou Kari enquanto entravam.

— Por que você acha isso?

— Tristeza pela morte da esposa — sugeriu Kari. — Porque suspeitavam que ele a matara, ou porque ele realmente a matou e não conseguia mais viver com a culpa.

— É possível — disse Westad, e os levou à sala de estar. O grupo de peritos praticamente rastejava por todo o corpo do homem que estava na cadeira. Como larvas brancas, pensou Kari. — Mas acho improvável.

Kari e Bjørnstad observaram o corpo.

— Puta merda — praguejou Bjørnstad, baixinho, para Kari. — Você acha que... que ele...?

Kari pensou no ovo cozido duro que comera no café da manhã. Ou talvez já estivesse grávida, será que era por isso que sentiu náusea? Afastou esse pensamento e se concentrou no corpo. Um dos olhos estava arregalado, um tapa-olho cobria o outro, e sobre o tapa-olho via-se uma borda irregular, onde o topo da cabeça tinha sido serrado.

Este livro foi composto na tipografia
Sabon LT Std, em corpo 11/15, e impresso
em papel off-white no Sistema Cameron da
Divisão Gráfica da Distribuidora Record.